Laura Gallego García

*Dos velas
para el diablo*

fundación sm

La Fundación SM destina los beneficios de las empresas SM a programas culturales y educativos, con especial atención a los colectivos más desfavorecidos.

Si quieres saber más sobre los programas de la Fundación SM, entra en
www.fundacion-sm.org

El papel utilizado para la impresión de este libro ha sido fabricado a partir de madera procedente de bosques y plantaciones gestionados con los más altos estándares ambientales, garantizando una explotación de los recursos sostenible con el medio ambiente y beneficiosa para las personas.

El proyecto «Libros Amigos de los Bosques» promueve la conservación y el uso sostenible de los bosques, en especial de los Bosques Primarios, los últimos bosques vírgenes del planeta.

LITERATURA**SM**•COM

Primera edición: mayo de 2010
Séptima edición: abril de 2022

Dirección editorial: Berta Márquez
Dirección de arte: Lara Peces

© Laura Gallego García, 2008
 www.lauragallego.com
© Ediciones SM, 2008
 Impresores, 2 - Parque Empresarial Prado del Espino
 28660 Boadilla del Monte (Madrid)
 www.grupo-sm.com

ISBN: 978-84-675-4117-5
Depósito legal: NA-1616-2008
Impreso en la UE / *Printed in EU*

Cualquier forma de reproducción, distribución, comunicación pública o transformación de esta obra solo puede ser realizada con la autorización de sus titulares, salvo excepción prevista por la ley. Diríjase a CEDRO (Centro Español de Derechos Reprográficos, www.cedro.org) si necesita fotocopiar o escanear algún fragmento de esta obra.

I

Hoy día, la gente ya no cree en los ángeles. Bueno, hay quien piensa que son seres de luz que están aquí para ayudarnos y que, si les rezas de una determinada manera, te ayudarán a encontrar novio, a que te toque la lotería o a curarte las hemorroides. Pero eso no es creer en los ángeles.

Yo me refiero a los de la Biblia, los mensajeros de Dios. Ángeles como Miguel, que expulsó a los demonios del cielo. Como Uriel, que guardaba las puertas del paraíso armado con una espada de fuego, para desgracia de Adán y Eva. O como Metatrón, que tiene nombre de robot de anime japonés, pero que en realidad es el Rey de los Ángeles, el más poderoso de todos.

Ya nadie cree en esos ángeles. Dicen que son mitología, pero lo que ocurre en realidad es que están pasados de moda.

Sin embargo, hay gente que sí cree en los demonios. Y no los culpo. Basta con mirar a nuestro alrededor para ver lo mal que va el mundo. O aún más sencillo: basta con ver las noticias.

En el telediario da la sensación de que todo lo que sucede es malo. Resulta difícil creer en Dios, o en los ángeles,

ante las imágenes de una guerra, una epidemia, una catástrofe natural... Es fácil creer que el demonio existe y que el infierno está mucho más cerca de lo que parece.

Pero eso no es justo. Vale, claro que pasan todas esas cosas malas, pero eso no es toda la verdad. También ocurren cosas buenas. Todos los días. Pero tendemos a ignorarlas.

Supongo que nos dan más morbo las cosas malas, las imágenes de violencia. Nos hacen sentir seguros en nuestras casas y cómodos en nuestras vidas, o nos hunden en la miseria y nos reafirman en nuestra creencia de que el mundo es una mierda.

Eso hace que la tarea de los ángeles sea mucho más difícil de lo que debería ser. Ya es bastante chungo tratar de arreglar este mundo como para que encima la gente no solo no valore tu trabajo, sino que ni siquiera crea que existes.

Porque los ángeles existen... y han existido siempre.

¿Que cómo lo sé?

Porque mi padre era uno de ellos.

Me llamo Cat.

En realidad, me llamo Caterina. Es el nombre que me puso mi madre al nacer, aunque no llegué a conocerla. Mi padre no hablaba mucho de ella, tal vez porque le producía demasiada pena. El dato acerca de mi nombre es una de las pocas cosas que logré sonsacarle, y quizá por eso tiene tanta importancia para mí.

De pequeña, me encantaba el nombre de Caterina. Lo encontraba fino, elegante, muy femenino. Un nombre adecuado para una señorita. A veces, cuando pasábamos por delante de uno de esos colegios pijos donde las niñas van vestidas de uniforme, me quedaba mirándolas y soñaba con ser como ellas, con tener amigas, vivir en una casa elegante, llevar ropa bonita y jugar con *barbies*. Sí, como lo oís: de pe-

queña quise tener una *Barbie*. En mi defensa alegaré que entonces era muy cría y que estaba cansada de la vida errante que llevábamos mi padre y yo, siempre andando de un lado para otro, sin poder echar raíces en ninguna parte.

Por eso me gustaba que me llamaran Caterina. Me parecía que era un nombre que encajaba muy bien con el tipo de vida que yo quería llevar. En cambio, mi padre me llamaba siempre Cat, y me daba mucha rabia. Recuerdo que discutía mucho con él por eso. O, mejor dicho, la que se enfadaba y discutía era yo. Mi padre se limitaba a mirarme con esa sonrisa suya y a revolverme el pelo con cariño. Y seguía llamándome Cat, porque, según decía, cuando me levanto por las mañanas, me restriego los ojos y bostezo como un gatito.

Ahora que él ha muerto, ya no quiero ser Caterina nunca más. Ahora, para honrar su memoria, voy a ser siempre Cat.

En teoría, los ángeles no pueden morir. Se supone que ni siquiera tienen cuerpo, que son espíritus puros que están en el mundo desde mucho antes de que el ser humano fuese creado.

Y es verdad. Lo que pasa es que a veces se transubstancian. O, dicho en otras palabras, se materializan, se crean un cuerpo, normalmente humano, para poder interactuar con nosotros, que para eso somos supuestamente los seres más perfectos de la creación, después de ellos, claro.

En tiempos pasados, los ángeles podían transubstanciarse y regresar al estado espiritual con facilidad, como si se despojaran de una ropa vieja que ya no necesitan. Pero, de pronto, empezaron a tener problemas. Se sentían débiles, sin fuerzas. Como si se les estuvieran agotando las pilas, si entendéis lo que quiero decir. Y llegó un momento en que ya no fueron capaces de abandonar sus cuerpos humanos. Se quedaron atrapados en ellos para siempre.

Nadie sabe por qué pasa esto. Tampoco sabe nadie por qué Dios no hace nada al respecto.

Porque lleva mucho tiempo sucediendo. Y cuando digo mucho tiempo, me refiero a siglos. A estas alturas, ya no quedan ángeles en estado espiritual. Todos están prisioneros de sus cuerpos humanos.

Ese era el caso de mi padre.

Sin embargo, ni siquiera en ese estado corpóreo puede morir un ángel, y mucho menos un demonio. A ellos no les afectan las mismas cosas que a nosotros. No envejecen, no enferman y sus heridas se curan muy rápidamente. Excepto las heridas del alma, claro.

En teoría solo hay algo físico capaz de matar a un ángel o a un demonio. ¿Recordáis la espada de fuego de Uriel que mencionaba antes? Pues eso.

Cada ángel, sea un ángel bueno o un ángel caído, tiene su propia espada. Al principio de los tiempos, supongo yo, esto no era necesario. Pero luego Lucifer se rebeló y hubo que combatirlo de algún modo. Dicen algunos que fue Miguel quien inventó las espadas, y que luego Lucifer se apropió de la idea. Los demonios, en cambio, juran que las espadas las inventaron ellos, y que los ángeles los plagiaron. En fin, no importa quién fuera el primero. El caso es que las espadas existen desde entonces.

No son exactamente espadas de fuego, aunque supongo que a los primeros humanos debió de parecerles tan impresionante la espada de Uriel que la recordaron de esa forma. Tampoco es exactamente una espada de luz al estilo jedi. Pero por ahí andan los tiros.

Las espadas angélicas son de un material que realmente no es de este mundo. Están hechas de la esencia angélica vuelta del revés y solidificada. O, por decirlo de otro modo, de una especie de anti-esencia angélica. Como el negativo de una fotografía.

Esas espadas no fueron inventadas para dañar a los humanos ni a ningún otro ser de la creación. Son las armas que utilizan ángeles y demonios en la lucha que llevan manteniendo desde el principio de los tiempos. Las únicas armas capaces de matarlos y las únicas permitidas en la guerra. Claro que los demonios suelen hacer bastantes trampas con respecto a este último punto, como siempre. Para eso son demonios.

Sin embargo, debo decir que a mi padre lo mataron a la manera tradicional: con una auténtica espada demoníaca.

Cuando murió, dejó atrás su propia espada. En teoría, los humanos no pueden blandir una espada como esa, pero no en vano yo soy su hija. De modo que ahora me pertenece.

Y voy a utilizarla para vengar su muerte. Encontraré al demonio que lo asesinó, y lo mataré con mis propias manos.

A estas alturas, seguro que pensaréis que estoy como una cabra. Me preguntaréis que cómo estoy tan segura de que mi padre fuera un ángel. La respuesta es que lo sé porque él me lo dijo. Y no, no le vi nunca las alas. No me hacía falta.

Las alas de los ángeles no son de plumas de verdad. Son parte de su esencia. Son invisibles e intangibles, pero están ahí. Me figuro que si hubieseis podido verle el aura a mi padre, las habríais localizado en su espalda, como dos cascadas de luz. Pero no hay muchas personas capaces de ver el aura de la gente, y yo no soy una de ellas. Y supongo que vosotros tampoco.

Mi padre era diferente. Se hacía llamar Ismael, pero su verdadero nombre era Iah-Hel, y era la persona más tranquila y apacible que he conocido jamás. Adoraba a toda criatura viviente, desde los microbios hasta las ballenas. Incluyendo mosquitos, cucarachas, serpientes y toda clase de bichejos desagradables. Y lo mismo sucedía con las plantas. Él decía

que todo era parte de la creación divina y, por tanto, todo era perfecto. Incluso las cucarachas. Mi padre era capaz de asumir con toda naturalidad las ideas más complejas y más novedosas, y al mismo tiempo quedarse extasiado con el vuelo de una mariposa. Mi padre amaba el mundo. Con todas sus consecuencias.

Por eso solía estar siempre triste.

Mi padre pertenecía a una de las clases inferiores de ángeles. Nada que ver con los coros, los serafines o las potestades. Iah-Hel era un ángel del montón, de los del nivel más bajo. Los más poderosos están siempre contemplando el rostro de Dios, allá en el cielo, o donde quiera que estén. Los ángeles como mi padre, por el contrario, tienen como misión permanecer en la Tierra, cuidando y manteniendo la creación. Esa es su función, para eso están aquí.

Y ese es el problema: que de la creación de Dios poco queda ya. Los seres humanos nos estamos cargando el planeta, y los ángeles no pueden hacer nada al respecto porque se supone que los humanos *también* formamos parte de la creación, y por tanto deben protegernos y mantenernos como especie. Aunque les estemos saboteando y en el fondo algunos piensen que ojalá nos exterminemos unos a otros de una vez. ¿Entendéis el dilema?

Y por eso mi padre siempre estaba triste. Era testigo de la progresiva destrucción de la creación de Dios y no podía hacer nada al respecto. Como muchos otros ángeles, se sentía perdido y desconcertado.

Supongo que por eso viajábamos tanto. Supongo que él, de algún modo, deseaba poder pedirle explicaciones a Dios. Y esperaba encontrarlo en los lugares donde la creación todavía permanecía virgen. Así que me llevó por medio mundo, desde los bosques nórdicos a las estribaciones del Himalaya. Qué emocionante, pensaréis. Ja, ja. A nadie le hace gracia que se lo coman los mosquitos, pasar la noche en pleno bosque bajo una lluvia torrencial o pelarse de frío trotando detrás de un sherpa malhumorado. Os aseguro que eso no es nada divertido.

El caso es que mi padre nunca llegó a encontrar lo que andaba buscando. Murió en una gasolinera junto a una autopista polaca. Yo fui al servicio un momento (porque esa es otra: él no necesitaba comer, ni dormir, ni ir al baño, pero yo sí) y, cuando regresé, lo encontré muerto sobre un charco de grasa.

Como he dicho antes, mi padre era un ángel menor. Los ángeles poderosos o bien están de capa caída, o bien han desaparecido. Si todavía continúa la guerra contra los demonios, eso no lo sé. Pero lo que sí tengo bien claro es que mi padre ya no participaba en ella, no era importante para nadie. Solo un pobre ángel perdido que se pateaba el mundo, arrastrando a su hijita, buscando señales de Dios. Ningún demonio que se precie perdería el tiempo con un ángel ecologista como él. Y, pese a ello, lo mataron.

Por eso estoy tan furiosa. Por eso quiero entrar en el juego, en la guerra que mi padre abandonó. Y no es que me interese especialmente meterme en problemas: es que ellos me han involucrado contra mi voluntad. Los buscaré, donde quiera que se escondan, y los destruiré.

No se puede reconocer a un ángel a simple vista, ni tampoco a un demonio. De la misma manera que los ángeles no van por ahí con dos enormes alas de plumas en la espalda, tampoco los demonios tienen rabo, cuernos y patas de cabra. Por fuera, son tan humanos como los demás.

Además, los ángeles ni siquiera son particularmente guapos. Al menos, mi padre no lo era. Ninguna mujer se habría fijado en él dos veces al verlo pasar.

Pero los demonios..., ah, los demonios son otra cosa.

Entendedme: no es que sean guapísimos ni estén como un queso. Pero tienen algo… llámese magnetismo o llámese carisma, o *sex appeal*, o como queráis. ¿Os habéis topado alguna vez con esa clase de persona que, sin ser especialmente atractiva, tiene algo que hace que todos se fijen en ella e intenten imitarla? Y que, cuando te paras a pensarlo, te preguntas qué tiene de especial exactamente, y no sabes qué responder. Pues hay bastantes posibilidades de que sea un demonio. De hecho, muchos de ellos salen por la tele. Y otras muchas personas, tanto las que salen en la tele como las que no, intentan imitar su peinado, su forma de vestir, su actitud… sin el mismo resultado. Y es que no vale la pena intentar ser como ellos. Su atractivo no está en nada que podáis apreciar a simple vista, y mucho menos reproducir. Causarían el mismo efecto bajo cualquier otro aspecto. Es ese magnetismo demoníaco lo que provoca que mucha gente escuche antes a un demonio que a un ángel. Otro de sus trucos sucios.

Y, a pesar de esto, no es tan sencillo distinguir a un ángel de un demonio, ni siquiera por sus actos. Un demonio puede darte el mejor de los consejos con la mejor de las intenciones. Un ángel puede perjudicarte si cree que con eso tendrá más posibilidades de salvar la creación. Y el más retorcido de los psicópatas puede resultar un humano del montón.

Lo cierto es que, a veces, las acciones de unos y otros resultan difíciles de entender. Tampoco se las puede clasificar en el saco de «acciones buenas» y «acciones malas». Serán buenas y malas según para quién. De alguna manera, unos y otros se comportan como si jugasen una inmensa partida de ajedrez. Puede parecerte que adelantar ese peón es una jugada estúpida. Desde tu punto de vista, parcial y humano, no puedes ver que con esa jugada le ha abierto camino al alfil, o ha protegido al rey. Tampoco entendemos que a veces puedan sacrificarse piezas voluntariamente.

Somos humanos. Y la partida no se juega para que gane un individuo. No se juega para que ganes tú, ni para que gane yo. Se juega para que gane toda la creación.

Sin embargo, ni unos ni otros pueden escapar de su verdadera esencia. ¿Cómo distinguir un ángel de un demonio? Es sencillo: cuando te encuentres al borde de un precipicio, el ángel te tenderá la mano y el demonio te empujará.

Aunque, claro... entonces ya será demasiado tarde.

Lo cierto es que, aparte de mi padre, no he tenido tratos ni con ángeles ni con demonios. Al menos, que yo sepa.

Porque, a lo largo de nuestros viajes, hemos conocido a mucha gente. No es que mi padre fuera muy sociable. En realidad, era bastante tímido y no solía acercarse a desconocidos. Pero si eran los desconocidos los que se acercaban a él, entonces los recibía con una amplia sonrisa.

Mi padre tiene amigos repartidos por medio mundo. Puede que algunos sean ángeles o puede que sean todos humanos. No puedo saberlo.

En cualquier caso, en estas circunstancias no tengo ganas de encontrarme con más ángeles, todavía no. Necesito una mano amiga... una mano humana... como yo.

Es por eso por lo que he venido aquí. No hace ni un mes que murió mi padre, pero me ha costado mucho llegar a esta ciudad desde Walbrzych, Polonia, donde le mataron. Ha sido un viaje complicado. Como ya habréis adivinado, no tengo mucho dinero.

A mi padre no le hacía falta. Casi siempre le invitaban, como a una estrella de cine. O subía a los trenes y los autobuses sin que el revisor reparara en él. O simplemente caminaba de un lugar a otro sin preocuparse de lo lejos que pudiera estar.

Las ventajas de ser un ángel, claro.

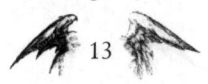

No es que él manipulara la mente de las personas ni nada por el estilo. Es que les caía bien. Mi padre infundía una sensación de confianza que te hacía creer que, mientras le tuvieras cerca, nada podía salir mal. Esta es una de las razones por las cuales este último mes ha sido tan duro. Otra es, por supuesto, que los revisores sí reparan en mí, y que a mí nadie me invita a comer una hamburguesa en un bar cutre, por muy hambrienta que me vean. Después de todo, no soy un ángel. Solo una chica de dieciséis años, desaliñada y con cara de mala uva. Y eso a pesar de que llevo colgada a la espalda una espada que debería llamar la atención de cualquiera que no sea un ángel o un demonio. No se trata de que las espadas sean invisibles para los mortales: es que no se fijan en ellas. Son demasiado viejas como para que constituyan una novedad, y demasiado poco corrientes como para que nadie las identifique si las ve. Son demasiado peligrosas como para que nadie sueñe siquiera con escapar de ellas… y demasiado inofensivas para los humanos como para que estos las consideren una amenaza, puesto que no fueron creadas para atacarlos.

¿Verdad que es un galimatías? Bien, pues yo tampoco lo entiendo. Pero así es como me lo explicó mi padre el día que se le ocurrió mencionar que llevaba una espada prendida a la espalda. Lo creáis o no, siempre había estado ahí y yo nunca la había visto hasta que él lo comentó.

En fin, que eso de que nadie se fije en mi espada es una ventaja. La única, por cierto, de viajar con la espada de un ángel, pero sin el ángel al que perteneció. Y esto es una suerte, porque, como ya sabéis, solo podré vengar su muerte con esta espada, y no habría sido nada fácil llevarla de un sitio a otro si fuera una espada corriente.

Y volvemos al asunto de mi misión y al primer dilema al que me tuve que enfrentar: si vuestro padre hubiese sido asesinado por un demonio o por varios y quisierais vengar su muerte, ¿por dónde empezaríais a buscar al culpable?

No soy, ni mucho menos, experta en moverme por los círculos demoníacos. Pero puede que sí haya conocido a algún ángel sin saberlo.

Jotapé, aunque es un pedazo de pan, no es un ángel, eso seguro. Pero su casa me pilla de camino hacia mi próximo destino. Y hace mucho tiempo que no le veo.

Jotapé no se llama Jotapé en realidad. Para sus feligreses es el padre Juan Pedro, le tratan de usted y le tienen mucho respeto. Seguro que más de una abuelita de su parroquia fliparía si me oyese llamarlo Jotapé. Ya se sabe: la confianza da asco.

Pero yo no le conocí en misa, ni en el confesionario, ni siquiera en la parroquia: le conocí en una biblioteca. Entonces yo era una mocosa de siete años, y él no sabía de los ángeles más que lo que le habían enseñado en el seminario. Por supuesto, le conté un par de cosas acerca del tema, de las que él no tenía ni idea, y ahí empezó todo.

En realidad, puede que Jotapé sea mi único amigo. El único que hice yo solita, sin ayuda de nadie. O, dicho de otro modo, sin mediación de mi padre.

La parroquia de Jotapé está en una zona bastante céntrica de la ciudad, pero es pequeñita. Muy de barrio, vaya. Es una de esas parroquias en las que todos se conocen, y en las que a la misa de las ocho un miércoles por la tarde van siempre los mismos cuatro gatos. Por eso, el quinto gato, o sea, yo, llama la atención irremediablemente, con espada o sin ella. Hay un ancianito que no para de mirarme de reojo con cara de malas pulgas. Vale, es verdad que voy bastante andrajosa, pero es que vengo desde Polonia, qué se ha creído usted. Y no en avión, en primera clase, sino a patita, haciendo autoestop y en autobuses cutres, que es lo único que me he podido permitir. Y bien, de acuerdo, no es habitual

ver a una chavala de dieciséis años en misa a las ocho de la tarde y encima entre semana. Pero qué pasa, ¿no puede una ser amiga del cura?

Intento decirle todo esto en una sola mirada furibunda, pero no sé si lo ha captado. Al menos, no los detalles.

En fin, me da lo mismo. Espero en mi asiento del fondo a que termine la misa.

Por extraño que parezca, no soy muy creyente. Vale, creo en Dios, para eso soy la hija de un ángel; pero no creo exactamente en el Dios de los católicos. Supongo que tendrá algo que ver el hecho de haber visto a mi padre, que era un ángel, entrar en todo tipo de lugares sagrados, desde ermitas o catedrales hasta mezquitas, sinagogas, antiguas ruinas griegas y romanas y todos los templos dedicados a todas las deidades orientales imaginables que fuimos capaces de encontrar en nuestro periplo por Asia, en busca de Dios, y salir decepcionado de todos ellos. Eso fue durante una etapa en la que pensó que tal vez los humanos habían encontrado a Dios y por eso erigían templos en lugares determinados, donde quizá todavía se rastreaba algo de la esencia divina. Así que íbamos de iglesia en iglesia, pero él no escuchaba los oficios. Se quedaba de pie, al fondo, respetuoso, sin molestar, pero sin participar. Alzaba la cabeza y cerraba los ojos, esperando sentir algo, no sé el qué. Sin embargo, siempre que los abría de nuevo mostraba esa mirada triste y desilusionada, sacudía la cabeza, me tomaba de la mano y, con discreción, abandonaba la iglesia sin hacer ruido.

Llegó un momento en que se cansó de buscar en los templos. Fue entonces cuando empezó a recorrer los espacios naturales, los pocos lugares vírgenes que quedaban en el mundo.

Y en ello estaba cuando lo mataron.

Jotapé todavía no sabe nada, claro. Se va a quedar de piedra cuando se lo cuente.

De momento, está muy concentrado en la misa, y si me ha visto, o no me ha reconocido o prefiere no darlo a entender. Hace bien en centrarse en lo suyo; después de todo, es su trabajo.

Espero pacientemente a que termine la misa; cuando Jotapé dice «Podéis ir en paz», una señora se adelanta y se acerca a hablar con él. Yo me siento y sigo esperando. Reparo entonces en una imagen que no estaba la última vez que vine aquí. Y aunque de eso hace bastante, y he visitado muchas otras iglesias desde entonces, sé que recordaría algo así.

Es un cuadro de la Anunciación de la Virgen. En este tipo de cuadros, casi todo el mundo se fija en la Virgen, en su mirada dulce y la expresión de asombro de sus ojos cuando le dicen, nada menos, que va a dar a luz a un bebé divino. Pero en las Anunciaciones yo no suelo fijarme en María, sino en el ángel. En Gabriel.

Suelen pintar a Gabriel como el ángel más amable de todos. No en vano se supone que trae buenas noticias y que tiene bastantes tratos con los mortales, al igual que Rafael, otro ángel bastante sociable.

No lo sé. No conozco a Gabriel en persona. Ni siquiera sé si existe todavía. Es uno de los siete grandes arcángeles. Según mi padre, algunos de ellos desaparecieron sin más.

El Gabriel del cuadro es rubio y tiene una expresión agradable y bondadosa, una aureola resplandeciente y unas alas inmensas y preciosas. Siempre le he dicho a mi padre que los ángeles deberían haberse materializado con alas de verdad, como las de los ángeles de los cuadros.

Él respondía que tal vez fuera así en los tiempos antiguos, cuando los ángeles se mostraban a los humanos como ángeles, y no con apariencia humana, como hacen ahora.

Hoy día, ningún ángel podría permitirse el lujo de crearse un cuerpo alado. Primero, porque no tienen fuerzas, y se-

gundo, porque a saber qué le harían a cualquier individuo con alas que se atreviera a aparecer en un lugar civilizado. Y es que hoy nadie tiene respeto por nada.

No hace falta creer en Dios, ni en Jesús, ni en la Virgen, ni siquiera en los ángeles, para apreciar la belleza de una imagen de la Anunciación (si está bien hecha, claro). Y supongo que con los cuadros pasa lo mismo que con los tipos con alas. Que hoy día pocas personas son capaces de valorar la belleza de un ángel, o de un cuadro, sin relacionarlos con la religión. La belleza existe para que podamos apreciarla, y no entiende de cultos, de religiones ni de creencias. Los ángeles están muy por encima de eso, por lo que imagino que Dios también, dondequiera que se encuentre.

–¿Cat? ¿Eres tú?

Le sonrío de oreja a oreja y tengo la sensación de que me duele la cara. Hacía como un mes que no sonreía de verdad.

–Hola, Jotapé –le digo.

Como imaginaba, la señora que estaba hablando con él, y que ya se iba, me mira con cara de ogresa. Pero me da lo mismo. Sé que ya no tengo siete años, como cuando empecé a llamar así al cura de esta piadosa parroquia, pero no creo que a él le importe. ¿O sí?

–Hola, Cat –me responde, y se corrige inmediatamente–: Caterina. ¿No es así?

Sacudo la cabeza.

–Solo Cat.

Nos miramos largamente. Supongo que Jotapé estará pensando que cuánto he crecido, cómo ha pasado el tiempo y blablablá, pero yo tengo que decir que lo encuentro igual que antes. Si acaso, puede que esos mechones grises encima de las orejas no estuvieran antes ahí. Pero, por lo demás, tiene el mismo pelo oscuro –y se lo sigue peinando de la misma manera, con la raya al lado–, la misma nariz y la misma sonrisa, entre despistada y bonachona. Hasta diría que lleva

exactamente las mismas gafas que la última vez que nos vimos, hace... ¿cinco?, ¿seis años?

—Caramba, Cat, cuánto has crecido...

Lo dicho: Jotapé es un pedazo de pan, pero es totalmente previsible. Lo próximo será preguntarme por mi padre.

—Vaya... el tiempo vuela... ¿Y tu padre? ¿No ha venido contigo?

¿Qué os decía?

—No, mi padre... no ha podido acompañarme. Pero es largo de contar.

Le dirijo una mirada significativa, pero no lo capta.

—Bueno, en tal caso... si te está esperando...

—Noooo... lo que quiero decir es que he venido sola. Totalmente sola. Desde Polonia, ¿sabes? Y no tengo dónde quedarme. Y necesito hablar contigo. Hablarte sobre lo que le ha pasado a mi padre. Y preguntarte...

No puedo seguir hablando. He dicho antes que hacía un mes que no sonreía, ¿verdad? Pues bien... también hacía un mes que no pronunciaba tres frases seguidas. Y no es tan sencillo volverse locuaz de repente.

Parece que a Jotapé le cuesta asimilarlo.

—¿Has venido a Valencia desde Polonia? ¿Tú sola?

Y eso que aún no le he contado nada.

—Sí, eso he dicho. ¿Puedo quedarme en tu casa esta noche, por favor?

Parece incómodo. Se lo piensa.

Jotapé vive en un piso viejo y pequeño cerca de la parroquia. Solo tiene una habitación, la suya; luego hay un despacho y una pequeña sala de estar que hace las veces de comedor. Hasta la cocina y el baño son minúsculos.

Lo sé porque ya nos alojamos con él en una ocasión, la última vez que estuvimos aquí. Entonces yo ocupé el sofá y mi padre, como de costumbre, no durmió en absoluto, porque no le hacía falta. Recuerdo que Jotapé estaba muy apu-

rado porque creía que lo decía por cortesía, para no molestar, pero es cierto que mi padre no necesitaba dormir. Se pasó la noche en el despacho de su anfitrión leyendo los libros que tenía por allí. Desde que nos conoció, Jotapé se ha aficionado a la angelología. La última vez que estuvimos en su casa, ya tenía una notable colección de libros y tratados sobre el tema, así que no es de extrañar que mi padre los leyera con cierta curiosidad. En cuanto a mí... bueno, yo dormí a pierna suelta en el sofá. Después de todo, tenía diez u once años y era bastante más canija de lo que soy ahora.

En todos los sentidos. Y supongo que para un cura no es lo mismo alojar a una cría de diez años que va con su padre, que acoger a una jovencita de dieciséis que viaja sola. Sobre todo si se da el caso de que tiene vecinas cotillas.

—Sigues viviendo en el mismo sitio, ¿verdad? Me conformo con el sofá. —Y añado rápidamente, antes de que pueda negarse—: En serio, no necesito más. Será una gran mejora, en comparación con los asientos de las estaciones y la parte trasera de los autobuses.

Parpadea. Sé que no tiene corazón para dejarme en la calle.

Para ser la hija de un ángel, hay que ver lo manipuladora que soy.

—¿A... asesinado? —balbucea Jotapé.

Tarda en asimilarlo. Se sienta en la silla que queda libre, anonadado.

—Por un grupo de demonios —puntualizo, y le doy otro mordisco al bocadillo que mi amigo ha tenido a bien prepararme. Jamón serrano... buah... y me ha prometido tortilla de patatas para mañana... buah, buah, qué lujo. Y un sofá para dormir. Y un cuarto de baño. Si no fuera por mi misión, y por la memoria de mi padre, y porque a Dios

pongo por testigo que pagarán por ello, me quedaba aquí fijo. Y hago de monaguilla en la parroquia si es preciso.

Jotapé se quita las gafas y se las limpia con la orilla del jersey, nervioso y desconcertado.

—Demonios —repite; supongo que para un sacerdote debe de ser difícil de asumir. Sabes que existe el demonio, cómo no, pero esperas no tener nunca noticias de él. O, al menos, no de un modo tan claro y directo—. ¿Estás segura, Cat? ¿Los viste?

—No, no los vi —respondo, y no puedo evitar que se me forme un nudo en la garganta. Bebo un trago de agua, pero eso no hace que me sienta mejor—. Pero mi padre está muerto, Juan Pedro, y no es tan sencillo matar a un ángel. ¿Comprendes?

Nunca le hemos hablado de las espadas. Es mejor para él no saberlo.

—Eso es lo que no entiendo. Tu padre era un ángel, Cat. No puede estar muerto.

Intento reprimir la rabia que lucha por adueñarse de mi corazón.

—Olvídate del rollo ese de los espíritus puros y tal, ¿vale? Los ángeles de ahora tienen cuerpo. Un cuerpo que se cura solo, que no envejece y que no enferma, pero que es vulnerable a ciertas cosas. Como al ataque de un demonio. Solo ellos podrían haberlo matado. Y por eso sé que han sido ellos, y no cualquier otro. Aunque no los haya visto.

Jotapé se inclina sobre la mesa y me mira, muy serio.

—¿Cómo pasó, Cat? ¿Cómo fue todo?

—Ya te lo he contado —gruño, más que respondo.

—Me lo has contado por encima. Y yo quiero conocer los detalles.

—¿Para qué? —Noto que estoy dejando escapar mi rabia en forma de mal humor, y lo estoy pagando con alguien que no lo merece, pero no me importa—. Unos demonios ataca-

ron a mi padre, le mataron, y cuando yo llegué ya estaba muerto, punto. ¿Para qué necesitas más detalles? No seas morboso.

–¿Te sientes culpable por algo?

–¿Por qué me voy a sentir culpable? –le ladro–. Yo no maté a mi padre, me lo encontré muerto. Y deja ya de interrogarme, que no estamos en confesión.

Jotapé no dice nada. Yo tampoco. Me limito a devorar lo que queda del bocadillo, con cierta ferocidad.

Entonces él se levanta para marcharse y dejarme a solas. Pero antes de salir por la puerta, dice con suavidad:

–Si tu padre fue asesinado por un demonio, o por varios, ha sido mejor que no estuvieras presente. No podrías haber hecho nada para salvarlo.

Aparto la mirada, molesta. ¿Y él qué sabe?

De pronto, ya no tengo hambre.

Paramos en aquella gasolinera porque yo estaba cansada, tenía hambre y necesitaba ir al servicio. Por supuesto, siempre era yo la que entorpecía la marcha, la que tenía que detenerse constantemente, a comer, a dormir, a mil pequeñas cosas que a mi padre no le afectaban lo más mínimo. Pero él decía que no tenía prisa, y nunca le importaba esperar el tiempo que hiciera falta.

Habíamos estado avanzando campo a través, pero salimos del bosque para ir al encuentro de la autopista y de algún lugar donde parar. Estábamos a punto de llegar a la ciudad, pero decidimos hacer un alto en la estación de servicio. Mi padre se quedó entre los árboles. Solía decir que el olor del combustible le resultaba molesto. Así que le dije que iría yo sola y que no tardaría. Y aquella fue la última vez que lo vi.

Y, en realidad, no tardé tanto. Vale, tuve que ir a pedir la llave del baño a la tienda, y me costó lo mío hacerme en-

tender porque no hablo polaco (tengo cierta facilidad para los idiomas, pero no llego al nivel de mi padre, que era capaz de hablar absolutamente todas las lenguas que existen y que han existido con total fluidez), y luego encima se equivocó y me dio la llave de los baños para tíos, que estaban asquerosos –y yo no soy una tiquismiquis, así que podéis imaginar tranquilamente un grado sumo de guarrería sin sospechar que exagero lo más mínimo– y tuve que volver por la otra llave (los de mujeres no estaban mucho mejor, pero en fin). Y resultó que el baño de chicas estaba ocupado por una cría que tardó un siglo en salir.

Yo creo que entre unas cosas y otras no me entretuve mucho. No pude tardar más de quince minutos. Luego rodeé la estación de servicio, y me abrí paso entre los camiones que estaban aparcados detrás...

Y entonces vi un cuerpo tendido en el suelo, sobre un charco de grasa y sangre. Lo primero que pensé fue que aquel era el resultado de alguna pelea de borrachos. Pero cuando me acerqué más vi... que el muerto era mi padre.

Y pensé que era un mal sueño, una pesadilla, una alucinación. En fin, que no podía estar pasando realmente. Que mi padre era un ángel, y los ángeles no pueden morir.

Pero era él. Y estaba muerto.

No recuerdo muy bien qué hice ni qué pensé entonces. Solo se me ocurrió coger sus cosas, espada incluida, y salir corriendo.

Pensaréis que qué clase de hija desnaturalizada deja a su padre muerto, tirado en un charco de porquería. Estaba asustada, ¿vale? Y, además, tenía dos buenas razones para escapar:

1) Estaba claro que habían matado a mi padre con una espada. Y aunque, por norma general, los humanos no nos fijemos en las espadas angélicas, cualquiera que deduzca que a alguien lo han matado con una espada, y busque un arma

semejante con cierto interés, si hay una espada angélica tirada a un metro del cuerpo, la encontrará. Y a ver cómo explicamos eso.

2) Estaba sola en un país extraño y mi padre había sido asesinado en extrañas circunstancias. Y yo no tenía más parientes que pudieran hacerse cargo de mí, ni en Polonia ni en ningún otro lado. Lo cual significaba que, como soy menor de edad y no me puedo ganar la vida como una persona adulta, acabaría en un orfanato, institución para menores, reformatorio o lo que fuera. O en una familia que no era la mía. Y qué queréis que os diga, estoy demasiado acostumbrada a ir a mi aire.

Por eso escapé de la escena del crimen. Y conste que la posibilidad de que los asesinos todavía rondaran por allí no influyó ni media pizca en mi decisión de salir por pies.

Me he preguntado muchas veces qué habrá sido del cuerpo de mi padre. Me imagino que lo llevarían a un instituto anatómico forense, le harían una autopsia y como no lograrían identificarlo, pues... sería un John Doe cualquiera. Un Juan Nadie, por si no conocíais la expresión. Así es como llaman a los cadáveres sin identificar que se encuentran por ahí.

No me preocupa que en la autopsia descubriesen que mi padre era un ángel, porque en realidad su anatomía era igual que la del resto de los humanos. Y el tipo de cosas que lo hacían diferente, como su resistencia sobrenatural, su forma de mirar o sus reflexivos comentarios, llenos de sabiduría, se fueron con él.

Tampoco me preocupa no saber dónde está ahora el cuerpo de mi padre. Después de todo, él fue inmaterial la mayor parte del tiempo mientras existió, y por eso sé que para él su cuerpo era lo menos importante de su ser. La pregunta es: ¿sigue existiendo un ángel transubstanciado cuando se le mata? La respuesta solo la conocen los muertos. Porque el espíritu de un ángel atrapado en un cuerpo que muere sigue el mismo camino que las almas humanas cuando abandonan la vida. Si ese camino lleva a alguna parte, probablemente me encontraré con mi padre al otro lado cuando muera. Y si existen el cielo y el infierno, no creo que Dios me mire con malos ojos si me cargo a un par de demonios antes de morir.

Supuestamente, debería saber algo más acerca del cielo y el infierno, de la vida después de la muerte, ¿no? Pues no, no lo sé. Mi padre me contó muchas cosas, pero ese era un tema del que nunca quiso hablarme.

II

Me despierto por la mañana con el sonido del claxon de una furgoneta, cuyo dueño parece encontrar algún misterioso placer en destrozar los oídos del personal. Me cuesta un poco situarme.

¿Qué es esto? ¿Una casa? ¿Una cama mullida? Ah, no, es un sofá. El sofá de Jotapé. Al final resultó que había cambiado aquel viejo trasto por un nuevo sofá-cama mucho más cómodo. De lujo.

Me incorporo con precaución y aguzo el oído, pero no oigo nada más. Parece que estoy sola en casa. ¿Qué hora es? ¿Y dónde está Jotapé?

Me levanto, ya sin precaución alguna. Suelo dormir con una camiseta a modo de pijama; igual a mi amigo le incomoda un poco verme de esta guisa, pero, si estoy sola, entonces da igual. Me desperezo (sí, ya lo sé, igual que un gatito) y me voy a la cocina a ver qué hay para desayunar.

Allí me encuentro con una nevera surtida de cosas básicas, pero vacía de golosinas, picoteo y marranadas en general, y una nota manuscrita sobre la mesa.

Cat,

he tenido que salir, y estaré fuera toda la mañana. Sírvete tú misma. Te he dejado una copia de las llaves sobre la mesa del recibidor, por si necesitas ir a alguna parte, y también un poco de dinero. Nos vemos a la hora de comer.

JP

Algunas cosas nunca cambian: recuerdo de Jotapé su tendencia a dejar notas para avisar del más mínimo movimiento que hacía. Y todas ellas las firmaba siempre con sus iniciales, de ahí que yo empezara a llamarle Jotapé.

Bien, se está muy a gusto aquí y no tengo intención de reemprender mi viaje corriendo; pero no me vendrá mal dar una vuelta y, además, tengo las llaves para volver cuando quiera. Y tengo… ¡veinte euros! Vale que no es como para comprarme un yate y perderme en el horizonte, pero es más dinero del que he visto junto en el último mes.

Pero basta ya de lloros y lamentos, o vais a acabar pensando que no sé cuidar de mí misma. Y eso no es del todo cierto.

Después de todo, he llegado hasta aquí yo sola, ¿no?

Por lo que tengo entendido, la gente que llega a Valencia suele visitar la catedral, la plaza del ayuntamiento y una especie de complejo que parece futurista y que, por lo que sé, es un acuario o algo por el estilo. Eh, no me echéis en cara lo poco informada que estoy. Hace mucho que no vengo por aquí y, después de todo, he venido a vengar la muerte de mi padre, no a hacer turismo.

Sin embargo, las dos veces que he visitado esta ciudad he acabado en el mismo sitio, y dicen que no hay dos sin tres… así que aquí estoy de nuevo.

Ante las puertas de la Biblioteca Municipal.

Bibliotecas municipales hay muchas en la ciudad, pero esta es distinta. Puede que sea la más antigua de Valencia, y si no lo es, a mí me lo parece. Cierto es que he visto bibliotecas más grandes y más impresionantes a lo largo de mis viajes. Pero a esta le tengo un cariño especial. Aquí fue donde conocí a Jotapé.

Empujo la puerta y entro en silencio, un poco intimidada. Me alegra ver que la biblioteca sigue siendo tal como la recordaba. Bueno, para hacer honor a la verdad, hay muchos más ordenadores, cedés y deuvedés, pero espero que eso no signifique que hay menos libros. Recuerdo la primera vez que entré aquí. Entonces tenía siete años y las columnas me parecían altísimas. Y miraba hacia arriba, hacia la cúpula, y tenía la sensación de que estaba muy, muy lejos, rozando el cielo.

Ahora, las columnas ya no me parecen tan altas, ni el pasillo, tan largo. Es porque he crecido; lógicamente, las bibliotecas no suelen encoger.

Me acuerdo también de la bibliotecaria que me vio dirigirme a la sección de préstamo y me indicó que la puerta que buscaba era la de enfrente, la de la sección infantil. Sí; solían cometer ese error a menudo. Pero, como era muy cansado explicar una y otra vez que yo no era como las demás niñas, pronto aprendí otras tácticas de persuasión: le puse carita-de-niña-buena y le dije que andaba buscando a mi papá.

En realidad no recuerdo dónde estaba mi padre ese día ni por qué entré en la biblioteca yo sola. Pero el caso es que me colé en el ala de préstamo de libros para adultos.

Y allí me encontró Jotapé un rato más tarde, en la sección de Religión. El pobre fue a sacar un libro de la estantería y se encontró con que lo tenía una enana de siete años que estaba sentada en un escalón, bajo la ventana.

–Si buscas el *Vocabulario de Teología Bíblica* –le dije–, lo estoy leyendo yo. Pero ahora mismo lo devuelvo, ¿eh?

Lo cierto es que no lo estaba leyendo con mucha atención. Estaba en la A de Ángeles y no había encontrado en aquel libro nada que no supiera ya al respecto.

¿Qué pasó después? Pues, en resumen, que Jotapé expresó sus dudas acerca de que en las novecientas páginas del *Vocabulario* hubiese algo que pudiera interesar a una niñita de siete años como yo; le dije que tenía razón, que había monografías que eran bastante más detalladas. Y que, después de todo, no tenía sentido que siguiese estudiando la Biblia, si tenía el *Libro de Enoc*.

–¿El *Libro de Enoc*? –repitió Jotapé, todavía más estupefacto que antes.

Ladeé la cabeza y lo miré con fingida inocencia.

–Eres un cura –le dije–. No me digas que no sabes lo que es el *Libro de Enoc*.

Sí que lo sabía, claro. Pero es normal que los sacerdotes presten más atención a la Biblia que a otros textos apócrifos. Y el *Libro de Enoc* es exactamente eso.

Lo que diferencia este texto de todos los demás es que dedica bastantes páginas a la historia angélica. Y relata una versión muy curiosa de la Caída de los ángeles al principio de los tiempos. No es una lectura propia de una niña de siete años; pero tiene sentido si tu padre es un ángel y quieres saber más acerca de su esencia y sus orígenes.

¿Que por qué no le pregunté a él al respecto? Bien… es una buena cuestión.

Imaginad que lleváis existiendo en este mundo desde el principio de los tiempos. Desde la aparición de la vida. Unos seiscientos millones de años, más o menos. Eso es mucho, mucho tiempo. Y no hay cerebro que soporte tantos recuerdos, ¿entendéis lo que quiero decir? Ni siquiera el cerebro de un ángel transubstanciado.

Exacto: los ángeles ya no recuerdan sus orígenes. Al quedarse atrapados en cuerpos humanos, perdieron también la

mayor parte de su memoria. Así que no saben de dónde vienen ni cuál es exactamente la causa de su disputa con los demonios, ni qué pasó con Adán y Eva, si es que pasó algo de verdad. Y, con todo eso, también han olvidado la manera de regresar hasta Dios, o hasta el cielo, si es que existe un lugar semejante.

Así que no es de extrañar que los ángeles lean las escrituras, todas las escrituras, de todas las religiones, con sumo interés. Supuestamente, los humanos sabemos todas esas cosas acerca de Dios y de los ángeles porque los mismos ángeles se las contaron a nuestros antepasados hace miles de años. Y ahora que ellos tienen dificultades para evocar el pasado, recurren a lo que los humanos escribieron al respecto... que no es exactamente la verdad, sino distintas interpretaciones de lo que los ángeles trataron de enseñarles. ¿No es paradójico?

Mi padre solía decir que tiene que haber una pizca de la verdad común en todas las escrituras. Pero que la gente se obceca tanto en ver las diferencias que no encuentra las semejanzas, que podrían guiarlos hasta la verdad común.

A la mayoría de los ángeles, si queréis que os diga la verdad, les importa un pimiento que los hombres encuentren la verdad común. Lo que quieren es encontrarla ellos.

¿Y sabéis lo más gracioso de todo este asunto acerca de la pérdida de memoria? Que a los demonios *también* les afecta.

Y ahora imaginad la cara que puso Jotapé cuando terminé de contarle todo esto.

Yo no sé qué pensaría. Tal vez que mis padres eran unos fanáticos religiosos de alguna secta rara o que era una niña con demasiada imaginación, pero ni siquiera las niñas con una imaginación a prueba de bombas son capaces de citarte párrafos enteros del *Libro de Enoc*, y además de memoria, así que el buen sacerdote pensaría que la hipótesis de los fanáticos religiosos era la más plausible... y dijo que quería co-

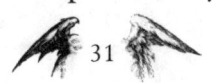

nocer a mi padre. Para asegurarse de que una tierna infante como yo estaba realmente en buenas manos, supongo.

Y, en fin... el resto es historia.

Salgo de la biblioteca y respiro hondo y, por primera vez en mucho tiempo, me siento tranquila y segura. Es bueno recordar viejos tiempos, momentos felices. Y aunque echo mucho de menos a mi padre, el haberme reencontrado con Jotapé me hace sentir mucho mejor.

Me vendrá bien un descanso antes de reemprender mi viaje. Unos días aquí, tranquila, viviendo en una casa normal, durmiendo en un sofá-cama normal y comiendo como una persona normal. Y después...

Algo interrumpe el curso de mis pensamientos. No es nada en concreto, solo una intuición, un presentimiento. Miro a mi alrededor, inquieta.

Estoy rodeando la biblioteca. Hay gente en la entrada, sentada en el muro o en las terracitas de los cafés. Casi todos son estudiantes, aunque parece que han venido más a tomar el sol que a estudiar. Nada raro por aquí.

Ante mí se extiende un camino bordeado de columnas de distintas alturas, columnas que no sostienen ningún techo, pero que, entre los árboles y las palomas que picotean el suelo, ayudan a conformar un paisaje misterioso y de una extraña calma.

La calma que precede a la tempestad.

Sacudo la cabeza. Qué tontería. Aquí no hay nadie.

Doy la espalda a la parte frontal de la biblioteca, a los cafés y a los estudiantes que toman el sol, y me interno por el bosque de columnas, en dirección al parque que rodea el edificio. Las palomas se apartan a mi paso. Pronto, la sombra de la biblioteca me tapa el sol. Y me estremezco de nuevo. Esta vez sí que lo he sentido. Hay alguien... o algo...

Lentamente, me llevo la mano a la espalda para sacar la espada si es preciso.

Pero él, o ella, o ello, es más rápido.

Lo veo por el rabillo del ojo: una oscura figura que me observa desde lo alto de una de las columnas. Me vuelvo hacia ella, pero cuando miro, ya no está. La detecto sobre otra de las columnas, y en esta ocasión no tengo tiempo de girarme para verle, a él, a ella, a lo que sea… ni de asimilar sus rasgos, porque, de un increíble salto, velocísimo, inhumano, se abalanza sobre mí y me hace caer, y el filo de una espada que no es la mía brilla un instante en mi pupila.

Las palomas salen volando en desbandada.

—Estoy viva —murmuro, sin poder creerlo, hundiendo la nariz en la taza humeante que me tiende Jotapé—. No puedo creerlo. No puedo creerlo. Es… —sacudo la cabeza—. No lo entiendo.

—Tal vez, si me lo explicaras con más calma, podría echarte una mano —sugiere Jotapé.

Le miro casi como si no le viera. Claro, él solo sabe que he llegado a casa hecha un manojo de nervios y que soy incapaz de hilar dos frases coherentes seguidas. Intento tranquilizarme y ordenar mis ideas, y para ello doy un largo sorbo a la tila. Me quemo la lengua, pero no me importa. Cierro los ojos y respiro hondo. Jotapé espera pacientemente.

—Bien —empiezo—. Fui a la biblioteca. Hasta ahí, todo normal. Pero al salir… me atacaron.

—¿Que te atacaron? ¿A plena luz del día?

—No me estoy refiriendo a un chorizo cualquiera, Jotapé. La persona que me atacó… si es que realmente era una persona… en fin… intentó matarme.

Creo que son demasiadas emociones juntas para mi amigo. Se sienta, abre la boca, parece que va a decir algo, pero

finalmente se calla, porque no le salen las palabras. Sacude la cabeza y me deja seguir hablando. Va a ser lo mejor.

Pero ¿cómo le explico lo que ha pasado sin hablarle de las espadas?

El individuo que ha intentado matarme llevaba una de ellas. La ha sacado de la vaina, la he visto cerniéndose sobre mí, y casi he visto pasar mi vida entera ante mis ojos. Me ha dado tiempo de blandir mi propia espada, incluso creo que los dos filos han chocado, pero me había tirado al suelo y es imposible que hubiese salido con vida de esta. Ha saltado sobre mí para matarme, y pudo haberlo hecho. Y, sin embargo, sigo viva.

Ha sido al ver mi espada, estoy segura. Quizá le ha sorprendido que tratara de defenderme, aunque me parece que no se trata de lo que he hecho, sino de con qué. No esperaba que yo tuviera una espada angélica. Eso le ha pillado totalmente desprevenido. Y aunque me ha puesto en una situación en la que no habría podido defenderme, ni con la espada ni sin ella, me ha dejado marchar sin hacerme daño. Se ha ido. Ha desaparecido, sin más. (Bueno, no ha desaparecido, sin más; es que se ha marchado muy deprisa. Pero ya me entendéis.)

Tiene que haber sido un demonio. Pero, en tal caso, ¿por qué me ha perdonado la vida? ¿Tal vez porque soy humana? Sacudo la cabeza; no, eso no puede ser. Mi espada no es signo de mi condición humana, sino de mi parentesco con los ángeles.

Sé que mi atacante no era un humano del montón. Ninguna persona normal se mueve de esa manera.

Y en cuanto a él...

Todavía no sé si era hombre o mujer. Apenas pude verle la cara. Solo los ojos, cuando nuestras miradas se cruzaron. Unos ojos profundos, insondables... que me recordaron a los de mi padre.

¿Sería otro ángel? ¿Un ángel trató de matarme y cambió de idea al ver que yo blandía la espada de otro ángel?

No puede ser; los ángeles no atacan a las personas. Solo a los demonios.

–Alguien intentó matarme –resumo a media voz–. Alguien que no era humano. Pero cambió de idea y me dejó ir sin hacerme daño. Un ángel no me habría atacado. Y un demonio no habría cambiado de idea.

Sobreviene un largo y pesado silencio.

–Entiendo –dice por fin Jotapé–. Comprendo que estés confusa. Sin embargo, en estos momentos la identidad de tu atacante no es tan importante como el hecho de que estás en peligro. Alguien va tras tus pasos, Cat.

Y deja caer un montón de papeles sobre la mesa. Les echo un breve vistazo.

–¿Qué es esto?

–He ido al cíber esta mañana y he estado buscando información en internet acerca de la muerte de Ismael.

–¿En páginas polacas? ¿Cómo te las has arreglado?

–Con traductores on-line. Ha sido bastante complicado y por eso he estado fuera toda la mañana. Pero he encontrado algo muy interesante. Mira esto.

Me señala la copia de un artículo de periódico. En polaco, claro. No entiendo nada, pero no parece que tenga nada que ver con mi padre. Hay una foto de una niña. Una niña cuya cara me suena de algo, pero a la que no termino de ubicar.

–Mencionan el hallazgo del cuerpo de tu padre en una gasolinera cerca de Walbrzych. En el mismo lugar y el mismo día en el que desapareció esta niña.

Ah. Oh. Ah.

Maldita sea, ya caigo. La niña de la gasolinera. La que estaba en el baño. Me crucé con ella cuando salió.

–¿Que ha desaparecido, dices?

–Por lo que he podido entender, fue al servicio mientras su madre llenaba el depósito del coche. Nadie la ha vuelto a ver desde entonces.

Suspiro.

—Me lo imagino. Tenemos una niña secuestrada, un desconocido asesinado y una adolescente extranjera que no hablaba ni papa de polaco y que fue la última en ver a ambos con vida. Me figuro que ya me habrán echado encima a toda la policía internacional.

—En realidad no me refería a eso, Cat. ¿No lo comprendes? El secuestro... la muerte de tu padre... no es una casualidad.

Y lo entiendo todo de golpe. La certeza de que Jotapé no se equivoca me sacude entera como una especie de huracán interno, bastante devastador, por cierto.

—Se equivocaron —murmuro—. Querían secuestrarme a mí y se la llevaron a ella. La confundieron conmigo.

—La hija del ángel —asiente Jotapé—. No sé quién mató a tu padre, pero el que lo hizo pretendía acabar con su vida y llevarse a su hija, a la niña que viajaba con él. Tarde o temprano se darán cuenta de que se han llevado a la chica equivocada y volverán por ti. Así que... ¿y si ya se han dado cuenta?

—No veo en qué —refunfuño, más abatida que molesta—. No he heredado nada de mi padre; soy una humana del montón y nada me distingue de esa niña, salvo que soy un poco mayor, no hablo polaco y tengo una esp... —me callo de golpe.

—¿Sí? ¿Una qué?

—Una esp... ecial habilidad para meterme en líos —improviso; sacudo la cabeza y trato de cambiar de tema—. Pero si los tipos de la gasolinera secuestraron a la niña, y el de la biblioteca trató de matarme... ¿significa eso que ella está muerta?

—O que son gente distinta —se apresura a responder Jotapé—. No te pongas en lo peor, Cat.

Le miro, sombría.

—Cuando se trata de demonios —señalo—, no hay más remedio que ponerse en lo peor.

Mi amigo suspira.

–No me quiero poner en lo peor… porque esos tipos iban por ti. Y si te encuentran…

Me remuevo, incómoda.

–Tiene que ser un error –replico–. No hay nada interesante en mí. No soy un ángel, se mire por donde se mire. Si hay genes angélicos en mi ADN, desde luego deben de ser unos genes bastante vagos. Lo que quiero decir es que en la guerra sobrenatural yo soy menos que un peón. Cualquier angelillo de tres al cuarto sería mejor presa que yo.

Jotapé me mira fijamente, de forma tan intensa que me hace sentir incómoda. Vamos, no estoy mintiendo. Es verdad que quiero vengar a mi padre. Pero no creo que eso les importe lo más mínimo a las legiones demoníacas. Honestamente, nadie podría tomarme en serio. Lo tengo muy asumido, y ya había llegado a la conclusión de que esa puede ser una baza a mi favor, la única, en realidad. Así que… ¿¡por qué diablos me están tomando en serio!?

–¿No te habrás metido en líos últimamente, Cat?

–Qué va –respondo, alicaída–. Todavía no he tenido ocasión. Era una forma de hablar –añado rápidamente al ver que Jotapé arquea una ceja–. En serio, Juan Pedro –insisto–. Siempre he ido con mi padre y él no se metía con nadie. Y yo tampoco, desde que no estoy con él. Bueno, una vez robé en un supermercado, pero no creo que eso le importe a ningún demonio y, además, dice la Biblia que hay que dar de comer al hambriento, ¿no?

Jotapé se ha puesto todavía más serio.

–¡Ah, venga ya! –protesto–. ¿De verdad te has enfadado por una cosa tan tonta?

Pero él sacude la cabeza.

–Olvídate del supermercado, Cat, y piensa un poco. Si no has hecho nada para enfadar a los demonios, y no supones un peligro para ellos…

Reprimo un carraspeo nervioso; tengo intención de ser un peligro para ellos, al menos para unos cuantos, pero eso no tendría por qué saberlo nadie todavía.

–… entonces no se trata de lo que hayas hecho o puedas hacer, sino de lo que *eres*.

Y deja caer un libro sobre la mesa. Doy un respingo al reconocerlo.

–Ah… eso –murmuro con cierta precaución–. No deberías prestarle demasiada atención. Después de todo, es un texto apócrifo.

–Los cristianos ortodoxos de Etiopía lo incluyen entre sus textos sagrados –me recuerda Jotapé.

–Ya, pero… bueno, no es más que una versión. Otra más. A saber qué se habría fumado el que la escribió.

–No era eso lo que decías cuando me hablabas de este libro, Cat.

–Pero entonces era pequeña. No sabía lo que decía. No entendía las implicaciones de lo que estaba leyendo.

Jotapé me mira un instante y suspira.

–El caso es que este libro existe, Cat, y, sea apócrifo o no, puede que haya quien lo tenga por cierto. Y ya sabes lo que eso significa, ¿no?

–Supongo que sí –admito de mala gana.

¿Que de qué estamos hablando? Pues del *Libro de Enoc*, naturalmente. No es un grimorio antiquísimo ni un manuscrito perdido en la biblioteca secreta de ningún monasterio. De hecho, es relativamente fácil de encontrar. Se han hecho bastantes traducciones y se ha publicado en editoriales que tratan temas esotéricos, por lo que no es de extrañar que Jotapé tenga un ejemplar, y en castellano, además. Le di tanto la paliza con este libro que es lógico que lo buscara para estudiarlo.

Y es lógico que otros ángeles, y muchos demonios, lo hayan leído también. El *Libro de Enoc* cuenta una historia que les toca muy de cerca. Cuenta su propia historia.

O, al menos, una parte de ella.

¿Sabéis algo de historia bíblica? ¿Sabíais que Lucifer antes era Luzbel, el ángel más bello del cielo, y que se le subió a la cabeza y quiso desafiar a Dios? ¿Y que por eso hubo una guerra en el cielo, y Lucifer y los suyos fueron derrotados y enviados al infierno? Esa es la versión católica oficial: el pecado de los ángeles caídos fue el orgullo.

Decía que el *Libro de Enoc* cuenta una historia ligeramente diferente. Cuenta que el pecado de los ángeles fue el amor.

O, para ser más exactos, la lujuria. Eso del amor me lo explicó mi padre así porque yo era una cría de siete años, pero, cuando una crece un poco más y relee antiguos libros, es capaz de captar ciertas cosas que antes le pasaron desapercibidas.

En resumidas cuentas, el *Libro de Enoc* cuenta que algunos ángeles se liaron con mujeres humanas y tuvieron hijos, y les enseñaron un montón de cosas que ellos no deberían haber sabido; entre ellas, la hechicería, la forja de armas y de joyas, el alfabeto y una serie de maldades más. Algunos ángeles buenos fueron con el cuento a Dios, y los ángeles que tenían tratos con humanos fueron castigados y se convirtieron en demonios.

Como dije, no es más que una historia apócrifa. No tiene ningún fundamento. Es solo otra historia más acerca de los ángeles. Porque, y en eso estaba mi padre de acuerdo, los demonios no se convirtieron en demonios por culpa de los humanos. Los demonios son mucho más viejos que los humanos, y mucho más sabios.

Pero es cierto que a mi padre le gustaba especialmente el *Libro de Enoc*, y llevaba un ejemplar en latín en su mochila. De pequeña, me fascinaba aquella historia; me gustaba la idea de que algunos ángeles hubieran amado tanto a los humanos como para unirse a ellos, tener hijos con ellos y enseñarles cosas prohibidas. Y me daba pena que luego los castigaran por ello.

Era demasiado pequeña como para entenderlo todo de verdad. Pero, cuando crecí un poco más y empecé a hacerme preguntas, comprendí mejor por qué a mi padre le gustaba tanto esa historia, y por qué no podía ser real.

Él había cometido el mismo pecado que aquellos ángeles antiguos. Había tenido una hija con una humana.

Y siento mucho decepcionar al tal Enoc, pero mi padre no era un demonio. Era un verdadero ángel. Siempre lo fue.

—Puede que alguien se haya tomado muy en serio este libro —sugiere Jotapé con suavidad—. Puede que alguien no le haya perdonado a tu padre lo que hizo.

—Mi padre no hizo nada malo —protesto—. Puede que en el pasado eso de transubstanciarse y liarse con humanos estuviera mal visto, pero hoy día todos los ángeles tienen cuerpo y, aunque no experimenten necesidades físicas, pueden comer, dormir o hacer el amor si quieren.

Jotapé respira hondo.

—No te pongas así, Cat. Era solo una teoría. Es la única razón por la cual se me ocurre que alguien quiera matarte.

—¿Porque lo dice un libro? —replico, sarcástica, pero enseguida me callo al caer en la cuenta de la tremenda ironía que hay en lo que acabo de decir. Lo cierto es que se han cometido masacres enteras *porque lo dice un libro*. Los libros que hablan de Dios suelen provocar esos efectos secundarios en determinadas personas de mentalidad retorcida. Qué le vamos a hacer, es la naturaleza humana. Pero no me lo esperaba de los ángeles, y, para ser sinceros, tampoco de los demonios. Suponía que incluso ellos estaban por encima de todo esto.

—Siento decirlo, pero no debemos descartar esa posibilidad.

Levanto la cabeza para mirarle.

–¿De verdad piensas eso? ¿Prefieres creer que me ha atacado un ángel al que se le ha ido la olla, a pensar que es obra de demonios?

Touché. Jotapé mira para otro lado, incómodo.

–Bueno… lo cierto es que no.

Pobre Juan Pedro. Ya es bastante duro ser cura en estos tiempos, como para que encima venga una mocosa a hacerte dudar de lo que te han enseñado. Pero Jotapé tiene una fe a prueba de bombas. Eso a veces es exasperante; y, sin embargo, en el fondo es una de las cosas que más me gustan de él. Quiero decir que es íntegro, que es un buen tío. Que se cree de verdad lo de Dios es amor, y amaos los unos a los otros, y todo eso, y se lo cree por encima de detalles insignificantes en comparación, como el sexo de los ángeles o que hagas ayuno en Cuaresma.

Pero volvamos a mí y a mi problema. Alguien mató a mi padre y secuestró a una chavala a la que confundieron conmigo. Alguien ha pretendido matarme, pero finalmente no lo ha hecho. Y yo no sé si esos dos *alguienes* son el mismo *alguien*, ni si son de un bando o de otro, y mucho menos qué tenían contra mi padre ni qué tienen contra mí. Hasta el día de hoy estaba convencida de que los enemigos de mi padre eran demonios. Tras el encuentro en la biblioteca, ya no sé qué pensar. Y no ayuda a aclarar las cosas el hecho de que llegue Jotapé blandiendo triunfalmente el *Libro de Enoc* y me recuerde que soy la hija de un ángel y una humana, y que, según algunos listillos, eso a Dios no le hace ninguna gracia.

Inclino la cabeza, pensativa.

–Voy a tener que irme. Será lo mejor.

–¿Irte adónde?

Respiro hondo.

–Mi padre conocía a un tipo que entendía de ángeles y de libros. Si logro dar con él, tal vez pueda darme alguna pista sobre lo que está pasando.

Jotapé frunce el ceño.

-¿Y dónde está ese... tipo?

-No muy lejos. En Madrid. No te preocupes, Jotapé. He llegado mucho más lejos haciendo autoestop.

-¿Autoestop? –repite, horrorizado; niega con la cabeza–. Ni hablar. No voy a permitir que vayas por ahí tú sola.

-Venga ya –protesto–. Sé ir por ahí yo sola. Sé cuidar de mí misma. Y no hay nada de malo en hacer autoestop.

Lo único que me faltaba es tener un cura pegado a los talones. Así no habrá manera de encontrar a los asesinos de mi padre. No es que todos los demonios vayan a salir huyendo despavoridos al ver su alzacuellos, pero desconfiarían por lo menos. Sobre todo si han visto *El exorcista*.

-No puedes retenerme –insisto–. Tengo dieciocho años –miento como una bellaca–. Legalmente puedo ir a donde me parezca.

Parece perplejo un momento. Antes de que empiece a sacar cuentas, sume diez más seis y se dé cuenta de que no son dieciocho, declaro con rotundidad:

-Me iré mañana mismo. Cuando antes aclare todo esto, mejor.

Jotapé suspira. Luego vuelve a suspirar. Luego saca su cartera, y de la cartera saca una tarjeta. Me la tiende, pero no la cojo. Me quedo mirándole como si no estuviera bien de la cabeza.

-Es para ti –dice–. Es un duplicado de la mía. Está a mi nombre, así que no podrás pagar nada con ella, pero sí podrás sacar dinero en cajeros de todo el mundo. Es una Visa.

Parpadeo. Pero es porque se me ha metido algo en el ojo, que conste.

-Pero ¿cómo... cómo se te ocurre darle un duplicado de tu tarjeta a una casi desconocida?

Jotapé sonríe.

-Porque no tienes dieciocho años. Porque vas a marcharte de todas formas. Porque se lo debo a tu padre. Y porque sé que la usarás con cabeza. Sabes que no tengo mucho dinero y no vas a hacerte rica sacándome los cuartos.

Abro la boca, pero sigo sin poder hablar.

–Porque, como tú bien has dicho –prosigue Jotapé–, la Biblia dice que hay que dar de comer al hambriento, y tú no tienes modo de ganarte la vida, y no me hago ilusiones con respecto a que quieras ir al colegio. Y porque –concluye, con una amplia sonrisa– tengo casi todos mis ahorros en un plan de pensiones. Por si acaso.

Le miro, incrédula.

–A Dios rogando, pero con el mazo dando –me recuerda.

No puedo evitarlo. Me echo a reír y termino por aceptar la tarjeta. Jotapé se ríe también, pero se pone serio de pronto.

–Solo dime si esa persona a la que vas a ver es alguien de confianza. Si era muy amigo de tu padre.

–Oh, sí –respondo, y le miento por segunda vez en menos de cinco minutos–. Eran íntimos.

Y esta vez se lo traga.

Lo cierto es que le he visto una sola vez, y entonces tenía diez años, así que apenas lo recuerdo. Pero no será como buscar una aguja en un pajar. Sé que tenía una librería, porque mi padre fue a verle allí. Una librería con montones de librotes antiguos, de modo que sería una librería de viejo. Y recuerdo que estaba en la calle Libreros. Obvio. Lógico. ¿Quién no se acordaría de algo así?

Sin embargo, intento recordar la imagen de esa persona con la que hablamos y no lo consigo. Sé que era un hombre joven. Pero nada más.

Mientras contemplo el paisaje por la ventanilla del autobús, intento concentrarme en mi siguiente paso, pero no puedo evitar acordarme de Juan Pedro. Me he marchado sin despedirme, y me he llevado la tarjeta de crédito que me ha regalado. Con ella he sacado dinero para el autobús que me está llevando a Madrid. Él quería que fuera en tren, pero esto es más barato y va a llegar a su destino igualmente.

También habría preferido que me quedase más tiempo, pero, sencillamente, no puedo hacerlo. Si alguien me está siguiendo, si me está buscando, y si va tan en serio como los que mataron a mi padre, cada minuto que he pasado en casa de Jotapé le he estado poniendo en peligro a él también.

Por eso me he marchado de noche, como una ladrona.

Pero había un teléfono móvil y una nota en la mesita donde Jotapé dejó la tarjeta anoche. Y ponía:

Cat,

Sé por qué estás haciendo todo esto. Ten cuidado y no corras riesgos innecesarios. Tu padre no dio la vida para que tú perdieras la tuya.

Pero también sé que no puedo retenerte; acepta, por favor, este segundo regalo, y piensa que no lo hago por ti, sino por mí. Me quedaré más tranquilo si sé que lo llevas encima. Mi número está grabado en la memoria. Más abajo tienes el PIN.

Cuídate.

JP

Así que ahora soy una chica casi civilizada. Ya tengo Visa y teléfono móvil. ¿Qué será lo próximo? ¿Ropa chula hiperceñida? ¿Un coche? ¿Novio?

Todas esas cosas parecen muy lejanas ahora. Claro que hace dos días ni soñaba con tener móvil ni tarjeta de crédito.

Eh, no es un móvil de última generación, no os vayáis a pensar. No tiene conexión a internet, ni cámara de fotos, ni ninguna pijada de esas. Pero tiene un vínculo con una persona que se preocupa por mí, y eso es lo más importante.

III

Lo primero que hago al llegar a Madrid es buscar alojamiento. Pregunto en varios hostales hasta que encuentro uno que me parece bastante barato. El nivel de cutrez es inversamente proporcional al precio del alojamiento; pero, después de todo, el dinero con el que voy a pagar no es mío.

La habitación no está mal del todo, he tenido suerte. El baño está en el pasillo, pero estoy acostumbrada a cosas peores, así que no me importa. Pido un callejero en recepción y lo estudio hasta encontrar la calle Libreros. La localizo cerca de la Gran Vía. Tendré que hacer un par de transbordos, pero puedo llegar en metro. Genial.

Todavía son las cuatro de la tarde y me imagino que los comercios, incluida la librería de la persona a la que quiero ver, estarán cerrados. Cierro los ojos un momento para descansar...

Me he quedado dormida. Masculllo maldiciones mientras corro por las escaleras del metro en dirección a mi próximo destino. Ha sido una siesta larga, demasiado larga. Son casi las siete y media, y, como no llegue a tiempo, me van a cerrar la tienda y tendré que volver mañana.

Y no estoy de humor para esperar.

Me precipito a la calle y casi arrollo a un señor con bastón, pero no tengo tiempo de parar ni de disculparme. Recorro a la carrera el trecho que me falta hasta llegar a la calle Libreros. Ruego a los dioses y a los ángeles que tengan a bien escucharme que no sea una calle demasiado larga.

Y no lo es. Pero está repleta de librerías. Librerías de viejo. Montones de ellas.

Después de todo, puede que sí sea buscar una aguja en un pajar.

Voy recorriéndolas todas, una detrás de otra, asomándome y preguntando al dueño o a la dueña por libros de ángeles. Todos me miran como si fuera un bicho raro, lo cual es una reacción normal en cualquier humano normal. Tampoco veo ninguna cara que me suene.

En una de ellas me cuelo por debajo de la persiana, que estaba ya medio bajada, y el librero me echa con cajas destempladas. Quizá se piense que soy una delincuente juvenil. Y eso que no sabe que voy armada con una espada angélica.

Entro en otra, más apartada, más triste, medio escondida en un rincón de la calle al que apenas llega la iluminación de las farolas. Una campanilla suena en alguna parte cuando abro la puerta.

Un hombre de unos treinta y tantos años me mira con cierta severidad.

—Estamos cerrando —me dice, y de pronto se fija en algo que hay en mi espalda y le cambia la cara. Me vuelvo, intrigada, pero no hay nada. Y entonces caigo en la cuenta de que lo que se ha quedado mirando es mi espada. La ha visto.

Es uno de ellos. De uno o de otro bando, pero es uno de ellos.

Ladea la cabeza y me mira con desconfianza. Tiene el cabello oscuro, rebelde, y unos ojos verdes intensísimos. Quizá la nariz, demasiado larga, y la mandíbula, demasiado cuadrada, impiden que sea realmente guapo; pero qué ojos.

–¿Quién eres? –exige saber–. ¿Qué quieres?

Respiro hondo.

–Vengo de parte de Iah-Hel. Le conocías, ¿no?

El librero sigue observándome con la suspicacia que mostraría un gato ante un ratón que maúlla.

–Le conozco. ¿Qué haces tú con su espada?

Trago saliva. Aún me cuesta hablar del tema.

–Murió hace un mes.

El librero entrecierra los ojos.

–¿El Enemigo? –me interroga.

Así es como llaman los ángeles a los demonios. Algunos los llaman también los caídos; pero, por lo que mi padre me contó, hay muchos, en un bando y en otro, que dudan de que los demonios *cayeran* alguna vez. Lo que quiero decir es que hay quien piensa que siempre han sido demonios, desde el principio de los tiempos, y no simplemente ángeles que obraron mal y fueron condenados a las llamas del infierno y todo eso.

Me encojo de hombros.

–Supongo que sí. Lo mataron con una espada, así que solo puede haber sido… el Enemigo. ¿No es así? –pregunto con intención.

El ángel librero capta la indirecta. Su expresión se vuelve todavía más dura.

–Si lo mataron a espada, no puede haber sido ningún otro.

–Pero él no participaba en la guerra. No tiene sentido que lo asesinaran.

–Todos estamos implicados en la guerra, pequeña humana, lo queramos o no. Y ahora, vete: ya te he dicho que tengo que cerrar.

Me contengo para no enfadarme.

—No necesitas comer ni dormir —le espeto—, y, además, eres inmortal, así que no tienes ninguna prisa. Puedes dedicarme diez minutos sin ningún problema.

El librero suspira con paciencia.

—Bien, que sean diez minutos, entonces. ¿Qué quieres exactamente?

Desenvaino la espada, en un gesto muy teatral, y la dejo sobre la mesa, ante él.

—Iah-Hel era mi padre —proclamo—. Lo que quiero son respuestas.

El ángel esboza una breve sonrisa.

—Te recuerdo. Eres la niña que iba con él. Te llevaba a todas partes, ¿no es así? En tal caso, ya sabrás que nosotros estamos involucrados en una guerra eterna. Y que, de vez en cuando, hay bajas en ambos bandos. Y créeme, es mejor morir así, como lo ha hecho tu padre, que de la otra manera.

—¿La otra manera? —repito, intentando encajar las piezas.

—La Plaga —responde él, sin más.

Ya comprendo. Es esa misteriosa enfermedad que hace que los ángeles pierdan energía lentamente; al principio les impidió regresar al estado espiritual, pero, no contenta con ello, sigue chupándoles fuerzas hasta que terminan por morir de agotamiento, o de nostalgia, o de qué sé yo. Muchos, muchísimos ángeles han desaparecido del mundo de esta forma. Así que la llaman la Plaga. Muy bíblico, cómo no.

La enfermedad de los ángeles, la Plaga o como sea, es el motivo por el cual ahora el número de demonios supera ampliamente al de ángeles. El motivo por el cual los ángeles están perdiendo en la guerra de forma total y desastrosa, y el motivo por el que hoy día ningún ángel con dos dedos de frente se preocuparía más por la guerra contra los demonios que por su propia supervivencia.

Salvo el grupo de siempre, claro. Los que no dejarán de combatir al Enemigo ni aunque los parta un rayo.

Miguel y los suyos.

–¿Quiere decir eso que Miguel sigue vivo? –pregunto.

El librero no ha seguido el curso de mi razonamiento (los ángeles pueden hacer muchas cosas, pero no leer la mente), así que mi pregunta lo deja un poco desconcertado.

–El arcángel Miguel sigue vivo, y aún lucha con todas sus fuerzas –me responde con sequedad–. Como debe ser.

Bueno, ya está claro que es un combatiente convencido. Respiro hondo y trato de ordenar mis ideas. No me conviene hacerle enfadar.

–Me llamo Cat –le digo tratando de mostrarme amistosa–. He venido de muy lejos para averiguar quién mató a mi padre y por qué lo hizo. Y si fue el Enemigo, quiero hacérselo pagar.

Me mira con más interés. Creo que empiezo a hablar su idioma.

–Yo soy Jeiazel –se presenta–. Comprendo tu dolor, muchacha, pero es el deber de todo ángel combatir a los demonios, y, lamentablemente, muchos caen en la batalla. No hay nada que puedas hacer. No tienes poder para derrotar a ningún Caído, porque solo un ángel podría destruir a un demonio… de la misma forma que solo un demonio mataría a un ángel.

–Ya, pues… yo tengo mis dudas –mascullo–. Porque hay alguien que va tras de mí, y si ese alguien es la persona que mató a mi padre…

Jeiazel alza una ceja.

–Los demonios son malvados y retorcidos, ya lo sabes. Si a alguno se le ha metido en la cabeza que no le gustas, te perseguirá y te matará si es eso lo que quiere. Pero ningún ángel tendría ningún interés en perseguir a una humana.

–¿De veras? –replico en voz baja–. ¿Y qué hay de los que piensan que los ángeles no deberían tener hijos medio humanos?

Jeiazel suspira otra vez. Se apoya sobre el mostrador buscando una postura más cómoda. Creo que ha adivinado que esto va para rato.

–Cat, tal como está todo, los ángeles tenemos cosas mejores que hacer que perseguirnos unos a otros por asuntos que, comparados con la Plaga y con el Enemigo, no tienen la menor importancia. Créeme: ningún ángel mataría a otro ángel. Somos demasiado pocos. No podemos permitirnos ese lujo.

Maldita sea, tiene sentido. Demasiado sentido.

–¿Y qué hay de las leyes angélicas? ¿No teníais a alguien que se encargaba de castigar a los ángeles que no actuaban como debían?

Los ojos de Jeiazel se pierden en algún punto de la oscuridad de la tienda. Por un momento, me parece que muestran ese brillo insondable que tenían los ojos de mi padre cuando trataba de recordar el pasado.

–Ese era el cometido del arcángel Raguel. Pero fue abatido por la Plaga hace mucho tiempo.

He oído hablar de Raguel. Era uno de los Siete, que ahora son seis, o puede que menos.

Así que el Gran Inquisidor Angélico ya no existe. No sé si eso es una buena o una mala noticia. ¿Quién será ahora la policía de la policía?

Aunque, como dice Jeiazel, si los ángeles se enfrentan a su extinción, poco importa eso.

El ángel librero es menos cuadriculado de lo que parecía en principio, y ahora empiezo a entender su postura. No es que le dé la espalda a la Plaga, no es que se aferre a un glorioso pasado de heroicas batallas y grandes victorias y no quiera vivir en la realidad. Es que teme a la Plaga, a la extinción. Y quiere morir combatiendo.

Ah, el honor angélico. Mi padre no tenía mucho de eso, la verdad. Pero me pregunto si lo tuvo alguna vez. Si es así, probablemente, ni él mismo lo recordaba.

–Actualmente, la única ley angélica importante es la Ley de la Compensación –continúa Jeiazel, y me mira fijamente, como evaluándome–. ¿La conoces?

–La Ley de la Compensación –asiento, y recito como una alumna aplicada–: «Cuando un ángel muere, otro debe nacer».

Jeiazel sonríe con aprobación.

–Esa ley implica que siempre existe, y existirá, el mismo número de ángeles. Que, en teoría, no podemos desaparecer como especie. Cuando un ángel muere, hay una fuerza que lleva a otros dos ángeles a procrear un nuevo ser. Y solo lo hacen en esas circunstancias.

–¿Y qué pasa con los ángeles que procrean con humanos?

–Los medio ángeles no cuentan; aunque fueran muchos, no aumentarían el número de las legiones angélicas, formadas solo por ángeles puros –me explica llanamente, y eso me hace sentirme bastante humillada, para qué nos vamos a engañar.

Pero también me hace caer en la cuenta de otra cosa.

–¿Por qué, entonces, los ángeles os estáis extinguiendo?

Es una palabra muy dura, y quizá no debería haberla usado, porque el rostro de Jeiazel muestra, de pronto, una sombra de tristeza.

–La ley funcionaba cuando no existía la Plaga. Un ángel nace solo cuando otro ha muerto en la guerra. Los ángeles exterminados por la enfermedad se extinguen definitivamente. Para siempre.

Permanezco en silencio, incapaz de responder. Es demasiada información importante que asimilar. Demasiadas cosas que mi padre no me contó en todos estos años.

Y demasiadas conclusiones que sacar.

–Si mi padre fue asesinado por un demonio –digo lentamente–, eso significa que, en el momento en que murió, otro ángel fue engendrado en alguna parte.

—Eso es —asiente Jeiazel—. Por eso es tan importante que los ángeles sigan luchando. Quién sabe si la Plaga no es un castigo de Dios porque muchos abandonaron la lucha. Pero, sea o no accidental, el caso es que la única manera de que la especie angélica permanezca sobre el mundo es seguir luchando contra el Enemigo. No perder de vista nuestra misión —sacude la cabeza, pesaroso—. Traté de explicárselo a tu padre, pero no quiso escucharme. Y no es que me alegre de su muerte; pero sí me alegro de que la Plaga no se lo llevara. De que muriera combatiendo.

Recuerdo la espada de mi padre, tirada en el suelo, cerca de él.

—No estoy segura de que muriera combatiendo. Al menos, no en Combate leal.

—Los demonios no saben lo que es el combate leal —dice Jeiazel con desprecio—. Pero, de todos modos, lo mató una espada demoníaca. Ahí radica la diferencia.

Las espadas, hechas de anti-esencia angélica. Esencia contra anti-esencia. Un choque que genera, de alguna misteriosa manera, un nuevo ser en el vientre de otro ángel. La muerte engendra vida.

Nunca me había parado a pensar en lo que implica la Ley de Compensación. Si fue otra de las geniales ideas de Dios, no cabe duda de que tiene una vena poética bastante acusada. O eso, o es excepcionalmente cruel; porque eso significa que, incluso en estos tiempos oscuros, en que los ángeles ya no tienen fuerzas para luchar, deben seguir haciéndolo si no quieren desaparecer para siempre como especie.

—Así que ya lo sabes —concluye Jeiazel—. Puedes darle gracias a Dios de que tu padre muriera combatiendo, a pesar de haber dado la espalda a la guerra. Su muerte no habrá sido en vano; pero, si hubiese sido abatido por la Plaga, habría un ángel menos entre nosotros.

—¿Darle gracias a Dios? —repito con voz ronca; alzo la cabeza y clavo la mirada en los profundos ojos verdes de Jeiazel—. ¿Tú crees que Dios me escucharía?

He puesto el dedo en la llaga. El ángel respira hondo.

—No lo sé —dice con sinceridad—. Pero lo que sí tengo claro es que, si no das gracias, nunca habrá nadie al otro lado para recibirlas.

Es otra manera de verlo. De pronto, Jeiazel ya no me cae tal mal.

—Quiero unirme a vosotros —proclamo—. Quiero ser una combatiente.

El librero sacude la cabeza.

—No aceptamos humanos entre nosotros, muchacha.

—¿Qué? ¿Ni siquiera a los hijos de los ángeles? ¡Tengo la espada de mi padre!

—¿Y sabes usarla?

Ahí me ha pillado. Sí, sé usarla, más o menos. Mi padre me enseñó. Lo que pasa es que, por mucho que me entrene, nunca podría superar en combate a alguien que lleva millones de años manejando una espada demoníaca. Y esa es la cruda realidad.

—¡Quiero combatir! —repito pasando por alto el comentario—. ¡Tú mismo lo has dicho! Sois pocos y no podéis permitiros el lujo de rechazar a más gente. Y menos por algo tan tonto como mi ADN. No seas racista…

—Cat —dice entonces Jeiazel, y está serio, tan serio que retrocedo un paso instintivamente, intimidada—. Los humanos no deben mezclarse en la Guerra Eterna. Ni siquiera los humanos con ascendencia angélica. Nunca. Bajo ninguna circunstancia. Es la ley.

Trago saliva.

—Pero tú mismo has dicho —tartamudeo— que la única ley que importa es la Ley de la Compensación.

—Cierto —asiente Jeiazel—. Y tú no *compensas*.

Vaya jarro de agua fría. Ya no me cae bien. Pero ¿quién se ha creído que es?

—Lo digo por tu bien —insiste; sí, sí, ahora intenta arreglarlo—. Si te implicas en esta guerra, acabarás mal. Piensa en la gente que mató a tu padre, a Iah-Hel, un ángel inmortal que llevaba existiendo casi desde el principio de los tiempos. ¿Crees de verdad que eres rival para ellos?

—Pero... pero... —protesto, muerta de rabia y de vergüenza— no estoy de acuerdo. Si soy tan poco importante, ¿por qué intentan matarme?

Jeiazel vuelve a clavarme esa mirada intensa, penetrante.

—No lo sé —dice tras un instante de silencio—. Los demonios son retorcidos, es cierto, pero no perderían el tiempo con humanos. O tal vez sí. Quizá lo encuentren divertido, quién sabe.

Ah, eso sí que no. No me trago que alguien intente matarme solo por diversión. No es que tenga un gran concepto de los demonios, pero sí tenía entendido que están por encima de esas motivaciones tan... humanas.

Y eso me recuerda a otra vieja leyenda sobre ángeles.

—¿Y qué hay de esos ángeles a los que no les caen bien los humanos? —insinúo.

Jeiazel me mira, esperando que sea un poco más explícita.

—Vamos —insisto—, no creas que no lo sé. Hay ángeles que nos odian. No intentes ocultarlo.

Jeiazel se echa a reír, y es una risa hermosa, tintineante, pero fría.

—No hay ninguna razón para ocultarlo, es así. Tampoco es que los humanos nos deis demasiadas razones para que os apreciemos, sinceramente. Y si sabes eso, también sabrás que el mismo Uriel lleva miles de años descontento con vosotros. Y últimamente, con mayor motivo.

—Ah —digo solamente, abatida; sí que lo sabía, pero esperaba tener que sacarle la información de una forma retorcida y complicada, y que al final me lo confesara todo y se declarara culpable; lo que no esperaba era sentirme culpable yo–. El viejo Uriel. ¿Así que también sigue vivo?

Uriel es otro de los Siete. El de la espada de fuego en las puertas del paraíso, ¿lo recordáis?

Las fuentes bíblicas no especifican el nombre del ángel que vigilaba el antiguo hogar de Adán y Eva, el que les impedía regresar. Algunos creen que fue el propio Miguel, pero mi padre me explicó que, según la tradición angélica, fue Uriel, el guardián del Edén, el ángel más implicado en la conservación y el cuidado de la creación.

–Uriel es poderoso –dice Jeiazel sin piedad–. Y no, no siente simpatía hacia los humanos. Pero ahora está inmerso en la guerra contra los demonios y no tiene tiempo para vosotros. Así que por eso no tienes que preocuparte.

–No me preocupo –miento–. Solo quiero saber la verdad.

–La verdad es que a tu padre lo mató el Enemigo, lo cual es un digno final para cualquier ángel –replica Jeiazel, cortante–. La verdad es que eres la hija de una humana y no formas parte de las legiones angélicas, por lo que, con espada o sin ella, no puedes unirte a nosotros. La verdad es que, si te acercas a los demonios, te matarán. Y eso es todo cuanto tengo que decirte. Adiós, Cat. Tus diez minutos han terminado, y yo tengo que cerrar.

Intento replicar; pero, de pronto, pasa algo extraño. Es como si me hubiese quedado paralizada, o como si el tiempo volase a mi alrededor, mientras yo me quedo colgada en mitad de la frase. Y cuando consigo cerrar la boca, me encuentro de patitas en la calle y con la puerta de la librería cerrada a cal y canto.

Intento reprimir la rabia que me inunda por dentro, pero resulta difícil, dadas las circunstancias. Aporreo la persiana metálica.

—¡Jeiazel! —llamo—. ¡No voy a rendirme, para que te enteres! ¡Y si tú no quieres ayudarme, iré yo sola al encuentro del Enemigo y le pediré explicaciones!

—¡Gamberra! —me increpan desde una ventana—. ¡Deja de dar golpes o llamo a la policía!

Me trago mi rabia y me voy de allí.

Pero no es un farol. En vista de que los ángeles me cierran la puerta en las narices, no voy a tener más remedio que ir al encuentro de los demonios.

Y mi entrevista con Jeiazel me ha dado una idea de cómo encontrarlos.

Rumiando venganza, me pierdo por un laberinto de callejuelas oscuras y silenciosas.

Son las dos de la mañana, y estoy agotada y muerta de sueño. Además, creo que me he perdido.

Llevo toda la noche vagando por los garitos de Madrid. No estoy de juerga; es, simplemente, que ando buscando un demonio.

Cualquiera me vale, hasta el más insignificante diablillo. De hecho, si es un insignificante diablillo, mejor, porque me siento con ánimos de enfrentarme a uno de esos, pero, para hacer honor a la verdad, dudo que pudiera plantarle cara a un demonio más o menos poderoso.

¿Os parece un tópico eso de ir buscando demonios en los locales de marcha? Pues tiene más sentido del que parece.

Entrad en un garito cualquiera y mirad a vuestro alrededor (si es que la cortina de humo os lo permite, claro). ¿Qué veis?

A gente desinhibida. A gente confiada. A gente dispuesta a intimar con desconocidos. Gente que, si la pillas en el momento adecuado, hará cualquier cosa que un demonio le pida.

Hay un axioma entre los ángeles. Dicen que solo hay algo más destructivo que un demonio, y es un humano alentado por un demonio. Eso no nos deja en muy buen lugar, ¿eh? Pero también nos exime de cierta responsabilidad. En cambio, mi padre solía decir que, según algunos ángeles, los humanos no necesitamos a los demonios para ser destructivos, porque nos las arreglamos muy bien sin ayuda. Y ya me imagino qué ángel en concreto fue capaz de sugerir que superamos a los demonios en maldad.

Independientemente de quién sea más *maloso*, sí parece cierto que a los demonios les gusta provocar a los humanos para que hagan cosas malas, o sugestionarlos para que sean sus siervos.

(Pero esto no implica que todas las personas malvadas estén inspiradas por un demonio; por lo visto, nuestro *fantabuloso* «libre albedrío» nos lleva a hacer la mayor parte de las cosas que hacemos, buenas o malas, porque nos da la real gana.)

Y por eso estoy aquí. A ver si descubro algún demonio a la caza.

O, mejor dicho, a ver si me descubre él a mí.

Entre tanta gente, de todas las calañas y de todos los pelajes, es imposible distinguir a un demonio del montón de humanos borrachos y/o colocados que se apiñan en cada local. Pero yo llevo una espada angélica prendida a la espalda. Y, de la misma manera que llamó la atención de Jeiazel, también disparará las alarmas de cualquier demonio. Sería como si le hiciese señales de humo (no, no es una buena comparación: aquí las señales de humo pasarían totalmente desapercibidas. Digamos, de forma más apropiada, que sería como ver un faro entre la niebla).

Pero llevo horas dando tumbos de un lado a otro y nadie se fija en mí. En realidad no soy muy alta, y no llevo tacones como la mayoría de las chicas que vienen por aquí. Además, tampoco llevo minifaldita ni top, sino que voy con unos pantalones de deporte y una sudadera cutre. Que para eso soy una cazademonios, y lo importante es la comodidad y que mi espada esté bien afilada; la estética es lo de menos.

Así que paso totalmente desapercibida, y eso es bueno. Porque...

Un momento.

Alguien me está mirando.

Pero ¿quién? ¿Y por qué?

Me vuelvo hacia todos lados, pero es imposible ver nada. La luz parpadea, el humo me envuelve y hay tanta gente que no solo me cuesta distinguir sus rostros, sino que, además, me impiden abarcar todos los rincones de la sala.

Pero lo he sentido. De la misma manera que sientes un soplo de aire frío, yo he notado esa mirada. Se me ha erizado el vello de la nuca. Me ha dado un escalofrío de lo más siniestro.

Me abro paso entre la gente, todavía con ese molesto cosquilleo en la nuca. Tengo la sensación de que, entre toda esta humanidad, hay alguien que brilla con luz propia, una criatura sobrenatural atrapada en un cuerpo humano. Alguien que no es humano, aunque lo parezca. Alguien. En alguna parte.

Me empujan para que me quite de en medio, y me dejo zarandear de un lado para otro, tratando de captar otra vez esa sensación.

Y me quedo quieta de pronto. Ahí, en el rincón. Alguien me ha vuelto a mirar, y se me ha puesto la piel de gallina. O sería más apropiado decir que me ha entrado un ataque de pánico y me muero de ganas de salir corriendo de aquí. Pero me contengo.

El dueño de semejante mirada acaba de hundir el rostro de nuevo en la larga melena de una chica cuya ropa de cuero deja poco espacio a la imaginación. Ella se ríe, coqueta, mientras él le dice algo al oído. No puedo verle la cara, pero por su figura parece joven, puede que más joven que Jeiazel. No tiene pinta de ser un ángel, aunque nunca se sabe.

Entonces él se vuelve hacia mí y me mira fijamente. Es una mirada maquiavélica que me deja muda de horror.

La mirada del depredador.

La chica que lo acompaña se da cuenta de mi presencia y también se vuelve hacia mí, molesta. Pero ella no da tanto miedo.

Más bien da lástima. Da por sentado que él le presta atención porque quiere llevársela a la cama.

Y no es eso. No es eso, pequeña ingenua. Tu cuerpo no le interesa lo más mínimo.

Es tu alma lo que quiere que le entregues. Y, amiga, una vez que lo hagas, ya no habrá vuelta atrás.

Él sigue mirándome. Tiene unos ojos de acero, fríos y penetrantes. Después, lentamente, me sonríe. Y es una sonrisa entre taimada y fascinante. Una sonrisa que no es de este mundo.

Y, a pesar de eso, me sigue recordando a la sonrisa del gato que se relame justo antes de saltar sobre el ratón.

Respiro hondo. No es momento de asustarse. Tengo una espada angélica y no dudaré en utilizarla.

Y eso me recuerda *por qué* me está mirando. Ha visto mi espada. Sabe quién soy. O, por lo menos, lo intuye. En un movimiento desesperado, desenvaino el arma y la pongo entre los dos. Y observo, no sin satisfacción, que lo he desconcertado. Puede que hasta lo haya asustado un poquito. No en vano acabo de plantarle ante las narices la única cosa que puede matarlo. Si le regalaras a Superman un trozo de criptonita, ¿qué cara te pondría?

Entorna los ojos y me mira casi con odio.

–¿Te has vuelto loca? –sisea.

–¿Qué quieres? –pregunta la chica, de mal humor. Tengo suerte: al igual que el resto de personas del local, está demasiado aturdida como para que ni el más mínimo rastro de lucidez que pueda quedar en su cerebro le diga que tiene ante ella a una perturbada con una espada.

−Dile que se vaya −le ordeno al demonio sin hacerle caso.

−Pero ¿qué te has creído? −replica ella, estupefacta−. ¡La que tiene que marcharse…!

−Vete −dice entonces él, a media voz, sin apartar los ojos de la espada.

Ella se queda de piedra. Lo mira un momento, con la vana esperanza de no haber oído bien.

−Pero…

−He dicho que te vayas −repite el demonio, con una voz cortante como la hoja de un cuchillo, y como parece que la chica tiene intención de seguir protestando, él se vuelve hacia ella un instante y le clava una mirada fría, inhumana.

Ella se encoge de terror, agacha la cabeza y se marcha a toda prisa.

Nunca lo sabrá, pero me debe algo más que la vida.

Él vuelve a prestarme atención. En efecto, es un demonio joven; esto quiere decir que, aunque no aparente más de veinte años, es fácil que tenga veinte mil. Lo cual, en realidad, no es mucho para un demonio. Viste pantalones negros y una camisa blanca, medio remangada, medio suelta, que lleva con natural elegancia, pero presenta un cierto aspecto desaliñado: su pelo negro está despeinado, y sus ropas, algo arrugadas, como si acabara de levantarse o como si se hubiese vestido con desgana, sin prestar atención a lo que hacía. Puede que esté siguiendo alguna moda, o puede que sea una declaración de intenciones, no lo sé. El caso es que no parece estar dormido en absoluto, porque hay un brillo de feroz alerta en su mirada. Sus rasgos son algo aniñados, lo que también es engañoso, pues no hay nada de ingenuo o infantil en su expresión: ahora que solo yo lo estoy mirando, ahora que su presa se ha esfumado, muestra su verdadero rostro, en un gesto grave, serio y muy, muy peligroso. Con esta luz es difícil decir de qué color son sus ojos, pero no me siento capaz de aguantarle la mirada ni un segundo más. Es la mirada del depredador más temible del planeta, el que no persigue a sus presas por su carne, sino que es un cazador de almas; y eso es algo que los mortales, pese a que llevamos cientos de miles de años conviviendo con ellos, aún estamos muy lejos de comprender del todo.

Alzo la espada un poco más, atenta por si él desenvaina la suya. Espero, pero nada sucede.

No puedo creerme mi buena suerte. No lleva la espada encima. ¡No lleva la espada encima! Mi padre me había dicho que los demonios se están volviendo muy pasotas y descuidados, pero esto es el colmo. Claro que también puede significar que ya no creen que los ángeles sean una amenaza. Ja. Pues se va a enterar.

—Ten cuidado con eso —me dice entonces el demonio con calma—. Puedes hacerte daño.

—Voy a hacerte daño a ti —le amenazo—, si no me respondes a unas cuantas preguntas.

Él pone los ojos en blanco. Eh, no me gusta esa actitud. Está dejando de tomarme en serio.

—No eres más que una humana que juega a ser un ángel, chica —me dice con una voz suave y aterciopelada que, por algún motivo, me pone los pelos de punta—. No pretendas hacer preguntas a un demonio; no te gustarán las respuestas.

Genial; de entre todos los demonios del mundo, me ha ido a tocar uno que se las da de enigmático.

—No te hagas el listo conmigo, diablillo. Yo tengo una espada y tú no.

Sonríe, burlón.

—Así que todo se reduce a tener o no tener espada. Curioso.

Intuyo que quiere hacer algún tipo de chiste grosero, pero estoy demasiado cansada y furiosa como para pensar en ello. Lo que realmente me molesta es que se lo tome a guasa. ¡Arg, maldito engendro! No hace ni cinco minutos que lo conozco y ya se las ha arreglado para que lo odie con todas mis fuerzas.

—Quiero saber —exijo— quién mató a mi padre.

Hay mucho ruido en el local, pero sé que oye perfectamente cada una de mis palabras. Los demonios tienen un oído excelente.

Se encoge de hombros.

—¿Y a mí qué me cuentas?

También yo oigo perfectamente todo lo que dice, y eso que no ha alzado la voz en ningún momento. No lo necesita. La voz de estas criaturas suena muy hondo en el corazón humano, aunque tus oídos no las escuchen. Por eso son tan peligrosas.

—Mi padre era el ángel Iah-Hel. Lo mataron unos demonios...

—Vaya, qué malos esos demonios. ¿Por qué se dedicarán a matar ángeles inocentes?

—¡Cállate! —le grito; intento contenerme para no perder los nervios—. Mi padre no participaba en la guerra, y yo tampoco. Pero a mí también me buscan. Y quiero saber por qué.

El demonio entorna los ojos. Parece totalmente tranquilo. Yo, en cambio, estoy sudando por todos los poros y a punto de estallar. Nadie diría que soy yo la que sostiene la espada.

—Así que era eso —dice él con calma—. La hija de un ángel. Demasiado humana para ser uno de ellos, pero involucrada irremediablemente en una guerra que no es la suya. Pobrecita.

—No quiero que me compadezcas —gruño—. Quiero saber el nombre del demonio que mató a mi padre, y las razones por las que lo hizo.

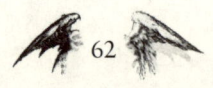

–¿De verdad crees que controlo lo que hacen todos los demonios? Ni el propio Lucifer sabe dónde está cada uno de sus siervos en todo momento. ¿Qué te hace pensar…?

–Averígualo –corto, adelantando la espada hasta que casi le roza el cuello.

Por un instante parece que una sombra de temor nubla sus ojos. Pero enseguida se repone y me responde con una sonrisa de suficiencia.

–Me temo que tu padre olvidó enseñarte algunas normas básicas de este mundo. Como, por ejemplo, aquella que dice que ni los ángeles ni los demonios aceptamos órdenes de humanos.

Intuyo su movimiento y golpeo con la espada; por un instante tengo la sensación de que le he dado. Pero ha sido un paso en falso, porque, de repente, él ya no está allí. Lo siento a mi lado, como una sombra intangible, y entonces pierdo el equilibrio y caigo al suelo, en un charco de lo que espero sea solo alguna clase de bebida alcohólica. Me apresuro a recuperar mi espada y a apuntar con ella al demonio, que se inclina sobre mí.

–No des un paso más –le advierto.

Él, simplemente, sonríe de esa forma tan escalofriante y, después, desaparece.

Me levanto de un salto y miro a mi alrededor, aturdida. No lo veo por ningún lado.

Y entonces oigo su voz, tal vez en mi oído, o quizá en algún secreto rincón de mi alma:

–Vete a casa, niña. No juegues con cosas que no comprendes. Márchate y no vuelvas a molestarme, porque la próxima vez perderé la paciencia de verdad.

–¡No te atrevas a marcharte! –berreo y, esta vez sí, todos me oyen y me miran con una mezcla de asco y conmiseración. Maldición. Seguro que creen que estoy borracha.

No tardo mucho en comprobar que el demonio se ha marchado del local.

Estoy cansada, y me siento demasiado humillada como para seguir buscando. Necesito salir de aquí, pero ya.

Mientras camino por las calles de la ciudad, tratando de orientarme, me pregunto qué estaré haciendo mal. Me pregunto si algún día lograré vengar a mi padre o, al menos saber por qué le mataron. Quizá Jeiazel tuviera razón y no debo acercarme a los demonios, quizá no soy rival para ellos. Pero, si ni siquiera los ángeles quieren ayudarme, ¿qué se supone que debo hacer?

Estoy perdida, y el hostal está muy lejos. Es demasiado tarde como para coger un metro. Es demasiado tarde para muchas cosas.

Cuando por fin consigo alcanzar el hostal y derrumbarme sobre la cama, agotada, son casi las cuatro de la mañana. A pesar de lo tarde que es, decido darme una ducha rápida en el cuarto de baño del pasillo; me gano reproches y gruñidos varios de los huéspedes a los que he despertado, pero no hago caso. Me deslizo de nuevo hasta mi habitación y, justo cuando me meto en la cama, se me ocurre que podría haber regresado en taxi.

Qué queréis que os diga. Una no está acostumbrada a esa clase de lujos.

IV

Hay alguien en mi habitación.

Es lo primero que pienso cuando abro los ojos, apenas un momento después de haber caído dormida como un tronco. Me incorporo un poco sobre la cama, alerta. Alargo la mano para coger la espada, que he dejado en el suelo, cerca de la cabecera. Mi cerebro me avisa de que huele peligro, con todas las luces de colores imaginables.

Pero está demasiado oscuro como para ver algo.

—Estoy aquí —señala amablemente una voz conocida, una voz que estoy empezando a desear no haber escuchado jamás.

Enciendo la lamparita que hay junto a la cama. La bombilla tiene una potencia mínima, pero da luz a la habitación y me permite localizar una sombra oscura acomodada sobre la silla del rincón.

—¿¡Qué haces aquí!? —chillo al reconocer al demonio del garito.

—Baja la voz —replica él, y basta con que me lo ordene para que calle inmediatamente—. Vas a despertar a todo el mundo.

Mis neuronas están en estado de shock, pero aun así se esfuerzan heroicamente por conectar ideas. Me ha seguido. Me ha encontrado. Y ahora, descubro de pronto, ahora sí trae su espada. Me va a matar.

Se levanta de la silla y da unos pasos hacia mí. Levanto la mía con torpeza. Eh, no es fácil blandir una espada cuando estás sentada en la cama y a la vez tratando de taparte con la sábana (no es que lleve un pijama sexy; como ya os he contado, suelo dormir con una camiseta cutre, pero no creo que eso detenga a un demonio si tiene ganas de marcha).

Pero su espada continúa envainada. Y, para mi sorpresa, me tiende la mano.

–Quiero ayudarte –dice.

–¡Ja! –le suelto por toda respuesta, estupefacta.

Retira la mano. No sé si está molesto o divertido.

–¿Qué? ¿No era eso lo que querías?

–Tenía sentido que quisieras ayudarme cuando mi espada apuntaba a tu oscuro corazón, maldito hijo de Satanás –replico–. Lo que no tiene sentido es que vengas ahora y me tiendas la mano, como si nada. ¿Te crees que soy tonta? ¿Qué es lo que tramas?

El demonio sonríe y acepta mi desconfianza con naturalidad. Supongo que, si eres un demonio, estarás acostumbrado a que la gente no se fíe de ti. Sobre todo porque los ángeles ya se han encargado de repetir esta máxima a todas las generaciones humanas, a lo largo de los siglos: nunca, jamás, pase lo que pase, confíes en un demonio.

Así que sigo con mi espada en alto, mirándolo con cara de malas pulgas. No le pierdo de vista cuando vuelve a sentarse en la silla y dice con tranquilidad:

–Después de separarnos he recibido una visita inesperada. Alguien ha venido a verme, alguien que me había visto hablando contigo y quería saber por qué.

–¿Una novia celosa? –aventuro con sarcasmo, pero bajo un poco la espada.

–Uno de los míos. Alguien que, en efecto, te viene siguiendo.

Mi corazón se acelera a causa del miedo.

–¿Quién? –pregunto tratando de parecer más tranquila de lo que estoy en realidad–. ¿Quién me sigue?

El demonio se encoge de hombros.

–No lo sé, porque no le conozco. Lo que sí puedo decirte es que no era más que un esbirro, un demonio menor, tras el que probablemente se oculta alguien más poderoso. En cualquier caso, te vigilan, eso es seguro: quería saber qué me has dicho y qué te he dicho. Y me ha ordenado que no me acerque a ti.

Ahora sí que me he perdido.

–Y por eso has vuelto a acercarte a mí –replico, intentando ver dónde está la lógica de sus actos.

–Exactamente.

Frunzo el ceño y vuelvo a levantar la espada.

–Bueno, pues yo no quiero que te acerques a mí, y menos cuando estoy durmiendo: da muy mal rollo. Así que ya te puedes ir largando.

Sonríe con suficiencia.

–Pequeña humana, ya te dije que no eres quién para darme órdenes. Voy a donde me da la gana. Y si me da la gana entrar en tu habitación para hablar contigo, voy a hacerlo, y tú no vas a tener más remedio que escuchar.

Me gustaría tener algo que decir al respecto; pero lamentablemente sé, con cada fibra de mi ser, que tiene razón.

–Bien, pues habla, y luego, lárgate –le ladro intentando mantener un poco de dignidad.

–No eres más que una humana –señala–. La hija de un ángel, y, además, un ángel menor. Tienes razón: nadie debería tomarse tantas molestias por ti. En principio, eso no me concierne ni me importa lo más mínimo: como si te cogen los satánicos, te sacan las tripas y te arrancan la piel. Me da exactamente igual.

»Lo que ya no me gusta nada es que el siervo de un demonio menor venga a darme órdenes. Si alguien pretende prohibirme algo, por lo menos quiero saber por qué.

Ajá, esto ya va encajando mejor.

Los demonios son caóticos por naturaleza. Los ángeles cumplen sus propias leyes, y los que no eran capaces de cumplirlas se las veían con la espada de Raguel, pero los demonios ni siquiera tienen leyes, porque les resulta imposible obedecerlas. Está en su esencia. Así que basta con que le ordenes algo a un demonio para que haga exactamente lo contrario, y solo por fastidiar.

La única forma de hacer que un demonio obedezca es acompañar la orden de una amenaza lo bastante intimidatoria. En la jerarquía angélica, los individuos más poderosos lo son en virtud de su rango. Un serafín tiene una categoría superior a la de un arcángel, así que el arcángel le obedecerá por el simple hecho de ser un serafín. En las jerarquías demoníacas sucede al contrario. La gente no obedece al poderoso porque tenga un rango superior. El poderoso tiene un rango superior debido a que es lo bastante imponente como para que lo obedezcan. Y Lucifer es el más poderoso de todos porque es el que más miedo da, así de sencillo.

Aunque tengo entendido que, de vez en cuando, hay algún demonio que le pierde el respeto y monta una conspiración. Lo cierto es que a día de hoy, que yo sepa, ninguna de esas conspiraciones ha llegado a ninguna parte, porque Lucifer sigue siendo el jefe supremo y nadie ha podido derrotarle. Por lo visto, sí que ha habido movimiento en los escalafones más altos de la cúpula demoníaca. Uno nunca sabe si Astaroth es el número dos o lo es Belcebú, o Belial, o algún otro de los grandes generales de las legiones del infierno. Siempre están pugnando entre ellos para ser un poco más poderosos, pero esas peleas nunca llegan lo bastante lejos como para expulsar a Lucifer del trono demoníaco.

Así que las conspiraciones son el pan de cada día en el mundo de los demonios. Quizá por eso, este que se ha colado en mi cuarto viene a ofrecerme su ayuda con toda naturalidad. Pero, aun así, no deja de resultarme sospechoso.

—Y dime... —insinúo—, si era tan obvio que no cumplirías esas órdenes, ¿por qué se molestaron en dártelas?

El demonio se encoge de hombros.

—Suele suceder que los de más arriba están demasiado ocupados en sus asuntos como para hacer las cosas como toca. De cualquier modo, ningún demonio se interesaría por una humana a no ser que se estuviese cociendo algo gordo detrás. Y créeme... si hay algo gordo, yo quiero saber qué es.

Sus ojos relucen de forma siniestra en la penumbra. No es que confíe en él, pero le creo.

—¿Puedes averiguar quién mató a mi padre?

—Puedo intentarlo —asiente, y se levanta otra vez—. Quiero que mañana, al atardecer, vayas al parque del Retiro, y que me esperes allí, bajo la estatua del Ángel Caído. Deberás ir sola y sin tu espada.

Pero ¿qué se ha creído?

—Ya, ¿y qué más? ¿Me has tomado por tonta o qué?

Se vuelve para mirarme, con una media sonrisa.

—Yo estaré allí, y puede que traiga noticias de tu padre. Sabes que no te miento.

Es cierto; se los acusa de mentirosos, pero la verdad es que los demonios no suelen mentir. No les hace falta, porque saben cómo sacar provecho de todos los pactos igualmente. Lo miro con desconfianza y me pregunto dónde está la trampa. Si quisiera matarme o capturarme, lo habría hecho ya.

—No tienes por qué hacer todo lo que te digo, naturalmente —dice él—. Pero si lo haces, puede que obtengas lo que buscas. Tú decides.

Maldito libre albedrío.

—No te prometo nada —gruño.

Sonríe otra vez.

—Hasta mañana, entonces —se despide.

—¡Espera, demonio! —lo retengo, y entonces caigo en la cuenta de que ni siquiera sé su nombre—. ¿Cómo te llamas?

Me dirige otra de sus sonrisas sesgadas.

—Angelo —responde.

—Ah, venga ya.

—En serio. —Sus ojos brillan en la oscuridad, divertidos—. Hasta mañana, Cat. Nos veremos cuando caiga el sol.

La luz se apaga de repente. Cuando la enciendo de nuevo, Angelo ya se ha marchado, y nada en la habitación indica que haya recibido la visita de un demonio. Ni olor a azufre, ni cortinas quemadas, ni símbolos extraños pintados en el suelo. En realidad, ese tipo de chorradas las popularizaron los satánicos, es decir, los humanos adoradores del diablo. Los verdaderos demonios son mucho más discretos.

Y, por lo que acabo de comprobar, tienen un sentido del humor muy retorcido.

Angelo.

Normalmente, los demonios no revelan su verdadero nombre, ni siquiera ante los suyos, a no ser que sean realmente muy poderosos y no tengan a nadie a quien temer. Pero los demonios del montón suelen tener un alias, un nombre humano, que utilizan para mezclarse con los mortales y con el que se sienten tan cómodos como con su nombre verdadero, al que también llaman a veces «nombre antiguo» y suele ser el que aparece en los tratados demoníacos o ha dejado huella en nuestra mitología.

Pero ¿qué clase de demonio escogería como alias el nombre de sus enemigos?

Todavía temblando, vuelvo a acurrucarme en la cama. Nada más taparme con la manta, caigo en la cuenta de otra cosa.

No le he dicho mi nombre. ¿Cómo lo sabía?

Pues, en fin... ya estoy aquí.

He salido pronto del hostal, donde he pasado casi todo el día (cuando una ha vivido siempre a salto de mata, desarrolla un curioso instinto que le lleva a no querer alejarse mucho de cualquier lugar con un techo y una cama), y he repasado todo lo que sé acerca de los demonios, en particular, de los demonios jóvenes.

Lo de «jóvenes» es un decir. Tal vez los orígenes de Angelo se remonten a los tiempos en que los humanos aún no caminábamos erguidos, y eso, para un demonio, es ser joven. Recordad que la Caída, si es que realmente se produjo, data del albor de los tiempos. Incluso puede que sucediera cuando la vida aún no había salido del mar.

Si me paro a pensarlo, lo cierto es que se trata de una idea que quita la respiración. Muy probablemente, mi padre asistió al auge y extinción de los dinosaurios. Sus ojos debieron de haber contemplado tantísimas cosas, catástrofes y maravillas, horrores y misterios...

Demasiadas cosas. No es de extrañar que hubiera olvidado la mayor parte de todo eso.

Me pregunto si queda en alguna parte alguien –ángel o demonio– que sea capaz de recordarlo.

La mayor parte de los ángeles jóvenes son tan viejos como la Humanidad, por lo que deduzco que los demonios también, y que Angelo debe de ser uno de esos.

Por eso, para los humanos, los demonios jóvenes son los más peligrosos. Han madurado con nosotros, nos han visto evolucionar como especie. Y eso significa que nos han prestado más atención que los demonios antiguos, que ya habían visto florecer y morir millones de especies cuando el primer humano fabricaba su primera herramienta.

Y como nos han observado con mayor interés, nos conocen bien. Demasiado bien.

Lo sé, lo sé. No soy tan engreída como para pensar que yo misma estoy a salvo en una cita con un demonio. Soy consciente de que no puedo soñar con llegar a sostener la sartén por el mango en ningún momento. Sé que si he decidido venir, no es porque sea la mejor idea del mundo. Sé que hay carteles luminosos de «Peligro» en todos los recodos del camino.

Pero también hay otras dos cosas que sé acerca de los demonios jóvenes como Angelo.

1) Que son capaces de interactuar con nosotros con mucha más naturalidad que los demonios ancianos. Nos observan, sí, pero también nos hablan, a veces hasta nos escuchan, y pueden colaborar con un humano si eso favorece a sus intereses. Así que la idea de que Angelo quiera realmente echarme un cable –aunque tenga sus propias y retorcidas razones, que no tengan nada que ver con el altruismo– no es tan descabellada, después de todo.

2) Que los demonios jóvenes aún no han perdido la curiosidad. Los más antiguos han visto y han olvidado tantas cosas que prácticamente nada de lo que pueda ofrecerles el mundo despierta su interés. Pero a los jóvenes les encanta nuestro mundo y, lo más importante, algunos todavía creen que es posible destronar a Lucifer, por lo que las conspiraciones y las luchas por el poder les llaman mucho la atención.

Por supuesto, todo esto no son más que conjeturas. Por encima de todo está el hecho de que un demonio me ha citado en este mismo lugar, y solo alguien muy loco o muy idiota acudiría a su encuentro conscientemente.

Exacto, lo habéis adivinado: me siento como una completa idiota.

Pero por alguna parte tengo que empezar. Estoy cansada de dar palos de ciego, y en algún momento tenía que tratar de infiltrarme en el mundo de los demonios. Lo sabía cuando decidí tratar de averiguar quién mató a mi padre. Sabía que llegaría la hora de dar el paso, y que muy probablemente no saldría con vida.

No sé si estoy preparada para morir; pero algo me dice que hoy no es mi día. Llamadlo esperanza vana o instinto suicida, si queréis. Sin embargo, tengo la sensación de que, si Angelo hubiese querido matarme, lo habría hecho ya, anoche, así que lo peor que puede pasarme ahora es que me dé plantón.

O eso espero.

He llegado aquí antes de hora. He salido muy pronto del hostal, porque no estaba segura de poder encontrar el lugar a tiempo. Y lo cierto es que he estado dando vueltas durante un buen rato, pero al final lo he encontrado.

La estatua del Ángel Caído.

En algún sitio leí que Madrid es la única ciudad del mundo que tiene una escultura dedicada a Lucifer. No sé si será verdad que es la única, pero, en cualquier caso, he de reconocer que es hermosa.

La mano que cinceló esta escultura representó al emperador demoníaco como un hombre joven, musculoso e indudablemente guapo. Una serpiente se enrosca sobre su cuerpo, atándolo al mundo, quizá, mientras él mira al cielo y grita de horror. ¿Es horror o es dolor lo que veo en su rostro? ¿O tal vez desafío? No lo sé; no me cabe en la cabeza que el gran Lucifer, de quien tanto he oído hablar, pudiera llegar a mostrar una expresión tan humana alguna vez. Y, sin embargo, aquí está, suplicando al cielo, alzando una de sus alas hacia lo alto en una última y desesperada protesta.

No puedo dejar de preguntarme qué hicieron en realidad los ángeles caídos para disgustar tanto a Dios, ese mismo Dios que, supuestamente, es capaz de perdonar a los humanos cualquier pecado que puedan cometer, por espantoso que sea, si el pecador se arrepiente sinceramente.

¿Se arrepintió alguna vez Lucifer de haberle buscado las cosquillas a Dios? ¿Desearían los demonios volver a ser ángeles? ¿Lo fueron alguna vez?

Son preguntas para las que no tengo respuesta. Y, contemplando una vez más la estatua del Ángel Caído, me pregunto si el mismo Lucifer se habrá planteado estos interrogantes en alguna ocasión, y si sería capaz de responder a ellos.

Aparto la mirada de la escultura y miro a todas partes, pero no hay ningún lugar donde sentarse, de modo que me acomodo en el suelo con las piernas cruzadas. Y espero.

El sol se hunde lentamente por el horizonte y no hay rastro de Angelo. Me pregunto si se habrá olvidado de nuestra cita. Tal vez, con la luz del día, haya visto las cosas desde otra perspectiva y considerado que los problemas de una humana vengativa no son de su incumbencia, ni mi investigación tan interesante como para que valga la pena pensar en ello. Tal vez...

Hundo la barbilla entre mis rodillas, con un suspiro resignado. Empiezo a estar preocupada. ¿Habré hecho algo mal? ¿Habré malinterpretado alguna de sus instrucciones? Me dijo que estuviera hoy aquí al caer el sol. Y me dijo que viniera desarmada.

En efecto, no he traído mi espada. Dejarla en el hostal ha sido lo más difícil. Llevo cargando con ella desde que murió mi padre, y me resulta inquietante la idea de no llevarla encima. Me hace sentir desprotegida; como una chica normal. Y aunque en otras circunstancias no habría nada que desease más que ser una chica normal, ahora mismo no puedo dejar de invocar hasta la última gota de esencia angélica que pueda haber en mí. Aunque, lamentablemente, lo único que tengo de ángel es la espada de mi padre, y punto.

Así que lo tengo crudo, pero ya es tarde para echarse atrás.

¿O no?

Echo un vistazo a mi alrededor, inquieta. Me he quedado sola. Antes había gente por aquí, corredores, patinadores, paseantes, incluso algunos que holgazaneaban tumbados sobre el césped, pero se han ido marchando todos y ahora solo quedo yo.

Sigue sin haber señales de Angelo.

Respiro hondo. Bien mirado, tal vez sea lo mejor: que se haya olvidado de nuestra cita o que no la haya considerado digna de su interés. Ahora podré volver al hostal y recuperar mi espada, y puede que, sin saberlo, me haya librado de un destino demasiado terrible como para imaginarlo siquiera.

Se ha hablado mucho de los tormentos del infierno (podéis leer a Dante para más detalles), pero lo cierto es que, hasta donde yo sé, no existe nada parecido al averno. Son los propios demonios los que convierten en un infierno la vida de cualquiera que cae en sus garras. Por lo visto, les divierte o les entretiene torturar a las personas solo para ver qué pasa.

Esto te hace pensar en una serie de cosas. Por ejemplo, si es verdad que solo los malvados van al infierno. O hasta qué punto las elecciones de los demonios son aleatorias. En qué se basan para decidir si un humano les es más útil vivo, muerto o retorciéndose en la más terrible de las agonías.

Vale, lo he conseguido. Se me han puesto todos los pelos como escarpias. Empieza a hacerse de noche, hace frío y ya no creo que tratar con un demonio sea una buena idea. Porque puede apoderarse de tu alma y obligarte a hacer cosas de las que luego te arrepentirás. Y si esto no os parece razón suficiente, pensad en los tormentos del infierno. En todos ellos.

Me levanto de un salto, dispuesta a regresar al hostal. Si me doy prisa y no me pierdo, puede que consiga salir del parque antes de que anochezca del todo.

No he dado ni dos pasos cuando detecto una sombra por el rabillo del ojo. Se ha movido demasiado deprisa como para ser algo humano.

—¿Angelo? —pregunto a la penumbra; no puedo evitar que me tiemble la voz, y trato de controlarme—. ¿Eres tú?

No hay respuesta. Doy un paso atrás y miro a todos lados, inquieta. Me llevo la mano a la espalda para sacar mi espada, y entonces recuerdo que la he dejado en el hostal.

Lo que sea que me acecha vuelve a moverse entre las sombras, raudo como un parpadeo, inquietante como el aullido de un lobo. Tengo miedo, un miedo cerval e irracional. Sé que se trata de un demonio. Puede que sea Angelo, y si es así, he caído en la trampa como una estúpida.

Tal vez no fue capaz de matarme ayer porque, después de todo, yo blandía una espada angélica. Quizá haya subestimado el poder que estas armas ejercen sobre los demonios. Puede que en ningún momento tuviese intención de ayudarme; solo ha aguardado a que estuviese desarmada para matarme por haber osado interrumpir su caza de anoche en el pub.

Qué tonta he sido. Qué tonta he sido.

Doy media vuelta y echo a correr.

Sé que no seré lo bastante rápida y que estoy haciendo exactamente lo que se espera de mí, pero no puedo evitarlo.

Siento que me sigue. Se desliza entre los árboles con la rapidez del relámpago y la mortífera elegancia de un vampiro. Corro con todas mis fuerzas, pero enseguida lo detecto a mi lado, y al instante siguiente está frente a mí, y su espada reverbera bajo las luces del parque con un brillo sobrenatural. Freno bruscamente, con un grito involuntario, y me aparto a un lado. Trato de echar a correr de nuevo, pero tropiezo y caigo al suelo. Ruedo para ponerme lejos de su alcance, en un gesto desesperado y totalmente inútil. Porque él ya me estaba esperando, y su espada cae sobre mí con la irrevocabilidad del engaño de un demonio.

Se oye de pronto un sonido que no es de este mundo, que suena a la vez como una campana lejana, como una cascada cayendo sobre las piedras y un rayo partiendo el cielo.

Es el sonido de dos espadas sobrenaturales que se encuentran. Detecto una a escasos centímetros de mi rostro, fluida como el agua, reluciente como una estrella. Es la espada que me ha salvado la vida.

Y quien la sostiene no es un ángel, sino otro demonio. Incluso en la penumbra puedo distinguir los rasgos de Angelo. Qué sorpresa: no es el atacante, sino mi protector.

El otro sisea, furioso, y le dice algo a Angelo en un idioma que no conozco, pero que me parece remotamente familiar. Él responde en la misma lengua. Y es visto y no visto: apenas un instante después, están peleándose a varios metros de mí, luchando a muerte, y sus espadas centellean bajo las farolas como relámpagos en la noche. Apenas puedo distinguir a uno de otro; se mueven demasiado deprisa.

Me he quedado sentada en el suelo, pasmada, con la boca abierta. No puedo dejar de mirarlos. Nunca había visto nada igual.

Supongo que no hay mucha gente en el mundo que haya tenido la oportunidad de ver a dos demonios, o a un ángel y un demonio, peleando en un duelo de espadas. Es un espectáculo impresionante, e imagino que eso justifica que me haya olvidado de que mi vida está en peligro y me quede aquí, contemplándolo, en lugar de salir por pies.

No son humanos. Con eso podría decirlo todo, pero apenas basta para comenzar.

En primer lugar está el hecho de que, más que moverse es como si bailasen, y lo hacen con una gracia que haría parecer torpes a todos los felinos del mundo. Son rapidísimos y realizan movimientos de ataque, esquiva y defensa humanamente imposibles, y saltos que desafían a la gravedad. Sus espadas son más bien una prolongación de sus brazos. No sé quién ganará, y la verdad es que no me importa, aunque sé que mi vida depende del resultado de esta batalla. Podría quedarme aquí eternamente, viéndolos combatir.

Y justo en este instante, uno de los dos vence sobre el otro. Una de las espadas encuentra un hueco para llegar al arma de su enemigo y lo hace, rápida y certera, arrancándola de su mano y lanzándola al suelo.

El vencedor se yergue entonces y la luz de las farolas ilumina sus rasgos.

Es Angelo.

No tengo ocasión de sentirme aliviada. Aturdida, observo cómo arroja al otro demonio al suelo y coloca la punta de la espada sobre su corazón. Después vuelve a hablarle en la lengua de los demonios.

El otro no parece muy dispuesto a colaborar. Angelo insiste. Su espada se eleva un poco hasta llegar a rozar el cuello del demonio caído, que grita como si le estuviesen sacando las tripas. Angelo repite su pregunta, impávido como una roca. Obtiene una respuesta burlona, y clava el arma un poco más en la piel de su oponente. El demonio grita de nuevo, y después farfulla más información en ese idioma incomprensible.

Angelo sonríe.

Solo eso. Sonríe. No pronuncia una sola palabra, ni para darle las gracias ni para nada que se le parezca.

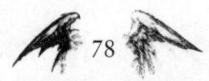

Y entonces, en un movimiento veloz y letal, hunde la espada en el corazón de su enemigo. Y algo sucede. El demonio derrotado se convulsiona como si una descarga eléctrica sacudiese su cuerpo. Grita con un terrible alarido que, sospecho, resonará en mis peores pesadillas durante mucho, mucho tiempo. Y finalmente se deja caer, no como un fardo, sino con la elegancia y la suavidad de una pluma de ave.

No puedo reprimir una exclamación consternada. No porque lamente la muerte del demonio, sino porque, después de todo, Angelo es uno de ellos. Resulta chocante verle matar a un semejante con tanta despreocupación.

Se vuelve para mirarme. Ahí, con la espada ensangrentada en la mano, parece mucho más amenazador que en el pub, e incluso que cuando entró en mi cuarto sin ser invitado. Retrocedo, aterrorizada. Un instinto irracional me dice que tengo que huir, porque la siguiente seré yo…

V

—¿Estás bien? –me pregunta Angelo.

Le miro sin poder reaccionar.

–¿Te ha hecho daño?

–No, yo... estoy bien.

–Pues entonces, levántate. Tenemos trabajo.

Consigo arrastrarme hasta él. Doy un respingo cuando me planta la espada embadurnada de sangre demoníaca en las narices.

–Vamos, cógela. Es la tuya.

–¿Cómo que la mía? –consigo graznar cuando la información logra abrirse paso hasta mi cerebro.

–Pues la tuya: la que dejaste en el hostal.

Recupero el arma, todavía sin entender. Angelo me tiende también la vaina, y me la coloco a la espalda, ciñéndome las correas. Pronto compruebo que, pese a todo, mi aliado demoníaco no va a quedarse desarmado: está ocupado agenciándose el arma de su contrincante, que se ajusta, con vaina y todo, a su propia espalda.

–¿Y por qué tenías tú mi espada? –exijo saber; ya me he dado cuenta de que este tío tiene una malsana querencia hacia las armas ajenas.

Angelo parece más concentrado en desvalijar los bolsillos del muerto, pero me responde sin mirarme:

–La cogí de tu habitación.

Empiezo a enfadarme, y el agradecimiento por haberme salvado la vida empieza a diluirse en el cóctel de emociones que estoy experimentando ahora mismo.

–¿Me dijiste que la dejara en el hostal para poder robármela?

Se vuelve de pronto hacia mí, y retrocedo un poco, intimidada.

–Te la he devuelto, ¿no? No seas quejica; si hubiese matado a este individuo con mi propia espada, habría dejado un rastro indeleble. Todas las espadas dejan la huella del asesino marcada en la víctima. Y si quieres que te ayude, tendré que ser discreto; llama menos la atención que este tipo haya sido asesinado por una espada angélica que por la mía.

–Entiendo –murmuro; se me ocurre entonces una idea–. ¿Quiere decir eso que podría haber sabido quién mató a mi padre por el rastro que dejó en él la espada de su asesino?

–Tú, no. Pero yo, probablemente, sí. O, por lo menos, habría podido saberlo, de haber examinado el cuerpo poco tiempo después. ¿Cuánto hace que lo mataron?

–Poco más de un mes.

Angelo sacude la cabeza.

–Entonces es demasiado tarde.

No puedo evitar preguntarme, una vez más, qué habrá sido del cuerpo de mi padre. Me gustaría saber…

–Vámonos de aquí –dice entonces Angelo poniéndose en pie y cortando el hilo de mis pensamientos–, antes de que venga alguien.

Miro al demonio caído. A simple vista, no parece un demonio; no da la sensación de ser nadie especial. Viste vaqueros, una camisa a cuadros y zapatos de cordones. Tiene el pelo castaño, rizoso, y la cara redonda, agradable, salvo por el hecho de que está muerto, claro. No puedo reprimir un escalofrío. En apariencia, es un tipo normal; podría ser tu vecino, o el dependiente de la tienda de la esquina, o el individuo con el que coincides todos los días al coger el bus. Es más; si, en lugar de atacarme de golpe, se me hubiese acercado para preguntarme la hora, me habría pillado totalmente desprevenida, porque jamás habría sospechado de él. Eso es lo que hace a los demonios tan peligrosos. Que uno nunca sabe que son demonios hasta que es demasiado tarde.

–¿Lo vas a dejar ahí? –le pregunto a Angelo.

–Claro.

Ha echado a andar sin esperarme. Con algo de aprensión, limpio la sangre de mi espada en la ropa del muerto, la introduzco de nuevo en la vaina y corro para alcanzarlo.

–¿Es que no tienes ningún respeto?

–Cat, soy un demonio –me explica con paciencia.

–¡Pero es uno de los tuyos!

–¿Y qué?

–¿Soléis mataros unos a otros porque sí con frecuencia?

–Técnicamente, no está permitido –admite Angelo–. Lucifer no lo ve con buenos ojos, porque supuestamente eso desequilibra la balanza en favor de los ángeles. Pero eso era antes, claro –añade, y sonríe como un tiburón.

–¿Cómo se va a desequilibrar la balanza? –pregunto, recordando la Ley de la Compensación–. ¿No nace un demonio cuando muere otro?

–Sí, pero solo cuando muere en Combate.

–Pero vosotros dos habéis comb... ah, ya –entiendo–. En combate contra un ángel, quieres decir. Entonces, no nacerá ningún otro demonio tras la muerte del que acabas de matar, ¿no?

–En teoría, sí, porque lo he matado con la espada de un ángel.

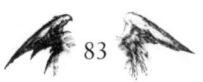

Sigo dándole vueltas.

−En tal caso −comento−, no me extraña que Lucifer haya prohibido los combates entre demonios. Los ángeles se extinguen porque la Plaga los va matando uno a uno. A vosotros, por lo que sé, no os afecta esa enfermedad, ¿o sí?

−Nos volvimos corpóreos en tiempos pasados, aunque la mayoría aún podemos pasar al estado inmaterial a voluntad −reconoce Angelo−. Pero la Plaga nunca ha matado a ninguno de nosotros, que yo sepa.

−Y, sin embargo, os las habéis arreglado para encontrar la manera de morir sin que nazcan más demonios para reemplazaros. Os creía más inteligentes −concluyo con desdén.

Angelo vuelve a sonreír de esa forma, enseñando todos los dientes. Me pone los pelos de punta.

−Es nuestra naturaleza −dice−. Además, hay un motivo. ¿Has oído hablar de la Ley de la Compensación?

−¿Me tomas el pelo? −replico, mosqueada−. Acabo de mencionártelo, ¿no?: «Cuando un ángel muere, otro debe nacer…» −recito−. Esto también se aplica a los demonios.

Angelo hace un gesto de impaciencia.

−Esa ley, no, humana ignorante. Me refiero a *la otra* Ley de la Compensación.

Esto sí que es toda una sorpresa.

−Ah, pero ¿hay más de una?

−Existe la Segunda Ley de la Compensación: «Siempre debe existir el mismo número de ángeles que de demonios».

Se calla y me mira, esperando que saque conclusiones.

−Pero eso es absurdo −digo, tras meditarlo un momento−. Esa ley no puede cumplirse. Primero, porque es evidente que, ahora mismo, vosotros superáis a los ángeles en número. Y segundo, porque si siempre hubiese el mismo número de individuos en ambos bandos, ninguno de los dos tendría nunca la mínima posibilidad de ganar la guerra. Esa ley sugiere que habrá un empate eterno.

–Exactamente. La segunda ley fue enunciada, según dicen, por uno de los vuestros hace miles de años. Entonces, la guerra estaba en pleno apogeo, y, como comprenderás, la nueva ley fue considerada un disparate. Si las fuerzas de ambos bandos han de estar equilibradas por toda la eternidad, nadie ganaría y, por tanto, no valdría la pena luchar. Pero está en nuestra naturaleza luchar, y nuestra historia nos ha enseñado que este mundo no es lo suficientemente ancho para todos. La luz y la oscuridad no pueden convivir –sacude la cabeza–. Es demasiado pedir.

–Y, sin embargo, sigues hablando de la Segunda Ley de la Compensación, miles de años después –le recuerdo para que retome el hilo.

–Exacto. Porque los ángeles se están extinguiendo y ya no tenemos a nadie contra quien luchar. Nos estamos quedando solos.

Pienso en los más de siete mil millones de humanos que hollan el planeta, que, por lo visto, para Angelo no son nadie. Él detecta mi gesto indignado y adivina lo que estoy pensando.

–¿Los *humanos*? –Por la cara que pone, queda claro que lo considera una idea ridícula–. Venga, por favor. No vale la pena cruzar una espada con ellos, se mueren enseguida.

Recuerdo el duelo que he presenciado hace unos instantes y he de reconocer que tiene razón. No somos rival para ningún demonio. Aunque seamos siete mil millones.

¿Cuántos demonios habrá? ¿En qué proporción superan ahora a los ángeles, azotados por la Plaga y en vías de extinción?

–¿Quieres decir que hay demonios que matan a otros demonios para mantener ese equilibrio? ¿En virtud de la Segunda Ley de la Compensación?

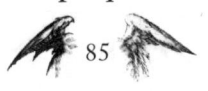

–Esa es su excusa, sí. Pero normalmente se matan unos a otros porque se aburren o porque echan de menos un duelo decente, como los de los tiempos antiguos. Puede que haya alguno que realmente crea que hay que mantener un equilibrio y que los demonios no debemos superar a los ángeles en número, ni viceversa; pero se guardaría mucho de decirlo ante Lucifer o alguno de sus acólitos directos. También hay penas muy severas para todo demonio que salve o ayude a un ángel en virtud de la segunda ley.

—¿Y por eso has matado a ese demonio? ¿Por la Ley de la Compensación?

Me mira como si fuese estúpida.

—No; lo he matado para que no vaya con el cuento a su superior. Todo esto te lo he dicho porque tú me has preguntado por qué los demonios nos matamos unos a otros.

Lo miro con suspicacia.

—Me estás contando demasiadas cosas acerca de tu mundo. ¿Se supone que debo saber todo esto?

Angelo se ríe.

—¿Y qué ibas a hacer con esa información? No hay nada de lo que te he contado que los ángeles no sepan ya. Somos viejos enemigos, unos y otros. Viejos conocidos. Llevamos luchando unos contra otros mucho más tiempo del que puedas llegar a imaginar. Acéptalo de una vez, Cat: no tienes la más remota posibilidad de hacernos daño, ni a mí ni al mundo demoníaco en general. Para mí no eres una enemiga. Solo una especie de mascota que me entretiene con un misterio que ha llegado a despertar en mí un ligero interés.

No me había sentido tan humillada en toda mi vida. Pero ¿quién se ha creído que es? ¿Cómo osa llamarme «mascota»?

Furiosa, desenvaino mi espada.

—¡Cerdo arrogante! —le insulto—. ¡Repite eso si te atreves!

Angelo pone los ojos en blanco.

–Cat, te vas a hacer daño.

Lanzo una estocada hacia el demonio. No sé qué pretendo exactamente. Tal vez demostrarle que soy algo más que una «mascota».

Pero, de pronto, en un movimiento tan rápido que mi ojo no es capaz de captarlo, un relámpago golpea mi espada y me hace soltarla. Solo cuando veo mi arma caer al suelo compruebo que el «relámpago» es la espada de Angelo, que la ha sacado tan deprisa de la vaina que ni siquiera me he dado cuenta.

–Deja de jugar, Cat, que tenemos trabajo –me regaña con frialdad–. Recoge eso y salgamos de aquí de una vez, antes de que nos encuentren.

Iba a replicarle, pero su última frase me deja con la palabra en la boca.

–¿Que nos encuentren? –pregunto–. ¿Quién va a encontrarnos?

–Los superiores de ese demonio, por supuesto.

Me detengo un instante, con la boca abierta.

–¿Sabes para quién trabaja?

–Me lo ha dicho él, antes de que le matara.

De nuevo siento que me hierve la sangre. De verdad, no soporto a este tío.

–¿Y se puede saber por qué no lo has dicho antes?

–No lo has preguntado.

Con paso tranquilo y altanero, Angelo franquea una de las puertas del Retiro. No tengo más remedio que seguirle: están a punto de cerrar. Supongo que mañana encontrarán el cuerpo del demonio y será, nuevamente, un cuerpo sin identificar asesinado por un criminal sin identificar. A los demonios les da igual eso. Se sienten muy por encima de la justicia humana y, obviamente, ningún policía del mundo ha conseguido jamás meter entre rejas a uno de ellos.

Pero yo soy distinta. Así que, mal que me pese, acelero el paso para ponerme a su altura.

—Bien, pues ahora sí te pregunto: ¿quién era ese tío, y por qué quería matarme?

—Se hacía llamar Rüdiger, y ha sido enviado por Nergal, un demonio de los antiguos, pero no de los más poderosos. La última vez que lo vi –añade reflexionando–, obedecía a Agliareth. Y ese *sí* es un demonio poderoso.

Esto me da muy mal rollo.

—Entonces, ¿es Agliareth quien quiere matarme?

Suspira con paciencia.

—No; a Agliareth lo llaman el Señor de los Espías porque se ha especializado en el manejo de información. Tiene demonios infiltrados en todos los servicios secretos del mundo, y la mayor parte de sus esbirros más jóvenes rastrean la red día y noche para él. Y eso lo hace solo como entretenimiento, porque él y sus sirvientes más cercanos, como Nergal, se dedican, sobre todo, a espiar a los ángeles o a otros demonios. Los asuntos humanos, incluso los secretos de Estado más terribles, le interesan solo en cierta medida.

—¿Y eso quiere decir…?

—Eso quiere decir que alguien ha acudido a él en busca de información –concluye Angelo–. Agliareth es un mercenario, en el fondo. Maneja mucha información y la vende cara, por eso tiene tanto poder. Recurrir a él para encontrar a alguien tiene algunas ventajas: por ejemplo, que siempre da con lo que estás buscando, y que es una pantalla de humo. Porque seguimos sin saber quién recurrió a los espías para encontrarte. Estamos viendo el instrumento, pero no la mano que lo sostiene.

—Entiendo –asiento–. ¿Y qué podemos hacer?

Angelo reflexiona.

–No sé dónde puede andar Agliareth, y, además, sería muy arriesgado tratar con él. Por otro lado, es demasiado importante como para dedicar su tiempo y sus recursos a perseguir humanas. Lo más seguro es que la persona que quiere matarte haya contratado directamente a Nergal, y a ese sí puedo tratar de localizarlo. Probablemente él no sepa decirte por qué envió a Rüdiger a matarte, pero tal vez, con la persuasión adecuada, podamos conseguir que nos diga quién le contrató.

–¿Entonces…?

–Entonces, vas a regresar a tu hostal y vas a esperar allí noticias mías. Y después decidiremos qué hacer.

–Pero…

–Nos vemos, Cat.

Antes de que pueda replicar, retrocede hasta un rincón en sombras… y, cuando quiero darme cuenta, ya se ha ido.

No me molesto en llamarle.

–Hasta otra, Señor Engreído –me despido con seriedad.

Llego al hostal cansada y confusa. Ya he tenido demasiadas emociones por hoy, y creo que todavía no he asimilado todo lo que ha pasado. Y lo peor es que sigo sin estar convencida de que sea una buena idea seguir aliada con ese demonio. Bueno, es cierto que gracias a él he conseguido algo más de información. Pero tampoco ha sido lo que se dice una gran revelación. Ya sabía que alguien quería matarme. Y el hecho de que ese alguien haya contratado a un demonio espía para averiguar mi paradero y hacer el trabajo sucio no me hace sentir mejor. Porque sigo sin saber el nombre de la persona –humano, ángel o demonio– que se está tomando tantas molestias.

Hay otra cosa que me preocupa y que no he comentado con Angelo, porque aún no sé si puedo confiar en él hasta ese punto.

Ese tal Rüdiger no era la misma persona que trató de matarme en Valencia, al salir de la biblioteca. Vale, Rüdiger es un demonio, pero eso no significa que el atacante de la biblioteca lo fuera también.

Pero no pudo ser un ángel, ¿no? ¿Acaso los ángeles también acuden a Agliareth cuando necesitan información? Me acuerdo enseguida de Jeiazel, el intachable Jeiazel, y aparto esos pensamientos de mi mente. Ni en broma.

Revuelvo en mi mochila en busca de un pañuelo para limpiar mi espada con más cuidado, y topo con el móvil que me regaló Jotapé. Eso me recuerda que no le he llamado desde mi llegada a Madrid, y como he tenido apagado el teléfono todo el tiempo, tampoco él habrá podido llamarme a mí.

De modo que busco su nota con el PIN, enchufo el cacharro este y marco el número.

El móvil se enciende con una curiosa musiquita. Trasteo con los botones hasta dar con la agenda telefónica, y, en efecto, encuentro allí el número de Jotapé.

Llamo.

Solo tres tonos, y mi amigo se pone al teléfono.

–¿Cat? –pregunta, y detecto una cierta nota de preocupación ansiosa en su voz.

–¿Quién quieres que sea, el Espíritu Santo? –respondo tratando de quitarle hierro al asunto.

–Gracias a Dios –suspira mi amigo al otro lado–. Llevaba varios días sin saber de ti.

–Dos días, Jotapé, dos días. No me seas exagerado. ¿Todo bien?

–Sin novedad. ¿Y tú? ¿Encontraste al amigo de tu padre?

–Sí, y me ha contado muchas cosas interesantes. Creo que por fin tengo una pista.

–¿De verdad? ¿Ya sabes quién te atacó en la biblioteca?

Espinoso asunto. Dudo un momento, pero finalmente confieso:

—Hoy me han atacado otra vez. Pero ya no estaba sola —añado rápidamente—. El atacante está muerto, era un demonio y ya sé para quién trabaja. Ya no estoy sola —le repito, antes de que replique.

Sobreviene un significativo silencio.

—Cat —dice entonces Jotapé—. Ese amigo de tu padre... ¿es un ángel?

—Sí —respondo, y dejo que saque conclusiones.

¿Qué? No le he mentido. Si él se va a sentir más tranquilo creyendo que el señor No-Aceptamos-Humanos Jeiazel es la persona que me está ayudando, no voy a sacarle de su error, ¿no? No voy a ganar nada hablándole de Angelo. Solo conseguiría que se comiera las uñas hasta los codos de preocupación.

—Bien, entonces... que tengas suerte. Y ya sabes, Cat: si necesitas dinero, usa la tarjeta, no te cortes.

Sonrío, esa expresión la ha aprendido de mí.

—Descuida. Gracias, Jotapé.

Hablamos de alguna que otra trivialidad más hasta que, finalmente, nos despedimos y cuelgo el teléfono.

Es raro; no me encuentro ni mejor ni peor. Por un lado, es reconfortante escuchar una voz amiga y saber que hay alguien que se preocupa por mí. Pero por otra parte me sabe fatal engañ... estoooo... no contarle toda la verdad.

En fin; qué vamos a hacerle. Devoro el bocata que he comprado viniendo para aquí, leo un poco antes de dormir y, finalmente, me meto en la cama. Tengo intención de dormir hasta muy tarde. No sé cuánto puede tardar Angelo en obtener la información que necesitamos, pero el tiempo no significa lo mismo para un demonio —o para un ángel— que para nosotros. Son inmortales y, por tanto, tienden a tomarse las cosas con calma. Puede que no vuelva a saber nada más de Angelo en varias semanas.

Así que será mejor que intente dormir: mañana será otro día.

Ya he decidido en qué voy a emplear mi tiempo hoy: busco un cíber más o menos cómodo y me dispongo a efectuar una búsqueda en internet.

El mundo de los demonios nos es mucho más desconocido de lo que la mayor parte de la gente piensa. A pesar de que es cierto que suelen mezclarse bastante con los humanos, pocos demonios nos considerarán dignos de sus secretos, ni siquiera al más zumbado de los satánicos. Normalmente, si un demonio decide contarle a un humano cualquier cosa acerca de los de su estirpe, no lo hará porque el humano en cuestión sea su más ferviente adorador ni porque haya cometido todo tipo de tropelías en nombre de Satanás. A los demonios eso no les impresiona lo más mínimo. No; si un demonio revela información a un humano será porque, probablemente, se aburre o quiere perjudicar a otro demonio. O por cualquier otro motivo entre retorcido y absurdo. Además, el 90% de las revelaciones que han hecho los demonios a los humanos son mentira. Tened en cuenta que los demonios no tienen un pasado que puedan recordar, así que se lo inventan. Por tanto no es una buena idea creerse todo lo que te cuente un demonio, incluso si decide revelarte los más profundos secretos del infierno.

Yo soy un poco diferente en ese aspecto, supongo. Porque soy la hija de un ángel y sé un montón de cosas acerca de unos y otros. Lo bastante como para que un demonio se digne trabar conversación conmigo, como imagino que ha sido el caso de Angelo.

Otro problema de las fuentes demoníacas es que no pueden ser fiables en cuanto al rango y el nombre de los señores del averno, por dos razones:

1) Son criaturas increíblemente antiguas, y cada una de ellas ha sido conocida por multitud de nombres diferentes en multitud de culturas diferentes. Además de que –al menos en tiempos pasados– solían cambiar también de aspecto a menudo.

2) Porque realmente no existe una jerarquía demoníaca definida.

En el caso de los ángeles, sí existe. Ellos siempre han estado muy orgullosos de su gran organización, y se la han comunicado a varios humanos a lo largo de la historia. Aunque actualmente, todo sea dicho, la jerarquía angélica ya no es lo que era. Antes había varios estratos, desde los grandiosos serafines hasta los ángeles más comunes. Se suponía que formaban una larga cadena que iba desde el mundo de los humanos hasta el mismísimo trono de Dios, por donde pululaban los ángeles más poderosos. Pero, en algún momento, esa cadena se rompió, nadie sabe cómo ni por qué, y ahora los ángeles que se quedaron en la Tierra están incomunicados con el cielo, si es que el cielo existe todavía, o existió alguna vez. Ya nada se sabe ni de serafines, ni de querubines, ni de tronos, dominaciones, potestades o virtudes. No tenemos ninguna noticia de ellos; ni siquiera sabemos si existen aún. En la Tierra solo quedaron los ángeles que se dedicaban, bien a comunicarse con la humanidad, bien a luchar activamente contra los demonios. De modo que olvidaos de todas las clasificaciones angélicas que hayáis podido leer en cualquier manual de angelología, empezando por la obra de Dionisio el Aeropagita (que, por cierto, no la escribió él, sino un individuo anónimo que era un buen amigo del arcángel Rafael) y terminando en cualquier libro *new age* sobre el poder de los ángeles. En la actualidad, solo existen dos tipos: los ángeles y los arcángeles. De estos últimos solo había siete, y ahora probablemente queden menos.

Así que la jerarquía de los ángeles siempre ha sido algo claro y sencillo, y ahora, todavía más. Pero los demonios, directamente, no tienen jerarquía.

Recuerdo el día en que cayó en mis manos una edición moderna del *Libro de San Cipriano*, conocido también como *Tratado completo de la verdadera magia* y escrito por un oscuro monje alemán, llamado Jonás Sulfurino, allá por el año 1000 (es lo que tienen los tiempos modernos y el auge de lo que llaman nueva espiritualidad; cualquier grimorio antiguo, por raro que sea, ha sido editado por alguna pequeña editorial *new age* y puede encontrarse en cualquier librería de temas ocultistas). Bueno, pues eché un vistazo a la obra de Sulfurino en una librería de esas y casi me meo de la risa, porque pretendía hacer una jerarquía demoníaca. ¡Ja! Eso es como intentar cuadricular el agua del océano. La única jerarquía demoníaca consiste en que Lucifer es el rey y señor, y todos los demás están por debajo de él. Y por debajo de él hay una escalera donde los demonios no se limitan a quedarse en su peldaño, sino que se abren paso a codazos y empujones, y están siempre subiendo a un escalón superior o siendo arrojados a uno inferior, o directamente al vacío.

Para ser justos, parte de la información del *Libro de San Cipriano* es bastante fidedigna. El autor, en efecto, llegó a hablar con un demonio, que le reveló algunos nombres interesantes, pero probablemente la jerarquía de la que le habló (en la cual había rangos como «primer ministro del reino infernal», «teniente general de las huestes demoníacas» y cosas parecidas) parece más bien una burla a la organización de un ejército humano que una estructura demoníaca real. Yo me inclino a pensar que, salvo en la capa superior de la clasificación, donde Sulfurino sitúa a Lucifer y a otros demonios poderosísimos, como Astaroth o Belcebú, el resto de los niveles no son muy fieles a la realidad. Así que, si leéis en el *Libro de San Cipriano* o en alguno de sus imitadores que Anagatón es un esbirro de Nebiros, probablemente fuera al revés... en el año 1000, claro. Hoy día puede que Nebiros trabaje para Belial y que Anagatón sea el número dos del infierno. Con los demonios, nunca se sabe.

¿Y por qué os cuento todo este rollo? Pues porque me estoy devanando los sesos tratando de averiguar cómo de poderosos son Nergal y Agliareth. Y aunque resulte imposible para una miserable mortal como yo llegar a desentrañar los misterios de la sociedad demoníaca, por lo menos me gustaría saber qué clase de criaturas son exactamente.

La vida tiene extrañas ironías. Pese a lo mucho que me reí leyendo el *Libro de San Cipriano*, ahora lamento no haberlo comprado en aquel momento. Tampoco me vendría mal un ejemplar del *Diccionario infernal* de Collin de Plancy, o del *De Praestigiis Daemonum* de Weyer, obras que también he consultado, en librerías y bibliotecas varias, pero que no tengo. Qué queréis que os diga: me parecía de mal gusto comprar libros sobre demonios viajando con un ángel.

Introduzco Agliareth en el Google y compruebo, sorprendida, que apenas hay entradas serias. Quiero decir, páginas donde realmente se hable de Agliareth, aunque sea desde una perspectiva mitológica. Por extraño que parezca, casi todo son referencias de foros de discusión donde algún listillo usa ese nombre como *nickname*. Ah, y páginas de música *metal*. Montones de ellas.

Descubro que también se le cita en la Wikipedia. Agliareth, gran general del infierno, comandante de la segunda legión, tiene como subordinados a Buer, Gusoyn y Botis... Ja, ja, ja... adivinad quién ha estado leyendo a Jonás Sulfurino...

Ciertamente, la broma ha prosperado mucho en estos mil años. Parece que la clasificación del *Libro de San Cipriano* no solo es de dominio público, sino que encima se usa a diestro y siniestro. De hecho, acabo de encontrar los nombres de los seis grandes generales del infierno en personajes de un cómic manga.

Pero aquí hay algo interesante: «Posee el poder de descubrir todos los secretos».

Luego o bien Angelo decía la verdad, o bien es lo bastante guasón como para seguirle la corriente al demonio que se le apareció a Sulfurino hace ya más de mil años. Tiene pinta de ser lo primero. Dudo que Agliareth sea general de nada, pero sí parece que es poderoso y que maneja mucha información.

Paso al siguiente individuo de mi lista: Nergal.

Esto ya es más interesante: parece que al demonio Nergal se le confunde con una deidad sumeria que comparte con la diosa Ereshkigal el gobierno del inframundo. Me pregunto si serán la misma persona o si el Nergal sumerio no es más que una leyenda. Y es una duda razonable, porque muchos dioses antiguos fueron en realidad demonios que se hicieron adorar como tales por los humanos.

Sacudo la cabeza. Ya está bien de comerme la bola. Casi con toda seguridad, el Nergal sumerio y el Nergal actual sean dos seres diferentes. Puede que se trate de un mito solamente. O que fuesen dos demonios distintos con nombres parecidos. En cualquier caso, también he encontrado más detalles sobre el Nergal estrictamente demoníaco. Por supuesto, aparece en el *Libro de San Cipriano* y, por lo visto, en el *Diccionario infernal* de Collin de Plancy, y se dice de él que se le da muy bien descubrir secretos. Los autores que se empeñan en clasificar a los demonios dicen que este es uno de segunda categoría, pero vete tú a saber.

Me aparto del ordenador con un suspiro resignado. Tengo la cabeza hecha un bombo, y lo peor es que no estoy segura de haber sacado nada en limpio. Por lo que parece, ambos demonios están relacionados con los secretos y la información, así que sí es posible que, como dijo Angelo, el infierno tenga su propia red de espías.

–No vas a encontrar ahí nada interesante –dice de pronto una voz detrás de mí, sobresaltándome.

Me vuelvo con rapidez. Ahí está Angelo, con los ojos clavados en la pantalla del ordenador y una mueca burlona.

–¿Cómo me has encontrado? –es lo primero que se me ocurre decir.

Se encoge de hombros, con ese gesto suyo que parece querer decir: «Soy un demonio, ¿recuerdas?», y señala el artículo de la Wikipedia.

–No hacen más que repetir información de un puñado de libros antiguos –observa–. Puede que en alguno de ellos haya algo de verdad, pero no dejan de ser libros antiguos. Hace siglos que no se escribe nada realmente nuevo sobre nosotros.

–Será porque no compartís esa información.

Angelo sonríe, pero no responde a mi observación.

–Apuesto lo que quieras a que no has visto ahí nada que te pueda dar una pista sobre cómo encontrar a Nergal.

Consulto mis apuntes, aunque sé que tengo la partida perdida de antemano.

–Según algunas fuentes, Agliareth domina en Europa y Asia Menor –es todo lo que puedo decirle.

Angelo se carcajea de mí. Con un suspiro resignado, rompo la hoja, sospechando que lo que acabo de decir es una soberana estupidez.

–Olvídate de Agliareth, sabe guardar bien sus secretos –sonríe–. Tenemos que encontrar a Nergal, y da la casualidad de que yo sé dónde buscarlo.

–¿Ah, sí?

Angelo asiente.

–Está en Berlín –responde solamente.

Asimilo la información. Primero se me cae el mundo encima. Pero, considerándolo con calma, lo cierto es que podría ser peor. Podría estar en Japón o en la Patagonia.

–Está en Berlín –repite Angelo–, así que vamos a ir para allá. –Y antes de que le pregunte cómo, organiza el plan con nula consideración hacia mí y mis circunstancias–. Quedamos dentro de dos días, al atardecer, en la Siegessäule.

–¿La qué?

–La Columna de la Victoria, en el Tiergarten. Es uno de los monumentos más conocidos de Berlín, así que no puedes equivocarte.

–¡Espera! –lo llamo cuando está a punto de marcharse–. ¿Y cómo pretendes que llegue a Berlín desde aquí? ¿Saco las alas y voy volando?

–Mira, te estoy echando un cable, pero no soy tu niñera, ¿de acuerdo? Voy a ir a Berlín y voy a buscar a Nergal y, si quieres, puedes venir o puedes quedarte, tú decides.

Me quedo mirándole.

–Sabes que estoy haciendo un esfuerzo, ¿verdad? –le digo–. Escucharte va en contra de todos mis principios y, sin embargo, me estoy esforzando mucho por confiar en ti. ¿Sabes lo que dicen en Eslovaquia? *Haz caso al demonio y te recompensará con el infierno.*

Se ríe. No parece muy impresionado.

–Pues en Bulgaria dicen: *Si pones una vela para Dios, pon dos para el diablo* –replica–. Así que, tú misma.

Se incorpora para marcharse.

–Yo estaré dentro de dos días en la Siegessäule del Tiergarten de Berlín. Si estás allí, bien, y si no, tú te lo pierdes. *Auf wiedersehen.*

–¡Espera un momento! –lo detengo–. Dame al menos más tiempo. No puedo llegar a Alemania en dos días. Con tan poca anticipación, será imposible encontrar un vuelo barato, así que tendré que ir en autobús... y eso lleva tiempo, ¿sabes?

Lo medita un instante y, después, sentencia:

–Una semana.

—Una semana —capitulo volviéndome de nuevo hacia el ordenador, con un suspiro de resignación.

No obtengo respuesta, y sé por qué. Ya se ha marchado, como una sombra, sin hacer el menor ruido.

Suspiro otra vez y cierro todas las páginas sobre demonología. A partir de ahora, me centro en ir a la caza y captura de un medio barato para llegar a Berlín desde aquí. Y a ver si, de paso, me agencio un mapa de la ciudad y localizo la columna esa.

Qué poco me ha durado la estabilidad de mi hostalillo cutre.

VI

Estoy hecha polvo, pero por fin he llegado a mi destino.

No veáis lo que me ha costado. Primero me pasé varias horas en un locutorio, llamando a varias compañías aéreas *low-cost*, cuyos precios, por cierto, solo eran *low* si estaba dispuesta a viajar el mes que viene. Después, encontré una compañía de autobuses que tenía varias líneas hacia Francia y Alemania, pero, misteriosamente, lo más lejos que podían llevarme era a Frankfurt. Y tampoco es que el billete estuviese tirado de precio. Así que volví a pelearme con los operadores de las *low-cost* y estuve a punto de comprar un billete para Berlín en un vuelo que salía seis días después. Pero para pagarlo por internet hacía falta tarjeta de crédito y, claro, la tarjeta que tengo no es mía, está a nombre de Jotapé. Además, no me gustan los aeropuertos. Demasiado control para mi gusto.

Finalmente, me fui en metro hasta la estación de autobuses de donde salía la línea Madrid-Frankfurt, compré el billete en la ventanilla y lo pagué al contado. Y me dolió, no creáis. No solo porque era mucho más dinero del que estoy acostumbrada a ver, sino, sobre todo, porque no era mío.

Llamé inmediatamente a Juan Pedro para disculparme.

—¿Cat? ¿Qué pasa? —preguntó él enseguida; debió de notar por mi voz que estaba preocupada.

—He sacado mucho dinero de tu cuenta —le confesé—. Más de cien euros.

Se quedó callado un momento y pensé que se había enfadado.

—Es para ir a Berlín —le expliqué atropelladamente—. Mi amigo está seguro de que allí averiguaremos más cosas acerca de la muerte de mi padre. Conoce a alguien que podría saber quién me persigue y por qué. Así que voy a coger un autobús y...

—Cat —me interrumpió él—. ¿Seguro que estás bien? Ese amigo tuyo, ¿puede cuidar de ti?

¿Cuidar de mí, Angelo? Por poco me dio un ataque de risa, pero me contuve para no preocuparlo más. Entonces me acordé de cómo me había defendido de aquel demonio que se hacía llamar Rüdiger, y respondí:

—Sí, creo que sí.

Debí de sonarle sincera, porque se quedó algo más tranquilo.

—No te preocupes por el dinero, Cat. Pero, por favor, sé prudente.

Lo de «No te preocupes por el dinero» es relativo. Sé lo que hay en la cuenta de Jotapé, y tengo muy claro que no puedo sacar euros de ahí como quien saca agua del mar.

—A propósito —añadió—, todavía no se sabe nada sobre Aniela Marchewka.

—¿Quién?

—La niña polaca que raptaron en la estación de servicio cuando mataron a tu padre.

—Ah —respondí abatida—. Lo siento mucho por esa niña, pero creo que ya no la van a encontrar.

—Yo sigo rezando por ella, Cat.

Y yo desearía poder hacer lo mismo. Me encantaría tener la fe que tiene él, pero, por desgracia, he visto ya demasiadas cosas como para poder confiar en Dios, en la Providencia o simplemente en la suerte.

Pero no se lo dije a Jotapé, porque también creo, sinceramente, que en el mundo hace falta más gente que rece por las niñas desaparecidas. Aunque no haya nadie al otro lado para escuchar sus plegarias.

El viaje hasta Berlín ha sido muy, muuuuy largo. No es que no haya hecho viajes largos, entendedme. Me he recorrido casi toda Europa y parte de Asia, pero solíamos parar a menudo y hacer noche por el camino, quedarnos uno o dos días en pueblecitos pintorescos o ciudades interesantes... En los viejos tiempos, jamás se nos habría ocurrido hacer Madrid-Frankfurt de un tirón.

En Frankfurt conseguí alojamiento en un hostal cerca de la estación (y tuve que sacar más dinero de la cuenta de Jotapé). Y al día siguiente, otro autobús, destino Berlín.

Así que ahora mismo estoy molida. Aunque he tenido la suerte de encontrar un albergue bastante céntrico y muy barato. Comparto la habitación con tres chicas más, pero eso no me supone ningún problema. Es evidente que soy extranjera, que mi alemán es paupérrimo, por no decir inexistente, y que no se puede esperar de mí que hable por los codos, por lo que me suelen dejar a mi aire.

Estuve en Alemania cuando era pequeña, pero es la primera vez que vengo a Berlín. Es una ciudad inmensa, muy limpia, amplia, llena de jardines y cosas interesantes para ver. Sin embargo, tengo que centrarme en lo que he venido a hacer. Es cierto que aún me quedan un par de días antes de mi cita con Angelo, pero tengo que descansar, recuperarme del viaje, situarme y aclimatarme.

Después de todo, voy a conocer nada menos que a Nergal, un demonio lo bastante poderoso como para aparecer en los tratados de demonología más importantes.

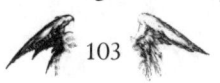

Así que me da exactamente igual que sean las tres de la tarde y que Svenia se esté pintando las uñas en la cama de al lado. Me derrumbo sobre la mía, sabiendo que no tardaré en quedarme dormida como un tronco.

De modo que esto es el Tiergarten.

He venido hasta aquí dando un paseo, en parte porque en el mapa parecía estar muy cerca, en parte porque me apetecía pasear por la célebre Friedrichstrasse, por Unter der Linden, y cruzar la famosa Puerta de Brandenburgo.

Y más allá se extiende el enorme parque que ocupa buena parte del centro de Berlín. Es inmenso; según el mapa, si sigo por esta calle llegaré tarde o temprano hasta la Columna de la Victoria, el lugar de mi cita con Angelo. Sin embargo, las distancias engañan, y todo está mucho más lejos de lo que parece. Por suerte, he venido con tiempo de sobra. Todavía queda un buen rato hasta la puesta de sol.

Así que camino por la gran avenida que atraviesa el Tiergarten de parte a parte.

Y por fin veo la Columna de la Victoria a lo lejos, y entiendo de golpe por qué hemos quedado allí.

Sobre ella, vigilando Berlín desde las alturas, se alza un ángel dorado. Lleva las alas extendidas y un báculo en la mano. Estoy demasiado lejos como para asegurarlo, pero creo que lo he visto antes, y creo saber en qué circunstancias.

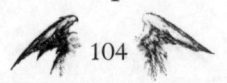

Yo tenía seis años la primera vez que estuvimos en Alemania. Cruzamos el sur del país en dirección a España, donde meses más tarde conocí a Jotapé. Me acuerdo de que caminábamos por una gran ciudad –no recuerdo cuál–, y mi padre se detuvo ante la puerta de una filmoteca. Se quedó mirando los carteles, luego se sacó la mano del bolsillo y contó las monedas que nos quedaban.

Yo le dije que no era momento de ir al cine, que quería cenar esa noche. Pero entramos igualmente.

No era habitual que mi padre antepusiese un capricho suyo a mi bienestar, no os vayáis a pensar que me dejaba sin cenar a menudo. Pero ahora entiendo por qué entramos en el cine aquella tarde.

La película trataba de ángeles que vagaban por un mundo de humanos; ellos no podían verlos, pero los ángeles escuchaban todos sus pensamientos y anhelaban ser como ellos.

A mí se me hizo larga y aburrida; desde luego, no era apropiada para una niña de mi edad. Además, la vimos en alemán, así que, naturalmente, no entendí casi nada, y me quedé dormida a la mitad; pero, cuando me desperté, miré a mi padre y vi lágrimas en sus ojos. Le pregunté si estaba bien, si se había hecho daño. Me señaló la pantalla y me dijo en voz baja que era por algo que acababa de decir uno de los personajes: que había cientos de ángeles que, deseando ser parte del mundo en lugar de limitarse a observarlo, habían decidido convertirse en humanos.

Cuando salimos del cine, mi padre estaba serio y pensativo. Pero me llevó a cenar donde yo quise (consiguió que nos invitaran a ambos) y, mientras devoraba mi hamburguesa, me contó que él era uno de esos ángeles que se habían vuelto humanos; pero que no lo había decidido así, y que no recordaba cómo ni por qué había sucedido eso. Me dijo que echaba de menos el lugar del que procedía (no dijo «el cielo», dijo «el lugar del que procedía»), pero que era bueno tener un cuerpo humano porque, de otro modo, yo no estaría allí con él, y eso era lo mejor que le había pasado nunca, que él pudiera recordar.

Si hubiese sido mayor aquella noche, habría pensado que estaba loco. Pero tenía seis años, y le creí.

Y ahora vuelvo a ver esa victoria alada, el ángel dorado que se alza sobre la columna en el horizonte del Tiergarten.

Allí, sentado sobre el hombro de la victoria, el ángel de la película contemplaba la ciudad y deseaba formar parte de ella.

Ahora sé que esa ciudad era Berlín. Y puedo entender por qué Angelo me ha citado aquí. Aunque solo en parte, claro. Aquella película trataba sobre los ángeles, pero, que yo recuerde, no hablaba sobre los demonios. No obstante, estoy completamente convencida de que Angelo la conoce.

Una muestra más de su extraño y retorcido sentido del humor.

Llego al fin a la plaza donde se alza la columna, en medio de una gigantesca rotonda. Aprovecho un momento en el que no pasan coches para cruzar al centro y examinar el monumento más de cerca. Veo que hay una escalera de caracol que lleva casi hasta arriba del todo. No hasta el ángel, ciertamente, pero sí hasta un poco más abajo. Debe de contemplarse una vista magnífica desde allí. Sin embargo, hay que subir muuuuchos escalones. Espero que a Angelo no se le haya ocurrido la genial idea de citarme ahí arriba. Pues yo no pienso subir; estoy cansada, así que me siento en los escalones, bajo la sombra de la columna, y espero.

Una vez más, levanto la cabeza hacia el ángel dorado que contempla la ciudad que se extiende a sus pies.

Me pregunto si alguna vez fueron así los ángeles. Gloriosos, magníficos, radiantes. Evoco el rostro cansado de mi padre, sus lágrimas al ver aquella vieja película. Me pregunto…

—Parece que va a echar a volar en cualquier momento, ¿verdad? —dice entonces una voz junto a mí.

Doy un respingo y me giro. Es Angelo, que contempla pensativo la victoria dorada que se alza sobre nuestras cabezas.

Hoy viste vaqueros y una camisa de color gris. De nuevo, lleva el pelo negro revuelto, como si se acabase de levantar. A pesar de que la luz del crepúsculo le da en plena cara, tiene los ojos bien abiertos, como si no le molestase, y es ahora cuando descubro que son grises y que, quizá por eso, la primera vez que le vi tuve la sensación de que eran del color del acero.

La verdad es que ahora no resulta tan inquietante como por la noche. En realidad, parece un joven normal, o lo parecería de no ser por las dos espadas que lleva cruzadas a la espalda.

–¿Qué pasa, necesitabas reafirmar tu autoridad? –le pregunto señalándoselas.

Sonríe.

–Una es la mía –dice–. La otra es la que le quité a Rüdiger la semana pasada. La voy a utilizar como moneda de cambio cuando visitemos a Nergal.

–Ah –es lo único que se me ocurre decir–. ¿Y dónde está Nergal? –pregunto poniéndome en pie.

–He quedado con él en el Sony Center. –Consulta su reloj–. Exactamente dentro de una hora.

Hago memoria.

–¿Eso no está…?

–… En Postdamer Platz.

–¿Y por qué no hemos quedado directamente allí?

Se encoge de hombros.

–Me gusta este sitio.

–¿Por el ángel? –pregunto con cierto sarcasmo.

–No hagas tantas preguntas y ponte en marcha de una vez –replica dándome un pequeño empujón–. Si nos entretenemos mucho, llegaremos tarde.

—Esto sí que es inaudito: un demonio preocupándose por la puntualidad.

Me mira, muy serio.

—Creo que no tienes claro dónde te metes. Vamos a hablar con Nergal, Cat. Podría fulminarte con una sola mirada, así que no conviene hacerle enfadar. Y eso incluye no hacerle esperar.

—Entiendo —asiento tragando saliva.

Caminamos en silencio por la acera, mientras el sol se pone lentamente por el horizonte. Intento entablar conversación, al menos para tratar de olvidar que... ¡otra vez! he quedado con un demonio, y ahora camino a su lado como si nada:

—Una vez vi una película en la que salía este sitio —comento—. Una película sobre ángeles.

Angelo asiente.

—*Der Himmel über Berlin* —dice, y añade, al ver que no lo he pillado—. *El cielo sobre Berlín*.

—¿La has visto? Es una película sobre ángeles —hago notar—. No salen demonios.

Se ríe.

—He visto todas las películas, he escuchado todos los discos y he leído todos los libros que existen —dice para mi sorpresa—. La eternidad da para mucho.

—No te creo —replico—. Cada día se publican cientos de libros nuevos en todo el mundo. ¿Cómo vas a leerlos todos?

Sacude la cabeza con indiferencia.

—*Nihil novum sub sole* —dice—. La mayoría de esos nuevos libros, películas y discos no son otra cosa que reelaboraciones, copias o derivaciones de alguna otra historia que ya se contó en el pasado —tuerce la boca en un gesto de aburrimiento—. Hace décadas que los humanos no inventáis nada original. Por no decir siglos —añade, desdeñoso.

—Mira qué bien —gruño—. Pero sí viste esa película, la de Berlín.

–Sí. Y me reí mucho.

–¡No era una película de risa! –protesto recordando las lágrimas de mi padre.

–Pues era muy graciosa –responde Angelo, y sonríe, burlón, al recordarla–. Tú misma tienes que reconocer que la visión que se da en ella de los ángeles es, por decirlo de alguna manera… peculiar.

–No lo recuerdo –admito–. La vi cuando tenía seis años. Pero a mi padre le emocionó.

–A los ángeles últimamente les emociona cualquier cosa. Especialmente, las historias melancólicas. Sobre todo si acaban bien. Recuerda que se están extinguiendo.

Le miro de reojo y le hago la pregunta que hace días estoy deseando formularle:

–¿Y a ti qué te parece eso?

–¿A mí? Me da igual.

Empiezo a enfadarme otra vez.

–¿Cómo te puede dar igual?

–Sin los ángeles, el mundo será más seguro para los demonios. Pero también más aburrido.

Reflexiono sobre sus palabras.

–Entiendo –digo por fin.

Se vuelve para mirarme. Bajo la luz de las últimas luces del crepúsculo, sus ojos parecen nubes de tormenta.

–No puedes hacer nada para evitarlo –dice entonces, muy serio–. Los ángeles están sentenciados desde hace ya un par de siglos. Este mundo ha dejado de ser un lugar acogedor para ellos. Así que yo, en tu lugar, me limitaría a vivir una vida de humana y a disfrutar de ella en la medida de lo posible.

–¿Cómo puedes decirme eso? –me enfado–. ¡Mi padre fue asesinado!

–No era el primero, ni será el último, en ninguno de los dos bandos.

Resoplo, furiosa.

—Perece mentira que, después de varios cientos de miles de años de existencia, aún no hayáis sido capaces de firmar la paz. ¿Se puede saber por qué dura tanto vuestra estúpida guerra?

Angelo hace una mueca y responde enigmáticamente:

—Pregúntale a Dios.

Después de esta extraña conversación, ya no hablamos más. Seguimos caminando, uno junto al otro, hasta salir del parque, y después enfilamos hacia Postdamer Platz.

Siento que tengo muchas cosas que preguntarle, pero no estoy segura de querer conocer las respuestas. Porque ahora me está ayudando y se muestra más o menos amistoso, pero nada me asegura que vaya a ser así siempre. En cualquier momento puede aburrirse de mí y decidir que es más divertido... no sé, estrangularme, u obligarme a que me suicide, o simplemente dejar de acudir a nuestras citas y largarse sin más. Cierro los ojos un momento y me repito a mí misma que Angelo sigue siendo el enemigo. Así que estaré con él solo hasta que descubra quién mató a mi padre. Después seguiré mi camino. Y, en agradecimiento por haberme ayudado, seré generosa y no lo mataré. Hala.

Para cuando llegamos a Postdamer Platz, un lugar impresionante, lleno de luces de colores y bordeado de altísimos rascacielos de acero y cristal, todavía seguimos sin hablar, supongo que porque no tenemos nada que decirnos, o porque nuestros puntos de vista acerca de todo son tan opuestos que no podríamos mantener una conversación sin terminar discutiendo. Pero a mí no me importa: estoy acostumbrada a no hablar con nadie, y a Angelo, por lo visto, le da igual hablar por los codos que no pronunciar una sola palabra, así que todo está bien. Supongo.

Vale, sí, esto es muy raro. Estoy de paseo por Berlín con un demonio. Lo siento mucho, pero, por más que lo intento, no consigo acostumbrarme.

Llegamos por fin al Sony Center, una plaza abarrotada de gente, de imágenes, de sonidos. Procuro no perder a Angelo entre la multitud. Él se detiene un momento para mirar hacia arriba, a la cúpula en forma de paraguas que se cierne sobre nuestras cabezas. Parece situarse al fin, porque reemprende la marcha aligerando el paso. Corro para alcanzarle.

Finalmente llegamos a la fuente que hay en el centro de la plaza, y que parece ser un punto de encuentro, porque hay varias personas sentadas en el borde esperando a sus parejas, a sus amigos... Casi todos son jóvenes, porque en Postdamer Platz reina un ambiente joven, moderno. Un buen lugar de reunión para dos demonios.

Angelo se dirige, sin dudar, hacia un hombre que aguarda sentado en uno de los cafés que salpican el lugar, leyendo una revista sobre informática. Es fornido y parece alto, tiene el pelo de color zanahoria y lleva patillas y una corta perilla, lo que hace que su rostro parezca aún más alargado. Alza la mirada y nos ve; inclina la cabeza a modo de saludo. Angelo toma asiento frente a él, y yo hago lo mismo. Los dos demonios cruzan un par de frases en su incomprensible idioma y, entonces, el de la perilla clava en mí sus ojos inquisitivos...

... y, de pronto, estoy temblando de terror y me muero de ganas de marcharme de allí.

—La vas a asustar —murmura entonces Angelo, en castellano.

El otro demonio aparta su mirada de mí y la centra en Angelo. Y entonces dice, cambiando de idioma con total facilidad:

—Lleva una espada angélica.

No ha levantado la voz, pero hay una velada amenaza en sus palabras.

—Lo sé, pero no es una de ellos. Es humana.

–Ah –dice entonces el demonio–. ¿De modo que es ella? Vuelve a mirarme, esta vez con cierta curiosidad.

–Me llamo Nergal –me dice–. Soy uno de los demonios más antiguos que viven sobre la faz de la Tierra. Muy pocos humanos me han visto, sabiendo quién soy, y han vivido para contarlo. Y tú osas presentarte aquí de la mano de un demonio…

–No le he cogido la mano –me apresuro a puntualizar, molesta, pero me callo inmediatamente, inquieta, al comprender que acabo de interrumpir al mismísimo Nergal. Pero él me mira con fijeza y sonríe como un vampiro.

–Ah, de modo que aceptas la ayuda de un demonio y luego niegas tratos con él. ¿La hipocresía es una de esas cualidades que te enseñó tu padre, el ángel?

–Yo no niego nada –protesto sintiendo que me arden las mejillas–. Solo intento dejar claro nuestro grado de intimidad. Para que no haya confusiones.

Para mi sorpresa, Nergal acoge mi respuesta con una carcajada. Justo cuando empezaba a relajarme un poco, vuelve a ponerse tan serio que da escalofríos.

–Deberías estar muerta –dice con toda tranquilidad.

Me incorporo un poco en mi silla, inquieta. Miro a Angelo, pero él no hace ademán de protegerme. Alzo la mano para alcanzar la empuñadura de mi espada.

–No lo hagas –dice Angelo en voz baja.

Nergal no ha movido un solo músculo, pero hay algo tan amenazador en su sola presencia que bajo la mano, lentamente.

Un camarero se acerca a nosotros; pero Nergal le dirige una breve mirada y el joven sacude la cabeza y vuelve a refugiarse en la cafetería, con el rabo entre las piernas. Intuyo que ya no vamos a ser molestados en toda la tarde.

–Deberías estar muerta –repite Nergal–. Envié a alguien a matarte y, sin embargo, has venido voluntariamente hasta mí. O eres estúpida o estás loca.

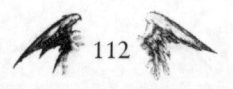

Estoy a punto de decirle que estoy aquí por consejo de Angelo; sin embargo, eso también parece un síntoma de locura o de estupidez, por lo que opto por callar y esperar a ver qué pasa. Si decide matarme, no habrá nada que yo pueda hacer al respecto.

Entonces, Angelo extrae con parsimonia la espada de Rüdiger de la vaina y se la enseña al demonio. Por supuesto, y a pesar de que la plaza está abarrotada de gente, nadie se fija en ella.

—Tu enviado está muerto —responde Angelo—. Y aquí está su espada.

—Comprendo —asiente Nergal—. Quieres cobrar la recompensa en su lugar. Pues has de saber que el trato era matar a la humana, no traerla viva.

—No quiero cobrar la recompensa. Quiero hacer otro trato.

Nergal se ríe.

—¿Otro trato? No sabes qué fue lo que me ofrecieron a cambio de la vida de la chica, ni si estás en situación de regatear.

Angelo se encoge de hombros.

—No pido mucho: solo información y dos días de plazo. Después puedes hacer lo que quieras.

¿Cómo ha dicho? Salto en mi sitio como si me hubiesen pinchado. ¿Angelo está comprando dos días más de vida para mí?

—¿Qué es esto? —exijo saber—. Hemos descubierto su juego y hemos matado a su enviado. ¡Es él quien nos debe, como mínimo, una explicación!

Nergal se ríe otra vez.

—Pequeña humana —me explica, con una sonrisa en la que me muestra todos los dientes—, los demonios no tenemos por qué dar explicaciones. Alguien paga por tu cadáver, y yo no tengo inconveniente en facilitárselo.

–Ah, por favor –protesto de nuevo–. Pero si todos los demonios sois asquerosamente ricos. ¿De verdad te vas a tomar tantas molestias para liquidar a una simple humana, y solo por dinero?

–Los demonios no intercambiamos dinero –se limita a contestar Angelo; él y Nergal cruzan una oscura sonrisa, y trago saliva sin poderlo evitar–. Con todo –prosigue–, es cierto que no dejas de ser una simple humana y, por lo tanto, lo que hayan podido ofrecer por tu cabeza no puede ser gran cosa, comparado, al menos, con lo que podrían dar por liquidar a un ángel de verdad, o a otro demonio.

Nergal se queda mirándolo fijamente.

–A cambio de la vida de la humana… ¿prometen acaso… la espada de un demonio? –pregunta Angelo con una sonrisa, ofreciéndole el arma de Rüdiger.

Nergal se toma su tiempo para contestar.

–No me sirve de mucho esa espada, Angelo –replica entonces.

–Sí te sirve. Rüdiger no cayó bajo mi arma, sino bajo la de Cat. Fue muerto por una espada angélica.

–Rüdiger era mi siervo –le recuerda Nergal entornando los ojos en una mueca amenazadora.

Angelo no parece impresionado.

–Pero ¿lo había sido desde siempre? –pregunta.

Nergal se echa hacia atrás, sin perder de vista a su interlocutor, pero no responde.

–Era un siervo reciente –aventura Angelo–, porque, de lo contrario, no lo habrías enviado a realizar una tarea tan poco importante como liquidar a una humana.

Nergal arquea las cejas.

–¿De verdad crees que sabes cómo pienso y de qué forma distribuyo el trabajo entre mis siervos?

–Nada más lejos de mi intención –se apresura a responder él–. Si Rüdiger era un siervo valioso, entonces la espada no te sirve de nada, y no va a compensar el agravio. Si no lo era, entonces lo que te ofrezco vale más que su vida y, por tanto, puedo esperar solicitar algo a cambio.

–Eres retorcido y manipulador, Angelo –manifiesta Nergal, pero sonríe ampliamente–. No obstante, sigo sin tener garantías de que el trato valga la pena.

–Rüdiger murió bajo la espada de Cat –insiste él–. Puedes comprobarlo tú mismo.

Nergal agarra la empuñadura. Se concentra en percibir algo, tal vez una sensación, tal vez una certeza. Por fin, parece que la espada le ha dicho lo que quiere saber.

–Caído en Combate –reconoce, y me mira entornando los ojos, con una mezcla de resentimiento y curiosidad.

–Puedes perder a más gente –dice Angelo– a cambio de una recompensa que ya no te vale la pena, puesto que ya has perdido a Rüdiger… o puedes quedarte con la espada a cambio de un par de nombres y reflexionar acerca de si merece el esfuerzo o no.

Nergal sigue mirándome fijamente. Sé lo que está pensando: que existe una tercera opción, y esa consiste en matarme ahora mismo. Pero entiendo, de pronto, que no lo hará, por la simple razón de que hay demasiada gente alrededor. No es que los demonios tengan miedo de los humanos, o de lo que estos puedan pensar de ellos. Pero les gusta ser discretos, y puede que ese sea el secreto del poder que ejercen sobre nosotros: que sabemos muy poco sobre ellos, y el resto tenemos que imaginárnoslo.

Y entiendo también por qué han quedado en un lugar público: es una forma de asegurarse de que nadie desenvainará la espada. Una forma de cubrirse las espaldas.

Lo cual significa que Nergal no sabía que Angelo acudiría conmigo. Es más: ni siquiera sabía aún que Rüdiger estaba muerto, ni que yo me había presentado en Berlín. Probablemente, si me hubiese quedado más tiempo en Madrid, habría venido a la cita prevenido, y entonces Angelo no habría tenido nada con lo que negociar.

–¿A ti no te interesa la espada, Angelo? –pregunta entonces Nergal.

Él se encoge de hombros con un gesto despreocupado.

–Demasiada responsabilidad.

Los dos se miran y cruzan una sonrisa, como si compartieran una broma secreta. No sé de qué va esto, pero no me produce buenas vibraciones.

–Me quedo con la espada –anuncia entonces Nergal, y se la quita a Angelo de las manos–. En cuanto al nombre que buscáis, siento no poder ofrecéroslo a cambio, puesto que lo desconozco. Las órdenes vienen de arriba, ya sabes. Lo único que se nos ha dicho es que la chica debe morir porque es la hija de un ángel. Nada más.

–Pero... –me rebelo–, pero... ¿eso es todo?

–Es mucho más de lo que debería haberte dicho –responde Nergal–. Y ahora, fuera de mi vista los dos, antes de que cambie de idea.

Me vuelvo hacia Angelo esperando que proteste, que diga algo. Sin embargo, mi demoníaco aliado se limita a sonreír como si le hubiesen revelado un gran secreto. ¿Qué diablos me estoy perdiendo?

Los dos demonios se levantan. Angelo se despide de nuestro interlocutor con una breve inclinación de cabeza. Yo me pongo en pie también, pero no estoy dispuesta a marcharme así, sin más.

–¡Espera! –le digo a Nergal–. ¿Quién mató a mi padre?

El demonio ya se iba, pero se vuelve hacia mí bruscamente. Y su gesto ha dejado de ser amable.

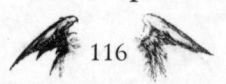

–He... dicho... fuera... de... mi... vista –susurra con una voz que no es de este mundo, una voz que evoca todos los tormentos del infierno, que aúna pánico, ira, odio, dolor y, sobre todo, la esencia de la más pura maldad, el corazón del caos primigenio. Su voz y su mirada, donde arde todo el fuego del averno, se cuelan hasta lo más profundo de mi ser y me paralizan de terror. Y de mi garganta brota un espantoso grito de horror.

Nergal da media vuelta y se marcha dejándome en el suelo, donde me retuerzo en pleno ataque del miedo más profundo e irracional. Grito y me convulsiono, aterrorizada, como si todos los demonios del mundo se hubiesen apoderado de mí. Levanto la mirada al cielo y solo veo la cúpula de la Postdamer Platz, que parece girar sobre sí misma en un torbellino metálico, como una espiral que se abalanza sobre mí, iluminada con un resplandor violáceo, casi fantasmal. La gente se ha quedado mirándome, pero apenas lo percibo, como tampoco noto los brazos de Angelo, que me rodean, ni su voz susurrándome al oído:

–Tranquilízate... despierta... vamos, Cat... tranquila...

La voz de Angelo es suave y amistosa, pero no deja de ser la voz de un demonio, y lo único que consigue es redoblar mi pánico. Grito con toda la fuerza de mis pulmones y me convulsiono una última vez antes de perder el sentido, mientras oigo, en lo más profundo de mi alma, una carcajada de ultratumba, la risa de Nergal burlándose de las pretensiones de una niña humana.

Me despierto de noche, en una habitación que tardo en reconocer, la que comparto con otras tres chicas en mi hostal berlinés. Intento incorporarme, pero no puedo. Estoy demasiado cansada, como si me hubiese quedado sin fuerzas. Trato de hablar, pero de entre mis labios solo escapa un débil gemido.

–Te dije que no lo desafiaras –dice la voz de Angelo en la oscuridad.

Intento responder, pero solo emito otro gemido, un poco más agudo.

–Silencio –me recomienda Angelo en voz baja–. Vas a despertar a tus compañeras de cuarto.

Poco a poco, vuelvo a la realidad. Es de noche y estoy tendida en mi cama. Las otras chicas están durmiendo. No sé cuánto rato llevo aquí, pero, probablemente, cuando ellas volvieron al hostal yo ya estaba en la cama, y no han querido despertarme.

Angelo está sentado junto a mí. Es verdad que no debería estar aquí.

–Voy a hablar –susurra él–, y tú vas a escuchar, ¿de acuerdo?

Intento asentir, pero me duele el cuello y apenas puedo mover la cabeza.

–No fue Nergal quien trató directamente con la persona que quiere matarte. Fue su superior, Agliareth. ¿Sabes lo que significa eso? Que quien te persigue es lo bastante poderoso como para poder recurrir al mismísimo Señor de los Espías. Quizá este no lo considerara un asunto importante, y por eso le encomendó el trabajo a Nergal, pero el hecho es que, en teoría, cualquier demonio podría haberte encontrado y matado sin problemas. Y, sin embargo, se lo encargaron a Agliareth, y eso quiere decir que quien lo hizo no quería dejar huella, por un lado, y quería asegurarse de que acabaras muerta, por otro. Es decir, que se lo ha tomado muy en serio.

»Con Agliareth no podemos regatear. De hecho, con Agliareth ni siquiera podemos hablar. Seguimos sin tener idea de quién te persigue, pero sí sabemos que lo hace porque eres la hija de un ángel. De ese ángel, en concreto, así que puede que, después de todo, se trate de algo que hizo tu padre antes de morir. Quizá se cruzó en el camino de algún demonio poderoso, quizá posee un secreto que nadie más debía saber, y si sospechan que te lo transmitió a ti...

Intento hablar de nuevo, pero solo consigo negar con la cabeza.

–No puedes saberlo todo sobre tu padre –dice Angelo–. Era muchísimo más viejo que tú. No puedes saber qué ha hecho a lo largo de sus varios millones de años de vida, antes de que tú nacieras.

Trato de sacudir la cabeza. Algo me dice que no van por ahí los tiros. Quizá porque una de las primeras lecturas de mi infancia fue el *Libro de Enoc*, o quizá porque soy así de paranoica, pero el caso es que eso de que quieran matarme «porque soy la hija de un ángel» me suena demasiado a pecado ancestral, según algunas fuentes. Intento decírselo a Angelo, pero solo puedo susurrar:

–... *Enoc*...

Angelo niega con la cabeza.

–El hecho de ser la hija de un ángel no te hace tan importante ni tan especial. Los ángeles y los demonios hemos dejado mucha descendencia entre los humanos. Especialmente los demonios –añade tras una pausa; no puedo evitar preguntarme, de pronto, si Angelo tendrá hijos. Pese a su aspecto juvenil, casi adolescente, no hay que olvidar que tiene miles de años–. Por eso, ni en un bando ni en otro se considera que sea algo malo tener hijos mortales, ni mucho menos nos molestaríamos en ir persiguiendo a esos niños por el simple hecho de ser medio humanos. Tenemos cosas más importantes en que pensar.

Angelo hace una pausa. Yo ni siquiera trato de hablar esta vez. Entonces él añade, con seriedad:

–Así que acepta mi consejo, Cat, y vete muy lejos, deja esa espada en cualquier otra parte y empieza una nueva vida anónima... o ponte bajo la protección de los ángeles, porque no vas a poder seguir con esto tú sola.

–¿Sola? –consigo repetir, con un hilo de voz.

Angelo suspira brevemente.

–Lo siento, pero yo no voy a llegar más lejos. Fue divertido mientras nos enfrentamos a demonios de la talla de

Rüdiger, pero mira lo que ha hecho contigo Nergal con solo mirarte, e imagina cómo serán los demonios que están a la altura de su superior, Agliareth. No puedes enfrentarte a ellos, y yo tampoco. Adiós, Cat.

Siento que se levanta, que me da la espalda y que se aleja, como una sombra, a través del dormitorio. Trato de llamarlo, pero solo logro pronunciar su nombre con un hilo de voz que suena patético y humillante:

—Angelo...

No obtengo respuesta. Como sigo estando confusa y dolorida, cierro los ojos y trato de dormir. Mañana será otro día y tal vez descubra entonces que todo esto no ha sido más que una pesadilla.

VII

MI convalecencia dura todo un día más. Me quedo en la cama, a veces dormitando, a veces divagando, pero sin ganas ni fuerzas para moverme ni para comer. Mis compañeras de cuarto, Anika, Svenia y Heidi, intentan averiguar qué me pasa, pero no logro explicárselo. Es como si me hubiese quedado sin energías.

Como si vivir no valiese la pena.

Por suerte, a medida que pasan las horas me voy recuperando. Al caer la tarde, logro incorporarme un poco en la cama. Me encuentro con la mirada comprensiva de Anika, que me ofrece un sándwich y una botella de agua con gas, y me sonríe.

–*Danke* –murmuro.

Ella me explica, medio en alemán medio en inglés, que cree que ya sabe lo que tengo. La escucho atentamente mientras mastico el sándwich con lentitud. Entiendo más o menos lo que quiere decir: me cuenta que a su hermana le pasó una vez algo parecido en época de exámenes. Es una crisis de estrés: el cerebro se colapsa, el cuerpo dice basta y, de pronto, te duele todo y lo único que quieres es meterte en la cama a descansar. Se cura durmiendo y no haciendo absolutamente nada.

Sonrío y le doy las gracias otra vez. Sí, supongo que será eso, le contesto.

Parece que se queda más tranquila al verme comer, de modo que esa será la versión oficial; desde luego, es mejor haber sido víctima de un ataque de estrés que del ataque de un demonio.

Mis tres compañeras de cuarto son de Munich, tres amigas universitarias que aprovechan unos días libres para visitar la capital. Es evidente que, como soy más joven que ellas, aunque se nota que estoy acostumbrada a ser independiente y viajar sola, se preocupan por mí como de una hermanita pequeña. Qué majas.

Pero, en cualquier caso, no puedo, no debo mezclarlas en esto.

Mañana me iré. No sé adónde, pero me iré. Quizá vuelva a suplicarle a Jeiazel o me las arregle para marcharme a la otra punta del mundo. Lo que sí sé es que no puedo volver con Jotapé.

Los dos días de plazo expirarán muy pronto, y de nuevo se abrirá la veda de Cat. Y si no hay a mi lado nadie lo bastante poderoso como para protegerme, es mejor que no haya nadie.

Cae la noche y yo sigo en la cama. Creo que no solamente estoy agotada, sino que además he pillado una depresión como quien pilla un resfriado. Por primera vez me doy cuenta de lo pequeña que soy en un mundo de gigantes.

Un mundo que les sigue perteneciendo a ellos y que aún se rige por sus reglas, aunque los humanos, en nuestra fatua arrogancia, queramos creer que tenemos algún control sobre él.

Me despierto bruscamente cuando alguien deja caer su mano en mi hombro. Aturdida, creo ver unos ojos rojizos que relucen en la oscuridad; me revuelvo y trato de gritar, pero la misma mano me cubre la boca y me lo impide.

–Cat, soy yo –dice la voz de Angelo; entonces despierto de mi pesadilla y advierto que no hay ojos rojos, solo la sombra de un demonio–. He venido a buscarte –añade él.

Eso no me tranquiliza. Me libro de su mano y me incorporo.

–Vete de aquí –gruño.

–No puedo. He recibido órdenes.

–¿Órdenes? –repito–. ¿De quién?

–Es muy largo de explicar; pero debes saber que hay alguien que está dispuesto a ayudarte, y que vamos a llevarte a un lugar seguro.

–¿Quién es ese alguien? –insisto con desconfianza–. ¿Por qué ahora sí quieres ayudarme, y anoche me dejaste tirada?

Casi puedo percibir su sonrisa en la oscuridad.

–Es un ser lo bastante poderoso como para que yo no me atreva a contrariarle –responde.

–Así que, si me ayudas, es solo por temor a represalias. –Le doy la espalda, vuelvo a echarme en la cama, dispuesta a seguir durmiendo, y le resumo en una palabra lo que pienso de él–: Cabrón.

Angelo suspira con impaciencia. Enciende la luz de la mesita, aun a riesgo de despertar a mis compañeras de cuarto.

–Vamos, Cat, no hay tiempo que perder. Estás en peligro, y lo sabes.

–Nergal dijo que tenía dos días.

–¿Y desde cuándo los demonios respetamos los pactos?

Eso me hace reaccionar. Me incorporo un poco en la cama y me vuelvo hacia él.

–Recoge tus cosas y vámonos de aquí –me ordena.

En ese momento, Anika asoma su cabeza, despeinada y soñolienta, por la litera de arriba. Parpadea al ver a Angelo.

Parece que va a hablar, quizá a gritar; pero entonces, Angelo susurra:

–*Schlaf ein*.

Y Anika cierra los ojos de nuevo y se derrumba sobre su cama, profundamente dormida.

–Venga, levanta –me dice el demonio–. Tenemos que irnos.

–¿Adónde?

–A un lugar seguro.

Gruño y protesto un poco, pero finalmente trato de ponerme en pie. Por desgracia, me mareo y tengo que sentarme de nuevo. Angelo chasquea la lengua con disgusto.

–¿Todavía estás fuera de combate? Qué flojos sois los humanos. ¿Voy a tener que vestirte yo?

Coge los pantalones que dejé ayer sobre la silla. Se los quito de las manos, furibunda.

–Trae aquí, todavía puedo hacerlo yo solita, muchas gracias. Y date la vuelta.

Pone los ojos en blanco.

–Ah, por favor…

Le arrojo a la cara mi bolsa de deporte.

–Si quieres hacer algo útil, llénala con todo lo que encuentres en ese armario.

Se encoge de hombros y se dispone a hacerme el equipaje, para lo cual no tiene más remedio que darme la espalda, pues el armario está justo enfrente de la cama. Entre medias, se despiertan Svenia y Heidi, pero inmediatamente vuelven a caer dormidas, bajo la influencia del demonio. Mientras tanto, me visto con cierta torpeza.

–¿Solo llevas esto? –me pregunta Angelo escudriñando el interior de mi equipaje.

–No necesito más –le replico con cierta ferocidad arrebatándole la bolsa y cerrando la cremallera. Vale, solo tengo dos pares de pantalones de deporte, tres camisetas, unas zapatillas, cuatro mudas de ropa interior y una sudadera calentita, pero ¿para qué quiero más? Basta con lavar la ropa regularmente, ¿no?

Angelo frunce el ceño y me mira con una expresión que espero, por la memoria de mi padre y la gloria de mi madre, que no sea de pena, porque entonces sí que me lo cargo.

Entretanto, he terminado de vestirme y estoy lista para partir. Pero, de pronto, me quedo quieta y miro a mi compañero, suspicaz.

—Oye, no me estarás traicionando, ¿verdad?

—No seas ridícula.

Pero a mí esto cada vez me resulta más sospechoso, de modo que vuelvo a sentarme en la cama y cruzo los brazos.

—Yo no voy a ninguna parte hasta que no sepa qué pasa aquí.

Con un suspiro cargado de impaciencia, Angelo tira de mí y me pone en pie. Me tiemblan las piernas.

—Que no voy a ninguna parte.

—Pero si apenas puedes caminar —observa él, consternado.

—Por eso no voy a ninguna parte. Y porque no confío en ti, para que lo sepas.

Pero toda resistencia es inútil. Angelo pasa mi brazo sobre sus hombros y carga conmigo y con la bolsa. Estoy cansada y tengo miedo, pero no me quedan fuerzas para protestar. Dejo que me arrastre hasta el ascensor.

—Tengo que pagar la habitación —murmuro entonces.

—No te preocupes por eso.

—Pero...

—He dicho que no te preocupes por eso.

Y no insisto. Permanecemos callados hasta que llegamos a la planta baja. Trato de caminar fuera del ascensor, pero tropiezo, y habría caído al suelo de no estar ahí Angelo para ayudarme. Le oigo suspirar y murmurar:

–Pero cómo se ha pasado ese bestia...

Levanto la cabeza.

–Oye, que yo estoy muy bien, ¿vale?

Y recojo los restos de mi dignidad perdida para caminar, yo sola, hasta la salida.

O la habitación está ya pagada, o bien le han sugerido al recepcionista que se olvide de cobrármela, porque el caso es que ni se digna mirarme.

Ya en la calle, Angelo para un taxi. Nos acomodamos en el asiento de atrás.

–*Steigenberger Hotel, bitte* –le dice Angelo al taxista.

–¿Me sacas de mi hotel para llevarme a otro hotel? –le pregunto, incrédula.

–No es un hotel cualquiera, ya verás. Pertenece a la persona que quiere protegerte. Es... digamos que es inmensamente poderoso –y se ríe en voz baja; me mira, y esta vez lo hace de una forma distinta, con curiosidad y casi con admiración.

–¿Qué pasa?

–No tienes ni idea, ¿verdad? –No respondo y continúo mirándole, intrigada; Angelo suspira, se acomoda en el asiento del taxi y empieza a hablar en voz baja–: Cuando me despedí de ti ayer, estaba convencido de que no volvería a verte. No te lo tomes a mal; cuando uno llega a cierta edad, ya ha aprendido a no meterse con los demonios más poderosos. Es una de esas leyes no escritas de nuestro mundo.

»Pero entonces me salió al encuentro un tipo que venía de parte de alguien situado mucho más arriba de Agliareth. Alguien que conocía tu nombre, Cat, y no solo eso: me pidió que te protegiera a toda costa. Debías vivir, y esa debía ser mi prioridad a partir de ahora.

»Y bueno, reconozco que tengo cosas mejores que hacer que cuidar de ti. Pero cuando uno de los grandes señores demoníacos se digna dirigirse alguien como yo para pedirle un favor... no es conveniente negarse. Me explico, ¿no?

–Uno de los grandes señores… –repito, aturdida–. Pero ¿de quién estamos hablando?

–Para serte sincero, no lo sé, porque no ha querido desvelar su identidad. Pero te aseguro que el que ha contactado conmigo en su nombre es un demonio antiguo, y alguien así no obedecería órdenes de cualquiera. Ahora, por tanto, trabajo para él. Debo decir que prefiero ir a mi aire, pero si tengo que obedecer las órdenes de otro demonio, es mejor que sea uno de los grandes señores del averno. Y no habrá más de diez demonios en todo el mundo que puedan considerarse parte de ese selecto club, así que, dentro de lo que cabe, hemos tenido suerte, tú y yo; tú, porque te protege uno de los demonios más poderosos que existen, y yo, porque obedezco ahora a alguien que tiene servidores en todo el planeta.

–Estás de broma –balbuceo.

–No, y por eso hoy es tu día de suerte. Nadie va a atreverse a tocarte mientras estés bajo la protección de un demonio poderoso. Así que yo, en tu lugar, no desaprovecharía la oportunidad.

–Pero… pero… ¿por qué?

–No lo sé, Cat. Pero alégrate de tener un protector y acepta su mano sin hacer preguntas. Es lo mejor que te podía pasar, dadas las circunstancias.

–¿Lo mejor que me podía pasar… estar bajo la protección de un señor del infierno que ni siquiera sé quién es? ¡Estás loco!

No puedo seguir hablando, se me quiebra la voz. Noto un nudo en la garganta y siento ganas de llorar. Me siento agotada, tengo miedo y estoy al borde de un ataque de nervios.

Entonces Angelo me pasa el brazo por los hombros y me atrae hacia sí. Y me derrumbo.

Entierro la cara en su hombro y me echo a llorar en silencio. Procuro que no me vea, que no me oiga, pero estoy temblando y me temo que no puedo ocultarle este momento de debilidad, maldición, por todos los demonios del infierno.

Es solo que estoy enferma, que estoy cansada y que no entiendo nada de lo que está pasando. Pero mañana volveré a ser la de siempre. Estoy convencida de ello.

Me despierto en una amplia cama, de sábanas blancas, suaves y perfumadas. Seguro que me he muerto y estoy en el cielo. Seguro…

Poco a poco recuerdo lo que sucedió anoche. Cómo escapamos del hostal de madrugada, como dos ladrones. Cómo cogimos aquel taxi, y Angelo me contó… eso, y cómo llegamos a un enorme, precioso e increíble hotel de cinco estrellas en pleno centro de Berlín.

Miro a mi alrededor. ¿No es un sueño? Estoy en una *suite*, y es toda mía. Nunca, jamás en mi vida había tenido una habitación semejante, y menos para mí sola. Me levanto con cuidado. Hoy me siento mucho mejor.

Camino descalza sobre la moqueta, blanda y mullida. Cruzo una puerta y me topo con un cuarto de baño impoluto y gigantesco. Sigo explorando la habitación, cruzo otra puerta y me encuentro con una pequeña sala de estar que también pertenece a mi dormitorio. ¿Cómo es posible? Descorro las cortinas, suaves y ligeras, y contemplo extasiada la ciudad que se extiende a mis pies.

Es demasiado lujo para mí. Definitivamente, me he muerto y estoy en el cielo.

Llaman a la puerta. Me incorporo, alerta, pero una voz femenina, agradable y musical dice desde el otro lado:

–*Hallo? Frühstück, bitte!*

Como yo no respondo, repite, esta vez en inglés:

–*Good morning! Breakfast, please!*

Abro la puerta –solo un poco– y asomo la nariz con desconfianza. Ante mí hay una camarera sonriente que carga con una inmensa bandeja plateada. Instintivamente, la dejo pasar para que la deposite en alguna parte. La deja sobre la mesita auxiliar y se marcha, en silencio y sin perder la sonrisa.

Levanto la tapa de la bandeja.

Una montaña de cosas deliciosas se esconde debajo: zumo de naranja, café, huevos, tostadas, fruta, mermelada, bollitos, beicon... No es posible que todo esto sea para mí. No es posible...

El olor es demasiado poderoso como para resistirse, y menos de cinco segundos después, ya estoy comiendo a dos carrillos. Y justo en mitad de la operación entra Angelo, sin molestarse siquiera en llamar.

–¿Te encuentras mejor hoy? Te he pedido el desayuno completo; ya veo que he acertado.

Dejo de comer inmediatamente.

–Esto es un truco, ¿verdad? –le pregunto con desconfianza–. Estás intentando comprarme.

–No me des las gracias a mí, sino a tu protector –declara Angelo sentándose sobre la cama; hoy parece estar de un humor excelente.

–Genial –gruño–. Me alegro de que hayas encontrado un patrón generoso, pero insisto en que a mí no me hace ninguna gracia que un gran señor demoníaco sepa que existo. Y dime: ¿qué me va a pedir a cambio de tanta gentileza?

–Solo que te quedes en el hotel y no salgas, al menos de momento. Por lo que me han dicho, ahora mismo está muy ocupado, pero piensa venir a verte en cuanto pueda.

–¿Y si yo no quiero verle a él?

–Cat, Cat, no seas desagradecida. Está de tu parte y no quiere que nadie te haga daño. Además, por lo que tengo entendido, a ti sí tiene previsto revelarte su identidad. Lo menos que puedes hacer a cambio es escuchar lo que tenga que decirte.

–No es una buena idea escuchar lo que tenga que decir un demonio, y menos si es uno poderoso –murmuro; entonces alzo la cabeza para preguntarle–: ¿Podrá decirme quién mató a mi padre?

–Probablemente sí, a no ser que detrás de su muerte esté el mismo Lucifer, cosa que dudo mucho.

Reflexiono. Angelo se me queda mirando y añade, con un tono un poco más suave:

–Has de saber que creo que tienes una gran fuerza interior, para ser una humana.

–No me digas –respondo, con algo de guasa.

–En serio. Me recuerdas a los de antes.

–¿A quiénes?

–A los humanos de antes. A los de hace miles de años. –Suspira y se levanta, sacudiendo la cabeza–. Estaban hechos de otra pasta.

–¿De verdad recuerdas cómo era la vida hace miles de años?

Clava sus ojos grises en mí. Por un momento, me recuerdan a un mar en calma bajo un cielo neblinoso. Hasta que me doy cuenta de que se está riendo.

–No –confiesa.

Se dirige de nuevo hacia la puerta.

–¿Adónde vas?

–A hablar con algunas personas. Tú quédate aquí –me ordena–, y no salgas por nada del mundo.

–Más que la protegida de tu patrón, parezco su prisionera –comento con sorna.

Pero Angelo ya se marcha. Cierra la puerta tras él, sin ruido, y me quedo sola otra vez...

… Cosa que, por el momento, no me importa lo más mínimo. Ya que dispongo de una *suite* en un hotel de cinco estrellas, por cortesía de uno de los grandes señores del infierno, pienso aprovecharme de ello.

De modo que me doy un laaaargo baño en la inmeeeensa bañera y, poco a poco, tengo la sensación de que mis músculos se relajan y mi mente vuelve a aclararse. Para cuando salgo del baño, ya me encuentro casi bien.

Me miro en el espejo; tengo ojeras a pesar de lo mucho que he dormido, pero, por lo demás, no tengo tan mal aspecto como ayer.

¿Que cómo soy? ¿Aún no os lo he dicho? Veamos… Tengo el pelo de color caoba, y lo llevo corto, en una semimelena por debajo de las orejas. Se me rizan las puntas y es un engorro, así que casi siempre llevo una cinta, a modo de diadema, para recogerlo. Y tengo los ojos de color avellana. Cuando les da el sol, parecen un poco dorados. Oro viejo, decía mi padre. Él tenía los ojos muy oscuros, casi negros, como un pozo sin fondo. Por eso supongo que los míos me vienen por parte de madre. Tengo la piel muy morena por todo el tiempo que paso al aire libre, y, por esa misma razón, también tengo, desde muy pequeña, las mejillas salpicadas de pecas. Y además soy bajita. Así que, como veis, no soy nada espectacular. Una chica del montón.

Pero esta chica del montón está disfrutando hoy de un lujo al que no está acostumbrada, de modo que, después de vestirme otra vez, me dedico a curiosear por todos los rincones de la habitación. Descubro el minibar. Hay refrescos y una caja de bombones. Tras una breve vacilación, me encojo de hombros y me agencio los bombones. ¿Qué diablos? ¡Pagan los demonios!

Paso el resto del día comiendo bombones, tumbada en la cama y zapeando. A mediodía me traen la comida, no menos deliciosa y abundante que el desayuno. Pero sigo sin tener noticias de Angelo ni de nadie más.

Hacia las siete de la tarde, ya me siento como un león enjaulado. La tele me aburre, y lo cierto es que me muero de ganas de salir a la calle a pasear. Ayer no me moví del hostal porque estaba enferma. Y hoy, que ya estoy curada y puedo salir de mi cuarto, no lo hago porque no me dejan.

Entonces suena el teléfono, y lo cojo con precaución. Al otro lado habla un señor muy amable en alemán. Por supuesto, no pillo una, así que me repite en inglés que hay un chico que quiere verme.

No es el estilo de Angelo llamar antes de entrar, de modo que no puede ser él. Cuelgo el teléfono, sin más, y sigo viendo la tele.

Momentos después, llaman suavemente a la puerta. Me levanto y voy a ver quién es, abriendo solo una rendija.

Fuera hay un chico jovencito, de unos trece o catorce años. Me sonríe de oreja a oreja en cuanto me ve.

—¿Cat? —me pregunta, y luego añade algo que no comprendo.

—¿Quién eres? —interrogo sin abrir del todo la puerta.

—Me llamo Johann —me dice entonces en un perfecto castellano, y añade bajando la voz—: He venido a sacarte de aquí. Vengo de parte de Gabriel.

—¿Gabriel? —repito, y para asegurarme pregunto, en susurros—: ¿El arcángel?

—¿Me dejas pasar?

Dudo solo un momento.

—Espera —le digo.

Cierro la puerta, retrocedo hasta recuperar mi espada y, solo cuando la tengo en la mano, le abro del todo.

El chico entra. Se fija en la espada, claro, pero asiente con un gesto de aprobación.

—La espada de Iah-Hel —dice—. Me alegra saber que está en buenas manos, y que esos malnacidos no te la han quitado.

Me siento en el sofá y le indico que se siente frente a mí. Por si acaso, sigo sin desprenderme de la espada.

—Explícate —le exijo.

—No tenemos tiempo para esto —se impacienta—. Gabriel ha tardado mucho en encontrarte porque los demonios te han estado llevando de un lado a otro, y si no vienes con nosotros ahora, te volverán a trasladar.

—¿A trasladarme? ¡Ni que fuera un preso!

—¿Acaso no lo eres?

Abro la boca para replicar. Lo cierto es que estoy aquí, en esta habitación, porque Angelo así lo ha querido. Antes de conocerle, yo iba a donde me daba la gana y salía de mi cuarto si me daba la gana.

Reflexiono un momento. Lo cierto es que no he querido pararme a pensar en ello porque es demasiado desconcertante, y porque, después de todo, merecía un descanso y el día en el hotel me ha sentado muy bien. Pero no me da buen rollo que un gran señor demoníaco desconocido quiera ser mi padrino, mi protector, o lo que sea. Johann tiene razón, no tiene ningún sentido. El único motivo por el cual podrían estar interesados en «protegerme» es, en efecto, tenerme controlada… atrapada.

—Tenemos que darnos prisa —me insiste—. Estamos en territorio demoníaco, y no tardarán en descubrirme si permanezco mucho más tiempo aquí.

Lo observo con atención. Es un chaval rubio, de mirada despierta y sonrisa amistosa.

—¿Eres un ángel?

—Te ha costado darte cuenta, ¿eh? —Me coge de la mano y tira de mí para levantarme; cuando estamos el uno junto al otro compruebo que, a pesar de ser menor que yo, es un poco más alto.

—Entonces, ¿quieres llevarme con los demás ángeles? Pero Jeiazel dijo…

—Jeiazel actuó por su cuenta y sin consultar a sus superiores —replica Johann—. Por supuesto que no íbamos a dejar a la hija de Iah-Hel sola en el mundo a merced de los demonios. ¿Cómo se te ha ocurrido semejante idea? —Sacude la cabeza, indignado.

Un inmenso alivio me recorre de la cabeza a los pies. De modo que es cierto: por fin me aceptan. Los ángeles no son tan altivos ni tan despiadados como me dio a entender Jeiazel. Acogerán a la hija de un ángel, aunque tenga sangre humana; me protegerán y responderán a todas mis preguntas, y no tendré que pactar con demonios nunca más.

—Voy por mis cosas —respondo, y me levanto rápidamente para recogerlo todo. Estoy lista en apenas un par de minutos; después de todo, ni siquiera había llegado a colocar mi ropa en el armario.

Sí, es verdad, sé que Angelo me dijo que no saliera de aquí. Pero ¿cómo voy a fiarme de un tipo que, además de ser un demonio, hace menos de dos días me dejó plantada?

Con cierta pena por abandonar la habitación, sigo a Johann al pasillo, equipada con mi bolsa de viaje y mi espada. El chico corre hacia las escaleras, resuelto.

—¿No vamos por el ascensor?

—Es mejor que no nos topemos con nadie —me responde en voz baja—. La mayoría de los trabajadores de este hotel son humanos, pero hay algunos demonios, y han estado a punto de verme cuando he ido a recepción a preguntar por ti. Si me ven, me reconocerán. Así que es mejor que salgamos por la entrada de servicio.

Seguimos por las escaleras hasta llegar abajo del todo. Después de recorrer un par de pasillos más, Johann empuja una puerta, y de pronto estamos en la calle.

—Genial —dice brindándome una sonrisa encantadora—. Debían de estar muy seguros de que no ibas a escapar. ¿Qué te han dicho para convencerte de que te quedes en el hotel?

―Que era peligroso salir. Y que podían darme información sobre los asesinos de mi padre ―añado sintiéndome un tanto estúpida.

Johann sacude la cabeza con pesadumbre.

―Tu padre murió en Combate, Cat. Probablemente lo mató el grupo de Malfas; últimamente disfrutan acorralando a pobres ángeles perdidos. Pero no te preocupes: Miguel anda tras ellos desde hace un tiempo, y tarde o temprano acabará con él.

―Pero... pero... ¿por qué tienen tanto interés en mí?

―Oh, simplemente porque Gabriel te estaba buscando. Todos saben que, desde que la guerra contra los ángeles ya no es lo que era, muchos grandes señores demoníacos están de capa caída. Dicen que hasta Nisrog se les sube a las barbas ―asegura, y se ríe nada más decirlo―. Eso es una exageración, claro, pero sí es verdad que algunos están deseando congraciarse con Lucifer, y están enviando agentes a espiar a Gabriel y los ángeles de su entorno. Alguien se enteró de que te estábamos buscando y pensó que debía haber alguna razón ―se encoge de hombros―. Los demonios son incapaces de comprender que queramos proteger a un humano simplemente por pura amabilidad. Para ellos siempre tiene que haber un significado oculto en todo.

Suspiro, aliviada. Por fin alguien me da las explicaciones que llevo tanto tiempo buscando. Es increíble cómo puede cambiar la vida de una persona de la noche a la mañana. Ayer estaba tumbada en un hostal, pensando que la vida no tenía sentido, y hoy me aceptan en el seno de la comunidad angélica... a la que siempre quise pertenecer.

―De todos modos ―añade Johann frunciendo el ceño―, nos vendría muy bien saber quién te tenía retenida.

Dudo. Me sabe mal confesarle que no tengo ni idea, que Angelo no ha llegado a desvelar la identidad del «protector» que, supuestamente, quería conservarme viva y prisionera en un hotel de cinco estrellas.

—No te lo dijeron, ¿eh? —adivina él; parece frustrado un momento, pero luego sonríe de nuevo—. No importa; lo averiguaremos. ¿Tampoco lo sabe el demonio que iba contigo?

—¿Angelo? —pregunto maquinalmente—. No; me dijo que alguien había contactado con él, y que ese alguien era un demonio antiguo que servía a otro mucho, mucho más poderoso. No me dio nombres.

—Entiendo —asiente Johann pensativo.

—¿Es importante?

—Es más fácil luchar contra un demonio si conoces su identidad. Por eso, muchos de ellos se ocultan bajo nombres falsos. Pero los señores demoníacos no necesitan hacerlo, por lo que supongo que este es particularmente cobarde, o bien no es tan poderoso como quiso hacerte creer.

Estamos bajando las escaleras que llevan a una estación de metro. Nadie nos sigue, nadie nos persigue. Me siento segura por primera vez en mucho tiempo.

—Pues tú tampoco me has dicho cómo te llamas de verdad —hago notar.

Él me dedica otra de sus francas sonrisas.

—Nithael —responde.

—Ese es el nombre de un ángel muy antiguo —observo, y reacciona con una carcajada.

—Que no te engañe mi aspecto —me recomienda—. Tu nombre, en cambio, no es Cat, ¿me equivoco?

—Caterina —admito a regañadientes.

—Italiana —asiente Johann—. Hablas español, pero aún te queda algo de acento.

Lo miro, sorprendida. Es cierto que nací en Italia, donde pasé los dos primeros años de mi vida, una etapa de la que no recuerdo gran cosa. Luego, mi padre me llevó a vivir a España, a un pueblecito de Asturias, y se podría decir que allí aprendí a hablar del todo. Después, cuando cumplí los cinco años, empezaron los viajes...

... Y hasta hoy.

—¿Cómo me va a quedar acento italiano? ¡Si me fui de allí a los dos años!

—Los orígenes no se olvidan, Cat.

—Pues tú has olvidado el tuyo —respondo, mordaz.

Johann se ríe otra vez, con una risa alegre y cantarina.

Nos detenemos junto al andén del metro.

—¿Adónde vamos? —pregunto.

—Al aeropuerto —contesta Johann; me maravilla ver cómo responde a todas mis preguntas sin acertijos, rodeos ni medias verdades—. Tengo dos billetes para Río de Janeiro; allí nos reuniremos con Gabriel.

—¿Gabriel está en Brasil? —pregunto sonriendo.

Todo es mucho mejor de lo que jamás había imaginado. Mi padre siempre me habló de Gabriel como de un ángel bueno y amable. Hoy día, es uno de los ángeles más nobles que existen. Es un gran honor que quiera conocerme. ¡Y voy a ir a Brasil!

—¿Por qué vamos en metro? ¿No podemos ir en taxi?

—Bajo tierra somos más difíciles de detectar... —dice Johann. Sus últimas palabras quedan ahogadas por el ruido del tren que se acerca.

Entonces oigo que alguien grita mi nombre; no lo escucho en mis oídos, puesto que el estruendo del metro bloquea cualquier otro sonido, sino que suena en algún lugar de mi mente, o de mi corazón.

Es la voz de Angelo.

Me vuelvo, extrañada. Detecto una sombra bajando los escalones tan deprisa que mi ojo apenas puede captarla. ¿Por qué...?

De pronto me empujan y pierdo el equilibrio. Muevo los brazos para tratar de estabilizarme sobre el andén, pero mi bolsa y mi espada tiran de mí hacia atrás.

Y todo sucede en menos de dos segundos, pero es como si transcurriese a cámara lenta. Me veo cayendo al vacío sin poder evitarlo, mientras vislumbro el rostro de Johann, cuya franca sonrisa es ahora una mueca malévola, siniestra.

Y comprendo, una milésima de segundo antes de que el tren embista mi cuerpo y lo destroce, cortando los lazos que me unen a la vida, que no fui capaz de reconocer al demonio hasta que estuve junto a él al borde del abismo… hasta que fue demasiado tarde.

INTERLUDIO

Hubo gritos en la estación, carreras, histerismo… El tren frenó bruscamente y, a través de la ventanilla, Angelo vio la cara desencajada del conductor, que momentos después se precipitaba fuera del vagón.

Pero era demasiado tarde: la muchacha había saltado a las vías del metro y el convoy la había arrollado. Su cuerpo, ensangrentado y roto, yacía sin vida sobre la vía.

Angelo se abrió paso entre la gente que, consternada, había formado corro en el andén lanzando gritos de horror, y, antes de que nadie pudiese detenerlo, saltó junto al cadáver de Cat. Comprobó que estaba muerta, aunque eso ya lo sabía. Despacio, desabrochó la correa de la vaina y separó la espada de su cuerpo destrozado. Le cerró los ojos.

–Mira que te avisé –le dijo, aunque sabía que ella no podía escucharle.

Desde el andén le gritaban que se apartase de ella. La policía acababa de llegar. Angelo se puso en pie y saltó al andén con un airoso movimiento.

–Eh, muchacho –lo llamó un policía, mientras tres personas del equipo de emergencias bajaban a la vía y corrían junto al cuerpo sin vida de Cat–. ¿Era amiga tuya?

—La conocía, sí —respondió el joven con sereno aplomo; sabía que ninguna de las personas que había a su alrededor había reparado en la espada de Cat, que ahora llevaba él colgada del hombro.

—¿Has visto lo que ha pasado?

—Estaba aquí con otro chico y él la ha empujado.

—Ajá. —De pronto, el agente parecía nervioso; no era lo mismo investigar un suicidio que un asesinato—. ¿Y podrías describir al culpable?

Angelo lo hizo, pese a que tenía la certeza de que, por mucho empeño que pusiesen, jamás lograrían atrapar al asesino de Cat.

—Muchas gracias; por favor, no te vayas muy lejos. Necesitaremos tomarte los datos y que prestes declaración.

Otras personas habían identificado ya al agresor, y la policía lo estaba buscando por la estación de metro. Angelo sabía que era inútil. Por eso, en cuanto el agente le dio la espalda un momento, se deslizó hacia un rincón en sombras, ligero y silencioso como la niebla… y desapareció.

Se movió a la velocidad del relámpago, como hacen los demonios, siguiendo el rastro de Johann. Lo alcanzó en un callejón, caminando tranquilo, con las manos en los bolsillos. En apenas unos segundos, lo había acorralado entre el muro y el filo de su espada.

—Explícate —le ordenó en la lengua de los demonios.

El otro soltó una risa despectiva.

—¿Ahora haces de caballero andante de una humana, Angelo?

—Obedezco órdenes directas de un gran señor demoníaco —replicó el, con una nota de amenaza vibrando en su voz; esperaba que Johann temblara de terror ante aquella información, pero el joven demonio solo volvió a dejar escapar una carcajada desdeñosa—. Cuando se entere de que has matado a su protegida, te hará sufrir tanto que desearás que exista el infierno para terminar de pudrirte en él.

–Tal vez te castigue a ti por no haber cuidado bien a la chica, ¿eh?

–No, si le entrego a su asesino.

Johann se rió de nuevo.

–No me asusta tu jefe, patética imitación de diablillo –respondió con desprecio–. Pronto se alzará un nuevo rey de los demonios, alguien lo bastante poderoso como para desafiar no solo a todos los demás señores del infierno, sino también al mismísimo Lucifer. Se avecinan tiempos mejores para nosotros... y tú no estás en el bando correcto.

Angelo bajó su espada disgustado. Otro sectario. Últimamente había muchos entre los demonios. Parecía que pasar tanto tiempo entre los humanos les contagiaba sus absurdas ideas.

Johann se irguió y le dirigió una fría mirada de cólera. Angelo dudó un momento acerca de si matarlo o no; finalmente, decidió que era mejor no tentar a la suerte. Si era cierto que aquel diablillo servía a alguien mucho más poderoso, o si Lucifer llegaba a enterarse de que había matado a un demonio solo para vengar la muerte de una humana, podría tener problemas. De modo que guardó la espada.

–Ándate con ojo –le advirtió antes de dejarlo marchar–, porque no me cabe duda de que serás castigado por tu osadía. Y dudo mucho de que tu amo, sea quien sea, pueda protegerte.

Los dos demonios se separaron con gesto avinagrado.

Pensativo, Angelo dejó atrás el callejón y la estación de metro, donde, en aquellos momentos, el cuerpo de Cat estaba siendo levantado para su traslado al depósito de cadáveres, y se dirigió con paso tranquilo hacia su casa.

Por el camino se detuvo en un bar, pidió una copa y aguardó.

No tuvo que hacerlo mucho tiempo. Pronto, un hombre alto y elegante, de cabello gris y ojos azules, se sentó a su lado y llamó la atención del camarero.

—Hanbi —saludó Angelo tranquilamente—. Te esperaba.

El demonio no respondió hasta que tuvo ante sí la copa que había pedido. Entonces dio un sorbo, largo y lento, y dijo:

—Yo, en cambio, esperaba no tener que volver a verte tan pronto.

—Así son las cosas.

Hanbi había sido en tiempos pasados un aterrador demonio de las tormentas que se divertía enviando huracanes y tornados a todos los rincones del mundo. Ahora, ya solo lo hacía de vez en cuando; la naturaleza movía los vientos por él. En la actualidad servía, en calidad de mensajero, al misterioso señor demoníaco que había encargado a Angelo que protegiera a Cat.

—Te dije ayer mismo que la chica debía vivir. No has sido muy eficiente.

—No —reconoció Angelo—. Pero fue culpa suya, por salir del hotel. Y del demonio que la empujó a las vías —hizo una pausa y añadió—: Lo conozco: se hace llamar Johann y sirve a alguien que tiene muchos delirios de grandeza.

—Lo pagará —aseguró Hanbi con calma, y Angelo tuvo la certeza de que Johann no vería un nuevo amanecer.

—Pero la chica está muerta —hizo notar el joven demonio, yendo directo al grano.

—Mi señor te transmite sus condolencias —replicó Hanbi con un acento burlón en su voz.

—Era él quien estaba interesado en ella, ¿no?

—Solo hasta cierto punto. La chica era importante, pero no irreemplazable. Y él lamenta su pérdida, pero me ha encargado que te diga que no serás castigado por ello. Has localizado al culpable y él puede ser una fuente de información.

No obstante… –calló un momento, y Angelo aguardó, en tensión.

–¿Sí? –se atrevió a preguntar.

–No obstante, mi señor está muy decepcionado contigo. Disponías de medios sobrados para cumplir lo que se te ordenó y, pese a ello, la chica está muerta.

–Comprendo –dijo Angelo.

Había contraído una deuda con un gran señor demoníaco, y ahora tendría que pagarla. Con todo, podría haber sido peor. Era mucho mejor tener que hacer otro trabajo para él, lo cual suponía una oportunidad para redimirse a sus ojos, que directamente ser castigado por haberle fallado.

–Interrogaremos a ese tal Johann –prosiguió Hanbi–. Pero no iremos más allá. Tendrás que ser tú quien se encargue de llegar hasta el que le ha enviado, sea quien sea. ¿Me he explicado bien?

–Tu señor no quiere comprometerse –asintió Angelo.

–Exacto. Tú trabajarás para él, pero si alguien te pregunta… nosotros no sabemos nada. Irás por libre.

Angelo sopesó sus opciones. Era obvio que allí se estaba fraguando algo que, por el momento, era un proyecto secreto. Pero alguien estaba enterado, al menos en parte, y quería pararles los pies, y ese alguien era lo bastante poderoso… o lo bastante loco… como para desafiar a un gran señor del infierno. Angelo sabía que estaría metiéndose en la boca del lobo si osaba hacer demasiadas preguntas. Además, en el caso de que tuviera problemas, ni Hanbi ni su señor darían la cara por él. Estaría completamente solo.

–¿Qué estáis tramando exactamente? ¿Otra conspiración para asaltar el trono del infierno?

–Si así fuera, no te lo diría –rió Hanbi–. No quieras saber demasiado, Angelo; no te conviene. Lo único que necesitamos saber es quién ordenó la muerte de la muchacha…

–… y por qué –aventuró Angelo.

Hanbi sonrió.

–Ya sabemos por qué. Lo que queremos saber es quién es esa otra persona que lo sabe también.

No dio más explicaciones, por lo que el joven demonio dedujo que no era buena idea seguir preguntando.

–Y me estás encargando esto a mí porque…

–… porque has pasado mucho tiempo con esa chica. Puedes investigar su muerte sin que te relacionen con nosotros. Ya sabes: cuestiones de propiedad y todo eso.

Angelo comprendió lo que quería decir. Era cierto, había demonios que se encaprichaban con determinados humanos, y veían con muy malos ojos que otros demonios los dañaran. Constantemente había disputas entre unos y otros por cuestiones parecidas. No se trataba de que nadie lamentara la muerte de un humano, en realidad; pero había quien consideraba que el hecho de que otro demonio asesinara a un hombre o mujer «de su propiedad» suponía un desafío a su poder y autoridad.

–La chica estaba contigo –concluyó Hanbi.

Y eso implicaba, evidentemente, que cualquier otro demonio entendería que Cat era «propiedad» de Angelo. Las costumbres demoníacas señalaban que él podía sentirse insultado y tomar represalias contra los asesinos de la muchacha.

–No era nada mío –murmuró jugueteando con su copa–. Me da igual que esté muerta.

–Ya lo sé. Pero si te preguntan por qué estás husmeando en los asuntos de sus asesinos, no mencionarás que cumples órdenes de nadie, ni tampoco saldrá mi nombre a relucir. Será por una cuestión de propiedad, y punto.

Angelo lo había captado a la primera; sin embargo, siguió haciendo preguntas para ganar más tiempo.

–¿Y qué pasa con Johann? Le dije que…

—Ya supongo lo que le dijiste –gruñó Hanbi, repentinamente molesto–. Era de esperar: el pequeño demonio recibe un encargo de un gran señor del infierno y no puede evitar contárselo a todo el mundo.

Angelo calló, humillado. El demonio de las tormentas continuó:

—Johann estará muerto antes de que pueda decir nada a nadie. Y nos aseguraremos de que relacionen su muerte contigo –hizo una pausa y lo miró fijamente–. ¿Queda claro?

Angelo reprimió una maldición y, de mala gana, le entregó su propia espada al demonio. Fue entonces cuando él reparó en la segunda espada que colgaba del hombro del joven.

—¿Una espada angélica?

—Era de Cat –murmuró Angelo–. De su padre, el ángel.

Hanbi asintió.

—¿Ya has pensado a quién vas a ofrecérsela? Conozco a un par de demonios que podrían estar interesados.

—No lo he decidido todavía –respondió Angelo con cierta cautela.

Pero Hanbi sonrió ampliamente y dijo:

—Bien; si cambias de idea, házmelo saber, ¿de acuerdo?

Angelo se encogió de hombros.

—Por lo que tengo entendido, no era un ángel demasiado importante. A propósito, ¿qué sabes de su muerte?

Hanbi hizo una mueca.

—Nosotros no tuvimos nada que ver con eso, y dudo mucho que nuestros enemigos se molestaran en buscar y eliminar a un ángel menor.

Angelo estuvo a punto de comentar que un ángel, aunque fuera un ángel menor, siempre era mejor presa que una humana y, después de todo, sí se habían molestado en buscar y eliminar a Cat. Pero contuvo la lengua; sabía que las preguntas acerca de los motivos del asesinato de la joven no serían bien recibidas. Hanbi había dejado claro que lo único que debía preocuparse de averiguar era *quién*, y no *por qué*.

—Me temo que fue un asunto personal —prosiguió el demonio—: un ajuste de cuentas, una venganza o algo parecido. De todos modos, ahora ya no importa.

—Eso es verdad —convino Angelo—. Ahora ya no importa.

Hanbi sonrió. Apuró el contenido de su copa y se levantó para marcharse.

—Estaremos en contacto —le aseguró.

Angelo no respondió. Hanbi no le había preguntado si aceptaba el encargo o no, y él no esperaba que lo hiciera: ambos sabían que no tenía opción.

El demonio de las tormentas dejó unas monedas sobre la barra y salió del bar en silencio, llevándose la espada de Angelo.

El joven aún se quedó allí un rato más, pensando, preguntándose cómo iba a arreglárselas para salir de aquel lío. Estaba claro que ofrecerse a ayudar a Cat había sido una mala idea desde el principio. Pero ¿quién habría pensado que los grandes señores demoníacos estarían involucrados en aquel asunto? Si no quería ganarse las iras de uno de ellos, no le quedaba más remedio que cumplir con su encargo. Aunque, con un poco de suerte, Johann les diría lo que querían saber cuando lo interrogasen… si es que sabía algo, claro. Conociendo la forma de actuar de los demonios, y especialmente de los demonios que conspiraban contra otros demonios, era muy probable que aquel «gran señor» que había enviado a Johann ni siquiera le hubiera revelado su nombre.

Aún pensativo, Angelo salió a la calle y se encaminó, sin prisa, hacia Uhlandstrasse. Allí estaba situada una de las muchas casas que, como todos los demonios, tenía repartidas por medio mundo; un amplio apartamento de lujo con muebles de diseño y altos ventanales que se abrían sobre Berlín oeste.

Abrió la puerta tranquilamente y dejó las llaves sobre la cómoda.

Enseguida percibió que había alguien más en la casa. Detectó su presencia como quien nota que se ha levantado una leve brisa. Echó una breve ojeada en derredor y la descubrió allí, flotando junto a la ventana, desconcertada y, sobre todo, terriblemente enfadada. Angelo dejó escapar un suspiro de resignación.

–¿Otra vez tú? ¿Qué se supone que estás haciendo aquí?

VIII

¿QUÉ... qué me pasa? Me encuentro rara... ligera... demasiado ligera...

No siento nada... tengo miedo, sí... estoy asustada, estoy triste, rabiosa... pero no siento frío, ni calor, ni hambre... ni siquiera noto el suelo bajo mis pies. No toco nada. No veo ni oigo nada. ¿Qué está pasando? ¿Dónde está mi padre? ¿Jotapé? ¿A... Angelo?

Trato de gritar, pero tampoco lo consigo. Ni siquiera estoy segura de tener ya voz.

Intento moverme, pero lo único que hago es... *flotar*. ¿Cómo es posible? ¿No peso nada? Sigo flotando patéticamente de aquí para allá. ¿No... no tengo cuerpo? ¿En qué me he convertido? ¿En un ángel inmaterial, como los de tiempos pasados? Sería demasiado bonito para ser cierto...

Alzo las manos frente a mí... y sí, las veo claramente. Sin embargo, ya no son como antes: se han vuelto pálidas, traslúcidas, como si estuviesen hechas de niebla. Ah... no, esto no puede estar sucediendo. Tiene que ser una pesadilla...

Y si no lo es, solo hay una explicación para lo que me está pasando.

Soy un fantasma. Maldita sea, ¡soy un fantasma! ¡Estoy muerta!

Intento gritar, furiosa y angustiada a partes iguales, pero me temo que ya no tengo voz. Trato de palpar lo que se supone que es mi cuerpo, pero no puedo. Ya no tengo cuerpo. Solo soy una sombra, un recuerdo. Un ridículo fantasma.

Quiero llorar, pero no tengo lágrimas. Quiero romper algo, cualquier cosa, pero soy tan intangible como las nubes. Quiero desahogarme de alguna manera, pero no puedo. No tengo forma de expresar mi miedo, mi dolor y mi frustración.

Ahora sé o, mejor dicho, tengo la total y absoluta certeza de que estoy muerta. Y lo recuerdo todo. Aquel demonio malnacido me empujó a la vía, luego sentí un golpe tan fuerte que me dejó sin respiración… y para cuando la sensación de dolor llegó a mi cerebro, yo ya estaba hecha un fiambre.

Me han matado. En la flor de la vida. Ahora tendré que vengar dos muertes, la mía y la de mi padre, pero ¿cómo voy a hacerlo, si soy un fantasma y estoy en…? Un momento, ¿dónde estoy?

Me vuelvo hacia todas partes y descubro que, aunque ya no tengo ojos, la oscuridad va aclarándose, y ahora veo. O, para ser más exactos, percibo. Siento todo a mi alrededor con mayor claridad que cuando estaba viva. Las paredes, los objetos… todo tiene un volumen, una forma, una textura. De alguna manera, esa información llega hasta mí y, a pesar de que mi cerebro debió de quedarse aplastado sobre la vía del metro, junto con mi no menos aplastado cuerpo, mi fantasma, mi alma, mi esencia o lo que sea es capaz de asimilarla y formarse una idea del mundo que tiene alrededor. Una idea mucho más precisa y detallada que cuando estaba viva. Por ejemplo, sé que la estancia sigue estando a oscuras y, no obstante, eso ya no es un problema para mí.

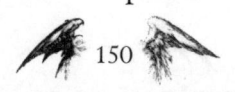

Esta nueva forma de percibir el mundo es extraña y, a la vez, fascinante. Poco a poco, el miedo y la rabia van cediendo el paso a la curiosidad. Puede que ser un fantasma no esté tan mal, después de todo. Intento situarme mientras asimilo toda la información que capto en mi nuevo estado.

Me encuentro en una especie de apartamento enorme y bastante pijo, todo hay que decirlo. ¿Esto es el cielo? Si es así, siento decir que Dios tiene un gusto pésimo.

Floto hasta la ventana para ver qué hay más allá, y lo que veo es una enorme ciudad que se extiende bajo un cielo nocturno. Busco pistas que me ayuden a ubicarme, y descubro que los carteles publicitarios están escritos en una lengua que reconozco, aunque no sé descifrar: es alemán. Un momento... ¿sigo en Berlín?

Pero ¿qué clase de timo es este? ¿Dónde está el reino de los cielos, el Valhalla, el paraíso, la reencarnación o lo que quiera que haya después? ¡Me niego a creer que, después de todo, con ángeles o sin ellos, después de la muerte no hay más que un... absurdo estado fantasmal que te obliga a permanecer en el mundo sin poder pertenecer a él! ¡Si esto es todo lo que Dios puede ofrecerme, podría haberse ahorrado...!

De pronto, la puerta se abre y alguien entra en el apartamento. Me quedo quieta, por si acaso, pero el recién llegado me ha visto (¿cómo es posible, si soy un fantasma?), y una voz conocida me saluda:

—¿Otra vez tú? ¿Qué se supone que estás haciendo aquí?

Es Angelo. Pero no es Angelo. O, al menos, no el Angelo que conozco. Vale, sigue siendo un tío moreno y despeinado, sigue llevando la misma ropa que llevaba la última vez que le vi; sin embargo, sus ojos ya no son del todo grises, sino que brillan con un matiz rojizo que da muy mal rollo. Y a sus espaldas hay algo extraño que se mueve. Parece una nube negra. O más bien una nube de oscuridad. O mejor aún... eh, un momento... ¡pero... si son alas!

No parecen alas de verdad. O por lo menos, no unas alas que puedan tocarse. Son más bien dos chorros de profunda oscuridad que brotan de sus omóplatos y le caen por la espalda, como una capa. Sin embargo, están vivas, en la medida de lo posible, porque Angelo parece poder moverlas a voluntad. En este mismo instante, mientras clava sus ojos rojos en mí (¿cómo no me di cuenta antes de que le brillaban de esa forma tan siniestra?), las mantiene erguidas y las bate suavemente. Parece irritado. Es evidente que me ve, o me percibe, o lo que sea. Me está mirando y me habla a mí. No hay nadie más aquí.

–¿Qué haces en mi casa? –me ladra.

«¿Cómo que tu casa?», protesto, y me doy cuenta de que no he hablado con mi propia voz, sino que solo he necesitado… pensar… lo que quería decir; sin embargo, parece que Angelo es capaz de entenderme, y prosigo, todavía más enfadada que antes: «¡Yo me he limitado a morirme, por si no te habías dado cuenta! O mejor dicho: ¡me he limitado a ser asesinada!».

Angelo se sujeta la cabeza, como si estuviera sufriendo una migraña, y bate las alas con más fuerza.

–¡Solo tenías que ir por el túnel de luz, atontada! ¡No era tan difícil!

«¡Oye, demonio de pacotilla, no me insultes, que he tenido un día muy…!». Me detengo de pronto, cuando asimilo lo que me acaba de decir. «¿Túnel de luz? ¿Qué túnel de luz?».

Angelo suspira con impaciencia. Se derrumba en uno de los sofás y hunde la cara entre las manos. Deja caer las alas con cierto abatimiento.

–Había un túnel de luz, Cat. Tienes que haberlo visto. Deberías haber entrado por ahí.

«¿Y adónde llevaba ese túnel de luz?», pregunto tratando de no dejarme llevar por el pánico.

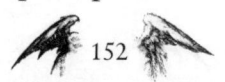

–¿Y cómo quieres que lo sepa? ¡No me he muerto nunca! Empiezo a dar vueltas en el aire, preocupada.

«No había ningún túnel, Angelo. En serio: lo habría visto».

Angelo baja las manos y alza sus ojos rojizos hacia mí.

–No habrás cometido alguna estupidez...

«¿Qué clase de estupidez?».

–Algo como un voto o un juramento... –Parece que me ve vacilar, porque añade, enfadado–: ¡Oh, vamos, Cat! ¿No sería algo así como: «Juro que no descansaré hasta que haya vengado la muerte de mi padre», no?

No respondo. Mi silencio es bastante elocuente.

–Ah, genial –dice Angelo, y vuelve a hundir el rostro entre las manos.

«¿Qué significa eso?», pregunto, al borde de un ataque de nervios. «¿Que no voy a poder ir al cielo hasta que vengue a mi padre?».

–Tú sabrás –responde él; su voz suena ahogada, porque todavía sigue sujetándose la cabeza con ambas manos, como si se le fuera a caer–. Pero lo que no me hace ninguna gracia es que me hayas elegido a mí de enlace. Qué pasa, ¿es que no tenías ningún otro sitio a donde ir?

«¡Yo no te he elegido a ti para nada!», protesto indignada.

Angelo se lleva las manos a las sienes y gime como si le hubiesen dado un mazazo en la cabeza.

–Vale ya, ¿quieres? No hace falta que sigas gritando. Ya te oigo bastante bien sin que me destroces el cerebro, muchas gracias.

«Estás de broma, ¿no?», respondo, atónita. «Pero si no tengo voz».

–No, no tienes voz en términos reales, pero yo puedo oír tus pensamientos. Y si proyectas un pensamiento con mucha fuerza, este resuena de forma muy desagradable en mi mente y no me deja pensar a mí. Así son los «gritos» de los fantasmas. Y tú llevas gritando prácticamente desde que me has visto aparecer por la puerta, así que te agradecería que te tomases las cosas con un poco más de calma.

«Bien», pienso, esta vez con menos... diríamos... entusiasmo. «Decía que yo no te he elegido a ti para nada».

Angelo asiente, dando a entender que ya voy controlando eso de «modular» mis pensamientos; se pone en pie con un suspiro y hace un amplio gesto con un brazo, abarcando el entorno.

—Esta es mi casa —declara—. Y es el primer sitio en el que te has aparecido. ¿Qué crees que significa eso?

Miro a mi alrededor, interesada. El apartamento sigue a oscuras, pero yo veo perfectamente sin luz, y por lo visto, él también. La de pasta que se ahorrará en las facturas de electricidad.

—Significa que has decidido manifestarte a través de mí —prosigue Angelo, cada vez más irritado—, y que, mientras no te vayas por ese condenado túnel de luz, vas a estar pisándome los talones a todas horas.

«¡Eso es lo que tú te crees!», protesto enfadada, provocando que Angelo vuelva a llevarse las manos a la cabeza con un gruñido; pero entonces se me ocurre una idea, y pregunto: «¿Y esa es la razón por la que puedes verme, pese a ser un fantasma?».

Angelo me mira un momento, dubitativo. Después suspira y vuelve a dejarse caer en el sofá.

—Acércate —dice, un poco más amable.

Floto hasta él y me sitúo en el sillón contiguo.

—Todos los demonios podemos ver a todos los fantasmas —me explica—. Y podemos hablar con ellos. Igual que los ángeles.

»Que un fantasma haya elegido un enlace con el mundo de los vivos supone que va a estar vinculado a él hasta que su asunto pendiente se resuelva. No es algo que el fantasma decida de forma consciente. Normalmente, su inconsciente elige por él. Y si estás aquí ahora, en lugar de estar al otro lado del túnel de luz, dondequiera que sea eso, significa que, instintivamente, crees que solo yo puedo ayudarte a vengar la muerte de tu padre, o cualquiera que sea el voto estúpido que hayas hecho.

Reflexiono sobre lo que me acaba de contar. ¡De modo que los ángeles y los demonios tienen el poder de ver a los fantasmas perdidos! Mi padre no me lo había contado. ¡Estaba viendo fantasmas constantemente y nunca se le ocurrió mencionarlo! Procuro calmar un poco mi nerviosismo, porque veo que Angelo vuelve a hacer gestos raros. Sí que es sensible este chico. Tendré que aprender a controlar mejor mi entusiasmo incluso cuando pienso. Pues qué bien.

«¿Y hay muchos más espíritus como yo?», pregunto con curiosidad.

Angelo se recuesta en el sofá.

—Bastantes —responde—, y cada vez más, aunque no suelo tratar con ellos. La mayoría se limita a alejarse cuando me ve.

«No me extraña, con esas pintas que llevas», le reprocho.

Él se yergue sobre el sofá y echa un vistazo a sus alas. Extiende la derecha y luego vuelve a replegarla.

—Ah, esto —dice con indiferencia—. Es parte de la esencia que me sobra. La que no cabe en el cuerpo, ya sabes.

«¿Quieres decir que, antes de tener cuerpo, todo tú estabas hecho del mismo material que tus alas?», pregunto, fascinada; me lo imagino como una gran silueta hecha de oscuridad, con ojos rojos, brillantes como ascuas, y un par de enormes alas de sombra a la espalda.

—Todos los demonios éramos así, y muchos todavía permanecen en ese estado casi todo el tiempo. En cambio, los ángeles eran todo lo contrario: radiantes figuras hechas de luz. Y ya no podrás encontrar a uno solo que se presente bajo ese aspecto.

Mi padre me contó alguna vez que, en efecto, los ángeles tenían alas, pero no alas hechas de plumas, sino de la luminosa esencia angélica. Sin embargo, muy pocos humanos pueden verlas. Ahora ya sé que, en realidad, quería decir que muy pocos humanos vivos pueden verlas.

Observo con curiosidad las alas oscuras de Angelo hasta que él clava sus ojos demoníacos en mí, o en lo que queda de mí, y me reprocha:

–Te dije que no salieras del hotel.

«Como que me iba a fiar de lo que me dice un demonio», replico.

–¿Y del demonio que te mató sí te fiabas?

«Bueno…».

–¿Qué te dijo exactamente? –pregunta Angelo. Sus ojos rojos siguen fijos en mí y me ponen nerviosa, a pesar de que ahora soy un fantasma y no puede hacerme daño… Porque no puede hacerme daño, ¿verdad?

«¿Por qué quieres saberlo?».

–¿Quieres que te ayude, sí o no?

«¿Me vas a ayudar a vengar la muerte de mi padre? ¿Y eso por qué?», pregunto, desconfiada.

–Para que te vayas por el túnel de luz y me dejes en paz de una vez –gruñe él.

No me está contando toda la verdad, lo intuyo. Pero hay dos hechos incuestionables: uno, desconfié de él una vez y no seguí sus instrucciones, y, como resultado, ahora estoy muerta. Y dos: por algún misterioso azar que aún no acierto a comprender, me he aparecido en su casa. Eso quiere decir que, en efecto, necesito su ayuda. Y, por otro lado, si un fantasma se me apareciese a mí en mi casa –en el caso de que tuviera una, claro–, yo también haría lo posible por librarme de él.

«Me dijo que se llamaba Johann y que era un ángel», confieso, avergonzada.

Angelo deja escapar una carcajada desdeñosa.

«Oye, parecía majo, ¿vale?», me defiendo. «De todas formas, para mí no era tan evidente: no podía verle las alas y, por tanto, no sabía si eran oscuras o luminosas».

–Cierto –concede Angelo–. ¿Y qué más te dijo?

«Que venía de parte de Gabriel».

–¿Gabriel? –repite Angelo alzando las cejas.

«Gabriel, el arcángel».

–Sé quién es Gabriel –se acaricia la barbilla, pensativo–. Podría ser…

«No estarás pensando en serio que está metido en todo esto», protesto. «Está claro que Johann solo lo dijo para engañarme».

–Sí, es lo más probable. Pero resulta que hace por lo menos un siglo que no se sabe nada de Gabriel. Se sospecha que fue víctima de la Plaga. Si quería engañarte, ¿por qué no mencionar a otro arcángel? ¿Miguel, o tal vez Uriel?

«Gabriel es uno de los arcángeles más conocidos y, además, tiene fama de ser bastante amable con los humanos».

Me mira un momento. Después suspira y se deja caer de nuevo contra el respaldo del sofá.

–Supongo que tienes razón. No se necesita nada demasiado retorcido para engañar a una humana, después de todo.

«¡Oye…!», protesto, pese a que sé que está en lo cierto.

–Cuéntame todo lo que sepas acerca de ese tal Johann, Cat. Todo lo que recuerdes. Cualquier detalle podría ser importante.

Le narro mi encuentro con Johann con pelos y señales. Cuando termino de describir mis últimas impresiones, antes de que el metro me arrollara, Angelo asiente y se sume en un largo silencio. Espero con paciencia. Sin embargo, él permanece en la misma postura, callado y meditabundo, durante media hora por lo menos.

«¿Y bien?», interrogo cuando me aburro de esperar.

Alza la cabeza. Parece despertar de un sueño.

—Mañana sabremos más —dice enigmáticamente.

Se levanta y, sin el menor reparo, empieza a desnudarse.

«¿Qué haces?», pregunto, insegura, mientras le veo arrojar la camisa sobre la cama.

—Es tarde; me voy a dar una ducha.

«Pero estoy aquí…».

Se encoge de hombros.

—Pues vete si quieres. Eres tú la que ha entrado en mi casa sin permiso, ¿recuerdas?

Molesta, me voy a otro rincón de la casa y la exploro con cierta curiosidad, mientras oigo el sonido de la ducha. Aprovecho también para ir acostumbrándome a mi nuevo estado, y para probar qué puedo hacer exactamente. Descubro que soy capaz de atravesar paredes. ¡Mola! Sin embargo, por más que lo intento, no consigo mover ni un solo objeto. Ni siquiera una hoja de papel. Está claro que como *poltergeist* no valgo gran cosa.

Cuando regreso al salón, encuentro a Angelo vestido únicamente con unos pantalones largos, sentado en el sofá y viendo la MTV.

«¿Qué haces ahora?», protesto. «¿Qué pasa con lo mío?».

Angelo me ignora. Ni siquiera da muestras de haberme oído. Trato de llamar su atención, pero sigue pasando de mí. Y aunque podría gritarle de esa forma que sé que le saca tanto de quicio, decido no hacerlo, en un alarde de generosidad y buena voluntad, y aguardar simplemente a que me haga caso.

Pero él continúa viendo la tele, el mismo canal, con anuncios y todo, durante toda la noche, casi sin variar de posición. Sin embargo, no da la sensación de estar prestando realmente atención a la pantalla. Sus ojos rojizos están perdidos en el infinito, como si estuviese meditando sobre alguna cuestión trascendental, lo cual resulta bastante difícil teniendo en cuenta que debe de ser casi imposible concentrarse con esta música.

Y amanece en el piso de Angelo sin que se haya molestado en cenar ni en echar una cabezada, pese a que he visto que tiene un dormitorio bien equipado. Sé por mi padre que las noches pueden resultar muy largas para un ángel transubstanciado que no tiene necesidad de dormir. Pero nunca pensé que para los demonios fuese igual. Suponía que la noche tendría mucho que ofrecerles, que lo último que harían sería quedarse en casa. Claro que, si me detengo a pensarlo, lo cierto es que, después de haber vivido tantos miles de años, será difícil que la civilización humana pueda sorprenderlos con algo interesante.

Bien, pues para mí también ha resultado una noche eterna. He flotado un poco por los alrededores, he seguido probando mis nuevas habilidades y, sobre todo, he pensado mucho, pero nada de eso me ha librado del tedio.

Las horas también pasan muy lentamente cuando eres un fantasma.

Por fin, Angelo alza la cabeza, como si despertara de un largo trance, y apaga la tele.

–Buenos días –murmura.

«Vaya, por fin te dignas hablarme».

–No pretenderás que esté dándote conversación las veinticuatro horas del día, ¿no? –replica él levantándose y desperezándose.

«Hombre, pues sería todo un detalle por tu parte, teniendo en cuenta que no puedo hablar con nadie más y…». Me detengo, dudosa; he tenido una larga noche para reflexionar y acostumbrarme a la idea de que estoy muerta, y me he dado cuenta de que hay multitud de pequeños detalles que he dejado sin solucionar. «Y tampoco puedo decirles a mis amigos lo que me ha pasado», añado, y me quedo mirándole.

Angelo se frota un ojo y me mira desde el otro, apenas un destello rojizo que asoma por detrás de su flequillo negro y desgreñado.

–¿Pretendes que les llame para darles el pésame?

«No es tan complicado. Creo que solo hay una persona que me echará de menos».

Desde luego, no es como para enorgullecerse. Dieciséis años y solo tengo un amigo.

Angelo se encoge de hombros.

–Olvídalo.

«Oye, que no te he pedido que me montes un funeral. Solo que hagas una llamada. Además... llevaba cosas suyas en mi bolsa», añado recordando la tarjeta y el móvil de Jotapé. «Si investigan mi muerte, le llamarán...».

–Pues entonces ya no necesitas que le avise nadie más –corta Angelo mientras se abotona la camisa; sus alas afloran tras su espalda, atravesando la tela como si fuesen de humo–. Ya se enterará por la policía.

Si tuviera estómago, se encogería de angustia.

«Bueno, pues yo no quiero que se entere así».

–Haberlo pensado antes de morirte.

«Oye, tío, eres un borde», le echo en cara, molesta.

–Soy un demonio –me recuerda.

«¿Y por eso le tienes alergia al teléfono?».

Me mira un momento; es una mirada amenazadora, y a la vez llena de disgusto.

–Eres el fantasma más pesado con el que he tratado nunca.

«Será porque ya te conocía cuando estaba viva. Y bien, ¿vas a hacer esa llamada, sí o no?».

–La haré; pero quiero que desaparezcas de mi vista hasta la puesta de sol. ¿Me has entendido?

«¿Y eso por qué?».

Se pone serio de pronto. Sus ojos lanzan destellos de amenaza que sé captar ahora mucho mejor que cuando estaba viva.

—Porque al atardecer he quedado con alguien que me puede dar alguna pista más sobre el demonio que te mató.

Me pongo tan nerviosa que, cuando quiero darme cuenta, estoy flotando casi pegada al techo. Angelo sigue serio. Entiendo que no ha terminado de hablar, y le presto toda mi atención.

—Pero hasta entonces —prosigue—, no puedo hacer nada más al respecto, y me niego a tenerte todo el día revoloteando y parloteando a mi alrededor.

Me callo, ofendida. Cuando te mueres, esperas que la gente te compadezca, que intente animarte, que te trate con cierto cariño. A Angelo, sin embargo, no parece enternecerle lo más mínimo mi nuevo estado. Es normal; es un demonio, y la muerte de una chica de dieciséis años no tiene por qué impresionarlo. Después de todo, no hace más que actuar conforme a su naturaleza. Pero es tan frustrante esto de morirse y poder hablar solo con alguien a quien no le importas en absoluto…

Angelo coge su teléfono móvil, lo abre y se me queda mirando. Vuelvo a la realidad.

«Se llama Juan Pedro», le digo, y me siento muy triste de pronto; si todavía tuviera cuerpo, estoy segura de que no podría evitar echarme a llorar. «Es un sacerdote católico», añado.

Angelo entorna los ojos y sonríe con guasa. Comprendo que resulta irónico que sea un demonio quien le informe de mi muerte a Jotapé.

«Sabe quién soy», le explico. «Sabe que estaba buscando información sobre la muerte de mi padre. Pero no le dije… no llegué a hablarle de ti. Solo le conté que alguien me estaba ayudando. Me parece que pensó…».

—Entiendo —asiente Angelo, y comprendo que no será necesario dar más explicaciones.

Le digo el número. Él lo marca y espera a que contesten al otro lado. Me acerco hasta él y aguardo, preocupada.

Alguien descuelga el teléfono al otro lado.

—¿Sí? ¿Dígame? —se oye la voz de Jotapé.

Me siento fatal por él. Me vuelvo hacia Angelo, que no ha contestado todavía. Se toma unos segundos antes de decir, con calma:

—¿Juan Pedro?

Casi puedo palpar el desconcierto de mi amigo al otro lado.

—Me llamo Angelo —prosigue él—. Llamo desde Berlín.

—¿Es a causa de Cat? —pregunta Jotapé enseguida, y me siento todavía peor.

—Sí, es por ella —dice Angelo—. Siento informarle de que Cat ha fallecido. Fue arrollada ayer por un metro en la parada de Kurfürstendamm.

Jotapé no dice nada. Mientras trata de asimilarlo, Angelo prosigue:

—No fue un accidente. Un demonio la empujó a la vía.

—Debes... debes de estar de broma... —balbucea el pobre Jotapé; le tiembla la voz—. Cat no...

—Supongo que la policía berlinesa se pondrá en contacto con usted —prosigue Angelo con el mismo tono de voz, suave y sereno—, porque ella llevaba encima todas sus cosas y...

—¿Tú eres el que debía cuidar de ella? —corta de pronto Jotapé.

Angelo se queda sin habla un momento; parece que la pregunta le ha cogido por sorpresa.

—En cierto modo —responde.

—¿Y cómo has dejado que suceda esto?

La voz de mi amigo transmite tantas cosas... dolor, incredulidad, rabia, impotencia...

De nuevo, Angelo tarda un poco en responder:

–No es fácil engañar a los demonios; y, por supuesto, es muy peligroso provocarlos. Cat era valiente, pero... caminó por las sombras de un mundo que nunca fue recomendable para los seres humanos.

Jotapé no responde.

–Lo siento –añade Angelo y, sin esperar respuesta, cuelga el teléfono.

Permanecemos en silencio unos momentos que a mí se me hacen eternos. Finalmente, floto un poco por encima de él y murmuro:

«Gracias».

Y salgo de la habitación en silencio, atravesando la ventana.

Paso el resto del día flotando de aquí para allá, sumida en sombríos pensamientos. Veo a más fantasmas como yo; apenas jirones de sombras que me miran con desconcierto, con miedo o con una infinita tristeza. Ninguno tiene ganas de hablar.

Lo intento, de todos modos, y me acerco a uno de ellos, el espíritu de un hombre pálido y muy delgado.

«Hola», saludo. «Me llamo Cat, y me mataron ayer».

Me mira sin comprender, como si no me entendiera, o no me escuchara, o directamente no me viera.

«Hola», insisto, «soy...».

«Ma-aaa-ri-eee...», aúlla de pronto el fantasma, revolviendo sus ojos espectrales como un loco. «Dón-deeee... tooo-doos... ¡Maa-ri-eeeee!».

Me alejo un poco, asustada, pero el fantasma se abalanza sobre mí, y su rostro, repleto de un sufrimiento tan intenso que ni siquiera acierto a imaginarlo, se contorsiona en una mueca de agonía.

«¿Maaa-aaaa...?», consigue articular su mente torturada. «No», respondo, conmovida, «yo no soy Marie. ¿Quién...?».

«Maaaa...», gime, destrozado por el dolor, y se vuelve hacia todas partes, perdido, como si fuera el último ser humano sobre el planeta. «...sss-toooo-yyy», grita. «¿Maa-aaaariiii...?».

Y se aleja de mí, aún llamando, entre las brumas de su dolor y de su soledad, a la persona que le falta, quizá su esposa, o su novia, o tal vez una hija. Me estremezco de horror y compasión. ¿Cuánto tiempo llevará vagando entre tinieblas ese pobre fantasma? Por su aspecto, medio siglo, por lo menos. ¿Qué le sucedió? ¿Por qué no se fue por el túnel de luz? ¿Seré... seré yo igual que él dentro de unos años?

La idea es tan inquietante que intento no volver a pensar en ello. Desde luego, no trato de entablar conversación con ningún otro fantasma. Parecen todos tan desesperados como ese pobre diablo que buscaba a Marie, y me pregunto si saben lo que les sucede, si son conscientes de que están muertos. Me pregunto dónde estarán sus enlaces humanos; quizá no tienen, o quizá murieron también, y se fueron por el túnel de luz, dejándolos a ellos atrás.

Me pregunto si es posible volver a encontrarlo, una vez que lo has perdido. Y si estará mi padre esperándome al otro lado. Quizá también esté mi madre. Tal vez pueda conocerla por fin. Aunque tampoco es que me importe mucho. No la he echado nunca de menos, porque soy incapaz de recordarla.

Pienso también en Jotapé. Trato de imaginar la cara que habrá puesto al escuchar las noticias de Angelo. Sé que fue brusco, pero es mejor así. Ahora, Jotapé podrá dedicarse a su parroquia, y no volverá a estar mezclado en asuntos angélicos. Está a salvo.

Sé que estará rezando por mí. No sé si Dios puede o no escucharle, pero eso es lo que menos importa. Lo que cuenta es que alguien reza por mí en alguna parte.

Al caer el sol entro de nuevo en el piso de Angelo. Por alguna razón, no he sido capaz de alejarme demasiado de allí. Lo encuentro preparándose ya para salir, y me planto frente a él.

«He visto a otros fantasmas», le digo sin rodeos. «Fantasmas que parecen llevar décadas vagando por aquí».

Pero Angelo se encoge de hombros.

—También existen fantasmas centenarios, y hasta milenarios. ¿Y qué?

«¿Qué les ha pasado? ¿Por qué no resuelven su asunto pendiente y se marchan de una vez?».

El demonio suspira.

—¿No te lo he contado? Un fantasma no puede resolver su asunto pendiente por sí solo. No puede interactuar con los vivos, de modo que depende por completo de su enlace para solucionar sus problemas y marcharse por el túnel de luz. Pero, si el fantasma no tiene un enlace que pueda actuar por él, o si este muere, entonces se convierte en un espíritu errante... para siempre.

Digiero como puedo la nueva información.

«¿Para... siempre?».

—Eso he dicho. Vamos, no pongas esa cara. Podría ser peor.

«¿Peor? ¿Qué puede ser peor que estar muerta y enlazada a un demonio?», pregunto, desolada.

—Podrías haber quedado vinculada a un lugar, y no a una persona —me explica—. Y eso sí que no tiene remedio, a no ser que casualmente pase por allí un médium excepcionalmente hábil y dispuesto a echar una mano. La mayoría de los fantasmas perdidos se quedan en su propia casa, o en el sitio en el que pasaron su niñez, o en el cementerio donde reposan sus cuerpos, o en el lugar en el que fueron violentamente asesinados... y eso es un error, porque ningún lugar, por maravilloso que sea, o por mucho apego que le tengas, va a poder hacer nada por ayudarte.

«Es decir, que hasta he tenido suerte de no tener donde caerme muerta. Por decirlo de algún modo. Bueno, la verdad es que, pensándolo bien, no está tan mal tener a un demonio como enlace. Porque, a no ser que te maten, eres inmortal; así que eso me da bastante tiempo para solucionar lo que sea y marcharme de una vez, ¿no?», interrogo. Pero Angelo no contesta, y eso no me inspira buenas vibraciones. «¿Angelo?», insisto.

–Es tarde –dice eludiendo la pregunta–. Tenemos que marcharnos ya.

Se pone la chaqueta y se cuelga en la espalda la vaina de la espada. No sigo preguntándole porque acabo de darme cuenta de que hay algo raro en esa espada. Es una sensación extraña: la miro y tengo la impresión de que no está en el lugar correcto.

La inspecciono con más atención. Eh, pero ¡si es la mía!

«¿Has vuelto a robarme la espada?», protesto.

–Está mejor en mis manos que en las de la policía, ¿no crees? –responde él encogiéndose de hombros.

Sale del piso y cierra la puerta tras de sí. Le sigo, atravesándola como si fuese de aire.

«No, no lo creo. Esa es la espada de un ángel y no debería estar en manos de un demonio».

–Oh, vamos, Cat, las espadas cambian de dueño constantemente. ¿No lo sabías?

Me detengo un momento, desconcertada. Sé que, desde el inicio de los tiempos, desde que se crearon las espadas angélicas, nadie ha sido capaz de forjar más. Es decir, que todas las espadas que existen ya existían hace cientos de miles de años. Y que, cuando muere un ángel o un demonio a manos de su enemigo, es posible que este se quede con su espada. ¿Quiere decir eso que lo que cuenta es la naturaleza del que la empuña?

—Las espadas modifican su esencia en función de cada uno de sus dueños —me aclara Angelo—. Por ejemplo, si un ángel se quedara con la mía y la usara a menudo, esta pasaría a ser una espada angélica. Y al contrario. A ese fenómeno lo llamamos «inversión».

Entonces, la espada de un enemigo sí puede ser un buen trofeo. Comprendo que tuve mucha suerte de poder recuperar la de mi padre, de que sus asesinos la dejaran junto a él. Por lo que Angelo insinúa, parece que robar armas ajenas es más habitual de lo que parece.

—Antes, cuando los ángeles estaban en pleno apogeo —prosigue—, las espadas angélicas eran un bien muy preciado. Por cada ángel había una espada. Eso significaba que si acumulabas muchas espadas de ángeles derrotados en Combate, no solo te asegurabas un buen arsenal por si perdías la tuya, sino que, además, estabas contribuyendo a desarmar al enemigo.

»Pero ahora las espadas angélicas están muy devaluadas. Desde que la Plaga los está exterminando, hay muchas más espadas que ángeles, así que da igual que acumules tres o trescientas. A los ángeles que siguen combatiendo les sobran armas para hacerlo, porque lo que les falta son soldados.

«Entonces, ¿por qué me has robado mi espada?», protesto.

—Porque nunca se sabe —sonríe Angelo—, y porque todavía hay demonios que coleccionan espadas angélicas y las tienen en mucha estima.

Ya estoy molesta otra vez.

«¿Robas la espada de mi padre con mi cadáver aún caliente para venderla en el mercado demoníaco?», me enfado. «Pero ¿quién te has creído que eres?».

—De momento, soy tu enlace. Recuerda que dependes de mí, así que deberías mostrarte más amable. Además, supongo que no esperarías que te ayudara a cambio de nada.

«Eres un cerdo», le insulto.

—Soy un demonio —me corrige.

«Es lo mismo», gruño. «¿Y se puede saber por qué no sales a la calle con tu propia espada? ¿Por qué tienes que ir exhibiendo la mía?».

—Porque la mía está siendo utilizada en estos momentos para vengar tu muerte —responde él, para mi sorpresa—. Para eliminar a tu asesino.

Me quedo parada en el aire, impresionada ante esta nueva revelación. ¿Johann va a morir? ¿Quién diablos empuña ahora la espada de Angelo? ¿Y por qué Johann no puede ser asesinado por cualquier otra espada?

«¿Es una especie de justicia poética?», me atrevo a preguntar.

—No —replica él, y sus ojos lanzan destellos flamígeros—. Para mí, es una mala noticia. Significa que voy a estar implicado hasta las cejas, lo quiera o no. Y todo porque tú tuviste la magnífica idea de dejarte asesinar.

No entiendo nada, pero siento la rabia y el enfado de Angelo, y sospecho que es mejor no seguir preguntando, al menos ahora mismo. Después de darle unas cuantas vueltas al asunto, recuerdo que Angelo había recibido el encargo de protegerme de parte de un señor demoníaco. Y ahora, yo estoy muerta. ¿Significa eso que Angelo ha sido o va a ser castigado por fallarle... por dejar que me mataran?

Bah. Se lo merece, por borde.

Llegamos hasta un bar que empieza a estar lleno de gente tras la puesta de sol. Justo antes de entrar, Angelo se vuelve hacia mí y me advierte en voz baja:

–Quédate junto a la puerta y no te acerques a mí mientras estoy dentro. Podrían reconocerte.

«¿Cómo va a reconocerme nadie si ni siquiera...?», empiezo, pero me callo de pronto al comprender que, muy probablemente, se ha citado con otro demonio y, como es lógico, este sí va a poder verme. «Ah, ya. Entiendo».

–Luego te lo contaré todo –prosigue–, pero nos conviene que, de momento, nadie sepa que sigues por aquí. Todos habrán dado por hecho que flotaste a través del túnel de luz, como hacen casi todas las almas, y eso puede resultar ventajoso para nosotros.

Asiento, inquieta, y espero un momento ante la puerta del bar. Angelo entra y se sienta en la barra junto con un tipo alto de cabello gris. Es un demonio, lo veo claramente desde aquí. Sus alas caen como una cascada negra sobre su espalda hasta casi llegar al suelo. Gira la cabeza hacia la puerta y veo sus ojos rojos, relucientes como brasas.

Me quedo donde estoy. El demonio no parece prestarme atención. Vuelve a centrarse en Angelo, y pronto los dos se enfrascan en una conversación.

Hay un par de fantasmas más levitando por el local. No se atreven a acercarse a los demonios, y estos tampoco les hacen caso. Quizá por eso, el otro demonio no me ha mirado dos veces. Pero supongo que si estuviese flotando en torno a Angelo, pendiente de lo que hablan, entonces sí se fijaría en mí, y haría preguntas. Mi aliado –o lo que sea– tiene razón: es mejor que me comporte como un fantasma más, para no llamar la atención.

Pero en ese momento detecto a otra persona en la barra del bar, alguien que atrae mi mirada como un imán. ¿Será posible? Tengo que ver eso. Tengo que verla de cerca...

Entro en el local y me deslizo junto a la pared, buscando los rincones en sombras. Trato de aparentar que estoy tan perdida como los otros dos fantasmas que merodean por aquí, y así, poco a poco, me acerco a la chica de la barra y la contemplo, sobrecogida.

Nunca había visto nada igual. La rodea un halo luminoso, bellísimo, y de su espalda cuelgan dos preciosas alas hechas de luz blanca.

Es un ángel.

De modo que este es el verdadero aspecto de un ángel transubstanciado. Los humanos vivos solo verán en ella a una chica de veintitantos años que lleva un vestido verde y una chaqueta que, obviamente, pasó de moda mucho tiempo atrás. Su cabello negro cae sobre sus hombros, lacio. Sus ojos parecen tristes y cansados. Sus dedos sostienen un cigarrillo a medio consumir. Sus labios están pintados de un horrible color rosado que le sienta fatal.

Pero, a pesar de todo, rebosa luz, y eso la convierte en una criatura única, hermosa y perfecta.

Me acerco a ella. Es un ángel; tiene que poder verme.

«Hola», le digo con timidez.

Me dirige una breve mirada, y veo en sus ojos un destello de pánico. Inmediatamente, hunde la nariz en su copa y toma un trago. Y se pone a mirar fijamente a la pared, como si yo no estuviese aquí.

«Hola», repito, desconcertada. «¿Te encuentras bien?».

Aprieta los labios y sigue fingiendo que no me ve ni me oye. Pero sabe que estoy aquí.

«¿Hola?», insisto por tercera vez. «Me llamo Cat. Sé que me escuchas».

—No existes —murmura entonces el ángel con firmeza.

«¿Cómo dices?», pregunto, atónita.

—No estás aquí —dice otra vez; parece que habla más bien para sí misma—. Solo eres un producto de mi imaginación.

«¿Qué? No, no lo soy… soy un fantasma. Me mataron ayer en el metro. Pero… no, espera, no he venido a quejarme ni nada por el estilo… solo quería saludarte. Yo…».

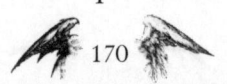

La chica se sujeta la cabeza con las manos y la sacude violentamente, como si intentase olvidar alguna oscura pesadilla.

–No estás aquí –repite como una letanía–. Mi psiquiatra dice que solo eres un producto de mi mente. No existen los fantasmas. Ni tampoco los demonios. Todos son personas normales. Yo soy una persona normal. Esto no es real, esto no es real, esto no es real, estonoesrealestonoesreal...

Lo comprendo de golpe.

«¿Lo has olvidado?», exclamo, turbada. «¿Has olvidado que eres un ángel?».

Ella da un respingo y se apresura a rebuscar en su viejo bolso marrón. Saca una caja de pastillas con dedos temblorosos. Consternada, la veo engullir un par con otro trago de su copa. Eso no puede ser sano. Floto un poco más cerca de ella, preocupada.

–Soy una persona normal –susurra la chica, aún sin mirarme, ocultando de nuevo su rostro entre las manos–. Todos son normales. No veo nada fuera de lo corriente. Todo es producto de mi imaginación. Estonoesrealestonoesrealestonoesreal...

«Pero sí es real», insisto. «Yo soy un fantasma, y tú eres un ángel, y por eso...».

–¡VETE! –chilla de pronto la chica, con violencia–. ¡No eres real!

Se levanta bruscamente, coge su bolso y sale corriendo, abriéndose paso entre la gente, hacia la libertad de la calle.

Todos los clientes del local se han vuelto para mirarnos; los humanos no pueden verme, pero los dos demonios han vuelto sus ojos rojizos hacia donde estoy yo. Les doy la espalda y levito un poco más alto, para confundirme con la nube de humo que flota pegada al techo.

Oigo la voz del que está junto a Angelo en la barra; habla en la lengua demoníaca, pero entiendo todas y cada una de sus palabras:

–Otro ángel desmemoriado. Hay demasiados últimamente.

–Es mejor estar muerto que acabar así –comenta Angelo.

Ninguno de los dos ha hecho ademán de atacar al ángel o de salir en su persecución. Los tres han compartido la barra del bar como si ambas razas no estuviesen en guerra desde tiempos inmemoriales. No les ha preocupado la chica del vestido verde en ningún momento. No la han considerado una enemiga ni una amenaza. Es más: casi me ha parecido detectar un timbre de compasión en sus palabras cuando han hablado de ella. ¿Se ven a sí mismos reflejados en la tragedia de los ángeles? ¿Se identifican con ellos? ¿O creen, simplemente, que no vale la pena hacer leña del árbol caído?

Cuando vuelven a su conversación, floto lentamente hasta la salida. Miro a mi alrededor, pero el ángel ya se ha marchado.

Pobrecilla. ¿Cómo debe de ser olvidarse de tu propia identidad? ¿Intuir que eres diferente, pero no saber por qué? ¿Ver cosas extrañas... fantasmas, demonios, incluso otros ángeles... que nadie más puede apreciar? ¿Cuántos ángeles más han acabado en la consulta de un psiquiatra? ¿Cuántos se han vuelto locos de verdad?

Angelo sale del local bien entrada la noche. Ahora lleva dos espadas: la mía y la suya.

Avanzamos por la calle en silencio.

–Johann está muerto –me informa entonces.

Pero no siento la menor alegría. Y debería. Tendría que sentirme satisfecha de que el demonio hipócrita que se hizo pasar por un ángel para matarme esté, por fin, tan muerto como yo. Se lo merece, desde luego. Pero, por desgracia, eso no me va a devolver a mí la vida.

–Y lo han matado con mi espada –añade Angelo–. Para que si sus jefes investigan su muerte, sus pesquisas les lleven directamente a mí.

«¿Así que te han cargado a ti con el muerto?», pregunto, interesada. «Nunca mejor dicho».

Angelo asiente.

—El demonio al que sirvo ahora está tramando algo —murmura con las manos en los bolsillos y los ojos clavados en el infinito—. No sé qué es y, la verdad, no me importa. Pero hay alguien que sí lo sabe, y que está tratando de pararle los pies. Y por eso te mataron.

«No le veo la relación», comento.

—Ni yo tampoco. Pero la hay.

No dice nada más hasta que llegamos de nuevo a su piso. Me muero de ganas de preguntarle, pero espero, con paciencia, a que sea él quien me cuente de qué ha hablado exactamente con su amigo el demonio. Entonces vuelve a ocupar el sofá y frunce el ceño, pensativo.

—Encontraron a Johann y lo interrogaron —me explica—, pero el maldito bastardo se las arregló para hacerse con la espada con la que lo amenazaban, la mía, por cierto, y se autoinmoló, probablemente para evitar que siguiesen torturándolo.

Trato de apartar de mi mente la imagen de Johann, aquel muchacho agradable y sonriente que no parecía pasar de los trece años. Céntrate, Cat, recuerda que eso no era más que una fachada; ese cabrón era el demonio que te empujó a las vías del metro. Por su culpa estás muerta, así que nada de compadecerlo.

«Bueno, pero ¿dijo algo, o no?», pregunto.

Angelo sonríe.

—Johann no pronunció el nombre del señor demoníaco que quería verte muerta: prefirió suicidarse antes que traicionarle; señal de que le tenía suficiente miedo como para escoger la muerte antes que enfrentarse a él, y eso indica que, cuando me dijo que su señor era alguien muy importante, hablaba en serio. Y no hay muchos demonios que crean pertenecer a la cúpula de los señores del infierno, así que eso reduce el círculo de acción. La mala noticia es que seguimos sin saber quién es.

«¿Y ya está? ¿Eso es todo lo que sabemos?».

–No, no del todo. Entre tu asesino y su misterioso señor hay más gente, y hubo uno, en concreto, que fue quien le transmitió a Johann la orden de que te matara. Y, antes de morir, Johann reveló su identidad a sus torturadores.

«Entonces, aunque no sabemos quién es el jefe de Johann, por lo menos tenemos el nombre de otro esbirro que podría conducirnos hasta él... ¿Y quién es, si puede saberse?».

–Un demonio menor, quizá de la misma categoría que Johann. Por suerte, lo que tenemos es un nombre antiguo. Y eso es una buena noticia, porque hoy día la mayor parte de los de mi especie utilizamos solo nombres humanos: o bien ocultamos nuestros nombres antiguos o bien los hemos olvidado..

«Ese es tu caso, supongo», comento. «Porque no creo que Angelo sea tu verdadero nombre».

Me fulmina con la mirada.

–Es mi verdadero nombre –me corrige–. Pero no es mi nombre antiguo. A veces, el nombre verdadero y el nombre antiguo coinciden, y a veces no. Hay una diferencia, aunque supongo que te resultará imposible captarla.

«No soy tan estúpida como crees», me defiendo. «Es tu nombre verdadero porque es el que has elegido tú, sin más».

Me mira, un poco sorprendido. Veo que he acertado, y es evidente que no se lo esperaba.

«Bueno, y entonces», prosigo, satisfecha de mi pequeño triunfo, «¿cuál es el nombre antiguo del demonio al que buscamos?».

–Johann nos dio uno solamente; puede que tenga más, pero lo dudo: parece ser un demonio bastante desconocido.

Los hititas lo llamaban Alauwanis. Si no recuerdo mal, decían de él que provocaba enfermedades.

«¿Y era verdad?».

–Posiblemente. Los humanos nos recuerdan por nuestro aspecto y por nuestras acciones y, como en tiempos antiguos cambiábamos de aspecto constantemente, es más fiable remitirse a los actos. No es gran cosa –añade–, pero al menos es un punto de partida.

«Así que ahora los sicarios de tu jefe irán a buscar a ese tal Alauwanis, lo interrogarán y lo matarán…».

–Pues, no; eso me lo dejan a mí. Por lo visto mi «jefe», como tú le llamas, no quiere atraer más atención de la necesaria. Así que seré yo quien se encargue de averiguar quién es Alauwanis, para quién trabaja y por qué su señor le ordenó que enviara a Johann a matarte. Y, además, será a mí a quien persigan los superiores de tu asesino en el caso de que quieran vengar su muerte o simplemente castigarme por meter las narices en asuntos ajenos. Ya ves de qué me han servido tantas precauciones –comenta con un suspiro.

No puedo compadecerle, lo siento. No tiene motivos para quejarse; después de todo, a mí me mataron, y él sigue vivo, ¿no?

«¿Y cómo vas a arreglártelas para encontrar a Alauwanis, si no sabes quién es?».

Se encoge de hombros.

–Preguntando –responde solamente.

Dedica el resto de la noche a hablar por el móvil con unos y con otros, siempre en lenguaje demoníaco. Al ser un fantasma, puedo entender todo lo que dice: está llamando a sus amigos para preguntarles si conocen a ese tal Alauwanis o han tenido noticias suyas. Más o menos a las tres de la mañana da con alguien que recuerda haber coincidido con él en Babilonia, hace cuatro mil años.

—En aquel tiempo se llamaba Ahazu —me cuenta Angelo—. De Ahazu sí he oído hablar, y eso significa que probablemente sea un demonio más importante de lo que yo creía.

Con este nuevo dato se reanuda la ronda de llamadas. Y, a punto ya de amanecer, por fin cuelga el teléfono, pálido y muy serio.

«¿Y bien?», pregunto.

—He localizado a alguien que lo conoció hace unos cuarenta años —me dice—. Entonces trabajaba para Nebiros.

Nebiros.

Conozco el nombre. Sé que es un demonio importante, quizá no tanto como Baal, Astaroth, Asmodeus o Belcebú, pero lo bastante como para que los principales demonólogos lo citen en sus tratados.

Angelo me echa un cable.

—Nebiros es uno de los favoritos de Lucifer —me explica—. Pocos demonios han causado tanto mal a la raza humana, y de forma tan cruel. ¿Has oído hablar de la Peste Negra, en la Europa del siglo XIV? Murieron veinte millones de personas en solo seis años.

Me quedo completamente helada.

«Estás de broma...».

—No, no bromeo. Nebiros provocó todo aquello, y detrás de las principales pandemias sufridas por la humanidad es fácil adivinar su mano: su último experimento fue el virus Ébola.

Todavía me siento incapaz de pronunciar una sola palabra. Por supuesto, siempre he sabido que los demonios suelen estar detrás de toda la miseria humana: del caos, de la violencia, de la guerra. Pero tenía la idea de que se limitaban a inspirar a las personas para que hiciesen daño a otras personas. Nunca imaginé que jugarían a crear enfermedades letales.

Sé que los demonios son malvados por naturaleza, pero no pensaba que lo fueran hasta ese punto. Y, a juzgar por la cara que pone, esto debe de ser muy fuerte hasta para Angelo.

—No te confundas —me dice, como si hubiese leído mis pensamientos—. Todos hemos admirado a Nebiros desde siempre, por ser capaz de desarrollar semejante poder de destrucción. —Lo miro con asco, pero me devuelve una sonrisa que me recuerda que no he descubierto nada nuevo; después de todo, es un demonio—. Lo que me preocupa es que si Johann no nos ha guiado hacia una pista falsa, tendré que enfrentarme a uno de los demonios más crueles y poderosos de nuestro mundo. De esos con los que más vale no cruzarse.

«Pero ¿y tu nuevo señor, el que te ha ordenado que investigues mi muerte? ¿No se supone que él también es muy poderoso?».

—Sí; en teoría, lo es. Pero no va a mover un dedo por mí. Si Nebiros es su enemigo, lógicamente estará interesado en saberlo, pero no creo que le haga gracia que se entere de que está sobre aviso. Estamos solos, Cat.

«Pues qué bien», murmuro, alicaída.

—Pero tenemos que seguir investigando en esa línea, porque es la única pista que tenemos. Si Nebiros está detrás de esto, la hipótesis más plausible es que tanto él como el señor demoníaco al que sirvo ahora están planeando algo, cada uno por su lado, y se estorban mutuamente. El plan de mi señor incluía protegerte a ti especialmente, y Nebiros, por el contrario, tenía interés en librarse de ti, no sé si porque eso convenía a sus planes o solo por entorpecer los de otros.

«Todo eso no son más que conjeturas», señalo, preocupada por la idea de que mi existencia pueda interesarles tanto a dos señores del infierno.

–Pero están tramando algo –insiste Angelo–. Johann me lo dio a entender cuando le pedí explicaciones. Habló de que su señor podría desafiar pronto al mismo Lucifer. Y Nebiros es poderoso, pero no tanto como otros señores del infierno, ni mucho menos Lucifer, así que lo que trama tiene que ser algo gordo.

«Si quieres que te diga la verdad», comento, pensativa, «lo que está planeando tu jefe no puede ser nada bueno. Pero, en primer lugar, él me quería viva, y Nebiros, si fue él, se las ha arreglado para que me maten. Y en segundo lugar, está claro que cualquier idea que pueda haber salido de la cabeza de un demonio creador de plagas tampoco es precisamente… un momento», me interrumpo, mientras una aterradora posibilidad se abre paso en mi mente. «La Plaga», recuerdo de pronto.

–¿La Plaga? –repite Angelo, que por una vez va un paso por detrás de mí.

«La Plaga que está exterminando a los ángeles y nadie sabe de dónde procede», le aclaro, cada vez más nerviosa, flotando en círculos por encima de su cabeza. «Podría ser obra de Nebiros. Y tal vez… tal vez mi padre no viajaba únicamente porque estuviera buscando a Dios, sino porque investigaba en busca de una cura o una solución… Quizá descubrió algo importante, algo que podría salvar a los ángeles, y por eso lo mataron…».

–Eh, eh, para un momento –me detiene Angelo–. No saques conclusiones precipitadas.

«Vamos, ¡si está muy claro», protesto, indignada. «Todavía no se sabe de un solo demonio que haya muerto a causa de la Plaga. En cambio, los ángeles caen a cientos. Sospechoso, ¿no? Pero ¿cómo no se me ocurrió antes?», me pregunto, cada vez más enfadada. «Era obvio que la Plaga no podía ser natural, y que solo los demonios podían estar interesados en exterminar a todos los ángeles, y además en hacerlo de forma tan… tan sucia y rastrera!».

Angelo no dice nada, pero no porque se sienta avergonzado. De hecho, parece estar reflexionando sobre mi teoría. ¡Parece que se la toma en serio!

–Es una posibilidad –admite finalmente–. Si Nebiros fue capaz de crear una enfermedad que afectase solo a los ángeles… y es esa Plaga que los está matando…

Detecto un tono de admiración en su voz. Está claro que la idea le encanta.

«¡No es algo de lo que estar orgulloso!», le echo en cara. «¡Por mucho que fueran vuestros enemigos, se merecen algo más que… desaparecer, así, por las buenas, sin darles opción de pelear! ¡Eso es jugar sucio, es ruin, cobarde y rastrero!».

–En el amor y en la guerra todo vale, ¿no es eso lo que decís los humanos? –me recuerda, para escarnio mío. Se levanta del sofá, se estira y se dirige a la ventana, donde se para a contemplar el amanecer sobre los tejados berlineses–. Pero hay algo que no encaja en tu teoría: si Nebiros ha estado trabajando en algo tan importante como el exterminio de toda la raza angélica, ¿por qué se iba a molestar en enviar a alguien a matarte precisamente a ti? ¿Y qué relación tiene mi señor con todo esto? ¿Qué le importa a él que vivas o que mueras?

«¡Y yo qué sé!», replico, de mal humor. «Los demonios sois tan retorcidos que os pondríais la zancadilla unos a otros solo para fastidiar».

–Antes de aventurar teorías sin pruebas, creo que deberíamos asegurarnos de que, en efecto, Alauwanis era el superior directo de Johann, y que sigue trabajando para Nebiros. Todo esto puede ser una maniobra de distracción para impedir que lleguemos al que está detrás de este asunto, ¿recuerdas?

«¿Y cómo piensas averiguar eso?».

–Volveré a preguntarle a Nergal.

Me estremezco al recordar al aterrador demonio que conocí hace unos días en el Sony Center.

«Pero él te dijo que no conocía a la persona que contrató a los espías para matarme».

—No, pero ahora podemos preguntarle por alguien en concreto: tenemos un nombre antiguo, y con eso debería bastarle.

Al atardecer salimos del apartamento de Angelo. Mi aliado ha concertado otra cita con Nergal a las ocho de la tarde, de nuevo en el Sony Center. Está relativamente lejos, pero, otra vez, Angelo prefiere ir andando. Y como yo ya no me canso, floto detrás de él, inquieta. Aunque soy un fantasma y, en teoría, Nergal ya no puede hacerme daño, no me entusiasma la idea de volver a encontrarme con él.

«¿Y por qué no tratamos de localizar a ese tal Alauwanis nosotros solos?», protesto, pero Angelo niega con la cabeza.

—Pues porque nosotros no disponemos de los medios que tiene Nergal —me responde—. Además, si Nebiros está detrás de todo esto, como se entere de que estamos husmeando en sus asuntos, podemos darnos por muertos.

«Serás tú; yo ya lo estoy», murmuro, no sin cierta acritud. «Me parece que no te tomas mi muerte demasiado en serio, y quiero que sepas que eso me resulta incómodo y me molesta. No sé, no te estoy pidiendo que llores por mí, pero por lo menos podrías mostrar un poco de...».

Me callo al comprobar que no me está escuchando. Se ha detenido en mitad del callejón, iluminado con una luz tenue, enfermiza, que estamos atravesando, y mira a su alrededor, alerta. Se ha llevado la mano a la empuñadura de la espada.

—Aléjate —susurra entre dientes.

Obedezco y floto hasta una esquina oscura. Una vez allí, inquieta, me vuelvo a todas partes. No hay nadie cerca. La manía de Angelo de recorrer calles oscuras y apartadas de las vías principales para ir en línea recta a su destino nos va a traer problemas, intuyo. Porque en esta pequeña calleja hay alguien, aunque yo no lo vea. Y si yo no lo veo, y Angelo tampoco, aunque lo haya detectado, es porque no es humano. ¿Un ángel? ¿Otro demonio?

–Angelo –se oye de pronto una voz desde la penumbra–. He oído decir que me estabas buscando.

Y entonces localizo una sombra en una esquina. Sus ojos rojos relucen en la oscuridad.

–Alauwanis, supongo –murmura Angelo, todavía en tensión–. Las noticias vuelan.

La figura avanza hasta situarse bajo el círculo de luz de una farola. Es un demonio rubio, de movimientos elegantes, ropa cara y un rostro envidiablemente juvenil para tratarse de alguien que ya rondaba por Babilonia hace cuatro mil años.

–Así me llamaban, en efecto. Pero eso fue hace mucho tiempo. Tanto, que me intriga sobremanera que un joven demonio como tú se ponga a fisgonear en mi pasado a estas alturas.

–No es tu pasado lo que me interesa, sino tu presente. Pero resulta que rastrear tu pasado era la única manera de llegar hasta ti.

–Eso, y tener la suerte de contar con un diablillo que se vuelve sumamente locuaz cuando lo torturan, ¿no? –añade Alauwanis.

Angelo no responde, pero retrocede un paso. Alauwanis le dirige una sonrisa que congelaría de terror al más perverso de los psicópatas.

–En efecto, las noticias vuelan –añade–. Ya sé que cometiste el error de eliminar a mi subordinado, y supongo que tú ya sabes que vas a tener que pagar por ello. Pero antes de morir, dime… ¿por qué te has arriesgado tanto? O, mejor dicho… ¿por quién?

Con un ágil y elegante movimiento, Alauwanis desenvaina su espada. Angelo hace lo propio, sin quitarle la vista de encima. Me fijo en que la espada que sostiene no es la suya, sino la de mi padre. Voy a tener que decirle que deje de utilizarla como si le perteneciera por derecho, pero eso tendrá que ser después de que hayamos salido de esta... si es que salimos.

—No me hagas reír —dice Angelo—. No moverías un dedo para vengar la muerte de Johann si él no hubiese hablado. Crees que yo soy un peón, pero sé que eres tú el que teme a alguien superior. ¿Qué crees que dirá tu señor si se entera de que has dejado un cabo suelto? ¿Qué pensará de ti si consientes que un demonio menor como yo averigüe lo que tiene entre manos? —Angelo deja escapar una carcajada burlona—. Si fueras tan poderoso como dicen las leyendas, no te habrías rebajado a acudir al encuentro de alguien como yo. No tendrías miedo de lo que puedo llegar a averiguar, ni te molestaría que alguien tan insignificante como Johann desapareciera de tu lista de subordinados. Seguro que tienes esbirros mucho mejores que un crío que apenas había cumplido los cinco mil años.

Alauwanis entorna los ojos.

—¿Quién, Angelo? —insiste alzando la espada y adoptando una postura de combate—. ¿Quién es tu señor? ¿A quién más ha enviado?

Recuerdo que Johann también mostró mucho interés acerca de mi «protector», momentos antes de matarme. Me preguntaba por qué se empeñaba en mantener su identidad oculta, pero, en vista de que sus enemigos están tan obsesionados por descubrirla, parece claro que no ha sido una precaución inútil.

Mi aliado sonríe a su vez.

—Oh, vaya, qué sorpresa. Elimino a un diablillo menor que había matado a un humano de mi propiedad, y resulta que alguien más poderoso se molesta lo bastante como para creer que tras una simple rencilla entre demonios menores se esconde la mano de algún otro señor demoníaco. Lamento desilusionarte, pero yo actúo por libre, y tú no eres más que un peón. Los humanos que te adoraron en tiempos antiguos se sentirían muy decepcionados si te vieran ahora, ¿no crees?

–No pretenderás hacerme creer que estás en esto por una pura cuestión de propiedad –gruñe Alauwanis–. Admito que la joven era excepcional para ser humana, pero tú sabes que había demasiados intereses puestos en ella. Tenías que saberlo –insiste al ver que Angelo frunce el ceño, desconcertado–. ¿Por qué, si no, te ofreciste a ayudarla? Debías de saber que había señores poderosos detrás de ella, y que unos querían matarla y otros mantenerla con vida.

Me siento demasiado aturdida como para enfadarme por el hecho de que dos demonios estén discutiendo sobre si soy o no «propiedad» de uno de ellos. «Señores poderosos…». Bueno, yo sigo sin conocer el nombre del demonio que tenía tanto interés en protegerme, pero si Alauwanis no se está marcando un farol, también él sirve a alguien con quien más vale no bromear… ¿Será esto la confirmación de nuestras sospechas? ¿Está Nebiros, el cruel demonio que se divierte creando enfermedades, plagas y pandemias, detrás de todo esto? ¿Y qué tiene que ver *todo esto* conmigo, exactamente?

–Odio tener que reconocerlo, pero me temo que sé de este asunto menos de lo que tú piensas –replica Angelo–. Y, como no puedo decirte lo que no sé, y tú no vas a revelarme por las buenas lo que quiero saber, propongo que dejemos de parlotear de una vez y hagas lo que has venido a hacer… o lo intentes, al menos. Tengo una cita importante y no puedo quedarme toda la tarde.

—Oh, la clásica arrogancia de los demonios jóvenes —suspira Alauwanis—. Muy bien; veremos si mejora tu memoria cuando veas la muerte de cerca.

Para cuando pronuncia las tres últimas palabras, ya está prácticamente encima de Angelo. Y unas centésimas de segundo después, los dos se han enzarzado en una pelea tan rápida que cuesta seguir sus movimientos. Resulta difícil decir quién es quién, y lo mismo sucede con sus espadas, que parecen haberse transformado en dos relámpagos que parten la penumbra a mayor velocidad de la que un ojo humano podría captar.

No puedo evitar pensar en lo que sucederá si vence Alauwanis... si muere Angelo. Si lo que me dijo mi enlace es verdad, quedaré para siempre atrapada en este horrible y penoso estado fantasmal, sin ninguna posibilidad de encontrar ese maldito túnel luminoso por el que se supone que debería haberme marchado... como esos pobres espectros que flotan sobre la ciudad. Como aquel fantasma perdido que preguntaba por Marie, que era incapaz de entender lo que le estaba pasando y que ya apenas podía hilar dos frases seguidas.

Todo mi ectoplasma se estremece de horror.

No puedo dejar que maten a Angelo.

Sin embargo, la lucha no parece decantarse a su favor. ¿He dicho antes que un ojo humano no podría seguir los movimientos de los dos demonios? Cierto; pero el caso es que yo ya no tengo ojos, ¿recordáis? Sí, soy consciente de que se mueven como rayos, pero mi mente es capaz de distinguirlos a ambos porque mi percepción ya no depende de las imperfecciones de mis sentidos. Y veo que Angelo lleva las de perder. Alauwanis es más veloz, más certero... y parece más desesperado. Empiezo a sospechar que Angelo ha dado en el clavo y, en efecto, lo que su señor —sea o no Nebiros— le hará si deja un solo cabo suelto no será precisamente agradable.

Mi aliado, por su parte, hace lo que puede. Retrocede, esquiva, se defiende de los ataques de su rival, pero en cualquier momento bajará la guardia y cometerá un error, y entonces…

Tengo que hacer algo. Tengo que ayudar a Angelo como sea, pero ¿cómo?

Esto es frustrante. Odio ser un fantasma, en serio. No puedo sostener una espada, no puedo pelear, no supongo una amenaza ni un peligro para nadie, a juzgar por el hecho de que los demonios, en general, ni siquiera se fijan en que estoy flotando por aquí.

Eh, un momento. Es verdad, no se ha fijado en mí. Para él soy parte del escenario, como una farola o un coche aparcado junto a la acera. Como ni siquiera se ha parado a mirarme, no se ha dado cuenta de que yo soy la chica de la que han estado hablando, ni tampoco espera que intervenga en la pelea de ninguna manera. Por lo que he podido observar, parece que, en general, los fantasmas se limitan a mantenerse lejos de cualquier demonio con el que puedan llegar a cruzarse.

Eso me da una oportunidad. Si pudiera…

Me acerco a los combatientes intentando no llamar la atención. Me sitúo fuera de los círculos de luz creados por las farolas y aguardo, intranquila, a que pasen cerca de mí.

Angelo esquiva un golpe que le pasa a un par de milímetros de la piel. No aguantará mucho tiempo más. Es lo que tiene haber escogido como enlace a un demonio del montón, que necesita la ayuda de un simple fantasma en cuanto le desafía alguien un poco poderoso. Si esto sale bien, se lo voy a estar recordando todos los días hasta que pueda marcharme por el túnel de luz. Vaya que sí.

Y entonces, por fin cambia la suerte: los dos demonios, uno atacando y el otro defendiéndose como puede, han llegado hasta donde yo estoy. Angelo me da la espalda. Perfecto.

En ese mismo momento, un rapidísimo golpe de Alauwanis le hace perder el equilibrio, apenas una centésima de segundo, pero suficiente como para que nuestro enemigo adquiera ventaja. Ahora. Tengo que intervenir ahora, o será demasiado tarde.

Me lanzo hacia delante, envolviendo a Angelo entre mis brazos fantasmales y asomando la cabeza por encima de su hombro.

«¡Fuera de aquí!», grito con todas mis fuerzas, esperando que su percepción sea tan sensible a la voz de los fantasmas como la de Angelo. Alauwanis da un respingo y retrocede apenas un paso, con un gruñido irritado. Tarda menos de un segundo reaccionar y volver a centrarse en su oponente, pero es demasiado tarde: mi compañero ha sabido aprovechar la breve ventaja que le he concedido, y el filo de su espada se hunde en el cuerpo de su enemigo.

Floto por encima de ambos para contemplar, desde arriba, cómo el demonio cae a los pies de Angelo. Aún le oigo murmurar unas últimas palabras.

–No podréis evitarlo... está profetizado...

Y muere.

Dicho así suena prosaico, ¿verdad? Pues no lo es. Pero es que me cuesta encontrar palabras para describir lo que puede ser la muerte de un demonio... o de un ángel. La muerte siempre nos conmociona, nos aturde, nos asusta. Y eso si hablamos de seres humanos. Imaginad lo que debe de suponer la muerte de una criatura que lleva cientos de miles de años existiendo. Un ser a quien nuestros antepasados temieron hasta el punto de incorporarlo a sus leyendas. A quien muchos adoraron como a un dios.

Será que eso de haber experimentado mi propia muerte me ha vuelto más sensible a las defunciones ajenas. En otros tiempos, jamás habría lamentado la muerte de un demonio, y menos de uno que quisiese acabar conmigo.

Pero ahora no puedo evitarlo. Una parte de mí lo siente.

Y otra parte de mí experimenta una curiosidad malsana hacia el hecho de que Alauwanis la haya palmado. Miro a mi alrededor, interesada. ¿Se convertirán los demonios en fantasmas? ¿Flotarán a través del túnel de luz? ¿Veré a Alauwanis marcharse adondequiera que debería haberme ido yo?

Pues nada de nada. Ni fantasmas ni túneles... Alauwanis parece haberse ido, sencillamente.

«Cuando un demonio muere, otro debe nacer», recuerdo de pronto. Así reza la Primera Ley de la Compensación. Interesante. ¿Se reencarnarán los demonios?

¿Se reencarnarán... los ángeles? ¿Significa eso que si atravieso el túnel de luz no encontraré a mi padre esperándome al otro lado? La idea resulta aterradora y angustiosa.

–Cat –me llama de pronto Angelo, interrumpiendo mis pensamientos.

Se ha inclinado junto al demonio caído y lo observa, muy serio. Si no fuese porque creo conocerlo bien, diría que está temblando. Bueno, ¿y por qué no? Ha estado a punto de ser atravesado por la espada de Alauwanis. Hasta un demonio milenario como él debe de tenerle cierto respeto a la muerte, ¿no?

Floto hasta situarme a su lado. Sí, parece asustado. Supongo que el tal Alauwanis era, en efecto, demasiado poderoso para él. Y eso que era solo un jefecillo menor.

«¿Qué?», pregunto, y aguardo a que me dé las gracias por haberle salvado el pellejo.

–¿Has oído lo que ha dicho?

Finjo que no sé de qué me habla.

«Sí, claro», respondo. «Ha dicho que eres un jovenzuelo arrogante y que yo era una chica excepcional».

Bueno, qué pasa, lo ha dicho, ¿no?

—No me refiero a eso —replica, y constato con satisfacción que le ha picado—. Ha hablado de una profecía.

«Sí, esto también lo he oído», contesto con indiferencia. Aún estoy esperando que me dé las gracias. «No sabía que los demonios creyeseis en esas cosas».

—Creemos en esas cosas porque, en efecto, tenemos formas de conocer el futuro.

Reflexiono sobre lo que acaba de decir.

«Ah, es verdad. Muchos tratados de demonología atribuyen a algunos demonios poderes adivinatorios. A Nebiros, sin ir más lejos».

—Sí, pero eso es mentira —sonríe Angelo limpiando despreocupadamente la espada de mi padre—. Muchos demonios a lo largo de la historia se las han dado de adivinos, pero lo cierto es que solo uno de nosotros tiene el poder de ver el futuro.

«¿Ah, sí? ¿Quieres decir, entonces, que las distintas profecías formuladas por demonios…?».

—Todas tenían una misma fuente —confirma mi aliado—. Todos aquellos demonios que han profetizado hechos futuros no hacían otra cosa que repetir las palabras de una única persona.

»El demonio en cuestión ha tenido muchos nombres, pero los demonólogos occidentales lo identifican con el nombre de Orias, que es la identidad que suele utilizar últimamente.

«Orias… ¿qué es, una especie de oráculo?».

—Algo así. Pero no te imagines a un pobre tipo torturado por sus visiones. Las controla muy bien, y las vende caras. No todo el mundo puede permitirse el lujo de una consulta con él.

«Vaya», comento solamente. Sí, de verdad me había imaginado a un demonio sacudido por convulsiones, permanentemente en trance y balbuceando palabras sin sentido. Pero supongo que esas cosas solo pueden pasarnos a los humanos, no a los demonios. «¿Tú has hablado con él alguna vez?», pregunto con curiosidad.

—Hace mucho tiempo —y desenfoca los ojos, con esa mirada ausente que adoptan tanto ángeles como demonios cuando tratan de recordar—. No sé decirte cuánto. Pero sí sé que fue en África, quizá en lo que hoy es el Congo, quizá en Nigeria. Pero entonces, Orias no se llamaba Orias. Los nativos lo llamaban Orumbila...

Trato de hacerle volver a la realidad:

«Todo esto es muy interesante, pero mejor será que lo discutamos en otro lado, ¿de acuerdo? Hay un cadáver a tus pies, tienes una espada en la mano y no resulta una imagen tranquilizadora, ¿sabes? Si viene alguien...».

—No va a venir nadie —me corta Angelo envainando la espada de mi padre y ajustándose la de Alauwanis a la espalda—. Es verdad que los humanos tenéis un instinto de supervivencia bastante atrofiado, pero todavía sois capaces de intuir cuándo *no* debéis internaros en un callejón oscuro donde hay demonios peleando. No pasará nadie por aquí hasta que me haya marchado, te lo aseguro.

«Si tú lo dices...», murmuro, no del todo convencida. Me quedo más tranquila al ver que Angelo echa a andar, dejando el cuerpo de Alauwanis tras de sí. Ya sé que no vale la pena tratar de convencerlo de que muestre un poco más de respeto por los semejantes a los que mata, sea o no en defensa propia, así que intento volver a centrarme en el tema que estábamos debatiendo:

«¿Quieres decir que el señor demoníaco que está detrás de esto ha acudido a Orias en busca de una profecía? ¿Y que él le ha dicho que su plan, sea cual sea, va a funcionar?».

—«No podéis evitarlo... está profetizado...» —repite Angelo las palabras de Alauwanis—. Solo Orias podría profetizar algo, cualquier cosa, así que solo él podría decirnos si es realmente Nebiros el demonio al que estamos buscando.

«Yo creo que eso está bastante claro», señalo. «Alauwanis trabaja para él, ¿no?».

–Hace cuarenta años trabajaba para él –puntualiza Angelo–. Y es cierto que cuarenta años no son demasiado para un demonio, pero más vale que nos aseguremos antes de decirle nada a Hanbi.

«¿Hanbi...? Ah, ya, el tipo del bar. Me parece bien», asiento. «Entonces, ahora que sabemos seguro que Johann trabajaba para Alauwanis, no hace falta que veamos a Nergal para nada, ¿no?».

Los ojos rojos de Angelo se abren como platos, e inmediatamente suelta una retahíla de tacos y maldiciones en lenguaje demoníaco, que no voy a reproducir aquí porque no son aptas para oídos delicados. Parece que mi encantador demonio se había olvidado por completo de su cita en el Sony Center, porque sale corriendo, dejándome atrás.

«¡Eh!», protesto, preocupada porque lo he perdido de vista. Decir que corre como una flecha es poco decir. Nunca había visto a nadie moverse tan rápido, y me preocupa no poder alcanzarlo... pero, de pronto, algo tira de mí con violencia y me veo volando a toda velocidad por las calles de Berlín. Enseguida diviso a Angelo, o a su sombra, deslizándose como un rayo por las aceras, torciendo esquinas, sorteando peatones, tan deprisa que nadie lo percibe siquiera. Es él quien tira de mí. O, mejor dicho, es mi vínculo con él lo que me impide alejarme demasiado de sus pasos. Maldita sea, es humillante. No solo he perdido mi vida, mi cuerpo y mi voz, sino que encima tengo que decirle adiós a mi preciada independencia. En serio, no es justo.

No tardamos en llegar al Sony Center, con su cúpula en forma de paraguas relumbrando en la noche con una luz violácea. Angelo alcanza a Nergal justo cuando está a punto de marcharse.

—Llegas tarde —le dice con un tono de voz que no presagia nada bueno.

—Lo... lo siento —balbucea Angelo; esta vez está asustado de verdad. Vaya; por lo visto, todo ese rollo de soy-un-poderoso-demonio-y-tú-solo-eres-una-pobre-humana se desvanece en cuanto alguien como Nergal le mira mal. Vale, de acuerdo, a mí también me da mucho miedo, pero, después de todo, yo soy humana, ¿no?—. He tenido una pelea de camino hacia aquí —añade mi aliado.

Los ojos de Nergal se fijan en las dos espadas que Angelo lleva cruzadas a la espalda.

—Ya veo —es su único comentario.

—Me salió al paso el demonio por el que tenía intención de preguntarte.

—Ya veo —repite Nergal—. De modo que ya no tienes necesidad de preguntarme nada.

—A no ser que puedas decirme para quién trabajaba —añade Angelo; parece que, poco a poco, va recuperando su aplomo—. Se llamaba Alauwanis, y venía de parte de alguien muy interesado en ver a Cat muerta. Parecía un asunto demasiado personal como para tratarse de uno de los tuyos.

—Alauwanis no trabajaba para mí —confirma Nergal—. Sin embargo, no tenía noticia de su presencia en Berlín.

—Sé que no puedes decirnos quién contrató a los señores de los espías para localizar y matar a Cat —prosigue Angelo—, pero nos bastaría con saber a quién obedecía Alauwanis en estos momentos. Lo último que tenemos claro es que estuvo bajo las órdenes de Nebiros no hace mucho.

—Mmm —murmura Nergal—, no veo qué beneficios puede reportarte seguir investigando este asunto. Ya veo que alguien se ha adelantado a mi gente y ha matado a la chica por mí —concluye, y me mira significativamente.

Doy un respingo y retrocedo un poco, asustada. Sin darme cuenta, me he acercado demasiado a Angelo, y está claro que Nergal ha reparado en mí. Me conoce, me recuerda y parece que me ha reconocido.

Intento hablar, pero no me salen las palabras. Nergal se ríe.

—Ah, esto me pasa por haberos concedido esa tregua de dos días —suspira—. Me he quedado sin el pago. En fin... me estaré volviendo blando con la edad —y sonríe casi bonachonamente.

—Por si te interesa saberlo... —interviene Angelo—, el demonio que mató a Cat obedecía órdenes de Alauwanis... y ambos están ya muertos.

Me sorprende el tono belicoso, casi fiero, que ha utilizado al hablar de mi muerte.

—Oh, ya veo —comenta Nergal—. Cuestión de propiedad, ¿eh?

—Algo así —asiente Angelo, y sonríe como un lobo.

Quiero intervenir y protestar que yo no soy propiedad de nadie, pero aún recuerdo muy bien lo que pasó la última vez que se me ocurrió replicarle al gran Nergal. Estuve varios días en cama, y eso que solo me miró con cara de mala uva.

Aunque, claro, bien mirado, era mejor estar en cama que estar muerta.

En cualquier caso, Angelo y yo tenemos que hablar acerca de eso de la propiedad. Muy seriamente.

—Debes de estar loco para acudir a la cita después de todo —prosigue Nergal—. Mis superiores me encargaron que encontrara a tu amiguita y la matara. ¿Cómo puedes estar seguro de que no me han ordenado que te quite de en medio a ti también?

—Precisamente he venido por esa razón. Para adelantarme a ellos. Porque es demasiado pronto para que hayan averiguado nada acerca de mí; nada, excepto lo que tú puedas contarles. Por eso quiero pedirte que me cubras las espaldas.

—¿A cambio de qué?

Ahora es Angelo el que sonríe.

—A cambio de información. Estoy detrás de algo importante y, teniendo en cuenta las precauciones que están tomando unos y otros para no desvelar sus secretos, deduzco que pagarías un buen precio por ellos.

Los ojos rojizos de Nergal relucen de forma siniestra.

—¿Estás seguro de que puedes revelarme esa información?

—No ahora —reconoce Angelo—, pero sí más adelante, cuando sepa qué está sucediendo exactamente. Sin embargo, sí puedo decirte algo: detrás de la muerte de Cat hay gente muy poderosa. Y tiene que haber razones igualmente poderosas como para que se tomen tantas molestias por una simple humana.

—Comprendo —asiente Nergal—. Ciertamente, has acertado: me interesa mucho disponer de esa información. De acuerdo: esperaré un tiempo prudencial y, entretanto, no enviaré a nadie tras de ti, por muy tentador que sea el precio que le pongan a tu cabeza. Pero si después de ese tiempo prudencial no he tenido noticias tuyas, o si esa información no resulta ser tan interesante como me has prometido... yo mismo me encargaré de atraparte y hacerte pagar tu deuda. ¿Queda claro?

—Cristalino —asiente Angelo con una sonrisa confiada.

De camino hacia su casa, le pregunto con curiosidad:

«¿De verdad vas a traicionar a tu señor contándole todo lo que averigües a ese mercenario?».

Angelo se encoge de hombros.

–Si no se lo cuento yo, algún otro lo hará. Y si él me mata antes de que pueda descubrir nada más, no le serviré de gran cosa a nadie.

«Mira que llegáis a ser retorcidos los demonios», suspiro. «Aunque, a estas alturas, no sé de qué me sorprendo. Bueno, y ahora… ¿qué piensas hacer?», pregunto.

–Ir a ver a Orias, por supuesto.

«¿Y tienes con qué pagarle una visión?», lo interrogo, recordando que me ha dicho que las cobra caras.

–Tal vez –murmura Angelo. No da más explicaciones, pero lo veo acariciar el pomo de la espada que le ha arrebatado a Alauwanis.

«Bueno, pues nada, vayamos a visitar a ese tal Orias», suspiro, resignada. «¿Vive muy lejos de aquí?».

–Solo un poco –responde Angelo, y sonríe.

IX

No me lo puedo creer… ¡Estamos en Shanghai!

Llevo protestando todo el viaje, pero Angelo, directamente, ha pasado de mí. Lo he visto hacer el equipaje, reservar plaza (solo una, porque yo no necesito) en un vuelo para Shanghai, vía París, montar en taxi camino al aeropuerto y pasar tranquilamente, con espada demoníaca y todo, por todos los controles de seguridad. Le he dado la paliza durante las diez o doce horas que ha durado el viaje, pero se ha limitado a encender la miniconsola de videojuegos del asiento y hacer solitarios… ¡todo el tiempo!, como si yo no existiera.

Al final, le he dejado en paz por puro aburrimiento.

Vale, yo no quería ir a Shanghai. No pinto nada en China. No me apetecía nada irme a la otra punta del mundo porque sí.

Pero he de reconocer varias cosas:

1) Que no tengo más remedio que ir a donde vaya Angelo, me guste o no.

2) Que soy un fantasma con mucho tiempo por delante y nada mejor que hacer.

3) Que entre recorrer el mundo a patita y hacerlo en avión, primera clase, hay un abismo. Porque, aunque el viaje es largo, de haber ido con mi padre, habríamos tardado meses.

De hecho, con él llegué muy lejos; hasta el Tíbet, para ser más exactos, pero nunca fuimos más allá. Y Shanghai está en el extremo oriental de China, pegado al mar.

Aquí vive Orias, el demonio que conoce el futuro. Angelo no ha tenido que investigar ni preguntar a nadie: sabe perfectamente dónde encontrarlo, lo cual me lleva a pensar que, al contrario que la mayoría, este es un demonio que prefiere estar localizable. Aunque sea en el otro extremo del globo.

«No puedo creer que me hayas traído hasta aquí», le digo al salir del aeropuerto.

—Ya ves —responde Angelo con un encogimiento de hombros, mientras busca un taxi.

Enseguida aparece uno. El taxista acude, presuroso y sonriente, a guardarle la maleta (un maletín de viaje pequeño que ha podido llevar consigo en el avión sin necesidad de facturarlo), y Angelo se acomoda en el asiento de atrás. Naturalmente, no tengo otra opción que acompañarle.

La sonrisa del taxista se desvanece cuando Angelo le habla en perfecto chino mandarín. Se ha dado cuenta de que este occidental no es un turista más; probablemente sabe de sobra cuánto debería costarle el taxi y, por tanto, no va a poder cobrarle de más.

A través de la ventanilla del taxi veo los altísimos edificios de Shanghai, torres de acero y cristal que atraviesan un cielo gris, neblinoso. Todo parece enorme, inmenso. Nunca había visto antes una ciudad remotamente parecida a esta. Por una parte, parece que haya viajado en el tiempo veinte años hacia el futuro; por otra, la ciudad da la impresión de estar muriendo, ahogándose en su propio cemento.

No sé si será porque en los últimos años mi padre procuró que viajáramos a través de espacios naturales, evitando las grandes ciudades en la medida de lo posible; pero el caso es que Shanghai me aturde y me intimida.

Naturalmente, esta ciudad debe de ser un hervidero de demonios: les encantan los sitios como este.

El taxi nos deja ante un hotel de cinco estrellas. Parece que a Angelo le gusta vivir bien.

«¿No tienes casa en Shanghai?», pregunto, consciente de que la mayor parte de los demonios poseen viviendas en varias ciudades del mundo. Probablemente, el piso de Angelo en Berlín sea solo uno de tantos otros. Casi seguro que tiene uno parecido en Madrid.

—No —responde él—. Me temo que tendremos que alojarnos aquí.

«No tengo ningún inconveniente», respondo. «De hecho, no necesito ningún tipo de alojamiento. Estoy muerta, ¿recuerdas?».

—Resulta difícil olvidarlo cuando me lo repites veinte veces al día —refunfuña Angelo.

Pero no nos quedamos mucho tiempo en el hotel. Por lo visto, hemos quedado con Orias esta misma tarde. Hay que reconocer que, aunque Angelo no sea un demonio poderoso, al menos es eficiente.

Así que, apenas un rato después, estamos paseando tranquilamente por la ciudad. Me llama la atención el color tan extraño del cielo, de un gris sucio que no había visto nunca.

«Parece que va a llover», comento, por decir algo.

—No va a llover —replica Angelo—. Es contaminación.

Me quedo de una pieza.

«¿Con... taminación?», repito. «¡Pero si apenas se ve el sol!».

—Pues ahí lo tienes —y añade con un poco de rabia—. Alégrate de no poder respirar este aire.

«Me encanta el tacto con el que tratas el delicado tema de mi muerte», comento con sorna, pero me callo, de pronto, al advertir algo importante: a Angelo le molesta la contaminación. ¿Cómo es posible? ¡Pero si la inventaron ellos! ¡Pero si los demonios hacen todo lo posible para que: primero, las personas se destruyan unas a otras, y segundo, las personas destruyan el planeta!

«¿A ti no te gusta esto?», pregunto, incrédula.

Angelo desliza la mirada de sus ojos rojos por el paisaje urbano de Shanghai. Coches, ruido, humo y gente, mucha gente.

—Este era nuestro objetivo —reconoce—. Que no quedara nada intacto. Que reinaran el caos y la destrucción en el mundo. Pero eso solo significaba algo porque los ángeles estaban al otro lado para impedirlo. Ahora que ya nada puede detenernos, dime, ¿qué sentido tiene? ¿Qué haremos cuando ya no quede un solo árbol en pie, cuando no haya un río sin contaminar, cuando hasta la última criatura de este planeta se haya extinguido? ¿Qué nos quedará por destruir?

Me quedo mirándolo, perpleja. Jamás se me había ocurrido pensar tal cosa. Y, sobre todo, jamás habría imaginado que semejante reflexión pudiera salir de la boca de un demonio.

«¿Y sois muchos... los que pensáis así?», me atrevo a preguntar.

Angelo vuelve a la realidad, me mira y sonríe.

—Si así fuera, no te lo diría —replica.

Y ya no añade nada más.

Para cuando llegamos al Bund, el elegante paseo que se extiende junto al río Huangpu, reliquia de la época del colonialismo occidental, ya se ha hecho de noche. Al otro lado del río se alzan los fantásticos edificios futuristas de la Shanghai postmoderna: la altísima torre de la televisión a la que llaman la Perla de Oriente, los rascacielos que la escoltan, cada uno de ellos lanzando al cielo sin estrellas una lluvia de luces de colores e imágenes publicitarias.

Nos abrimos paso por entre una auténtica marea humana. Hay gente en todas partes, gente paseando, gente riendo, gente parándose en los puestos callejeros... ¿De dónde sale tanta gente?

De pronto se detiene ante nosotros un vendedor ambulante y le ofrece a Angelo una simpática diadema con dos demoníacos cuernos rojos que brillan en la oscuridad. Hemos visto ya a decenas de jóvenes que se pasean coronados con esos refulgentes cuernos de diablillo, que parecen estar de moda por aquí, pero Angelo se fija en el objeto por primera vez cuando el vendedor se lo planta delante de las narices.

Me desternillo de risa mientras mi compañero lanza al pobre hombre una mirada incendiaria. Lo siento, no puedo evitarlo, es demasiado divertido.

«¡Vamos, Angelo, póntelos!», le pincho. «¡Que resulta frustrante saber que eres un demonio y no poder contárselo a nadie!».

Angelo no se digna contestarme. Solo cuando el vendedor ha puesto pies en polvorosa, intimidado por su mirada, me dice con una voz peligrosamente suave:

—Mira a tu alrededor y dime dónde están los demonios.

Intrigada, me elevo por encima de la multitud y echo un vistazo.

Montones de destellos rojos iluminan la masa de gente. Inofensivos cuernos de juguete. Maliciosos ojos de brillo rojizo.

Maldita sea, hay muchos más demonios de lo que yo creía. Naturalmente, ninguno de ellos lleva los ridículos cuernecitos luminosos. Los humanos que se han adornado con ellos parecen felices y despreocupados, sin imaginar que las criaturas a las que intentan parodiar son reales, muy reales, y que los acechan bajo el aspecto de personas normales y corrientes.

Y más allá, junto al pretil del río, brillan, mustias y apagadas, las blancas alas de otro ángel perdido.

Reprimo el impulso de acudir junto a él cuando recuerdo a la chica del bar en Berlín.

Este es nuestro mundo, me digo a mí misma mientras desciendo, lentamente, hasta el suelo, donde me espera Angelo.

«No he visto ningún demonio con cuernos», comento, para no tener que compartir con él la impresión que me he llevado de mi breve exploración. «Qué decepción: otro mito que cae».

Mi compañero se ríe ante mi observación.

—No es un mito, en realidad. Los demonios adoptábamos formas pavorosas en tiempos pasados. Cuernos, pezuñas, ese tipo de cosas que impresionaban e intimidaban a los humanos y los hacían más tratables.

«¿Y a qué se debe el cambio de táctica?».

—Al escepticismo de la raza humana, que se ha vuelto sumamente incrédula. Pero, sobre todo, a vuestra desconfianza.

«¿Desconfianza?».

—Ya no escucháis a nadie que consideréis diferente. Aunque sea humano. Así que, para seguir manteniendo nuestra influencia sobre las personas, simplemente nos mezclamos con ellas.

«Ah, claro. Es decir, que antes teníais que asustarnos y ahora os limitáis a ganaros nuestra confianza para apuñalar por la espalda. Encantador comportamiento el vuestro, pero ya se sabe… los demonios nunca habéis destacado, precisamente, por vuestro respeto hacia la especie humana».

—¿Ah, sí? ¿Acaso crees que los ángeles no hacían lo mismo?

«¿El qué? ¿Aparecerse como enormes monstruos con cuernos, alas membranosas y patas de cabra?».

—Eh, que las alas forman parte de nuestra esencia —se defiende Angelo—. Lo más natural para nosotros, tanto para unos como para otros, era encarnarnos en un cuerpo alado.

Y debo decir que los ángeles siempre exageraron mucho con el tema de las alas. A algunos les gustaba aparecerse hasta con tres pares de alas, para impresionar. Apenas se les veía la cara entre semejante maraña de plumas.

«Estás hablando de los serafines», puntualizo. «La tradición los representa con tres pares de alas, pero sigo sin ver qué tiene eso de monstruoso».

–Cierto, los ángeles no se mostraban horribles y amenazadores… solo insoportablemente bellos y perfectos. Ah, sí, los humanos enloquecían por ellos, les dedicaban templos, los tomaban por dioses hermosos y omnipotentes.

«Venga ya. Los ángeles no son dioses, y nunca pretendieron serlo», protesto. «Eso solo lo hacíais los demonios».

Angelo se carcajea de mí.

–¿Eso crees? Estudia la mitología de cualquier pueblo, en cualquier época. En la mayoría de los casos encontrarás relatos de guerras, disputas o batallas entre dioses benévolos y dioses caóticos –sacude la cabeza–. Bajo distintos nombres, bajo distintos aspectos, siempre fuimos nosotros. Ángeles y demonios, enzarzados en una guerra que los mortales nunca comprendieron.

»Pero resultó que, con el tiempo, algunos ángeles empezaron a admitir que se los adoraba como a dioses de un mundo que, en realidad, no habían creado. Y comenzaron a hablar a los humanos de algo que estaba por encima de ellos, de un Dios universal, que era el responsable del mundo que luchaban por mantener desde el principio de los tiempos. Al final, los humanos dejaron de creer en los dioses antiguos, y ese fue uno de los motivos que contribuyeron a que los ángeles terminaran de creerse su propia mentira.

«Ya, claro, y eso de que los demonios son malvados y tratan de destruir al ser humano y a todo lo que existe es otra invención de los ángeles, ¿no?», replico con sorna.

Angelo me dedica una deslumbrante sonrisa.

—No, esa parte de la historia es totalmente cierta —admite—. Pero verás... resulta que nadie ha visto nunca a Dios. Ni los demonios que supuestamente fuimos castigados por él... ni los ángeles que dicen ser sus mensajeros. Nadie. Desde el principio de los tiempos.

«Eso no es del todo exacto», protesto. «Lo que sucede es que lo habéis olvidado».

—¿Tú crees? —interroga Angelo, pero el tono burlón de su voz ha desaparecido; ahora se muestra serio y reflexivo—. ¿Cómo podríamos... todos los miembros de ambas razas... haber olvidado algo tan importante? Si Dios existe y es tan grande y poderoso como afirman los ángeles, ¿cómo podríamos haber estado alguna vez en su presencia y no recordarlo?

«No puedes estar seguro de eso. Después de todo, tal vez las distintas religiones del mundo sí contengan pequeños retazos del recuerdo que los ángeles tienen de Dios, ¿no te parece?»

Angelo sacude la cabeza, como si hubiese dicho algo absurdo.

—Lo que los ángeles crean recordar no es importante. Son una raza desesperada, en vías de extinción, que se siente abandonada a su suerte, traicionada por un destino cruel. Necesitan creer en algo que dé un sentido a todo lo que están sufriendo. A pesar de todo, si Dios existiera, nosotros lo recordaríamos con más claridad que ellos.

«¿Y eso por qué, si puede saberse?»

—Porque, según su versión, Dios nos castigó por habernos rebelado contra él. Ya que la primera guerra del cielo, si es que en realidad tuvo lugar, fue entre dos facciones de ángeles, y tras nuestra derrota fuimos transformados en lo que somos. Y dime... ¿no crees que es un hecho demasiado importante como para haberlo olvidado? ¿Crees que el propio Lucifer habría olvidado semejante derrota? ¿Crees que no recordaría que fue un ángel en el pasado? ¿Cómo podría alguien olvidar algo así?

No tengo respuesta para esa pregunta, por lo que guardo silencio. Pienso, por una parte, que mi padre vivía con la sensación de haber perdido algo importante, y que –al menos mientras yo estuve con él– dedicó mucho tiempo y esfuerzos a la búsqueda de Dios. Él creía en esa búsqueda sincera y firmemente. Era algo demasiado importante para él como para tratarse de una quimera o de una invención.

Pero todo esto no puedo explicárselo a Angelo. No lo entendería, y además no tengo por qué compartir con un demonio mis recuerdos más preciados. Alguien que olvida su pasado con tanta facilidad no puede comprender el valor que tiene el mío para mí.

Cruzamos la calle, dando la espalda al paseo y al río, y llegamos a un hotel. Alzo la mirada para ver el letrero que preside la entrada: «Peace Hotel». Con ese nombre, parece un lugar más apropiado para un encuentro entre ángeles que entre demonios. Pero, ya se sabe, estas criaturas tienen un sentido del humor muy peculiar.

Es un lugar muy elegante. Antiguo, pero elegante. Y tiene aspecto de ser muy caro. Sigo a Angelo hasta el café del hotel, sobrio y tenuemente iluminado, donde hay unas pocas personas sentadas en torno a las pequeñas mesas octogonales que salpican el local, hablando, tomando copas o siguiendo la actuación de un grupo de jazz que toca en vivo, y muy bien, por cierto.

El brillo de dos pares de ojos rojizos en la penumbra atrae nuestra atención. No veo ningún otro demonio en la sala, aunque sí hay más fantasmas de lo normal. Supongo que eso se debe a que el edificio tiene muchos años; tal vez sea centenario y todo.

Angelo se dirige hacia ellos y se sienta frente a una pareja de demonios. El hombre debe de ser Orias, y me sorprende comprobar que es chino; creía que se trataba de un demonio occidental, incluso africano, puesto que Angelo afirmaba haberlo conocido bajo otro nombre en Nigeria. Pero, claro, otro nombre y otra identidad implican probablemente otro aspecto. Quién sabe cuánto tiempo lleva Orias en Shanghai, y cuánto hace que adoptó el rostro que ahora nos muestra, un rostro que no aparenta más de cuarenta años, de rasgos duros y fríos, pómulos altos y cejas ligeramente arqueadas.

Su compañera también es china, una bella mujer de cabello largo, liso, y facciones aristocráticas. Angelo le dirige una mirada cautelosa. Yo floto por encima de ellos tratando de no llamar demasiado la atención.

–Angelo, ¿verdad? –sonríe el demonio.

Mi aliado asiente, sin apartar la vista de la diablesa. Está claro que no sabía que iba a asistir a la reunión, y no sabe cómo interpretar su presencia.

–Y tú debes de ser Orias –dice–. No lo recordarás, probablemente, pero nos vimos en África hace mucho tiempo –hace una pausa y prosigue–. Entonces tenías otro nombre y un aspecto distinto.

Orias se encoge de hombros con indiferencia.

–Como todos –comenta–. Pero en círculos demoníacos sigo usando mi nombre más conocido. Resulta más práctico. Y a ella puedes llamarla Jade –añade señalando a su compañera.

Ella inclina la cabeza y sonríe, pero no dice nada. Angelo no le devuelve la sonrisa.

–He venido en busca de información sobre el futuro –declara.

–Como todos –repite Orias; sus largos dedos tamborilean sobre la mesa, con un ritmo suave, hipnótico–. Eso tiene un precio, ¿sabes?

–Tengo una espada –afirma Angelo, pero Orias chasquea la lengua con cierto disgusto.

—Las espadas angélicas ya no tienen el mismo valor que antes.

—No; me refiero a que tengo la espada de otro demonio.

Orias entorna los ojos.

—¿Un demonio poderoso?

—Juzga tú mismo —dice, y le tiende la espada de Alauwanis, bien protegida en su funda.

Orias sostiene el arma por la empuñadura, apenas unos momentos.

—Ahazu —comenta mencionando otro de los nombres de Alauwanis; alza una ceja y mira a Angelo, interesado—. ¿Asesinado por una espada angélica?

Angelo se encoge de hombros.

—Soy un tipo de recursos —comenta solamente.

—No podrás seguir usando esa espada durante mucho tiempo —interviene entonces Jade; tiene una voz bonita, suave y profunda—. No tardará en invertirse si la empuñas a menudo.

—Soy consciente de ello —asiente Angelo; se vuelve de nuevo hacia Orias—. ¿Y bien?

—Servirá —acepta el demonio, y recoge la espada para colgarla del respaldo de su silla—. ¿Quieres una visión o una profecía?

Angelo niega con la cabeza.

—Es algo un poco más complejo que eso. Tiene que ver con una conspiración, planes secretos y predicciones para un futuro que ha de cumplirse.

Noto que el interés de Orias aumenta por momentos. Sin embargo, al mismo tiempo lo veo echarse hacia atrás y mirar a Angelo con más cautela que antes.

—Soy todo oídos —murmura.

—Tengo una teoría —comienza Angelo—. Creo que alguien, probablemente un demonio de los poderosos, está planeando algo muy gordo. Algo tan arriesgado que no se atrevería a ponerlo en práctica de no estar totalmente convencido de que saldrá bien. Creo que ese alguien quiso echarle un vistazo al futuro para asegurarse de que su plan era viable. Y creo que lo que vio le pareció satisfactorio, porque sus lacayos actúan en su nombre y justifican sus acciones invocando una profecía que va a cumplirse. También creo que solo tú puedes haber formulado esa profecía.

—Naturalmente —asiente Orias—. Nadie más que yo tiene el poder de ver el futuro, ya lo sabes. ¿Qué es lo que quieres, pues? ¿Qué te revele el nombre de ese hipotético señor demoníaco que, solo hipotéticamente, acudió a mí para echar una ojeada a un futuro hipotético? Pues has de saber que no me dedico a delatar a otros demonios, sobre todo si son poderosos… hipotéticamente hablando, claro. Si buscas soplones y husmeadores, vete a hablar con la gente de Agliareth.

Angelo sonríe otra vez. No me cabe duda de que está recordando sus reuniones con Nergal.

—Ya lo he hecho —dice—. De todos modos, también tengo una teoría al respecto y creo que no tardaré en confirmarla, con tu testimonio o sin él. Lo que quiero a cambio de esa espada es una visión.

—Ahora empiezas a hablar mi idioma —gruñe Orias.

—Pero no una visión cualquiera —puntualiza Angelo—. Quiero ver el mismo futuro que le mostraste a ese demonio que vino a hablar contigo.

Jade deja escapar una leve risa. Orias frunce el ceño.

—Los futuros no son intercambiables, Angelo. No puedo mostrarte un destino que no te corresponde.

—Si lo que planea nuestro amigo hipotético es tan grande como sospecho, las consecuencias de sus acciones se reflejarán en el futuro de todos nosotros. No creo que tuviera interés en ver su propio futuro. Probablemente querría echarle un vistazo al futuro de nuestra raza. O al futuro de nuestro mundo. Si pudiste mostrárselo a él, también puedes ofrecerme a mí la misma visión.

Orias y Jade cruzan una breve mirada. Finalmente, el demonio vidente se encoge de hombros.

–¿Por qué no? –murmura–. Tú pagas, tú mandas. ¿Estás seguro de que quieres verlo?

–¿Ese futuro hipotético? –sonríe Angelo–. Claro que sí.

Pero Orias le dirige una mirada socarrona.

–No –lo contradice–. Me temo que esto no tiene nada de hipotético.

Alza las manos y las coloca en las sienes de Angelo. Ambos demonios se miran fijamente a los ojos durante un largo instante, sin parpadear siquiera. Planeo por encima de ellos, inquieta.

Y de pronto, la visión comienza. Sucede en la mente de Angelo, y al mismo tiempo en la mía, porque ambas están conectadas.

Todo a mi alrededor da vueltas; el salón, las lámparas, la banda de jazz, todo parece disolverse en el aire como una acuarela bajo la lluvia. La luz se reduce lentamente... el techo y las paredes desaparecen... me mareo... intento gritar, pero soy un fantasma y no tengo voz...

... Y ahora estoy volando muy por encima de la ciudad, sacudida por el viento, arrastrada de un lugar a otro como una hoja de otoño. Tardo un poco en recuperar la estabilidad, y solo entonces echo una mirada al mundo que se extiende a mis pies.

Es Shanghai, sigue siendo Shanghai, pero aparece extrañamente oscura y vacía. Las luces de neón se han apagado, los coches no circulan por las calles, los barcos no surcan el río... y no hay nadie por las calles. Nadie.

Toda la ciudad aparece cubierta por una extraña bruma fantasmal, densa, impenetrable. Me abro paso a través de ella y tengo la horrible sensación de que susurra retazos de palabras perdidas. Pero tiene que ser solo un espejismo, una ilusión producida por la impresión que me ha causado ver desierta la bulliciosa Shanghai.

¿Qué ha pasado aquí?

En busca de respuestas, desciendo un poco más y mi percepción recorre las calles, planeando sobre calzadas vacías, entre edificios huecos que ya comienzan a mostrar señales de soledad y abandono. Cristales resquebrajados, coches olvidados de cualquier manera junto a las aceras, comercios cerrados…

La ciudad está muerta.

Totalmente muerta.

Y no es una metáfora, como descubro inmediatamente: es una aterradora realidad.

Aquí y allá, en las plazas y en las esquinas, se acumulan cientos de cuerpos humanos. Algunas de estas macabras pilas de cadáveres muestran signos de haber ardido; pero en otros casos, los muertos se encuentran amontonados, abandonados sin más. Sin duda habrán servido también de alimento a animales hambrientos, pero prefiero no mirar dos veces para comprobarlo.

Busco, en cambio, señales de posibles supervivientes al desastre que azotó esta ciudad. Solo veo, aquí y allá, perros callejeros que se pelean por el liderazgo del barrio, ratas que salen a husmear desde los rincones y pájaros que pasean por las calzadas sin temor a los coches. La naturaleza está tomando la ciudad. Y no parece haber nadie dispuesto a echarla de aquí.

Descubro entonces cadáveres lejos de los montones de las plazas. Personas que parecen haber fallecido solas, sin nadie que se preocupase de retirar sus restos de las aceras o de cubrirlos, al menos. No son muchos, pero están ahí. La mayor parte de ellos llevan a cuestas sus escasas pertenencias. La muerte parece haberlos sorprendido cuando trataban de huir de la ciudad. Los últimos supervivientes, cansados de apilar cadáveres, se dejaron llevar por el pánico. Quizá creyeron que eran inmunes a lo que quiera que los haya exterminado. Quizá soñaron con encontrar otro lugar donde comenzar de cero. Quizá sospecharon que no era demasiado tarde para ellos.

Se equivocaron.

Detecto movimientos furtivos entre las casas. Sombras de ojos rojos y negras alas se deslizan entre los cadáveres, impasibles ante su desgracia. Los perros callejeros se apartan a su paso. Las ratas les rehúyen con chillidos histéricos.

Pero ellos ignoran a los animales, pues sus enemigos naturales no pueden hacer ya nada para detenerlos, y los seres humanos, que en el pasado los odiaron, los temieron y los veneraron, ahora ya no existen.

Shanghai pertenece a los demonios, y la exploran a sus anchas, pasando por encima de los cuerpos muertos, entrando en sus casas, ocupando sus vidas. Lo hacen con desgana, como si el mundo que los humanos dejan atrás no les resultara interesante. Y, sin embargo, sus ojos brillan con más fuerza que nunca, alentados por el fuego del triunfo, de saber que, por primera vez en la historia, son los amos absolutos de toda la creación.

Trato de elevarme para escapar de su mirada. Me adentro de nuevo en la espesa niebla que cubre la ciudad y es entonces cuando me doy cuenta por primera vez de lo que significa.

En efecto, la bruma habla, susurra; porque no es humo, ni contaminación, ni vapor de agua, ni nubes bajas: es un denso banco de fantasmas. Son todos los muertos de Shanghai, todos aquellos que, quizá por haber fallecido en medio del dolor y el horror más absolutos, no se fueron por el túnel de luz. Ahora sus espectros, perdidos y desconcertados, vagarán para siempre entre los edificios de Shanghai, una ciudad fantasma, antaño orgullosa, ahora un reino de muerte y silencio.

Trato de escapar de aquí, horrorizada, y huyo entre las altísimas torres que ya no son más que cadáveres vacíos de acero y cristal.

Sin la sangre que lo recorría, insuflándole una vida frenética y bulliciosa, el corazón de Shanghai ha dejado de latir.

Para siempre.

Con una vertiginosa sensación de mareo, regreso a mi lugar y a mi momento. Al principio me cuesta ajustarme a la realidad. Miro a mi alrededor, desconcertada, buscando la ciudad extinta que acabo de contemplar, pero me encuentro de nuevo en el bar del Peace Hotel, como si nada hubiese sucedido. La banda de jazz sigue tocando, los clientes siguen conversando entre ellos tranquilamente, el camarero sortea las mesas...

Pero yo no puedo quedarme como si no hubiese visto nada. Estoy aturdida, anonadada, completamente aterrada.

Me vuelvo hacia los tres demonios. Orias y Jade se mantienen impasibles, pero Angelo, que debe de haber visto lo mismo que yo, ha tenido el detalle de palidecer, por lo menos.

No puedo quedarme callada. Me encaro con Orias y le suelto:

«¿Qué significa eso? ¿Qué ha pasado en Shanghai? ¿Por qué está muerta toda esa gente?».

Orias y Jade me miran sorprendidos. La diablesa lanza a Angelo una mirada irritada.

—¿Quién es este fantasma? —exige saber—. ¿Por qué está contigo?

Angelo tarda un poco en reaccionar. Adivino por su gesto que todavía no ha vuelto del todo de la Shanghai post-apocalíptica. La pregunta de Jade lo hace regresar a la realidad.

—Impresionante —murmura; alza la cabeza para mirar a Orias—. ¿Cómo… cómo se puede llegar a matar a tanta gente a la vez? ¿Esto sucederá solo en Shanghai… o en todo el mundo?

—En todo el mundo —responde el demonio con gravedad—. Lo que va a suceder… lo que alguien está planeando en secreto… es el exterminio de toda la raza humana.

«¡Pero no podéis estar hablando en serio!», grito, aterrada, provocando gruñidos de irritación entre los demonios.

—Cállate, Cat —me ordena Angelo; sigue mirando a Orias, fascinado—. Pero eso… ¿se puede hacer? ¿Matar a todos los humanos de golpe?

No me gusta nada que me mande callar, pero menos todavía el tono entusiasmado con que recibe la noticia de la futura extinción de la humanidad.

—Hace tiempo que es factible, pero a un alto coste. Sin embargo, parece que alguien ha encontrado el modo de exterminar a los humanos sin destruir todo lo demás.

Angelo sacude la cabeza mientras yo revoloteo sobre ellos, indignada.

—Solo podría tratarse de una enfermedad; una especialmente letal y contagiosa —comenta—. Pero hasta ahora, que yo sepa, ningún virus ha logrado acabar con la humanidad entera. Y yo pensaba que teóricamente no se podía.

—Ah, la hipótesis del 1% —asiente Orias—. La conozco.

«¿Qué es eso del 1%?», insisto. «¿Cuál es la enfermedad que va a exterminar a la raza humana? ¿Cuándo va a suceder eso, y por qué?».

—Cat, basta ya —repite Angelo dirigiéndome una mirada furibunda; después dedica a Orias, y especialmente a Jade, una sonrisa de disculpa—. Es un fantasma perdido que se ha vinculado a mí. Es bastante irritante; siento que tengáis que soportarla.

«¡Tú también serías irritante si supieses que toda tu especie va a morir, pedazo de insensible!», protesto, furiosa. «¡Es normal que busque respuestas!».

—No, no es normal —me replica Angelo, enfadado—. Tú ya estás muerta, así que ¿qué más te da que se mueran todos los demás?

—Ah, sí, son persistentes estos fantasmas —comenta Jade con una mueca de disgusto—. Yo tuve uno bastante desagradable en uno de mis palacios. Insistía en que mi habitación era la suya. Se empeñaba en meterse en mi propia cama. Pero nunca había oído hablar de uno que se vinculara a un demonio. Normalmente se atan a lugares, no a personas, y si eligen a una persona como ancla en el mundo de los vivos, esta suele ser un pariente o alguien muy querido para el difunto.

«Bueno, pues este no es el caso», gruño. «Estoy con Angelo porque es el único que puede ayudarme a desentrañar el misterio de la muerte de mi padre, punto. Y ahora, ¿quiere alguien darme más detalles sobre la extinción de la humanidad, por favor?».

—A su padre lo mató un demonio —aclara Angelo, ante las miradas interrogantes de Orias y Jade—, y me ha tocado a mí cargar con ella.

Jade esboza una media sonrisilla irónica. Me da rabia que los demonios se cachondeen de algo tan importante para mí como mi propia muerte, pero ahora tengo cosas más importantes de las que preocuparme.

«La extinción de la humanidad, señores», les recuerdo.

Orias parpadea con cierta perplejidad. Mira a Angelo, pero este parece haber aceptado que me voy a unir a la conversación, les guste o no, porque se ha quedado observándolo, con una ceja en alto, esperando que continúe.

—La extinción de la humanidad es hipotéticamente imposible —dice por fin, encogiéndose de hombros—. Oh, hay muchas maneras de acabar con la raza humana, pero todas ellas implican también la destrucción del planeta, o de una buena parte de él.

«Así mataríais dos pájaros de un tiro, ¿no?», comento, con cierta sorna.

Jade me mira como si fuera estúpida.

—Desde el momento en que los demonios nos vemos obligados a existir en un cuerpo material —me explica—, no podemos permitirnos el lujo de destruir completamente el mundo en el que vivimos. Aunque vaya en contra de nuestra naturaleza, debemos mantenerlo a nivel básico.

—El caso es —interviene Angelo devolviendo la conversación a su cauce— que la única forma de exterminar a los humanos sin dañar el resto del planeta sería crear algo que solo los perjudicase a ellos. Propagar una enfermedad que solo fuera mortal para los humanos siempre ha sido nuestra mejor opción.

—Pero se da la circunstancia de que, en toda epidemia, siempre hay una serie de individuos que sobreviven —prosigue Orias—, ya sea porque son físicamente más resistentes o porque generan anticuerpos naturales que los inmunizan ante dicha enfermedad. Hay una teoría que afirma que ningún virus podría exterminar a toda la población humana. Siempre habría un 1% de individuos que, por unas circunstancias u otras, se salvarían.

—Y los humanos son siete mil millones de individuos —añade Angelo con una sonrisa—. Un 1% de supervivientes de una hipotética pandemia especialmente virulenta supondrían setenta millones de personas que todavía hollarían la Tierra. Suficientes como para impedir que la especie humana llegara a extinguirse. Suficientes como para recuperarla en unos pocos miles de años.

—Más que suficientes —apostilla Jade—, teniendo en cuenta de que los humanos se reproducen como ratas.

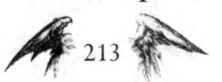

—Aparte de eso —prosigue Angelo—, resulta que es difícil que un virus creado en un laboratorio sobreviva mucho tiempo fuera de su ambiente. Debería tener una capacidad de mutación y adaptabilidad extraordinarias, y eso es difícil de conseguir.

—Y propagarse por el aire —aporta Jade—. Los virus que se propagan por el aire son más rápidos y eficaces que los que requieren intercambio de fluidos.

«Vaya, ya veo que estáis muy puestos», gruño.

—Sí; por la forma en que hemos visto que morirá esa gente, tiene pinta de propagarse por el aire. Pero esa clase de virus están más expuestos a las variaciones del ambiente —señala Angelo, y frunce el ceño, pensativo—. Supongo que Nebiros, si es que se trata de él, tendrá todo esto en cuenta.

«¿Queréis decirme, pues, que es imposible crear un virus que extermine a toda la humanidad, y que lo que hemos visto es solo una ilusión?», pregunto desconcertada.

—No —replica Orias—. Lo que queremos decir es que alguien, en un futuro no muy lejano, logrará salvar todos esos escollos y hallará un virus ante el cual ni un solo ser humano será capaz de sobrevivir.

—… Ni siquiera el 1% de la población —concluye Angelo.

«¿Y no se puede… hacer nada al respecto?», planteo desolada.

Los tres me miran a una.

—¿Por qué querríamos hacer nada al respecto? —pregunta Jade, perpleja—. Es la mejor noticia que hemos tenido desde lo de la Plaga de los ángeles.

—Bueno… yo no estoy del todo de acuerdo —interviene Angelo—. Me he acostumbrado a la civilización humana, mal que me pese —se encoge de hombros—. Reconoced que vivimos de ellos, y vivimos como señores. Además, hasta los ángeles estarían de acuerdo en que los humanos siempre han sido nuestro mejor instrumento de destrucción. Sería muy desconcertante que desaparecieran de golpe.

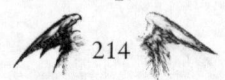

—Sería un desafío —puntualiza Jade—. Y buena falta nos hace. Eres demasiado joven para conocer otra cosa, Angelo, pero los demonios no siempre hemos convivido con los humanos —reprime un bostezo—. La época de los dinosaurios, sin ir más lejos, fue mucho más larga. Y la de las bacterias, ni te cuento. Aunque esa fue bastante aburrida —añade tras un instante de reflexión.

Angelo sonríe.

—Te daría la razón si fueses capaz de recordarlo.

Jade entorna los ojos con un mohín de niña pequeña.

—De cualquier modo —concluye—, lamentaré más la extinción de los ángeles que la de los humanos.

Me preparo para intervenir de nuevo, indignada, cuando veo que los tres vuelven la cabeza a la vez hacia la puerta del bar.

—Retiro lo dicho —murmura la diablesa entre dientes.

En la entrada ha aparecido un ángel.

Es una joven china de rostro redondo y aniñado. Lleva un vestido blanco cuyos tirantes dejan al descubierto unos hombros pálidos y delicados. Mira en torno a sí, buscando a alguien a quien sin duda ya ha detectado. Desde aquí puedo ver que hay profundas huellas de sufrimiento en sus facciones. Y, sin embargo, sus ojos son brillantes, como los de todos los ángeles, y unas preciosas alas de luz, de aspecto similar a las de las mariposas, baten el aire suavemente tras ella.

Todo el local se ilumina con su mera presencia. ¿O soy yo la única que lo nota? Porque nadie más se ha molestado en mirarla dos veces.

Entonces, el ángel repara en nosotros... en Jade, para ser más exactos... y frunce el ceño.

—Disculpadme —suspira la diablesa levantándose—. Voy a intentar detenerla antes de que haga alguna estupidez.

«¿Perdón?», pregunto, desorientada. Pero nadie me hace caso.

El ángel avanza entre las mesas, derecha hacia Jade. Se detiene a pocos metros de ella y, de pronto, extrae su espada de la vaina.

–¡Chun-T'i! –la llama–. ¿Por qué te escondes entre los humanos? ¡Ven a pelear!

Le ha hablado en chino, por lo que muchos de los clientes del café alzan su mirada hacia ella, sorprendidos. Jade yergue sus alas negras y un manto de oscuridad parece eclipsar el esplendor del ángel.

–Ch'ang-E, *la Siempre Sublime* –le dice en la lengua demoníaca, con voz suave y tranquilizadora–. ¿Otra vez has venido a buscarme? Sabes que jamás resolveremos esta disputa. ¿Por qué no dejarlo estar?

Los ojos del ángel relucen más intensamente, llevados por la ira.

–¿¡Dejarlo estar!? –grita, y su voz parece más un aullido que una pregunta–. ¿Después de todo el mal que has causado, demonio despiadado? ¿Después del daño que has hecho a toda esta gente?

–Ch'ang-E... –advierte Jade, o Chun-T'i, o como se llame.

Pero el ángel no atiende a razones. Con un grito de rabia, alza su espada por encima de su cabeza y se lanza contra la diablesa, que, en un movimiento velocísimo, enarbola su acero y lo interpone entre ambas.

Siento en lo más profundo de mi esencia el choque entre las dos armas. Antes de que pueda entender qué está pasando exactamente, el ángel y el demonio se enzarzan en una pelea a muerte. Al principio vuelcan un par de mesas y arrancan exclamaciones alarmadas de los clientes. Pero apenas unos instantes más tarde, la pelea parece más bien un baile de espíritus, perfecto, elegante, de mortífera belleza. Las dos se mueven por entre las mesas y las columnas sin llegar a tocar nada que no sea la espada de su contrincante.

Se diría que no pisan el suelo, sino que se deslizan sobre él sin rozarlo. Como ya no estoy atada a las limitaciones de los sentidos, soy capaz de apreciar la precisión de cada uno de sus movimientos, la gracia sobrenatural con que intentan matarse la una a la otra. Pero incluso los humanos vivos se han quedado boquiabiertos observándolas. La banda de jazz ha dejado de tocar, y los de seguridad se han quedado pasmados en la puerta. Deben de estar viendo las espadas, es tan obvio que están luchando que no podrían pasarlas por alto. Y, sin embargo, el instinto les dice que lo que está sucediendo ahora mismo en la cafetería del Peace Hotel es algo tan importante, antiguo e irrevocable como la sucesión de los días y las noches. Algo en lo que ningún ser humano debería intervenir.

Los demonios, en cambio, lo comentan como si viesen un partido de tenis.

–Ah, la pobre Ch'ang-E –suspira Orias–. Los antiguos la veneraron como diosa de la Luna y la inmortalidad. Tenía una hermana, Xi-He, adorada como diosa solar, y ambas estaban muy unidas a Nü Gua, un bondadoso ángel a quien las leyendas chinas atribuyen la creación de la humanidad. Pero las dos murieron, y Ch'ang-E se quedó sola, y ahora está medio loca.

–¿Y por eso ataca a Jade delante de tantos humanos? –pregunta Angelo interesado.

–Oh, se ha convertido en una obsesión para ella. En tiempos pasados, Jade fue Chun-T'i, una sanguinaria diosa de la guerra. Miles de guerreros cabalgaron bajo su estandarte hacia el campo de batalla. Cientos de luchas fratricidas se llevaron a cabo en su nombre. Nü Gua siempre había protegido a los humanos de todo tipo de catástrofes: sequías, guerras, inundaciones... y decidió que detendría a Chun-T'i a cualquier precio. Pero fue ella quien venció en aquella ocasión; la mató durante un duelo, y Xi-He y Ch'ang-E, que admiraban muchísimo a Nü Gua, juraron que la vengarían –suspira, pesaroso–. Y la verdad, me da lástima. Ch'ang-E fue en tiempos un ángel poderoso, pero ahora... mírala. Pelea simplemente porque no le queda otra cosa. Persigue a Jade por todas partes, empeñada en finalizar lo que Nü Gua comenzó.

–Tal vez prefiera morir luchando que sucumbir a la Plaga –comenta Angelo.

Orias lo observa, pensativo.

–Tal vez –concede–. Pero no estoy seguro de que vaya a conseguirlo. Mira.

Jade ha vencido. No sé cómo lo ha hecho, pero ahora acorrala a una temblorosa Ch'ang-E entre una columna y el filo de su espada. Los clientes occidentales estallan en aplausos. Sin duda creen que es una especie de espectáculo auspiciado por el hotel para entretener a los turistas. Si supieran que están aclamando a un demonio... Si supieran que la mujer a la que acaba de derrotar es un pobre ángel solitario...

Los chinos, en cambio, contemplan la escena, pálidos y serios. ¿Intuyen lo que está sucediendo en realidad? ¿Reconocen a las diosas veneradas por sus antepasados en este ángel y este demonio? ¿Son conscientes de que la luz de Ch'ang-E, *la Siempre Sublime*, está a punto de apagarse para siempre?

«¡No!», grito, pero solo los demonios escuchan mi voz fantasmal.

¿La matará delante de tanta gente?

Pero Jade retira la espada.

–Vete –le dice.

Ch'ang-E la mira fijamente, primero sin comprender; luego, con rabia.

–¡Chun-T'i! –le grita–. ¡No te vayas! ¡Tenemos que luchar! ¡Debes... morir!

Jade mira a su alrededor. La gente está inquieta. Los de seguridad no saben qué hacer. Hasta los clientes occidentales empiezan a sospechar que esto no es un espectáculo.

–Está bien –concede–, pero no aquí. Vete, Ch'ang-E, y prepárate para la próxima batalla.

Se inclina hacia ella. Su larguísimo pelo negro resbala por su hombro como una cascada de terciopelo, cubriendo los rostros del ángel y el demonio, que se han acercado para compartir una confidencia que no concierne a nadie más. En voz baja, Jade le susurra a Ch'ang-E el lugar y el momento de su próximo encuentro.

–Y no será el último –nos confía Orias–. Jade ha tenido ya varias ocasiones de matarla. Ch'ang-E ha perdido facultades.

–¿Por qué le ha perdonado la vida, entonces? –pregunta Angelo, extrañado.

Orias se encoge de hombros.

–Son enemigas desde hace mucho tiempo. Por extraño que parezca, una relación así puede crear lazos incluso más fuertes que la amistad. O quizá lo haga por la memoria de Nü Gua. Quién sabe.

–Ya veo –murmura Angelo.

Y contempla, pensativo, cómo el ángel da media vuelta y se aleja, tambaleándose, arrastrando la espada tras de sí, hacia la puerta. Todo el mundo se relaja cuando se va.

Jade vuelve a sentarse con nosotros.

–Asunto solucionado –sonríe–. Siento la interrupción. Ya se ha marchado y no creo que vuelva.

–Nosotros también deberíamos marcharnos –dice Angelo–. Tenemos información muy valiosa y alguien la está esperando con impaciencia.

Orias lo mira con fingida sorpresa.

–¿Pero cómo? ¿De verdad piensas transmitir esa información? ¿Así, incompleta como está?

Angelo y yo nos volvemos hacia él al mismo tiempo.

«¿Cómo que incompleta?», pregunto mosqueada.

Orias sonríe.

—Claro; os falta conocer la otra versión.

Angelo entorna los ojos.

—¿Puede haber dos versiones del futuro? Creía que era inmutable.

Nuestro interlocutor se encoge de hombros.

—El futuro —afirma con gravedad— es como un río, tan ancho y poderoso que no se puede cambiar ni invertir su curso. Sin embargo, al mismo tiempo está formado por multitud de pequeños afluentes que sí podemos desviar. Puedes cambiar tu futuro, porque muchas de tus acciones solo dependen de ti. Pero no podrás modificar el destino de toda la humanidad. Para eso es necesaria una acción grandiosa... extraordinaria... una acción cuyas consecuencias realmente supongan un giro en la historia del mundo. Esas acciones no están al alcance de cualquiera, y cuando alguien se ve en la coyuntura de decidir si llevar o no a cabo un acto semejante, normalmente no es consciente de ello. Pero en ocasiones... existe la posibilidad de hacer... o no hacer... algo que cambiará el destino del mundo.

—... y es entonces cuando se generan dos versiones del futuro —adivina Angelo—. Dos cauces por los cuales el río puede llegar a discurrir. Interesante disyuntiva.

—Sí, lo es —coincide Orias—. Aunque debo decir que, cuando esto sucede, para mí resulta bastante desconcertante.

—¿Y le mostraste a nuestro demonio hipotético las dos versiones del futuro?

—No, y si tú llegaras a conocerlas, te situarías por encima de él.

—Me he percatado. ¿Por qué razón vio él un solo futuro?

—Porque entonces solo había un futuro. Pero después... bueno, después vino otra persona que me pidió exactamente lo mismo que me has pedido tú: que le mostrara la misma visión del futuro que a mi primer cliente. Sucedió entonces que en aquel segundo vistazo ambos vimos algo diferente.

«Eso quiere decir que, entre ambas visiones, pasó algo que creó una segunda posibilidad de futuro», deduzco brillantemente.

–Exacto.

–¿Nos mostrarías esa segunda visión? –pregunta Angelo.

–Depende de lo que puedas ofrecerme a cambio.

«¡Oh, vamos!», protesto. «¿Nos enseñas un futuro apocalíptico, nos dices después que hay otra posibilidad y pretendes cobrarnos esa información? ¡Hay que ser usurero! ¡Y manipulador!».

–Todo eso soy, jovencita, y mucho más –sonríe Orias–. ¿Y bien?

–No tengo nada más que ofrecerte –gruñe Angelo–. Nada que te pueda interesar, a no ser que aceptes una espada angélica.

«¡La espada de mi padre no, pedazo de animal!», le chillo, y Angelo se sujeta la cabeza con la manos y se vuelve hacia mí; sus ojos lanzan llamas y un rictus de furia que deforma sus facciones y lo hace parecer aterrador, casi monstruoso.

–¡BASTA YA DE GRITOS! –aúlla con una voz profunda, sobrenatural, que hace que todo mi ectoplasma se estremezca de pavor, justo antes de sentir que algo me golpea con fuerza, como un viento huracanado, y me lanza por encima de las cabezas de la gente, atravesando el techo y después el resto del edificio...

Cuando quiero darme cuenta, estoy al aire libre, bajo la noche sin estrellas de Shanghai. ¿Qué... qué ha pasado? Me cuesta un poco entender que Angelo, finalmente, se ha hartado de mí y me ha «echado» de la conversación. Estoy aturdida y muerta de miedo aún. Nunca lo había visto tan enfadado, tan temible, tan... demonio. Acostumbrada a tratar con un joven engreído y algo pasota, había olvidado cuál era su verdadero rostro, el de una criatura antigua y temible que pertenece a la especie más peligrosa que existe. Ahora mismo, lo único que quiero es alejarme de él y no volver a verlo nunca más, y eso hace que de pronto me asalte una duda importante: ¿y si ha roto nuestro vínculo? ¿Y si me he convertido en un fantasma perdido? Tras un instante de pánico, descubro que el hilo invisible sigue ahí; estirado al máximo, eso sí, pero intacto. Sin embargo, dudo un momento antes de animarme a regresar junto a los demonios. Aún tengo miedo, aún resuena su terrorífica voz en mi mente, y no quiero volver a acercarme a él.

Pero tengo que hacerlo. Tengo que enterarme de lo que está pasando y asegurarme de que Angelo no se deshace de la espada de mi padre.

Cuento hasta tres, hago de tripas corazón y me zambullo de nuevo en el edificio del Peace Hotel. Regreso al bar y descubro, aliviada, que los demonios siguen allí, y que la espada continúa en su vaina, ajustada a la espalda de Angelo. Recuerdo entonces que Orias dijo que no le interesaban las espadas angélicas. ¿Estarán tratando de llegar a algún tipo de acuerdo? Me acerco, procurando no llamar la atención, pero Angelo percibe mi presencia y me lanza una mirada amenazadora. Me detengo, inquieta, pero no vuelve a expulsarme de su lado. Parece que me acepta de nuevo en la reunión, si me porto bien. En fin, qué le vamos a hacer. Seré buena. Permanezco en silencio junto a él, pendiente de lo que hablan.

–... entonces me temo que no voy a poder compartir contigo más información, Angelo –está diciendo Orias.

–Bueno, puedo vivir con ello. Si una de las visiones muestra un futuro en el que la humanidad se extingue, es de suponer que la otra nos revelará uno en el que la humanidad *no* se extingue.

—Presumiblemente, sí —asiente Orias—. Sin embargo, debo decir que no es tan simple. Al menos, al ángel al que se lo mostré no se lo pareció.

—¿Un ángel? —repite Angelo perplejo.

—En efecto —confirma Orias, satisfecho—. Tengo algunos clientes entre los luminosos. Creen estar en posesión de la verdad y se las dan de generosos y de altruistas, pero en el fondo todos quieren echar un vistazo a su propio futuro.

¡Un ángel! No es que me tranquilice enterarme de que los ángeles acuden a un demonio para consultarle acerca del porvenir, pero la posibilidad de que estén al tanto de los planes de Nebiros (porque, después de todo lo que hemos visto, parece más que claro que es él quien está detrás del futuro apocalipsis vírico que extinguirá a la humanidad) sí me hace sentir más confiada. Los ángeles harán algo al respecto. Detendrán a Nebiros, salvarán a la humanidad. Puede que ya lo estén haciendo. Puede que por eso haya un futuro alternativo para nosotros.

Un ángel iba tras los pasos de Nebiros y fue a consultar a Orias. Un ángel vio un futuro alternativo. Un ángel sabe que hay esperanza, que existe una posibilidad de desviar el curso del río.

—Y supongo que no podrás decirnos quién era…

—Debo confidencialidad a todos mis clientes. Tanto al ángel como al hipotético demonio. A ti no te gustaría que yo les dijese a otras personas que Angelo ha andado husmeando, ¿no?

—Claro que no —mascula mi aliado, alarmado—. Olvida lo que he dicho. Ya me las arreglaré para averiguarlo por mi cuenta.

—En tal caso, me temo que la reunión ha terminado.

—Orias —interrumpe entonces Jade—. Se hace tarde y tenemos un viaje que preparar, ¿recuerdas?

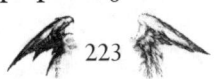

–¿Un viaje? –repite Orias, desconcertado.

–Prometiste que este fin de semana iríamos a Beijing.

–Ah, sí. No te preocupes, *sé* que vamos a ir –le sonríe, y ella le devuelve la sonrisa, coqueta–. Pero dime, ¿no tenías una cita con Ch'ang-E?

Jade se encoge de hombros.

–No voy a ir –replica con indiferencia.

–Jade, Jade, eso no está bien –la riñe Orias–. Hay que respetar al enemigo, eso es lo que dice siempre Lucifer. Incluso cuando el enemigo está de alas caídas. Y tú no haces más que darle esquinazo a la pobre Siempre Sublime.

–Ya lo sé –protesta ella con un mohín–. Pero es que es demasiado insistente. Y si sigo peleando contra ella, algún día se me irá la mano y la mataré de verdad.

Pobre Ch'ang-E, pienso para mis adentros. Pobre Siempre Sublime. Me pregunto qué es peor para un ángel: morir en Combate contra un demonio o ser menospreciado por ellos.

Quizá por eso Ch'ang-E insiste en pelear. Quizá no se trate de que esté loca o tema a la Plaga.

Tal vez... solo tal vez... busque recuperar algo de su dignidad perdida.

–... Johann trabajaba para Alauwanis, quien, a su vez, cumplía órdenes de Nebiros –explica Angelo–. El propio Nebiros, o alguien muy cercano a él, acudió a Orias en busca de una visión del futuro, y lo que vio fue un futuro en el que toda la humanidad sucumbía ante un virus absolutamente letal. De todo lo cual he deducido que es eso lo que planea Nebiros: crear una enfermedad lo bastante poderosa como para exterminar a todos los humanos, y solo a ellos. No sabemos cuándo sucederá eso. Solo tenemos claro que sucederá... tarde o temprano. Y será rápido y fulminante. Y no habrá modo de pararlo.

Lo ha resumido bastante bien, he de reconocerlo. Dicho así suena mucho más sencillo de lo que me había parecido a mí en un principio. Y mucho más aterrador.

Estamos de vuelta en Berlín, en el bar donde nos enteramos de la muerte de Johann. Angelo ha quedado otra vez con su contacto, el enviado de su señor. Ahora sé que se llama Hanbi. En esta ocasión, no me conformo con esperar en la puerta. Procuro no intervenir, sin embargo. No solo porque no me conviene que se sepa que sigo viva, sino también porque no quiero que Angelo vuelva a enfadarse conmigo, como sucedió en Shanghai.

No hemos hablado del tema, y desde entonces me ha tratado más o menos como siempre, pero yo no he olvidado su cara ni su voz cuando me expulsó del hotel. Y prefiero no tener que volver a pasar por eso, de modo que ahora floto sobre ellos, tratando de no llamar demasiado la atención. Y, de momento, tengo suerte: Hanbi no se ha fijado en mí, pero yo me estoy enterando de todo.

Así que, al fin y al cabo, teníamos razón: Nebiros anda detrás de todo esto. Solo él, propagador de la Peste Negra y creador del Ébola entre otros muchos azotes de la humanidad, podría estar detrás de un plan tan retorcido. Y, por otro lado, a Angelo le consta que Alauwanis estuvo trabajando para él en un pasado no muy lejano. Así que no nos ha hecho falta que Orias delatase a su «demonio hipotético»: ya hemos adivinado su identidad nosotros solitos.

Sin embargo, hay algo en lo que mi olfato detectivesco (suponiendo que lo tenga) se ha equivocado con creces: Nebiros no planeaba exterminar a los ángeles. Puede que, después de todo, la Plaga no sea cosa suya. Su objetivo somos nosotros, los humanos. ¿Quién lo iba a decir?

—Entiendo —asiente Hanbi, pensativo.

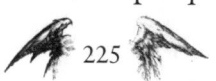

—Todavía no sé qué tiene que ver todo esto con la muerte de Cat —añade Angelo—. No veo por qué razón la hija de un ángel puede llegar a preocupar tanto a alguien que planea la extinción de la especie humana. A no ser, claro, que su padre hubiese descubierto el plan de algún modo, y Nebiros sospechase que se lo había contado a Cat. Pero, aun así... no veo cómo podría haberlo impedido ella. Quiero decir que sigo sin encontrarle el sentido.

Tampoco yo se lo encuentro, ahora que lo dice. Todo este rollo de la extinción de la humanidad me ha impresionado lo bastante como para olvidarme de mi propia muerte... que no es poco. Pero es cierto: si Nebiros está detrás de todo esto, es a él a quien debo el hecho de estar muerta. Maldito demonio. Me gustaría poder decir que me las pagará todas juntas, pero, lamentablemente, no hay mucho que yo pueda hacer al respecto ahora mismo.

Con un poco de suerte, el jefe de Hanbi vengará mi muerte... No es que me haga gracia la idea de que mis planes de revancha dependan de un señor del infierno, pero he de reconocer que, junto con Angelo, es el único que se ha preocupado por investigar un poco el asunto de mi asesinato.

Observo a Hanbi, esperanzada.

–No necesitas darle tantas vueltas, Angelo. Por nuestra parte, esta información es más que suficiente. No solo has averiguado el nombre del demonio que ordenó la muerte de la muchacha, sino que además has descubierto qué se trae entre manos. Has cumplido con lo que te encargamos. Estoy seguro de que mi señor estará plenamente satisfecho.

¿Eh? ¿Quiere decir eso que lo van a dejar correr, sin más?

Angelo se le queda mirando.

–Pero hay una relación, ¿verdad? Vosotros sabéis por qué mataron a Cat. Y probablemente sabéis también más cosas acerca de la muerte de su padre.

Hanbi se encoge de hombros.

–Teníamos una idea bastante aproximada, sí. Y ahora ya no es una idea aproximada: es una certeza.

–¿Y qué tal si compartes esa certeza conmigo?

Hanbi le responde con una carcajada.

–Vaya, Angelo, estoy empezando a pensar que sí te lo has tomado como un asunto de propiedad. ¿Qué más te da? La chica está muerta, ¿no?

No puedo quedarme callada por más tiempo. La prudencia nunca ha sido mi fuerte y, aunque sigo temiendo la reacción de Angelo, ahora mismo mi indignación supera cualquier otro sentimiento.

Desciendo hasta ellos y me planto ante Hanbi.

«La chica está muerta, sí», replico de mal talante. «Pero aún tiene sentimientos, ¿sabes?».

–¡Cat! –me regaña Angelo, irritado; sus ojos echan chispas rojas–. ¡Habíamos decidido que te mantendrías al margen!

«No, perdona, guapo, tú habías decidido que yo me quedaría al margen. No se te ocurrió preguntarme mi opinión. Para variar».

Angelo me mira y parece que va a montar en cólera nuevamente. Retrocedo un poco, intimidada, arrepintiéndome ya de lo que he dicho, pero él respira hondo un par de veces y responde con frialdad:

–Muy bien, como quieras. Luego, no te lamentes si tenemos problemas porque no has sabido ser discreta.

Hanbi se queda con la boca abierta. Supongo que, aunque los demonios están acostumbrados a ver fantasmas, no lo están tanto a que estos les hablen.

–¿Cat? –repite–. ¿Qué se supone que estás haciendo aquí?

–Eso me gustaría saber a mí –refunfuña Angelo.

Hanbi me mira alzando una ceja.

–¿Te has quedado para torturar a este pobre demonio porque no supo protegerte? –pregunta con guasa.

Me da rabia reconocerlo, pero el asunto de mi muerte no fue culpa de Angelo en realidad. Por supuesto, no pienso admitirlo delante de otras personas, y mucho menos delante de él.

«Me he quedado para vengar a mi padre», declaro.

–Ah, entiendo. Bueno, pues no puedo ayudarte. Deberías dejarte de venganzas y marcharte de una vez por el túnel de luz. Lo que pase entre demonios no te concierne.

«¿Cómo que no me concierne? ¡Estoy muerta precisamente por eso!».

–Por meterte donde no te llaman. Y ahora, si me disculpáis...

Hace ademán de levantarse, pero Angelo lo detiene:

–Espera. Hay otra cosa acerca de los planes de Nebiros que tal vez debas saber... tú y tu señor, por supuesto.

Hanbi se sienta otra vez, interesado.

–Dispara –lo anima, pero Angelo sonríe.

–*Quid pro quo*, Señor de las Tormentas –le advierte–. Si quieres conocer esa información, antes tendrás que darnos más datos acerca de la muerte de Cat... o la de su padre, si es que sabes algo al respecto.

Hanbi se ríe, de buen humor. No parece haberle ofendido el hecho de que Angelo imponga condiciones. Casi parece que valora positivamente la jugada.

–Hacía mucho tiempo que nadie me llamaba así –reconoce, nostálgico–. Bien, habla. Después puede que te cuente algo más.

«¿Puede...?», protesto, pero Angelo me manda callar con un gesto.

–Bien... pues allá va: nosotros no somos los únicos que conocemos los planes de Nebiros. Los ángeles también lo saben.

–Los ángeles... –repite Hanbi, sorprendido.

–Un ángel acudió a Orias para preguntarle por la misma visión que había contemplado Nebiros. Y adivina qué...

–La visión había cambiado –concluye Hanbi, para nuestra sorpresa.

–Eres un tipo muy sagaz –comenta Angelo lanzándole una mirada de sospecha.

–¿Y ese ángel? –pregunta Hanbi sin hacerle caso–. ¿Sabes quién era?

–No. Orias no quiso decírmelo.

Hanbi se acaricia la barbilla, pensativo.

–Bien... sí, por supuesto. Esta información también nos es muy útil. Y nosotros tenemos modos de averiguar... si los ángeles lo saben... Y si Nebiros planea... claro, es lógico que quiera... –se calla de pronto y nos lanza una larga mirada.

«¿Y bien?», pregunto yo, impaciente. «Ya conoces el resto de la historia. ¿Vas a cumplir ahora tu parte del trato?»

Hanbi se lo piensa un momento. Por fin suspira y dice:

–Oficialmente, nuestra conversación acaba aquí, ¿de acuerdo?

–De acuerdo. Y oficialmente, tú no has visto al espectro de Cat.

«¿Cómo que espectro?», protesto yo, pero nadie me hace caso.

–¿Por qué queréis mantener en secreto que es un fantasma? –inquiere Hanbi.

–Porque si todos la consideran muerta y desaparecida, no se les ocurrirá que nadie quiera seguir investigando su muerte ni la de su padre. Pero si se enteran de que ella sigue por aquí, los que planearon su muerte podrían querer terminar el trabajo... eliminando a su enlace con el mundo de los vivos... que soy yo.

No se me había ocurrido, la verdad. Hay demasiadas cosas del mundo de los demonios que todavía no comprendo. Pero sí hay algo que he aprendido y que echa por tierra todas las ideas que yo tenía al respecto. Siempre creí que a los demonios les encantaba la acción. Y, por lo visto, lo que les vuelve locos en realidad son los trapicheos. Se pasan la vida hablando como viejas cotorras, intercambiando cotilleos y tramando planes retorcidos que vete tú a saber si finalmente llevan a cabo.

—Y —concluye Angelo— porque es sumamente indiscreta y es mejor dejarla al margen.

«¡Oye…!», protesto, pero nuevamente me ignoran.

—Comprendo —dice Hanbi—. Puede que a mi señor le interese saber que ella sigue por aquí, pero de momento os guardaré el secreto.

—Gracias. ¿Y por qué razón lo que puedas contarnos acerca de la muerte de Cat debe ser extraoficial?

—Porque la muerte de Cat está estrechamente relacionada con un pequeño proyecto secreto en el que mi señor está trabajando… pero supongo que eso ya lo sospechabas.

—La verdad es que sí. Y claro… imagino que no querréis que husmeemos demasiado y nos enteremos de cosas que… digamos… no deberían salir del círculo privado de tu señor, ¿no?

—Chico listo. Bien… pues escucha atentamente, porque no voy a decirlo dos veces. ¿De acuerdo?

—De acuerdo. Habla, pues.

Hanbi sonríe brevemente. Y después pronuncia una sola frase:

—«Toda la Tierra ha sido pervertida por la ciencia por obra de Azazel; achácale todo pecado».

Nos quedamos callados. La sorpresa nos ha dejado mudos.

No estoy segura de que Angelo sepa de qué está hablando Hanbi. Yo, desde luego, lo sé muy bien. Esa cita pertenece a un libro que he leído docenas de veces.

El *Libro de Enoc*.

X

Estamos de nuevo en el piso de Angelo. Floto mientras le observo buscar algo en su ordenador.

«¿Qué estás buscando, si puede saberse?», le pregunto.

Angelo no me hace caso. Sigue pendiente del monitor.

Por fin, abre un archivo de texto y la pantalla se llena de palabras sin sentido, escritas en alfabeto latino, pero en un idioma incomprensible para mí. Sin embargo, Angelo lee la página atentamente, luego frunce el ceño, cierra el documento y sigue buscando en las carpetas del disco duro. Continúa abriendo y examinando documentos, uno tras otro, todos escritos en ese lenguaje desconocido.

«Tiene sentido para ti, ¿no?», comento, aunque ya sé que es obvio.

–Está escrito en el idioma de los demonios.

«Creía que poseíais vuestro propio código escrito».

–Y es verdad. Pero no se comercializan ordenadores con un juego de caracteres demoníacos –explica con una sonrisa socarrona.

«¿Quieres decir que todo esto lo has escrito tú?».

Asiente sin una palabra. Parece que por fin ha encontrado el documento que buscaba; pero tiene más de setecientas páginas, y sospecho que aún va a tardar un poco en encontrar exactamente lo que le interesa.

«¿Y qué es?», sigo indagando con curiosidad.

La respuesta resulta sorprendente:

—Mis memorias.

Se me ocurren un montón de cosas que preguntarle al respecto, pero prefiero callarme, dejar que trabaje y meditar sobre esto.

Tiene tanto sentido que no sé cómo no se me había ocurrido antes.

Ángeles y demonios que olvidan su pasado porque son demasiado viejos. Y, con su pasado, olvidan sus vivencias, sus conocimientos, todo aquello que han aprendido y que podría serles útil en un futuro. Visto así, es lógico que pongan por escrito lo que puedan para no perder toda esa información. Pero ¿lo harán así todos los demonios? ¿Y los ángeles? Y si es así, ¿por qué nunca se ha encontrado ningún libro escrito en su idioma? ¿Cuántos misterios contendrá un documento como ese? ¿Cuántos secretos y revelaciones acerca del mundo podrían leerse en el diario de un demonio?

«¿Hace mucho que las escribes?», no puedo evitar preguntar. El volumen de información que está consultando es ingente; aquí debe de haber miles de páginas, quizá cientos de miles.

—No tanto como quisiera —responde Angelo con un suspiro de cansancio—. Nunca nos ha gustado poner nuestros conocimientos por escrito; sería demasiado fácil que cayesen en manos inapropiadas. Pero esto —añade señalando el disco duro portátil que reposa sobre la mesa— lo cambia todo. La informática nos permite llevar con nosotros una gran cantidad de información sin necesidad de tener que guardarla en una biblioteca, así que, ante el peligro de olvidar cosas importantes, muchos de nosotros escribimos nuestras memorias y las guardamos en soporte digital.

«¿Y no os preocupan los *crackers*?», sigo preguntando.

Angelo me dedica una de sus aviesas sonrisas.

—La red es nuestra —dice solamente. Lo cual significa, probablemente, que la mayor parte de los mejores piratas informáticos son demonios o trabajan para ellos—. De todos modos —añade—, este ordenador no está conectado a internet. Por si acaso.

«Entiendo», asiento. «¿Y qué estás buscando exactamente? Si se puede preguntar».

Angelo calla un momento antes de responder, a media voz:

—«Toda la Tierra ha sido pervertida por la ciencia por obra de Azazel; achácale todo pecado» —cita.

Es lo único que hemos podido sonsacarle a Hanbi en la prórroga «extraoficial» de nuestra conversación. De lo cual deduzco que Angelo lo ha considerado una pista importante y está investigando por ese lado.

Reflexiono. Según el *Libro de Enoc*, Azazel fue uno de los implicados en la Caída de los ángeles. Por lo visto, no contento con procrear con humanas, enseñó a sus hijos secretos que hasta entonces solo los ángeles conocían. Les enseñó a forjar metales —y, con ello, armas— y a extraer piedras preciosas del subsuelo; así que, de un plumazo, este encantador demonio trajo al mundo las guerras y la codicia.

¿Qué tiene que ver Azazel con mi muerte? ¿Me mataron porque soy una mestiza? Eso implicaría que mi asesinato fue un ataque racista. Pero tenía entendido que los demonios no tienen nada en contra del hecho de procrear con humanos. Llevan haciéndolo a menudo desde los albores de nuestra especie.

Y, sin embargo, estamos casi seguros de que fue Nebiros quien ordenó mi muerte. ¿Qué podía tener ese demonio contra mí? ¿Tuvo algo que ver el hecho de que yo fuese la hija de un ángel? Y si es así, ¿el qué? ¿Y qué relación tiene todo eso con su plan de exterminar a todos los humanos… si es que existe alguna relación?

Me frustra mucho no poder responder a ninguna de estas incógnitas. Estoy en blanco; no me queda más remedio que consultarlo con Angelo.

«¿Por qué crees que Hanbi ha mencionado a Azazel?», le pregunto.

–Ni idea –responde él–. Pero me intriga mucho. Si no recuerdo mal, el mito de Enoc señala a Semyaza como jefe de los ángeles que se unieron a los humanos para procrear una raza de gigantes violentos.

Asiento. Así es como lo cuenta la obra, en efecto.

«¿Conoces a alguno de los dos?», pregunto. Quién sabe; en teoría, lo que cuenta el *Libro de Enoc* sucedió hace cientos de miles de años, pero los demonios son poco menos que inmortales.

–No, y aún hoy no estoy seguro de que existan realmente. El mito de Enoc es solo un mito. Nadie recuerda lo que sucedió en aquella época.

«¿Tú tampoco?», pregunto señalando el documento que parpadea en la pantalla.

–Yo ni siquiera había nacido entonces –se ríe–. Pero recuerdo a alguien que me habló de Azazel una vez… con bastante pasión. Alguien que creía firmemente que había sufrido un castigo injusto hace mucho, mucho tiempo. Podía ser un loco o podía haber conocido realmente a Azazel. Pero, loco o no, si existe un grupo de demonios seguidores del mito de Enoc, puede que estén detrás de esto.

No se me escapa que no deja de calificar de «mito» lo que se cuenta en el *Libro de Enoc*.

«Entonces, ¿no crees en esa historia?», sigo preguntando. Angelo sacude la cabeza, como si acabase de decir algo absurdo.

—Claro que no; pero hoy día, con lo que les está pasando a los ángeles y lo poco que sabemos acerca de nuestros orígenes... en fin, no es extraño que haya gente que se crea cualquier cosa. Ajá, aquí está —dice de pronto.

Sus dedos recorren el teclado para subrayar un par de párrafos que me resultan tan ininteligibles como todo lo demás.

—Justo; aquí lo tengo: fue hace cerca de trescientos años. Se hacía llamar Ravana en Oriente, aunque hacía tiempo que vivía en Italia. De hecho, nos conocimos en un banquete en Venecia. No sé por qué anoté lo de esa cena... ah, ya veo —añade, y sus labios se curvan en una sonrisa que solo podría definir como malvada—. Qué tiempos aquellos —suspira—; en fin, Ravana hablaba del mito de Enoc con mucha indignación, y mencionó varias veces a Azazel —se encoge de hombros—. Si puedo volver a encontrarlo, tal vez pueda interrogarle a fondo. Si existe una secta basada en el mito de Enoc, quizá estén detrás de todo esto... y quizá también estén relacionados de algún modo con el plan de Nebiros.

«¿Y cómo piensas encontrar a ese tal Ravana después de trescientos años?».

Se encoge de hombros.

—Preguntando, claro. Con un poco de suerte, seguirá en Italia. En tal caso no tendremos que ir demasiado lejos esta vez.

Suspiro con resignación.

«Sabes, no me gusta esto de ir de demonio en demonio. Ya deberías saber que no confío en vosotros. Preferiría mil veces volver a contactar con los ángeles, si no es molestia. Quién sabe... quizá sepan algo importante, y después de todo yo no me siento cómoda encendiendo una velita demoníaca tras otra», concluyo refiriéndome al refrán que Angelo mencionó en cierta ocasión, al poco de conocernos.

–Se dice «poner dos velas para el diablo» –me corrige.

«Eso».

–Comprendo tu aprensión, Cat, pero debes entender que tienes a un demonio como enlace. No pretenderás que vaya a presentarle mis respetos al arcángel Miguel.

«Bueno, a Miguel precisamente no, pero…».

–¿Quieres averiguar quién mató a tu padre, sí o no?

«Sí, pero…».

–Pues este es el medio más rápido. Aunque no te lo parezca.

Suspiro, resignada.

«Si tú lo dices…».

Angelo se echa hacia atrás recostándose sobre el respaldo de la silla, se estira cuan largo es, bosteza ruidosamente y se frota un ojo.

«No me digas que tienes sueño», me burlo.

–No… –murmura–. Pero… estoy algo cansado.

«Tonterías; eres un demonio, no puedes cansarte».

–Ya –responde, y ese «ya» está lleno de incertidumbre… y hasta me parece detectar un timbre de temor en su voz.

Lo observo con aire crítico.

«Oye, ¿en serio estás bien?», le pregunto, preocupada. «No es normal que estés cansado, y lo sabes».

Suspira, sacude la cabeza y se pone en pie.

–Me pasa a veces. Tranquila, no es grave, y además, no soy el único al que… –se calla de pronto, pero ya ha dicho más de lo que debía, y ato cabos con velocidad.

La pérdida de memoria… la imposibilidad de retornar al estado inmaterial… y molestias físicas… de cualquier tipo…

Ningún demonio ha muerto a causa de la Plaga…

… todavía.

Pero están comenzando a experimentar los mismos síntomas que empezaron a sufrir los ángeles hace varios siglos... Primeros síntomas de una enfermedad que hoy día los está abocando a la extinción.

«¿Por qué?», pregunto, perpleja. «¿Por qué os pasa a vosotros también?».

De pronto, Angelo se enfurece.

–No nos pasa nada, ¿queda claro? ¡Nada! Es solo que pasamos demasiado tiempo en estado material, pero eso es todo, ¿de acuerdo? ¡Y no se te ocurra insinuar lo contrario!

Nunca lo había visto así. No es como cuando se enfadó en Shanghai; su rabia no va dirigida contra mí, y ni siquiera estoy segura de que sea rabia lo que siente. Sus ojos arden como brasas, y sus alas, erguidas a su espalda, tiemblan... ¿de miedo, tal vez?

No importa cuántas veces trate de negarlo, yo sé la verdad.

Los demonios están comenzando a enfermar. Y quizá... solo quizá... la Plaga terminará por llevárselos a ellos también.

Oh, no sucederá durante los próximos cien años ni, probablemente, durante los próximos trescientos... pero acabará sucediendo. Y lo peor es que, si bien a los ángeles les pilló desprevenidos, los demonios ya saben lo que les espera. El presente de los ángeles es su futuro. Lo saben, aunque no quieran reconocerlo.

Y quizá por eso hay algo más que compasión en su forma de tratar a sus agotados enemigos.

Miedo.

«Estás asustado», murmuro.

Me da la espalda con brusquedad. Sus alas forman una impenetrable capa de oscuridad que me impide verle el rostro.

«Angelo...», empiezo, pero me callo de pronto.

Vale, él tiene miedo, pero yo también estoy experimentando algo que no me gusta un pelo.

¿Compasión?

¿Por un demonio?

Venga ya.

De todos modos, es un tema delicado e incómodo para los dos, así que lo mejor es hablar de otra cosa.

«Bueno, entonces, ¿cómo vas a encontrar a Ravana? Y si es verdad que existe una… una *secta enoquiana* o lo que sea… ¿cómo vas a conseguir que te lo cuente?».

Angelo se vuelve hacia mí, dubitativo.

–Buena pregunta –admite, y me da la sensación de que está aliviado porque haya cambiado de tema.

«Me temo que se te han acabado las espadas para negociar», señalo.

–Cierto –reconoce–. Aun en el caso de que pudiera utilizar la espada de tu padre para regatear sin que me chillases en la cabeza durante el resto de mi existencia, no creo que encontrase a muchos demonios dispuestos a quedársela.

«¿Por qué son tan importantes las espadas?», pregunto. «Entendería que hubiese demonios que coleccionaran trofeos del enemigo, pero… ¿espadas demoníacas?».

Esto es algo que me tiene muy intrigada desde hace un tiempo, lo reconozco. Angelo duda si revelármelo o no. Por fin se encoge de hombros y dice:

–Recuerdas la Ley de la Compensación, ¿no? Me refiero a la primera.

«Sí: nace un nuevo ángel o demonio por cada uno de ellos que muere en Combate».

–Exacto. Desde el principio de los tiempos ha sido así. Cuando uno de los nuestros moría bajo la espada de un ángel, en alguna otra parte una pareja de demonios sentía el impulso de pasar al estado material y engendrar una nueva vida… Así que todos los demonios hemos nacido alguna vez. Y fuimos criaturas de carne y hueso hasta que crecimos lo suficiente como para pasar al estado inmaterial de forma espontánea.

Me imagino de pronto un bebé demoníaco de ojos rojos. No es una visión agradable.

«¿Y?», pregunto, sin entender adónde quiere ir a parar.

Angelo suspira con impaciencia.

–¿Es que no lo entiendes? No nacemos con la espada bajo el brazo.

Eso quiere decir que… ah. Vaya. Ya comprendo.

–Exacto –asiente él, al ver mi expresión–. Cuando un joven demonio llega a lo que llamamos la edad de combate, necesita una espada… y el demonio que pueda ofrecérsela creará un vínculo de lealtad entre los dos. De modo que, cuantas más espadas demoníacas acumules, más jóvenes demonios tendrás a tus órdenes, y más poderoso te volverás.

«¿Y no valen para eso las espadas angélicas?», pregunto con curiosidad.

–No de la misma manera. Las espadas angélicas son luz en esencia, y las demoníacas, oscuridad. La espada de un demonio muerto en Combate sirve solo si dicho demonio ha caído bajo una espada angélica… luz contra oscuridad, eso es lo que genera un nuevo ser. Si lo mata otro demonio, como ya te expliqué una vez, no habrá ningún otro que lo reemplace. Pero, en realidad, no tiene que ver con el asesino, sino con el arma. Si yo utilizo mi espada para matar a otros demonios, no nacerán nuevos demonios. Si utilizo la espada de tu padre, una espada angélica, sí. Y lo mismo a la inversa. Si uso mi espada para matar ángeles, nacerán nuevos ángeles; pero no lo harán si uso la de tu padre.

«Razón de más para usar espadas angélicas contra los ángeles, ¿no?», argumento.

–Al principio, las cosas sí funcionan así... pero sucede que si un demonio utiliza a menudo la espada de un ángel, esta se invierte... su esencia deja de ser luz para transformarse en oscuridad... y se convierte en una espada demoníaca. Lo mismo ocurre al contrario.

»Y una espada demoníaca recién invertida, una espada que no hace mucho que fue angélica, no es una buena arma. Resulta inestable, y no es una buena idea dársela a un joven demonio. El demonio que se la entregara tendría que domarla primero, y la mayor parte de nosotros ya estamos demasiado acostumbrados a nuestra propia espada como para querer empezar con una diferente. Por eso las espadas angélicas ya no sirven como moneda de cambio.

«Pero tú estás utilizando la espada de mi padre», protesto.

–Sí, claro, porque ahora me estoy enfrentando a individuos de mi propia especie, y yo no creo en la Segunda Ley de la Compensación. Si tengo que matar a un demonio, prefiero que nazca otro en su lugar a eliminar a uno de los nuestros para siempre. Además, usar una espada que no es la mía supone una buena manera de borrar mi rastro. Y, por último, resulta que la espada de un demonio caído en Combate bajo una espada angélica es mucho más poderosa que la de un demonio asesinado por otra espada demoníaca. De modo que si venzo en un combate contra otro demonio y me llevo su espada como trofeo, será un arma más valiosa si lo he matado con una espada angélica que si ha muerto bajo mi propia espada demoníaca. Es el choque entre la luz y la oscuridad, entre esencias contrarias, lo que genera el poder...

«... y la vida», añado, recordando que de esa manera nacen nuevos ángeles y demonios.

–Sí, bueno, es uno de los grandes misterios de nuestro mundo –sonríe Angelo; parece que se le ha pasado del todo el enfado.

Reflexiono sobre lo que acaba de decirme. Es enrevesado, pero muy simple en el fondo. Sigue basándose en el principio fundamental de la lucha entre dos fuerzas esencialmente diferentes. Tan sencillo como eso.

«No me haría gracia que la espada de mi padre se invirtiera, ¿sabes?», comento. «Prefiero que siga manteniendo su esencia. Que sea una espada angélica, y no demoníaca».

–Me gustaría complacerte –replica él con una mueca–, pero resulta que en mi lista de prioridades está antes mi seguridad personal que la memoria de tu padre. Así que seguiré usando esa espada si lo considero necesario para borrar mi rastro. Y a ti debería importarte también –añade antes de que pueda protestar–, porque si yo muero y te quedas sin enlace, estarás totalmente perdida y habrás desperdiciado cualquier oportunidad que te quede de irte por el túnel de luz. Un fantasma sin enlace es poco más que un cero a la izquierda. ¿Queda claro?

«Clarísimo», refunfuño. No se me ha olvidado el dolor y la desesperación de los fantasmas perdidos, y no tengo la menor intención de convertirme en uno de ellos.

«También me ha quedado claro que ya no tienes nada con que negociar, y ya he comprobado que, sin espadas que vender, tú también eres poco más que un cero a la izquierda, así que ya me dirás qué piensas hacer ahora».

–En eso te equivocas –sonríe Angelo–. Sí tengo algo con lo que negociar: información. Y sé de alguien que la intercambia gustosamente.

«¿Ah, sí?», pregunto, intrigada. «Ah», digo, en cuanto caigo en la cuenta. «Oh. Oh, no. Otra vez no».

Angelo sonríe de nuevo. Me temo que nos aguarda otra visita al Sony Center.

Afortunadamente, como estoy muerta, mis nervios pueden soportar la idea de toparme otra vez con Nergal. Pero mi memoria sigue ahí, intacta, y resulta difícil pasar por alto lo que sucedió la última vez que me encontré con él en vida. No estoy de humor para mirarle a la cara otra vez, de modo que me quedo flotando por la plaza, un poco más alejada, mientras Nergal y Angelo hacen tratos.

«¿Y bien?», le pregunto, intrigada, cuando se reúne conmigo y Nergal se aleja entre la multitud.

Angelo suspira.

—Ravana está muerto —anuncia—. Lo abatió Abdiel hace ya más de ciento cincuenta años.

«Tío, en serio, deberíais tener un censo», comento. «No puede ser que quieras contar con alguien y te enteres de que lleva siglos muerto. No puede ser bueno para tu vida social».

—Los ángeles sí tienen un censo, o algo parecido, aunque solo lo usen para tachar más y más nombres de la lista año tras año. Pero eso no va con nosotros.

«Demasiado control para vuestro gusto, ¿eh? Bueno, pues has de saber que si alguien guardara registro de todos los demonios que existen, no estarías ahora rompiéndote la cabeza tratando de averiguar si Azazel existe o no».

—No he necesitado romperme la cabeza —replica Angelo con una sonrisa de triunfo—. Tal como yo sospechaba, existe una secta en torno al mito de Enoc, y precisamente en Italia. Pero no en Venecia, donde conocí a Ravana, sino en Florencia. Por lo que sé, creen, en efecto, que Azazel y los suyos fueron castigados por algo que hicieron en un pasado remoto. Hay un culto en torno a esos demonios caídos en desgracia.

«¿Y eso te lo ha contado Nergal?», pregunto, sorprendida. «¿A cambio de qué?».

—De la información que he traído de Shanghai. Nebiros, el virus, todo eso.

«¿¡Qué!?», me escandalizo. «¿Se lo has contado todo a ese espía de tres al cuarto?».

–¿Y por qué no? ¿A mí qué más me da que lo sepa o no? Lo que Nergal haga con esa información es cosa suya. He venido a averiguar quién mató a tu padre para ver si así te largas de una vez... no a salvar al mundo. Y quedé con Hanbi en que le contaría lo que averiguase para saldar mi deuda con su señor. Ese era el trato, pero en ningún momento me comprometí a no revelarlo a nadie más.

Le miro, asqueada.

«No tienes principios, Angelo».

–No tengo principios –admite él–, pero tengo una pista. Que es mucho más de lo que tendría si nos limitásemos a hacer las cosas a tu manera.

«*Touchée*», suspiro. Y, tras un momento de silencio, añado: «Así que Florencia, ¿eh?».

Florencia... por lo menos, está más cerca que Shanghai. Algo es algo.

Lo cierto es que, comparado con el viaje a China, este se me ha hecho muy corto. Ha sido subir al avión y, poco después, ya estábamos bajando. Vuelo directo a Florencia, cortesía de Air Berlin.

Lo demás también ha sido rápido. Taxi, llegada al hotel, acomodo y vuelta a las calles. Ni Angelo ni yo necesitamos en realidad un hotel, ni una cama donde dormir. Después de todo, él es un demonio y yo soy un fantasma. Pero he comprobado que mi enlace se siente mucho más cómodo si tiene un espacio propio al que pueda considerar su base de operaciones... por llamarlo de alguna manera.

Me cuenta que vivió en Florencia hace un tiempo, pero que no llegó a conservar su casa aquí. Pese a ello, avanza por la ciudad con bastante soltura. No sé cuánto habrá cambiado este lugar desde que Angelo estuvo aquí; pero conserva un montón de monumentos antiguos, iglesias, conventos, *palazzi* y casas-torre, y, por supuesto, la gran catedral con la inmensa cúpula que se ve desde casi cualquier punto del centro. Aunque estemos en pleno siglo XXI, algunos rincones de Florencia conservan todavía un cierto sabor medieval.

Eso quizá explique que Angelo haya podido orientarse con tanta facilidad. Tiene una gran cantidad de puntos de referencia.

Y, sin embargo, algo me dice que no se había pasado por aquí en varios siglos.

Mis sospechas se confirman cuando un rato después se detiene, desconcertado, ante un *palazzo* que tiene toda la pinta de llevar décadas abandonado.

Es una casa de tres plantas que hace esquina. Está situada en una zona privilegiada, cerca del centro y del río, pero retirada del bullicio de la zona turística. La observo con aire crítico. Un letrero plantado ante la fachada informa de que es un edificio del siglo XIV, lo cual no es tan raro tratándose de Florencia, cuyas calles están salpicadas de casas similares. La mayor parte de ellas están restauradas o muy bien conservadas, incluso hay comunidades de vecinos viviendo en ellas, o sirven como museos, o tienen comercios en los bajos… pero este *palazzo* está abandonado del todo. Nadie se preocupa por limpiar los grafitis de las paredes, y las ventanas, protegidas por rejas cruzadas, no parecen haberse abierto en años.

«Er… ¿qué hacemos aquí?», interrogo cuando me canso de esperar.

Angelo sacude la cabeza.

–Habría jurado que era esta casa –murmura–. Aquí vive… o vivía… *madonna* Constanza, una dama diablesa que estaba al tanto de todo lo que sucedía en la ciudad. Nadie movía un dedo sin que ella lo supiera. Nadie emprendía un proyecto importante sin pedirle permiso.

«Ya. ¿Y eso cuándo fue, exactamente?», pregunto con sorna.

—No hace tanto —se defiende él—. Bueno… —reconoce, pensativo—, la verdad es que unos quinientos años como mínimo sí que habrán pasado…

Resoplo con impaciencia.

«¿Lo ves? Tienes un concepto distorsionado del tiempo. En medio milenio, chaval, pueden pasar muchas cosas, y una diablesa puede cambiar de residencia o, quién sabe, tal vez haberla palmado en Combate contra un ángel».

—Quinientos años no es nada en comparación con lo que yo he vivido —replica con cierta arrogancia.

«Bueno, pues es muchísimo en comparación con lo que he vivido yo», le espeto. «Y ahora, espabila y haz lo que tengas que hacer. A ser posible, antes de que se acabe el mundo».

Angelo se encoge de hombros y llama a la puerta. Los aldabones tienen forma de pequeños diablillos que sostienen los aros entre los dientes. Si Angelo está en lo cierto, desde luego era una forma muy sutil de avisar que se trataba de la casa de un demonio.

Sinceramente, no creo que conteste nadie. Aguardamos unos minutos… pero, en efecto, la puerta no se abre.

«Voy a curiosear», anuncio, y antes de que Angelo pueda impedírmelo, atravieso la puerta —¡las ventajas de ser un ectoplasma!— y me cuelo en la casa.

Voy a parar a un pasillo oscuro de techo abovedado que desemboca en un patio interior algo desangelado. Las paredes están desnudas y muestran manchas de humedad. Las columnas que sostienen los arcos del patio tienen ya algunas grietas. Las ventanas parecen totalmente selladas.

Recorro las habitaciones, pero en todas ellas existe la misma sensación de abandono. Las de la planta baja, además, están especialmente estropeadas. El olor a humedad y a cerrado es mucho más intenso allí.

No hay muebles, ni cuadros, nada. Si una diablesa vivió aquí alguna vez, desde luego hace tiempo que se buscó otro lugar de residencia.

Salgo de nuevo a la calle y me reúno con Angelo. Le cuento brevemente lo que he visto y le pregunto:

«¿Qué vamos a hacer ahora?».

–Dar una vuelta por la ciudad –responde él–, a ver si encontramos a alguien que nos pueda informar.

Me imagino que me va a llevar de visita a los garitos más siniestros, pero, para mi sorpresa, opta por deambular por el centro histórico como un turista más, observándolo todo con interés. Se fija más en el paisaje que en la gente. No parece muy preocupado por encontrar «a alguien que nos pueda informar». Supongo que se debe a que, en efecto, los demonios tienen una concepción del tiempo distinta a la nuestra.

Cosas de la inmortalidad.

«¿Cómo era Florencia cuando vivías aquí?», le pregunto con curiosidad.

–Diferente, supongo. Bulliciosa y activa, como la mayor parte de las ciudades italianas del momento. En aquella época, los lugares como este nos atraían como a moscas. Especialmente Venecia y Florencia. Venecia tenía más acción, pero Florencia poseía más encanto.

«¿En qué sentido?».

–Bueno, Venecia era un hervidero de demonios, eso no lo puedo negar. Pero Florencia estaba también llena de ángeles. Venían aquí por los artistas, ¿sabes?

«¿Por los artistas?», repito sin entender.

–Los ángeles adoran el arte. Les fascina la capacidad del ser humano de crear cosas bellas. Algunos la consideran casi divina. Y en aquel tiempo, en Florencia se respiraba arte por los cuatro costados. Había centenares de pintores, músicos, escultores, arquitectos..., incluso inventores. Parecía haber más creatividad por metro cuadrado que en cualquier otra parte del mundo. Los ángeles frecuentaban los talleres de los artistas, se mezclaban con ellos, los contemplaban, los admiraban. Y los artistas... bueno, ellos tenían un instinto especial para detectar a los ángeles. Aunque fuera inconscientemente. Los retrataban en sus cuadros, ¿sabes?

«Venga ya», me asombro.

–Bueno, no es que lo hicieran deliberadamente. No es que tuvieran modo de saber que eran ángeles. Pero si un artista tenía que pintar una anunciación y disponía de dos muchachas para hacer de modelos, invariablemente elegía a la humana para ponerle su rostro a la Virgen, y al ángel para representar a Gabriel. No falla.

«Vaya», murmuro, dubitativa. Angelo me mira de reojo.

–¿No te lo crees? Te lo voy a demostrar.

Todavía no sé qué hacemos aquí. Deberíamos estar buscando a los de la secta de Enoc, los adoradores de Azazel o a *madonna* Constanza, incluso, pero Angelo sigue dando vueltas por una sucesión de salas que parecen no acabarse nunca.

–Ese –dice–, y ese también. Y aquel de allá, el de la esquina. Ese otro, no.

Estamos en un museo. La Galleria degli Uffizi. Estamos contemplando cuadros que se remontan al Renacimiento, y Angelo tiene razón: están plagados de ángeles. Ángeles anunciadores, ángeles músicos, ángeles guerreros, ángeles juguetones, ángeles sonrientes y ángeles tristes. Multitud de criaturas aladas nos contemplan desde sus lienzos, en escenas religiosas o paganas, da igual. El caso es que hay docenas de ellos, tal vez cientos. Angelo señala los que a su juicio son ángeles de verdad. La mayoría.

«Les gustaba posar, ¿eh?», comento, perpleja. Sigo sin estar del todo segura de lo que dice. Jamás me habría imaginado a mi padre posar ante Giotto, Fra Angelico, Raffaelo o incluso Leonardo da Vinci para que le retratase en un cuadro. Aunque, después de todo, mi padre vivió mucho tiempo. Como vea su rostro en alguno de estos cuadros, tocando un laúd, con túnica dorada y unas enormes alas a la espalda, me voy a dar un buen susto, en serio.

–Anda –dice de pronto Angelo, y se para en seco–. Juraría que...

Se inclina hacia delante para estudiarlo con atención. Le sigo, intrigada, y desciendo un poco para leer la etiqueta: *Aparición de la Virgen a San Bernardo*, Fra Bartolomeo (1507-1509). Pero Angelo no se ha fijado en la Virgen, ni en el santo, sino en el grupo de ángeles retratados al fondo.

–Mira ese –me indica señalando uno en concreto que asoma por detrás; viste de rojo, lleva el pelo largo y mira hacia el frente. Por un momento, es como si los ojos de ambos, los del ángel de la pintura y los del demonio de carne y hueso, se encontraran–. Lo conocí –añade Angelo–. Y debió de ser aquí, en Florencia. Si es el tipo aquel del puente... podría no serlo, claro, pero se le parece mucho.

«¿Y qué pasó?».

–Nada, que luchamos –responde él como si fuera algo sin importancia–. Nos encontramos de frente, él venía de un lado del río y yo del otro, nos vimos y...

«¿Y...?».

–Pues que lo maté. Obvio, ¿no?

«¡No es tan obvio!», protesto, y empiezo a mirar al pobre ángel del cuadro con otros ojos.

–Sí que lo es. De lo contrario, yo no estaría aquí ahora, ¿no te parece?

«¿Y tenéis que pelearos siempre que os encontráis? ¿Así porque sí, sin motivo concreto? ¿Tanto os odiáis?».

Angelo suspira.

—No es una cuestión de odio... Es... a ver cómo te lo explico... Imagina que tienes un jardín. Y sientes un deseo irrefrenable de mantener ese jardín, de cuidarlo, para que las plantas crezcan sanas y vigorosas, y echen flores, y lo cubran todo de verde.

«Ajá», asiento. Eso lo puedo entender. Mi padre experimentaba un sentimiento parecido y trató de transmitírmelo, pero me temo que yo nunca lo viví de la misma forma que él.

—Bueno, y ahora imagina que llego yo, echo un vistazo a tu jardín y siento un deseo irrefrenable de destruirlo, de arrancar todas las plantas hasta que no quede ninguna.

«Pues vaya», refunfuño.

—Pero es así. Yo necesito destruir tu jardín y, aunque en principio no tengo nada en contra tuya, si tú me impides destruir el jardín, lucharé contra ti. Quizá la primera vez no quiera tomarme tantas molestias y opte por burlar tu vigilancia y atacar tu jardín cuando tú no estés mirando. Quizá la primera vez consideres que es más urgente reparar el jardín que vengarte de mí. Pero cuando la escena se repita, una y otra vez, a través de los siglos, de los milenios... cada vez que me veas me atacarás sin mediar palabra. Para defender tu jardín. Y yo, cada vez que te vea, lucharé contra ti... para que no me impidas destruirlo.

Guardo silencio.

—¿Lo has entendido? —pregunta Angelo.

«Demasiado bien», gruño. «A los demonios os gusta destruir cosas. Disfrutáis con ello. Habéis nacido para ello, es vocacional».

Se ríe.

—No creo que te haya contado nada que no supieras ya.

«¿Así que para eso vinisteis los demonios a Florencia? ¿Para destruir el jardín de los ángeles?».

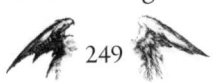

—Bueno, no exactamente; a ellos les atraía el arte, ya te lo he dicho. A nosotros, en cambio, nos llamaba el dinero. Y el poder. Y con los Medici hubo bastante de ambas cosas, créeme.

No es que esté muy puesta en historia, pero de los Medici sí que he oído hablar. Una familia poderosa que dominó los destinos de Florencia durante mucho tiempo.

—Los Medici eran una familia de banqueros —me explica Angelo—. Buenos negociantes y gente respetable, al menos al principio. Pero se hicieron demasiado poderosos y... en fin, era una oportunidad demasiado buena como para desaprovecharla. Muchos demonios llegaron aquí atraídos por la naciente riqueza de Florencia y se la encontraron llena de ángeles. Las peleas fueron inevitables, claro. Pero reconozco que yo llegué tarde, cuando las familias más poderosas de la ciudad ya estaban bajo influencia angélica o demoníaca. Así que, cuando pasó todo aquel asunto de los Pazzi, solo me dejaron mirar —sacude la cabeza, disgustado—. Una lástima, porque fue muy sonado.

«¿Los Pazzi?», pregunto.

Angelo ladea la cabeza y su mirada se pierde otra vez, recordando.

—Sucedió en tiempos de Lorenzo de Medici, que se hacía llamar «el Magnífico». Un tipo que se encontró con más poder del que podía manejar y ni la mitad de talento, inteligencia o decencia que tenía su abuelo, a quien realmente debía su fortuna. Según tengo entendido, los Medici habían sido hasta entonces una familia neutral, pero Lorenzo frecuentaba en secreto a *madonna* Constanza y los ángeles temían que terminaría sucumbiendo a su influjo demoníaco. De modo que, cuando los líderes de los Pazzi, una familia rival, tramaron una conspiración para asesinar a Lorenzo, los ángeles se limitaron a mirar... o, mejor dicho, se limitaron a impedir que llegara a oídos de *madonna* Constanza. Aunque hay quien dice que ella ya lo sabía y que no hizo nada por impedir el atentado, porque se había cansado de Lorenzo o porque ya no le parecía una presa interesante... no lo sé. El caso es que los Pazzi atacaron a traición a Lorenzo y a su hermano una mañana, a la salida de la catedral.

«¿Y qué pasó?», pregunto, intrigada.

–Pues... que no va con los ángeles eso de limitarse a mirar, claro. Hubo uno que, desobedeciendo las órdenes de sus superiores, intervino en la refriega y le salvó la vida a Lorenzo. Se habrá arrepentido el resto de su existencia, supongo.

«¿Por qué?».

–Pues porque salvó la vida de Lorenzo, pero no pudo evitar que los Pazzi asesinaran a su hermano, Giuliano. Roto de dolor, Lorenzo fue una presa fácil para *madonna* Constanza. Le convenció de que vengara la muerte de su hermano y hubo un gran baño de sangre. –Hizo una pausa–. Si el ángel no hubiese salvado a Lorenzo, quizá muchas cosas habrían sido diferentes en Florencia. Si los ángeles, por el contrario, hubiesen hecho algo por impedir el atentado de los Pazzi, estos se habrían ahorrado la venganza de Lorenzo y la desgracia que cayó sobre su familia. ¿Y sabes lo más divertido? Aún hoy se cree que, en el fondo, *madonna* Constanza estaba enterada de todo y fue quien promovió, desde la sombra, tanto la conjura de los Pazzi como la venganza posterior de los Medici. Los libros de historia no la mencionan, los árboles genealógicos no la incluyen, porque ella no pertenecía a ninguna familia importante y siempre actuó en secreto. Sin embargo, ella siempre estuvo aquí, en Florencia, y se dice que no hubo guerra o crimen tras los cuales no se adivinara su mano.

«Menuda mala pécora», comento impresionada.

Angelo me lanza una breve mirada.

–No creas –comenta–, porque no fue tan cruel con los seres humanos como lo han sido otros demonios. De hecho, dentro de lo que cabe, Florencia prosperó bastante bajo su mandato. Ya hace quinientos años se murmuraba a sus espaldas que era demasiado benevolente con los seres humanos. Y su actitud para con los ángeles era bastante particular. Toleraba a los ángeles menores, pero detestaba intensamente a los poderosos. Recuerdo que llegó a destruir con rabia un cuadro de Botticelli solo porque había representado al arcángel Miguel. Y eso que ni siquiera se le parecía.

»Eso sí –añade–, se decía también que odiaba profundamente a Lucifer y que no tardaría en rebelarse contra él. Cosa que, según tengo entendido, no llegó a hacer nunca.

«Vaya», murmuro. «Debe de ser todo un carácter. Si es cierto todo lo que se cuenta de ella, claro».

Angelo se encoge de hombros.

–*Se non è vero, è ben trovato* –responde sin más.

Empiezo a lamentar que hayamos encontrado el *palazzo* abandonado. Me pregunto dónde se encontrará ahora esa tal *madonna* Constanza.

–Mira, hablando de Botticelli... –comenta Angelo.

Acabamos de llegar a la sala donde se exponen sus célebres obras *La primavera* y el *Nacimiento de Venus*, que están, cómo no, ocultas tras una nutrida nube de turistas. Pero Angelo se ha acercado a otro cuadro, no tan popular pero igualmente bello.

Es una anunciación.

«¿Es suyo también?», pregunto.

Angelo asiente. Contempla el cuadro con una enigmática sonrisa, pero no me explica qué tiene de especial, así que lo observo con atención.

Como de costumbre, no me fijo en la Virgen, sino en el ángel, Gabriel, que, una vez más, se inclina ante María. Este Gabriel es curiosamente andrógino. Juraría que tiene nuez, pero viste ropajes que parecen femeninos, y su rostro es dulce, sereno y delicado como el de una mujer... Sus cabellos castaños se rizan en las puntas y le caen por la espalda, ocultando el nacimiento de unas alas de plumas blancas y azules. Lleva una flor en la mano, como casi todos los Gabrieles anunciadores del mundo. En cierta ocasión, mi padre me contó qué flor es esa y cuál es su significado, pero me temo que no estaba prestando atención ese día.

Y, de todos modos, es lo que menos importa ahora.

No puedo dejar de mirar a Gabriel. Su expresión es seria, muy seria, como corresponde al importante mensaje que está transmitiendo. Pero ese mensaje –el del futuro nacimiento del hijo de Dios– debería ser una noticia alegre, un acontecimiento feliz. ¿Por qué tengo la sensación de que los ojos de Gabriel están preñados de tristeza y melancolía?

«¿Qué es lo que tengo que ver aquí?», le pregunto a Angelo.

Pero no me contesta y, cuando me vuelvo hacia él, descubro por qué.

Se ha quedado observando fijamente a un joven que le devuelve una mirada cautelosa y desafiante al mismo tiempo.

Una mirada repleta de luz angélica.

«Angelo...», murmuro, pero mi demonio no me escucha.

Se acaba de topar con un ángel amante del arte que también ha venido hasta aquí para contemplar el Gabriel de Botticelli. Y este no parece un ángel desmemoriado o debilitado. Es un joven alto y fuerte, de cabello negro y penetrantes ojos oscuros. Mantiene sus alas luminosas erguidas, alerta, y se ha llevado la mano a la espalda, dispuesto a desenvainar su espada.

Un combatiente.

Angelo también mantiene en alto las alas, que ahora parecen chorros de oscuridad pulsante, vibrante, como la cola de un escorpión a punto de atacar. Es una locura que se enzarcen en una pelea justamente aquí y justamente ahora, pero comprendo, consternada, que es una lucha que llevan repitiendo desde el principio de los tiempos y que, después de todo, probablemente ni se les pase por la cabeza que puedan llegar a actuar de otra forma.

Entonces, contra todo pronóstico, el ángel baja la mano un poco, con cuidado.

—Aquí no —dice en italiano.

Angelo asiente brevemente y sonríe.

Y, de pronto, los dos se esfuman. Así, por las buenas. No tengo tiempo ni de sorprenderme por su repentina desaparición. De pronto, algo tira de mí con fuerza y me veo volando a través de las salas del museo a tal velocidad que los turistas se convierten en manchas borrosas. De nuevo, Angelo corre a la velocidad de los demonios, y el maldito vínculo que mantenemos me arrastra tras él.

Aun en esta situación, mi mente no deja de hacer asociaciones extrañas. Se me acaba de ocurrir que el ángel con el que nos acabamos de topar también sabe moverse a la velocidad del rayo, lo cual significa que eso no es prerrogativa de los demonios. ¿Podía hacerlo también mi padre? Si es así, desde luego perdió mucho tiempo arrastrándome consigo por media Europa y parte de Asia. Siempre fui consciente de que yo lo retrasaba en su viaje, pero no imaginaba hasta qué punto.

Salgo del museo, remolcada por la fuerza que me ata a Angelo, y recorro calles a una velocidad de vértigo, tras él y el ángel. Y súbitamente, me freno en seco.

Es porque ellos se han detenido también. Han encontrado una pequeña plaza, umbría y desierta, y ahora están plantados frente a frente, espada en mano. Se van a pelear. En serio. Y ni siquiera se conocen ni han cruzado más de dos palabras.

Floto hasta Angelo.

«Oye, déjalo, ¿quieres?», le digo. «Tenemos cosas más importantes que hacer».

Él, por toda respuesta, agita la mano para apartarme como si no fuese más que una mosca inoportuna. Abro la boca para protestar, pero no tengo tiempo de pronunciar una sola palabra, porque el ángel ya se abalanza sobre él, raudo con un relámpago, y Angelo responde con su propia espada. Alarmada, floto por encima de ellos, pero manteniéndome a distancia. Luz y oscuridad, orden y caos… son totalmente antagónicos y, sin embargo, mientras luchan tengo la sensación de que forman un único ser. ¿Es eso posible? De cualquier modo, no puedo intervenir. Tengo miedo de romper su concentración si los distraigo y que ocurra una desgracia. Pero ¿cuál sería la desgracia? ¿Quién prefiero que venza en esta contienda? Mi corazón reza por el ángel; pero no quiero ver morir a Angelo, entre otras cosas porque no estoy dispuesta a perder a mi único enlace con el mundo de los vivos. Si lo hago, probablemente me veré obligada a flotar para siempre en esta especie de limbo del no-ser, y me convertiré en un pobre espectro atormentado y balbuceante, como aquel fantasma que me preguntaba por Marie. Y lo siento mucho, pero paso. Sin embargo, esta vez, a diferencia de la contienda con Alauwanis, no me siento con ánimos para intervenir. ¿Qué clase de persona sería si ayudase a Angelo a asesinar a un ángel? ¿Con qué cara miraría a mi padre después, si llegara a encontrármelo al otro lado del túnel de luz?

Ajenos a mis dudas y mi angustia, ellos siguen luchando con entusiasmo, descargando un golpe tras otro, esforzándose por alcanzar al contrario, por matarle.

Es difícil decir quién va a vencer. Están demasiado igualados.

Y entonces, de pronto, una tercera figura surge de entre las sombras. Corre tan rápido que apenas se puede distinguir su contorno, y se une a la pelea con total naturalidad. Es uno de ellos, pero ¿de qué bando?

No tardo en obtener la respuesta. Vencido por la superioridad numérica de sus contrarios, el ángel cae finalmente a sus pies, atravesado por la espada de Angelo, que sonríe, satisfecho, disfrutando del momento. Le miro con rabia, con asco, con impotencia.

Junto a él se alza una mujer alta, de larga y ondulada cabellera negra y ojos que, más allá del brillo rojizo propio de los de su especie, parecen de un intenso color verde. Lleva vaqueros ceñidos y descoloridos, y una blusa blanca estampada con flores rojas. Creería que se trata de una joven inofensiva, y hasta frágil, si no la hubiese visto manejar una espada demoníaca con letal habilidad. Además, puede que sea capaz de esbozar la más inocente de las sonrisas cuando la mira un humano incauto, pero ahora mismo su gesto es travieso, casi malévolo... y, por supuesto, como fantasma no puedo dejar de notar que de su espalda aflora un par de alas de la más negra oscuridad.

Ambos cruzan una mirada de complicidad, y la diablesa envaina su espada, en un gesto deliberadamente lento.

—Gracias —dice Angelo.

Ella se encoge de hombros y le devuelve una sonrisa pícara.

—No hay de qué; me apetecía un poco de acción.

«No ha sido una pelea justa», murmuro, enfurruñada, pero ninguno de los dos me hace caso.

—No eres de por aquí, ¿verdad? —pregunta la diablesa.

—Viví en Florencia hace mucho tiempo. Demasiado, me temo. La ciudad está muy cambiada.

Ella sacude su melena negra con afectación.

—Sé lo que quieres decir. Pero es un cambio solo aparente. Algunas cosas, en el fondo, siguen como siempre. Me llamo Lisabetta —añade tras una pausa.

—Angelo —responde él—. Precisamente andaba buscando a alguien que llevara aquí el tiempo suficiente como para orientarme un poco.

Lisabetta alza las cejas, divertida.

—Ya te he ayudado con el ángel, ¿qué más quieres? ¿De verdad crees que te voy a echar una mano a cambio de nada?

—Puedes quedarte con su espada —ofrece Angelo—. Quizá quieras conservarla, aunque sé que las espadas angélicas ya no están de moda.

Ella la observa, pensativa.

—Pero *madonna* Constanza todavía las colecciona. Está bien —acepta agachándose con desenvoltura para robar impunemente el arma del ángel caído—, me la quedo. ¿En qué más puedo ayudarte?

—Justamente buscaba a *madonna* Constanza, si es que sigue en la ciudad. Fui a su *palazzo*, pero está abandonado.

Lisabetta se ríe, mostrando unos dientes blanquísimos que contrastan con su piel morena.

—En efecto, ella ya no vive allí, pero no se fue muy lejos. Puedo llevarte hasta ella. Sin embargo, primero debo consultarle. ¿Qué quieres que le diga de ti?

—Utilizo el mismo nombre que entonces, y también tengo el mismo aspecto, pero no creo que me recuerde. De todos modos, solo quiero presentarle mis respetos y hacerle una consulta. He venido solo y no supongo un peligro para ella —sonríe.

Me siento ignorada. Angelo no solo ha tenido la desfachatez de asesinar a un ángel en mi presencia sin dirigirme siquiera una mirada de disculpa, sino que encima ahora resulta que ha venido «solo». Por no hablar del hecho de que coquetea con esta mujer de una forma patéticamente obvia. Tendríais que ver las miraditas que cruzan estos dos.

No es que me importe, no os vayáis a pensar. Pero me ofenden dos cosas:

1) Que solo por el hecho de estar muerta, la gente actúe como si yo no existiera.

2) Que se pongan a ligar cuando el cadáver del ángel aún está caliente.

Desde luego, no tienen el más mínimo respeto por los muertos.

—Hablaré con ella —promete Lisabetta, y vuelve a mirar a Angelo por debajo de sus largas pestañas—. Pero, de todos modos, aún es demasiado pronto para molestarla. No suele recibir a nadie antes de la caída del sol. Mientras tanto —añade sonriendo con descaro—, se me ocurren un par de cosas que podríamos hacer para pasar el tiempo.

Angelo alza las cejas y la mira de arriba abajo, evaluándola. Ah, por favor. Si aún tuviese estómago, vomitaría de asco.

—No tengo nada mejor que hacer —acepta—. Mi hotel no está lejos...

«Eh, eh, tiempo muerto», intervengo, malhumorada. «¿Qué se supone que estás haciendo?».

Angelo pone los ojos en blanco.

—¿Qué se supone que estás haciendo tú? Acéptalo de una vez: estás muerta. Así que actúa como tal y cierra la boca de una vez.

«Yo estaré muerta, pero no ciega, ni sorda, ¿sabes?», replico. «Mi idea de la existencia después de la muerte no consiste en tener que ver cómo te lo montas con tu amiguita, cosa que no me interesa ni me apetece lo más mínimo. Por desgracia, no tengo más opción que estar pegada a ti, y paso de escenitas, ¿queda claro?».

Chasquea la lengua con disgusto.

—El que tú ya no tengas vida no implica que los demás no podamos tenerla —me restriega por la cara—. Asúmelo y déjame en paz, ¿quieres?

Lisabetta, entre tanto, ha estrechado los ojos y nos mira con suspicacia. Parece ser consciente de mi presencia por primera vez.

–¿Tienes un fantasma vinculado a ti?

«Sí, señorita Vamos-A-Hacer-Un-Par-De-Cosas», le replico, mosqueada. «Y, para tu información, Angelo es *mi* enlace, lo cual quiere decir que es *mi* demonio, me guste o no, y mientras yo esté atada a este mundo y tenga que seguirlo a todas partes, no habrá diversión que valga, ¿estamos? Porque supongo que estarás de acuerdo conmigo en que tres son multitud, y aquí el amigo Angelo viene con un regalito que, por desgracia, ya está atado a él».

Lisabetta se ríe de mí en mi cara.

–¡Estás celosa! –me suelta con todo el descaro del mundo–. ¡Esto sí que es divertido!

Siento que la ira crece en mi interior. No es esa rabia incontrolable que me sacudía a veces, cuando estaba viva, y que tenía mucho que ver con un estado hormonal adolescente que ya no me afecta lo más mínimo. Es... otra cosa. Es un sentimiento que viene de dentro, del corazón, de todo el dolor que me he estado guardando, que he intentado ignorar, pero que no ha desaparecido en ningún momento.

«¡No estoy celosa, y no tiene nada de divertido!», estallo, y proyecto este pensamiento con todas mis fuerzas, provocando que los dos demonios se lleven las manos a la cabeza con un gesto de irritación. «¿Qué tiene de gracioso estar muerta, eh? ¿Crees que me dan ganas de reírme cuando veo a otras personas paseándose por la calle, disfrutando del sol, del aire, del contacto humano? ¿Te parece que puedes venir aquí a restregarme que estás viva, y que lo estarás probablemente durante toda la eternidad, que puedes divertirte, que puedes echar una cana al aire delante del pobre fantasma que desde su muerte no ha podido disfrutar ni de un mísero abrazo de consuelo? ¡Pues no te lo consiento! No tienes derecho... ¡ningún derecho a burlarte de mí! ¡Y en cuanto a ti...!», añado volviéndome hacia Angelo. Me topo con la mirada de sus ojos grises, veteados de rojo brillante, y ya no siento rabia. Solo un cansancio pesado y profundo, un cansancio que no tiene nada que ver con lo físico: es como si mi alma, de pronto, estuviese hecha de plomo. «Haz lo que te dé la gana», concluyo con frialdad. «Seguro que puedo irme lo bastante lejos como para no tener que aguantar que me restriegues por las narices lo vivo que estás. Aunque para eso no necesitas a otra persona. Ya lo haces constantemente, todos los días».

Me callo, humillada. Qué patético ha sonado eso. Todo este tiempo me he esforzado por no lloriquear, por no autocompadecerme, por no mostrar debilidad delante de este maldito demonio que me ha tocado por enlace… y, ahora que he caído tan bajo, no solo lo he hecho ante él, sino delante de la frívola diablesa que se lo va a llevar a la cama.

Pues muy bien, que les aproveche. He intentado sobrellevar mi pequeña tragedia con toda la dignidad de la que he sido capaz, pero así no se puede. De verdad que no.

«Adiós», murmuro, y dejo que mi esencia levite cada vez más alto, dejándolos atrás.

Y floto por encima de los tejados de Florencia sin volverme a mirarlos ni una sola vez. Me alejo todo lo que puedo, sabiendo que llegará un momento en que tenga que detenerme, porque mi vínculo con Angelo me impide apartarme demasiado de él, para desgracia mía. Pero mientras pueda… todo lo que pueda…

No tardo en sentir en mi esencia ese tirón que me es tan familiar. Como sospechaba, no he podido ir muy lejos. Como un vulgar chucho atado a su amo por una correa, no tengo más remedio que detenerme, porque ya no puedo seguir avanzando. Una sensación angustiosa oprime mi espíritu, como si mi misma esencia fuera a desgarrarse si se me ocurre alejarme más.

Alicaída, descendiendo hasta flotar por encima del aluvión de turistas que recorre el Ponte Vecchio. Me retiro hasta sentarme en el pretil del puente, con mis fantasmagóricos pies colgando sobre el agua. Nadie detecta mi presencia. Una turista americana está haciendo fotos del paisaje a través de mí, como si yo no existiera. No creo que la tecnología digital sea capaz de detectar un ectoplasma como el mío, pero sería interesante ver si en esas fotos aparece algo, una neblina, una luz... algo, lo que sea, que delate mi presencia.

Para qué engañarnos. Le van a salir estupendas, seguro. Ni ella ni su cámara son capaces de verme. Solo los ángeles y los demonios, y todos ellos pasan de mí. Después de todo, estoy muerta.

Cierro los ojos y dejo, por fin, que el dolor que me ha estado persiguiendo desde la tarde de mi muerte me alcance y se apodere de mí.

No es tan fácil aceptar tu propia muerte. Intentas fingir que no te importa, bromeas con ello incluso, pero cuando te detienes un solo momento a pensar, la añoranza te atraviesa como mil puñales de fuego. Y ves a las personas reír, hablar, tocarse... disfrutar de cosas que a ti te están ya vedadas.

Desde que aparecí flotando en el apartamento de Angelo y fui consciente de lo que me había pasado, me muero por un abrazo. Sueño con que me abracen, sí, y sueño con poder llorar amargas lágrimas, por mí, por mi padre, por todo lo que he perdido. Pero no soy más que un estúpido fantasma, y todo eso se acabó para mí.

No voy a rebajarme a pedirle a un demonio que me consuele, que sea un poco amable conmigo, que trate de aliviar mi tristeza. No lo he hecho en ningún momento, y no tenía la menor intención de hacerlo ahora. Pero duele, oh, duele tanto... Me siento horriblemente sola. Y a la única persona con la que podría compartir todo esto no le importa lo más mínimo.

¿Por qué tras mi muerte no me vincularía a un ángel? ¿Alguien un poquito más compasivo? ¿Alguien un pelín más empático?

Pero no hay más. Al otro lado del lazo solo hay un demonio, y eso es lo más terrible de todo. Me gustaría poder cortar ese lazo y flotar libre, pero eso solo significaría perderme para siempre, como aquellos pobres fantasmas que flotan eternamente, abandonados en los retazos de sus propios recuerdos, olvidados en un dolor y una añoranza inimaginables. Y no quiero ese destino para mí. Sin embargo, mientras no encuentre una manera de marcharme por el túnel de luz, mi única esperanza es seguir vinculada a un enlace vivo. Pero ¿por qué, de entre todos los enlaces posibles, me ha ido a tocar un demonio?

Me siento como un náufrago rescatado por un tiburón. Sabes que, mientras sigas prendido a su aleta, no te ahogarás, pero en cualquier momento puede darse la vuelta y darte una dentellada... y temes y odias al tiburón, porque dependes de él, porque no puedes abandonarlo, pero lo siento, amigo, no había amables delfines cerca para salvarte. Esto es todo lo que hay. Muerte y dolor.

Y hablando del tiburón...

–¿Estás bien? –me pregunta Angelo.

No me molesto en mirarlo. Se acoda sobre el pretil de piedra y dirige una larga mirada al paisaje que se extiende más allá.

«¿A ti qué más te da?», murmuro.

–No sabía que fuera tan duro. Lo de estar muerta, quiero decir.

«Ya, claro».

Que no me venga ahora de amiguito, que lo veo venir. Cuando el tiburón sonríe, enseña todos los dientes.

–Bueno, espero que comprendas que yo no tengo la culpa de que te hayas vinculado a mí. Estoy tratando de ayudarte, pero no puedes pedirme que esté pendiente a todas horas de tus sentimientos y tus necesidades.

¿Qué os decía?

«Déjalo ya, ¿quieres? No eres más que un demonio, eso ya lo sé. Es verdad: es demasiado pedir que sepas cómo tratar a la gente».

Me mira. De mala gana, me vuelvo hacia él y sostengo su mirada.

«¿Por qué no estás con Lisabetta?», le pregunto con una mezcla de curiosidad y rencor. «Yo ya me he quitado de en medio».

–Me temo que tu dramática intervención nos ha cortado el rollo.

«Cuánto lo siento», murmuro, sarcástica.

–La buena noticia es que no vamos a tener que esperar. Parece haber cambiado de opinión al verte; nos va a llevar a ver a *madonna* Constanza esta misma tarde. He venido para decírtelo.

«Ya me extrañaba a mí que vinieses solamente a ver cómo estoy».

Suspira, exasperado.

–Oye, te estoy ayudando, ¿vale? Hemos venido hasta aquí para averiguar más cosas sobre la muerte de tu padre, un asunto que a mí no me afecta lo más mínimo. Estoy haciendo todo esto por ti…

«… para librarte de mí», corrijo.

–¿Y qué diferencia hay? ¿No es eso lo que quieres tú también, marcharte por el túnel de luz?

«Sí que hay una diferencia, pero eres demasiado egoísta y mezquino como para poder verla. No es lo mismo el motivo que el objetivo; puede que nuestros objetivos sean los mismos, pero tus motivos no son generosos, y eso es lo que me duele. Aunque sé que no puedo esperar otra cosa de un demonio».

–Cierto –asiente Angelo–. La generosidad, la bondad, la compasión y todas esas cosas cayeron del lado de los ángeles el día de la creación. Qué le vamos a hacer.

Sonrío a mi pesar.

«Quizá vosotros fuisteis ángeles alguna vez, y lo hayáis olvidado».

–No –me contradice–. Porque, si fuera así, de la unión de dos demonios nacerían ángeles. La esencia demoníaca está grabada en lo más profundo de nuestro ser, es el legado que transmitimos a nuestros hijos.

«También el pecado original se transmite a los hijos, según cierta religión».

–Ah, sí, esa es otra de las cosas que se han inventado los ángeles para justificar su teoría de que nosotros fuimos como ellos una vez. Nadie tiene por qué cargar con las culpas de pecados cometidos por unos antepasados a los que jamás llegó a conocer.

«¿Por qué querrían ellos creer que vosotros sois ángeles caídos?».

–Porque no nos entienden, Cat. No pueden creer que seamos destructores por naturaleza, que siempre hayamos sido así. Son demasiado compasivos. Están convencidos de que en el pasado debimos de cometer algún terrible error, al igual que los humanos. Les parece demasiado horrible que seamos así por naturaleza. Les parece inconcebible que Dios, si es que existe, pudiera haber creado algo tan malvado como nosotros. Pero si Dios no nos ha creado, si no ha creado a Lucifer, ¿de dónde salió? Comprendes su dilema, ¿no? Si formamos parte de la creación de Dios, entonces él no es pura bondad, y si no somos responsabilidad suya, entonces no es omnipotente. De modo que la teoría angélica de la Caída de Lucifer es solo un intento más por acercarse a nosotros, por comprendernos. No se les puede negar que se esfuerzan, desde luego –añade con un suspiro.

Por fin le hago la pregunta que me está quemando en la garganta.

«¿Y sois de verdad... tan malos?».

Me mira largamente.

–Sí –responde–. Lo siento.

No se disculpa por él, sino por mí. No puede avergonzarse de ser como es, porque el caos y la destrucción están en su propia esencia. Pero lo siente por mí. Entiendo, de pronto, que es consciente de que no es el mejor enlace que podría haberme tocado. Sabe que me hará daño, que no va a poder evitarlo, y lo lamenta.

«Puede que no toda la bondad cayera del lado de los ángeles. Por lo menos eres capaz de compadecerte de mí, aunque sea solo un poquito».

Se encoge de hombros.

–Cuando uno convive tanto con los humanos, acaba por cogerles cierto cariño. Y he de admitir que, a pesar de todo, tú me caes mejor que la mayoría de los humanos que he conocido. Te siento más cercana, más real.

«Será porque estoy al tanto de muchas más cosas acerca de vosotros que el resto de los humanos», comento.

–Eso será.

Cierro los ojos. Parece que mi tiburón ha decidido esconder los dientes hoy. Pero no te engañes, Cat. Aunque pueda parecer en ocasiones amistoso como un delfín, no lo es.

No lo es.

XI

LISABETTA acude a recogernos cuando el sol comienza a hundirse por detrás de las colinas. Conduce un coche azul.

—¿Listos? —nos pregunta deteniendo el vehículo ante nosotros.

Por toda respuesta, Angelo toma asiento junto a ella. Yo atravieso la ventanilla de atrás y ocupo la parte trasera del coche. Lisabetta me mira a través del retrovisor. Sus ojos lanzan destellos rojos.

—Hola, Cat —saluda con una amplia sonrisa.

No me digno contestar. Se ha cambiado de ropa. En lugar de los vaqueros lleva ahora un vestido negro que deja sus hombros al descubierto. Está elegante, como si se hubiese arreglado para una ocasión especial. Me pregunto qué tendrá que celebrar hoy.

—¿Vive muy lejos *madonna* Constanza? —pregunta Angelo.

—Posee una villa en las colinas. Estaremos allí en menos de media hora.

—No me explico por qué abandonaría su *palazzo*. Creo recordar que estaba muy orgullosa de él.

–Cómo, ¿no te enteraste? Fue por la inundación del 66. El río se desbordó y el *palazzo* estaba demasiado cerca, me temo. *Madonna* Constanza perdió muebles, joyas y objetos de arte de valor incalculable. Aún no se le ha pasado el disgusto.

Angelo se ríe. No sé por qué, pero tengo la sospecha de que no se atrevería a hacerlo de estar ante la dueña del *palazzo* inundado. Esa tal *madonna* debe de ser una diablesa de cuidado.

–¿Y qué os ha traído por Florencia... precisamente ahora? –pregunta Lisabetta.

No entiendo qué quiere decir con eso de «precisamente ahora». También a Angelo parece chocarle, porque frunce el ceño, intrigado. Sin embargo, responde:

–Buscamos a un grupo de demonios que, por lo que tengo entendido, creen en el relato contenido en el *Libro de Enoc* y veneran la memoria de Azazel.

Lisabetta sonríe ampliamente.

–Oh, ¿de verdad? *Madonna* Constanza lo encontrará sumamente interesante.

–¿Y eso por qué? –pregunta Angelo, inquieto. Pero Lisabetta se limita a reírse y a ignorar la pregunta.

«¿No seréis vosotros?», pregunto, sin poderlo evitar. «¿Tiene algo que ver *madonna* Constanza con el culto a Semyaza y Azazel?».

–Chica lista –comenta Lisabetta con una sonrisa malévola–. Debe de ser cosa de familia.

La mención a mi padre me hace enderezarme de golpe en el asiento, con tanta rapidez que estoy a punto de salir flotando a través del techo del coche.

«¿Qué sabes tú de mí? ¿Sabes, acaso, quién asesinó a mi padre?».

–Las preguntas, a *madonna* Constanza –replica ella con un gesto inocente que no hay quien se trague–. Yo no soy más que su humilde sierva.

Estoy empezando a temer que esto no ha sido buena idea, y que vamos directos a la boca del lobo. Miro a Angelo, interrogante, pero él tiene la mirada clavada en Lisabetta. Espero que no esté tan deslumbrado por sus encantos como para no olisquear el peligro que se adivina detrás de todo esto. Vamos, Angelo, tú eres un tío listo. No te dejes engatusar, que, como sea una trampa, necesitarás tener todos tus sentidos alerta.

—No me cabe duda —dice entonces mi demonio—. Porque ahora mismo se me ocurren muchas preguntas que me gustaría formularle.

Parece que lo ha pillado. Pero... un momento... Se diría que sospecha algo más de lo que llego a intuir yo. ¿Qué se me escapa?

Por fin, Lisabetta enfila por una estrecha carretera bordeada de viñedos hasta desembocar en un edificio cuadrado de aspecto imponente. Se detiene un momento ante la verja. No veo que llame a ningún timbre ni que haya ningún vigilante; sin embargo, la puerta se abre para nosotros instantes después.

Nos estaban esperando.

Lisabetta aparca frente a la entrada principal, a la que se accede por una amplia escalinata. El edificio es grande, sobrio y antiguo. Un pequeño torreón se alza en uno de sus extremos. La fachada, cubierta de hiedra, parece centenaria. Tras la casa se adivina un jardín salvaje y descuidado.

—Nosotros la llamamos Villa Diavola —dice Lisabetta con una risita.

Genial, un nido de demonios. El único consuelo que me da el hecho de estar muerta es que, aunque me vean y me oigan, no podrán hacerme ningún daño.

Acude a abrirnos una especie de mayordomo; es humano, por lo que paso junto a él sin que se percate de mi presencia. Nos conduce a través de un pasillo oscuro, alfombrado de rojo. Ascendemos por unas escaleras, luego otro pasillo… Encontramos a más personas a nuestro paso. Algunos son humanos, otros son demonios. Nos miran con cierta curiosidad, pero no parecen hostiles. De momento.

Entramos, por fin, en una amplia sala cuyas paredes están forradas de tapices que tienen aspecto de ser antiquísimos. Un único ventanal se abre hacia el oeste, por donde se cuela la luz dorada del crepúsculo. Todas las personas de la habitación se vuelven hacia la puerta al oírnos llegar.

Avanzamos tras Lisabetta, que se abre paso entre la gente, resuelta, hasta la tarima que se alza junto a la pared del fondo. De nuevo, hay humanos y demonios por toda la estancia. Los humanos parecen ejercer de criados. Los demonios simplemente están holgazaneando, charlando, divirtiéndose.

Parece una corte reunida en torno a una sola persona. Una persona que se sienta en un trono frente a nosotros, envuelta en ropajes que pasaron de moda dos siglos atrás, como si en todo este tiempo no se hubiese molestado en asomar la nariz fuera de su pequeña fortaleza, o como si no le importara lo más mínimo que el mundo cambiara a su alrededor. Da la impresión de que su vida, sin embargo, le resulta tediosa. A juzgar por la forma desganada en la que se repantiga sobre su trono y la parsimonia con la que desgrana las uvas que le ofrece una chiquilla en una bandeja de plata, esta diablesa, antaño poderosa, está aburrida y desengañada de su propia existencia inmortal. Sus enormes alas oscuras fluyen sobre el respaldo de su asiento, como una capa de terciopelo negro.

Madonna Constanza.

Sé que debería prestarle atención, pero acabo de fijarme en otra cosa: la niña arrodillada junto al trono, la de la bandeja. Su cara me suena. Juraría que la he visto antes, pero ¿dónde?

—*Madonna* —anuncia Lisabetta–, tenéis visita. El joven Angelo desea veros. Me ha dicho que le gustaría haceros algunas preguntas sobre Azazel.

Lo dice como si se tratase de alguna broma secreta que nosotros fuéramos incapaces de comprender. Y supongo que algo de eso hay, porque los otros demonios cruzan miradas cómplices y esbozan sonrisas divertidas. Algunos observan a Angelo, y cualquiera diría que están calculando cuántos minutos le quedan de vida, como si fuese una oveja que hubiera venido a interrogar a un lobo hambriento. Esto me da muy, pero que muy mal rollo.

Madonna Constanza se incorpora en su asiento.

—Os presento mis respetos, *madonna* —murmura Angelo con una breve reverencia.

—El joven Angelo —repite ella; su voz es lenta, serena y reflexiva. Sin embargo, por un momento tengo la sensación de que esta mujer oculta un secreto dolor, una angustia tan intensa que impregna cada una de sus palabras–. De modo que buscabas a Azazel, ¿verdad? —sonríe, y tengo la sensación de que es una sonrisa amarga–. Azazel —repite–. Uno de los demonios que incumplieron las normas en tiempos antiguos. Uno de los demonios que buscaron placer en criaturas prohibidas y engendraron una raza maldita… y que fueron duramente castigados por ello.

Reina de pronto un silencio sobrecogido, casi reverencial. Ya nadie sonríe. Incluso Lisabetta ha bajado los ojos, y juraría que está temblando.

—Buscabas a Azazel, ¿no es cierto? —prosigue ella–. Pues bien, ya la has encontrado.

Angelo la mira, sin terminar de creerse lo que acaba de oír. Así pues… ¿Azazel existe? ¿Es ese el nombre antiguo de *madonna* Constanza? ¿Cuánto hay de verdad, entonces, en el *Libro de Enoc*? ¿Fue Azazel castigada en tiempos antiguos por relacionarse demasiado con los humanos? La observo, sobrecogida, y entonces ella me devuelve la mirada y me sonríe. Me quedo paralizada; no es habitual que los demonios se fijen en mí.

—Por norma general —prosigue *madonna* Constanza—, no tolero que se me recuerde lo que sucedió en tiempos pasados. Es algo que gustosamente olvidaría, junto a todo lo demás. Lamentablemente, alguien lo puso por escrito, y la historia de mi desgracia se recuerda una y otra vez. Mi único consuelo consiste en matar a todos aquellos que osan pronunciar mi nombre antiguo en mi presencia.

Angelo se envara, alerta. Ahora entiendo la expectación de los demonios: hemos venido a meter el dedo en la llaga, y es evidente que están deseando ver de qué forma horrible y retorcida nos lo va a hacer pagar *madonna* Constanza.

Obviamente, no ha sido una buena idea venir aquí para preguntar por Azazel, y empiezo a sentirme culpable. De acuerdo, es un demonio y si lo despellejan vivo seguro que se lo merece, pero de todos modos está aquí por mi causa, y no me gustaría que cayese en las manos de una diablesa resentida.

Sin embargo, ella no ha terminado de hablar:

—No obstante, joven Angelo, estoy en deuda contigo, y por esa razón perdonaré tu osadía y responderé a tus preguntas.

—¿Estáis en deuda conmigo? —repite él, un tanto desorientado, mientras entre los demonios de la corte se levanta un murmullo de decepción.

—Porque la has traído contigo —sonríe *madonna* Constanza; se pone en pie y me mira de nuevo, solamente a mí, como si no existiera nada más—. Mi pequeña Caterina, ¿dónde has estado todo este tiempo? —me pregunta con dulzura—. Llevo quince años buscándote. Lamento comprobar que nos hemos reencontrado… demasiado tarde para ti.

No puede ser cierto. No puedo creerlo. Si pudiese respirar todavía, en estos momentos me habría quedado sin aliento.

Son sus ojos. No soy capaz de apartar la mirada de ellos. Sus ojos... tan dolorosamente familiares. Más allá de ese destello rojizo propio de los demonios, puedo apreciar perfectamente su aspecto, su color natural.

Oro viejo.

«Tú... tú... no...», balbuceo con torpeza.

–¿No... qué? –pregunta ella dedicándome una sonrisa repleta de amarga ironía–. ¿No soy tu madre? Me temo, mi pequeña Caterina, que lo soy... muy a mi pesar.

Me recupero lo bastante como para replicar:

«Estás mintiendo. Mi madre era humana, y está muerta».

Madonna Constanza... o Azazel... alza una ceja, divertida.

–¿Ah, sí? ¿Te dijo eso tu padre? Me sorprende mucho que el bueno de Iah-Hel te mintiera al respecto. Era completamente incapaz de engañar a nadie. Pero... eso tú lo sabes mejor que yo, ¿no es así?

No soporto que hable de mi padre. No de esa manera. Sus palabras me dan fuerza y respondo:

«Por eso sé que me mientes. Porque él nunca...».

–Nunca te dijo que tu madre fuera humana –completa ella–. Nunca te dijo que estuviera muerta. Parece que es algo que tú diste por supuesto. Porque es cierto: tu padre no era capaz de mentir. Pero era un experto en no contar toda la verdad. Oh, sí, eso se le daba muy bien... –concluye, y sus palabras rezuman algo muy parecido al odio.

Abro la boca para replicar, pero no se me ocurre nada que decir.

Azazel tiene razón. Mi padre nunca me habló de mi madre. Nunca me dijo que fuera humana. Es algo que yo di por sentado. Supuse que no podía ser un ángel, puesto que, en tal caso, yo sería un ángel también. Por eliminación tenía que haber sido humana. No podía ser un demonio. Aquello era totalmente impensable.

Y, del mismo modo, di por supuesto que mi madre estaba muerta. Porque mi padre se ponía triste al recordarla, porque le dolía hablar de ella y porque no estaba con nosotros. No me imaginaba a mi padre dejando a mi madre atrás por propia voluntad. La quería muchísimo.

Por eso… por todo eso… mi madre no puede seguir viva, y mucho menos ser un demonio.

Azazel está mintiendo.

Y sin embargo…

Me gustaría poder rebatir sus argumentos, pero no tengo forma de hacerlo. Me quedo callada, anonadada, mientras busco desesperadamente en mi memoria algo que me permita demostrar que Azazel pretende engañarme, que no es mi madre, que de ningún modo puede ser mi madre. ¿Cómo voy a ser yo la hija de un demonio? ¿Cómo pudo mi padre…?

No puede ser verdad.

Azazel me mira un momento y después suspira.

—Fuera todo el mundo —ordena a su corte—. Mi hija y yo tenemos mucho de que hablar. Tú, no —ordena entonces, y cuando me doy la vuelta para mirar, veo que sus palabras están dirigidas a Angelo, que pretendía retirarse discretamente con los demás—. ¿Crees que no sé lo que pasará si te alejas de aquí? Arrastrarás a Caterina tras de ti. Y aunque ya esté muerta, mientras su alma siga aquí, no tengo ninguna intención de perderla de vista de nuevo.

—Pero… —empieza a protestar Angelo.

Antes de que pueda añadir nada más, se encuentra rodeado de espadas demoníacas que apuntan a su corazón. Lentamente, mi aliado levanta las manos, y su rostro se deforma en una mueca de rabia.

—Serás mi invitado mientras yo así lo desee —prosigue Azazel—. Lisabetta, muestra a Angelo la habitación que ya conoces.

Lisabetta se inclina ante su señora con una airosa reverencia y una sonrisa casi angelical.

—Como deseéis, *madonna*.

Los ojos de Angelo se estrechan hasta convertirse en dos finas rayas rojizas que miran a Lisabetta llenas de rencor. Ella se encoge de hombros y le devuelve una mirada displicente. Esto me demuestra que yo tenía razón, que no debíamos fiarnos de ella, que no era nuestra amiga. Pero eso no me hace sentir mejor. Veo cómo sacan a Angelo de la sala a punta de espada y, por un instante, mi preocupación por él supera mi crisis familiar.

«¡Un momento!», protesto. «¿Adónde lo lleváis?».

Como nadie me responde, floto tras él gritando:

«¡No le hagáis daño!».

La voz de Azazel me frena el seco:

—Tranquila, Caterina. Angelo no sufrirá daño alguno; me conviene mantenerlo con vida si quiero conservarte a mi lado. Además, ya te he dicho que estoy en deuda con él, y es cierto. Tan solo voy a asegurarme de que se queda entre nosotros.

Vuelo hacia ella.

«¿Y qué pasa si yo no quiero quedarme?».

—No tienes otra opción. Deberás quedarte en la misma zona que Angelo mientras él sea tu enlace y, por otro lado, si no cooperas puede que mi gratitud hacia él se esfume... y créeme, conozco muchos modos de atormentar a un demonio sin matarlo. Los experimenté en mi propia esencia durante setenta y siete mil años.

Sus últimas palabras son más bien un siseo, un susurro, pero han llegado hasta mí con claridad y me producen un intenso escalofrío. Lo cual no deja de ser notable. Después de todo, el fantasma soy yo, ¿no?

No me queda más remedio que creerla y confiar en que no hará daño a Angelo mientras yo sea razonable. Azazel parece percibir mis dudas, porque añade:

—No te preocupes; no le haremos daño si no es estrictamente necesario. Pareces sentir un cierto afecto por él.

«¿Afecto…?», repito, indignada. «Nada de eso; es solo que yo también me siento en deuda con él, porque me ha ayudado mucho, nada más. Después, de todo, él es un…».

No llego a concluir la frase. Miro a Azazel, confusa, y ella sonríe, con una sonrisa malévola, taimada y, al mismo tiempo, llena de dolor y de ira.

—¿… demonio? —completa ella.

Guardo silencio.

—Acércate —dice entonces Azazel.

Se ha situado junto a la ventana, y las últimas luces del crepúsculo juegan con su figura, con su espléndida melena rubia, con sus alas de sombra y sus ojos dorados. Estamos las dos solas; la sala, tan enorme y vacía, parece oscura y siniestra. Dudo.

—Mi niña, qué poco sabes de ti —dice, y por un momento su voz parece preñada de ternura—. Qué poco te han contado. Cuánto te han ocultado. Si lo hubieses sabido… todo… Si te hubieses quedado a mi lado… ahora seguirías viva. Yo jamás habría permitido que nadie te asesinara.

Cierro los ojos, pero mi percepción de fantasma sigue viéndola allí, junto a la ventana. No confío en ella. No creo una palabra de lo que dice. Sin embargo, me tiende la mano y sé que está dispuesta a contestar a mis preguntas.

Y yo necesito respuestas. Aunque sean mentiras, necesito respuestas. Porque es mejor tener una mentira que no tener absolutamente nada.

De modo que floto hasta ella y me detengo a su lado.

Azazel me contempla largamente.

—Así que este era tu aspecto cuando estabas viva —murmura—. La última vez que te vi eras un bebé. Tan pequeña y tan frágil. Y tan perfecta.

«No puedo creerte», le espeto. «Si eres mi madre y tanto me quieres, ¿por qué nos abandonaste?».

Se ríe, mostrando unos dientes pequeños que brillan como perlas bajo la luz del ocaso.

—Ah, ¿eso tampoco te lo contaron? Yo no os abandoné; fue tu padre quien se marchó sin decir nada. Y te llevó consigo. Te apartó de mí —sus ojos echan llamas. Su sonrisa se esfuma. Su voz se ha convertido en un susurro amenazador.

«Seguro que te equivocas de persona», murmuro, desesperada. «Piénsalo, es absurdo. ¿Cómo voy a ser hija de un ángel y un demonio?».

Con otro de sus desconcertantes cambios de humor, Azazel rompe a reír como una posesa.

—Ah, Caterina, qué ingenua eres y qué poco sabes. ¿Acaso no lo recuerdas? No, claro, ¿cómo vas a recordarlo? Entonces no existías. Nadie lo recuerda, salvo yo. Y Samael lo recordaría también... si siguiera con vida —y sus últimas palabras acaban en un aullido de rabia y dolor.

Está loca, tiene que estar loca. Es la única explicación.

—¿Cómo vas a ser hija de un ángel y un demonio? —repite Azazel, y de nuevo sonríe, una sonrisa repleta de sarcasmo—. Porque todos lo sois, Caterina. Todos.

No comprendo lo que quiere decir. Debe de llevar tanto tiempo aquí encerrada que ha perdido el juicio. ¿A qué se refiere con «todos»? Ya es difícil aceptar que un ángel y un demonio puedan haber engendrado una hija... ¿y Azazel pretende hacerme creer que eso ha sucedido más veces?

—Conoces el *Libro de Enoc*, ¿no es cierto? —pregunta entonces, y de nuevo parece haber recuperado la calma.

«Sí», respondo, algo más aliviada. Por fin terreno firme. «¿Es cierto que habla de ti? ¿Eres tú la Azazel que aparece en sus páginas?».

–Yo misma, sí. Pero no todo lo que se cuenta en ese libro es cierto ni sucedió de esa manera. Lo único que ocurre... es que todos lo han olvidado. Todos... menos yo.

Si algo de lo que cuenta el *Libro de Enoc* es verdad, no es de extrañar que Azazel no lo haya olvidado. Según el libro, ella era un ángel, igual que los demás, y fue duramente castigada por mantener relaciones con humanos. Si es cierto, ese día se transformó en el demonio que es ahora.

¿Es Azazel la madre de todos los demonios? ¿Fue tan doloroso para ella que por eso ahora es la única capaz de recordarlo?

No sirve de nada hacer conjeturas. La única manera de saberlo es escuchando su versión. Ambas lo sabemos, y, sea o no mi madre, las dos estamos dispuestas a mantener una larga, larga conversación.

Tras un momento de silencio, lleno de incertidumbre, me atrevo a preguntar:

«¿Qué pasó entonces? ¿Es cierto que erais ángeles y que mantuvisteis relaciones con humanos y que fuisteis condenados por ello?».

Los ojos de Azazel relucen en la penumbra.

–No –responde–, eso es mentira. En aquel entonces, los humanos aún no existían. El mundo era bello y estaba lleno de vida, y los ángeles se esforzaban por conservarla, mientras nosotros luchábamos por destruirla. En pleno apogeo de la guerra entre ángeles y demonios, unos y otros empezábamos a experimentar con las armas que habíamos creado. Fue la época de las espadas. La época en la que Miguel y Lucifer ya batallaban por el dominio del mundo.

»Todo comenzó para mí el día en que me enzarcé en una pelea contra un ángel. Como siempre, luchábamos a muerte, y como siempre, ninguno de los dos sabía nada del otro. Éramos un ángel y un demonio, y eso bastaba.

»Pero fue él quien venció en aquella lucha. Mi espada cayó lejos de mí, la suya rozó mi esencia. Lo miré, desafiante, aguardando la muerte.

»Sin embargo, él hizo algo sorprendente. Miró a su alrededor, al bosque que yo estaba destrozando cuando me encontró, y me preguntó solamente: ¿por qué?

Azazel hace una pausa. Sigo escuchando, sobrecogida. Ya no me importa que sea mentira, quiero conocer cómo continúa la historia. Después de todo, y como dijo Angelo, *se non è vero, è ben trovato*, ¿no?

—Aquel ángel se llamaba Samael —prosigue la diablesa en un murmullo—. No me mató aquel día, ni tampoco al siguiente. Curó mis heridas, cuidó de mí... y, durante todo aquel tiempo, trató de conocerme y de entenderme. Intentó averiguar por qué los demonios destruíamos toda la belleza que los ángeles veían en el mundo. Traté de explicarle que es nuestra esencia, nuestra forma de ser. Y creo que al final lo comprendió.

»Decidimos que no tenía sentido seguir luchando. Nos retiramos a un lugar apartado, un lugar hermoso, situado en algún punto de lo que ahora es África, y allí nos dedicamos simplemente a vivir. Samael miraba a otra parte cuando yo invocaba al fuego, al rayo, al huracán o al terremoto; yo procuraba no estropear sus lugares favoritos. Junto a él sentí algo que no había experimentado nunca junto a ningún demonio: me sentí completa.

»Y pronto se nos unieron más ángeles y más demonios. Todos ellos abandonaban la lucha y optaban por la convivencia, por aceptarnos unos a otros. Los ángeles asumían que nosotros teníamos que destruir cosas, y nosotros asumíamos que ellos estarían allí para repararlas, y que era importante que esto fuera así.

»Con el tiempo, nuestra pequeña comunidad prosperó. Con el tiempo, nacieron nuestros hijos. En aquel entonces no se parecían a los humanos de ahora; eran más burdos, más simiescos. Lógico, puesto que nosotros no teníamos más referente que lo que existía sobre el mundo, y a la hora de tomar cuerpo material imitábamos lo que veíamos. No nos importaba mostrarnos como primates porque podíamos adoptar cualquier forma y regresar al estado espiritual cuando nos apeteciera.

»El problema fue que nuestros hijos carecían de nuestra capacidad de transformación. Tampoco podían pasar al estado espiritual. Estaban atados a la materia.

»Por tanto, no podíamos ocultarlos eternamente a la mirada de los demás. Durante un tiempo, miles de años, convivimos con ellos y les enseñamos lo que sabíamos. Eran lentos, pero poco a poco iban aprendiendo, y pronto descubrimos que su potencial era inmenso. De los ángeles habían heredado la compasión, la creatividad, el respeto por sus semejantes. De nosotros habían obtenido la capacidad de destruir, de matar incluso cuando no era necesario para su sustento, de transformar el mundo a su antojo. Y, sin embargo, eran capaces de llegar a extremos que nosotros jamás alcanzaríamos. Daba la sensación de que no había límites para ellos. Poseían lo mejor de ambas especies. Estaban destinados a ser, por encima de nosotros, los amos de la creación.

«Para un momento», la interrumpo, mareada. «¿Estás insinuando que los humanos descendemos de un... cruce entre ángeles y demonios?».

–¿Insinuar? Yo no insinúo nada; sé que es verdad.

«Pero eso es... ¡es absurdo!».

–¿Por qué? ¿Acaso no sabéis mostrar más amor y compasión que un ángel, y más maldad y crueldad que un demonio?

«Pero... para un momento: ¿dónde está Dios en tu historia?».

Azazel sonríe.

–Me gustaría poder contestarte a esa pregunta, pero me temo que mi memoria no llega tan atrás.

»Los humanos, sin embargo, no nos han olvidado. Casi todas las culturas poseen mitos primigenios en los que se cuenta que los humanos descienden de una primera pareja, una pareja formada por dos seres diferentes, un representante de la luz, del Sol, del orden... y el otro, hijo de la oscuridad, de la Luna, del caos. Incluso el mito de Adán y Eva remite a ello. Adán habla con Dios, Eva habla con la serpiente... Adán y Lilith...

Sacudo la cabeza, aturdida.

«Eso es una visión muy, pero que muy retorcida de los orígenes de la humanidad. Y además, si hubieseis hecho eso que dices, la guerra entre ángeles y demonios habría acabado hace cientos de miles de años».

De nuevo, Azazel se ríe.

–Ah, Caterina, ¿es que aún no lo has adivinado? Nosotros fuimos una minoría. Y a los demás no les gustó descubrir de dónde había salido la nueva especie.

»Recuerdo ese día como si fuera ayer. Otros momentos de mi vida se han borrado de mi memoria como si jamás hubiesen existido, pero ese... ese... no lo olvidaré jamás.

Se detiene un instante e inspira profundamente. Me pregunto cuántas veces habrá relatado esta historia, y si hacerlo será menos doloroso ahora que en la primera ocasión. Sospecho que no.

–Alguien nos delató. Aún no he averiguado quién, ni por qué razón nos descubrieron, casi al mismo tiempo, Miguel y Lucifer. Pero se presentaron en nuestro pequeño refugio y, por una vez, no se habían reunido para pelear.

»Los dos consideraron que el pecado que habíamos cometido al unir ambas razas era infinitamente más grave que el hecho de matarnos unos a otros. Por una vez, el Príncipe de los Ángeles y el Señor de los Demonios estaban de acuerdo en algo: debíamos ser castigados. Y cada uno se ocupó de sancionar a los suyos.

Nueva pausa. Aguardo conteniendo el aliento. O lo haría, si respirase todavía.

–Lucifer no quiso matarnos –prosigue Azazel–. Todos aquellos demonios que habíamos osado mantener relaciones con ángeles seríamos castigados, ciertamente, pero no con la muerte. Lucifer pensaba que necesitábamos un escarmiento, que debíamos aprender de nuestros errores. De modo que nos encerró y nos condenó a sufrir terribles tormentos que duraron miles de años. Setenta y siete mil, en mi caso –añade con una torva sonrisa.

A mi mente acuden, de pronto, las palabras del *Libro de Enoc*, tan claras como si acabara de leerlas por primera vez.

«Encadena a Azazel», murmuro, «de pies a cabeza, y arrójalo a las tinieblas; y abre el desierto que está en Dudael, y arrójalo allí. Cúbrelo de toscas y cortantes piedras; cúbrelo de tinieblas; y cubre también su rostro para que no vea la luz. Y el gran día del Juicio, que sea arrojado a las brasas».

Ella sonríe nuevamente.

–Dicho así suena tan sencillo... tan fácil... pero fue mucho, mucho más terrible, créeme.

La creo. No quiero creerla, pero la creo.

«¿Y qué pasó con los ángeles?», me atrevo a preguntar. «¿También infligieron un castigo tan duro a los suyos? ¿Qué ocurrió con Samael?»

–Los ángeles no fueron tan crueles como Lucifer, pero sí mucho más implacables. Castigaron a los traidores de forma rápida, contundente e indolora: la espada de Raguel los eliminó uno tras otro, sin humillaciones, sin sufrimiento.

A Samael, el primero. Creo –añade, pensativa– que yo fui el primer demonio que lloró por la muerte de un ángel. Y quizá por eso, mi condena fue más larga y más dura que la de mis compañeros.

»Desde entonces, odio profundamente a Lucifer por lo que me hizo. Y a los arcángeles, especialmente a Miguel, por lo que le hicieron a Samael.

Sus ojos lanzan llamas de ira. Trato de decir algo, pero no me sale la voz. Entonces, bruscamente, Azazel me da la espalda y se aleja de mí. Sus alas flotan tras ella como dos velos de tiniebla.

–Sígueme –me ordena sin mirarme.

Obedezco. Mi supuesta madre sube a la tarima con elegancia, rodea el trono y aparta un pesado tapiz que cubre la pared. Hay una pequeña puerta disimulada tras él. Azazel la cruza, y yo atravieso el tapiz y la puerta, tras ella.

Llegamos a una espaciosa habitación completamente vacía… salvo por la colección que se exhibe en las paredes.

Espadas.

Cientos de espadas angélicas cubren casi cada centímetro de pared, del suelo al techo. Son armas imponentes, pero al mismo tiempo me infunden una sensación de horror y de tristeza. ¿Quiénes fueron sus dueños? ¿Cuántos ángeles habrán muerto a manos de Azazel o de sus subordinados?

–Hubo una época –dice ella, sobresaltándome– en que mataba ángeles por venganza, por placer. No me importaban su nombre ni su condición. Pero eso fue hace mucho tiempo. Hoy, la mayoría de los ángeles me recuerdan a Samael, y no soy ya capaz de levantar mi espada contra ellos. Pero los arcángeles… los arcángeles son otra cosa –concluye, y otra vez sus ojos lanzan destellos flamígeros; me señala dos huecos en la pared, sobre la chimenea, un lugar de honor destinado, por lo que parece, a dos espadas especiales.

—A Raguel se lo llevó la Plaga antes de que pudiera ajustarle las cuentas —añade Azazel adivinando lo que pienso—, pero sé que algún día me encontraré cara a cara con Lucifer y le haré pagar por lo que me hizo. Y en un futuro también me enfrentaré a Miguel para vengar, por fin, la muerte de Samael... y, cuando cuelgue su espada ahí arriba... ese día podré descansar tranquila.

La miro, sorprendida. Lucifer la atormentó durante setenta y siete mil años y, sin embargo, ella sigue dirigiendo su odio contra Miguel, quien, según su historia, ordenó la ejecución de su amado, el ángel Samael... ¿hace cuánto tiempo? ¿Allá por la prehistoria?

—Hace dos millones de años —murmura ella, y entiendo que, una vez más, mis pensamientos han sido lo bastante obvios como para que ella los haya captado con claridad—. Tal vez tres. ¿Qué más da?

Se encoge de hombros, mientras yo trato de imaginar cómo debe de ser tener varios millones de años y haber contemplado la evolución de la especie humana. No lo consigo. ¿Cómo puede existir alguien tan viejo? Una extraña sensación de vértigo turba mis sentidos de fantasma. Es demasiado tiempo. No puede recordarlo con tanta claridad, y menos si es cierto que su tormento a manos de Lucifer duró nada menos que setenta y siete mil años. Ninguna mente, por sobrenatural que sea, podría haber superado todo eso y continuar intacta.

«Estás loca», declaro, «y de todos modos, no entiendo qué tiene que ver todo esto conmigo».

Azazel me brinda una amplia sonrisa.

—Mucho, Caterina. Porque mi historia no ha terminado. Te he contado qué fue de los ángeles y los demonios que engendraron a los primeros humanos... pero no qué pasó con estos.

«¿Y qué pasó?», pregunto, un poco a regañadientes.

–Hubo una gran polémica. Habíamos creado una especie nueva, una especie que no pertenecía a la Creación original. Algunos ángeles, incluso algún arcángel, abogaban por eliminar a la especie humana, puesto que era una abominación, el fruto de una unión monstruosa que jamás debió tener lugar... Pero, en el fondo, los ángeles son incapaces de hacer desaparecer a una especie entera, así, sin más. Su instinto los lleva a conservar, a proteger todo aquello que esté vivo. Y los demonios... en fin, los demonios encontraron a las nuevas criaturas muy entretenidas. Nos castigaron a sufrir terribles tormentos, sí, pero estaban encantados con nuestros hijos y pronto se mezclaron con ellos... Hasta hoy.

»Y sin embargo, nuestra acción no mereció en su día más que odio y desprecio. Actualmente, la mayor parte de los ángeles y los demonios han olvidado lo que pasó en realidad. La versión más cercana a la verdad es la del *Libro de Enoc* y, naturalmente, es una versión angélica. La pequeña comunidad que creamos en tiempos remotos, y que dio origen a los humanos, ha sido totalmente olvidada, hasta el punto de que hoy día la unión entre un ángel y un demonio es algo impensable para todos, en ambos bandos. Por eso, cuando los ángeles recordaron el incidente, lo hicieron a su manera y se inventaron toda esa historia de que los demonios éramos ángeles que habíamos cometido el pecado de mantener relaciones con los humanos, y de enseñarles toda la ciencia que ahora saben. Y esto contradice el relato bíblico según el cual la Caída de Lucifer se produjo mucho antes de la creación del ser humano... puesto que el demonio ya estaba en el Paraíso para tentar a Eva.

»Los demonios sabemos que nunca fuimos ángeles, ni se produjo ninguna Caída. Pero la mayoría han olvidado todo lo referente a la aparición del ser humano sobre la Tierra. La verdad solo la recuerdo yo, porque me esforcé en no olvidarla, en no olvidar a Samael... Y la verdad es que nosotros siempre hemos sido demonios, desde el principio de los tiempos; y nuestro gran pecado, tanto de un bando como de otro, fue amarnos y engendrar una nueva especie. Esa es la verdad.

Azazel calla un instante. Todavía no sé cómo tomarme estas revelaciones. He leído tantas cosas, tantas versiones diferentes de la misma historia, que no me siento capaz de creerme ninguna de ellas, ni siquiera aunque me la relate un demonio atormentado que dice ser mi madre. Y eso me recuerda otra cosa:

«Y si ese fue vuestro gran pecado, ¿por qué tú, supuestamente, lo repetiste con mi padre? Te recuerdo que era un ángel. ¿Acaso querías pasar otros setenta y siete mil años en el infierno?».

En contra de lo que esperaba, Azazel se ríe.

—Lo hice porque él se acercó a mí. Un pequeño ángel... tan puro, tan ingenuo... con aquel brillo en la mirada. Tan parecido a Samael —suspira—. Las cosas ya no son como antaño, Caterina, los ángeles y los demonios tienen otras muchas cosas en que pensar. Podríamos volver a formar una comunidad como la de entonces y a nadie le importaría. Después de todo, no tiene nada de particular que alguien engendre humanos; os habéis extendido por todo el mundo como la peste. Sin embargo... sin embargo, para mí fue, de algún modo, mi último acto de rebeldía contra Lucifer. Volver a llevar a cabo aquello por lo que me castigó hace tanto tiempo. Creí que tu padre pensaba igual que yo. Que su acercamiento a mí era sincero. Escapamos de Florencia y nos refugiamos en Capri, y allí naciste tú. Mucho más preciosa y perfecta que mis primeros hijos, aquellos a los que engendré hace millones de años. Esperaba poder verte crecer y, sin embargo, tu padre me traicionó, te secuestró y te llevó lejos de mí. Nunca se lo perdoné.

«Sus razones tendría…», empiezo, pero ella no ha terminado de hablar.

–… y he pasado quince años buscándote, Caterina, enviando a mi gente por todo el mundo. Por fin me dijeron que os habían localizado en Europa central. Me dijeron que estaba hecho, me trajeron a una muchacha, pero no eras tú…

«¿Una muchacha?», repito, y de pronto las piezas empiezan a encajar. La niña que he visto hace un rato en el salón, la que portaba la bandeja.

Ya sé dónde la he visto antes.

Walbrzych. La estación de servicio. La niña con la que me crucé cuando salía del baño. La misma a la que secuestraron.

¿Cuál era su nombre? Ah, sí: Aniela Marchewka.

–Aniela, sí –suspira Azazel–. Ángela. Qué ironía que la chica que trajeron ante mi presencia se llamara de esa manera, pero no fueras tú. No tenían modo de saberlo, de todas formas. Ninguno de los míos te había visto desde que eras un bebé. Tu padre te escondió bien.

Más piezas del rompecabezas siguen encajando, una tras otra. Casi oigo sus chasquidos en mi mente a medida que se van uniendo, formando el cuadro de la aterradora verdad que llevo tanto tiempo persiguiendo, pero que ahora desearía no haber descubierto.

Por fin lo comprendo.

«Tú… tú mataste a mi padre», balbuceo horrorizada.

Azazel se encoge de hombros con insultante indiferencia.

–No personalmente, pero sí; yo ordené que le mataran. No era más que un embustero y un traidor. Jugó con mis recuerdos y con mis sentimientos, buscó mi punto débil y logró convencerme para que lo aceptara junto a mí. Sin embargo, se acercó a mí con la única intención de seducirme para engendrar un hijo mestizo…

«¡Eso no es verdad! ¡Mi padre no era así, y tú... tú... eres un monstruo!», estallo, tan furiosa que mi ectoplasma flota casi pegado al techo.

Azazel se ríe.

—Deberías sentirte halagada, Caterina —me dice con frialdad—. Lo único que quería tu padre de mí eras tú. Fuiste lo único que le importó, aquello por lo que luchó durante sus últimos dieciséis años de vida. Y aquello por lo que murió. Me han dicho mis informantes que trataste de vengar su muerte, ¿no es cierto? Que llevas mucho tiempo buscando a su asesino. Pues bien, aquí estoy, me has encontrado. ¿Qué vas a hacer ahora?

XII

MI mente bulle de pensamientos ilógicos y contradictorios que no soy capaz de controlar. Entre ellos está la voz de Hanbi, en Berlín, repitiendo las palabras del *Libro de Enoc*:

«... por obra de Azazel. Achácale todo pecado».

Me lo dijo entonces, aunque fuera extraoficialmente, aunque fuera con rodeos y acertijos. Y ahora sé que fue ella, que no miente. No sé si su fantástica historia acerca del origen de la humanidad tiene o no fundamento, pero sé que ella ordenó el asesinato de mi padre, y empiezo a creer que es mi madre.

No me importa. No la he conocido, no la recuerdo. Para mí sigue siendo la asesina de mi padre. Y sé por qué estoy aquí, por qué aún no me he ido por el túnel de luz.

Venganza.

«Te mataré por lo que hiciste», le aseguro rabiosa.

Azazel echa la cabeza hacia atrás y ríe de nuevo.

—¿Y cómo piensas hacerlo, hija mía?

Cierro los ojos un instante. Soy consciente de mi condición de fantasma, sé que en estas circunstancias no hay nada que pueda hacer contra ella. Inmediatamente pienso en

Angelo, pero descarto la idea al instante. No puedo implicarlo más y, por otro lado, ¿qué posibilidades tendría de vencer en un duelo ante un demonio tan antiguo y poderoso como Azazel?

«¿Por qué?», pregunto desolada, y ella abre mucho los ojos, con fingida sorpresa.

—¿Cómo que por qué, Caterina? Por ti, siempre por ti. Para que podamos estar siempre juntas. Mis primeros hijos murieron hace dos millones de años, y también sus hijos, y los hijos de sus hijos... Y tenía la esperanza de poder disfrutar de tu compañía el resto de tu brevísima vida mortal. No entraba en mis planes que murieses tan pronto, y créeme que encontraré a tu asesino y se lo haré pagar... Pero esta situación también tiene sus ventajas, ¿no te parece? Ahora que has dejado atrás tu cuerpo mortal, y mientras tu enlace siga siendo mi prisionero, podremos estar siempre juntas... por toda la eternidad.

Retrocedo, horrorizada.

«Yo no quiero estar contigo», le digo. «Seas o no mi madre, te odio por lo que hiciste y te lo haré pagar».

Azazel se ríe, como si no le importara en absoluto lo que siento. Sospecho que se debe a que ella ha sufrido tantísimo a lo largo de su existencia que, comparado con el suyo, el dolor de un joven espíritu humano es tan ínfimo como un grano de arena en la inmensidad del desierto.

Pero es mi dolor y son mis sentimientos, y me importan. Confusa, me alejo flotando de ella, y aún escucho su risa resonando a mis espaldas mientras atravieso la pared y me interno por los pasillos del *palazzo*. Quiero salir de aquí. Necesito salir de aquí.

También querría llorar, pero soy un fantasma y no tengo lágrimas.

Me alejo por los corredores sin fijarme en las personas con las que me cruzo. Los humanos no pueden verme y los demonios apenas me prestan atención. Nadie intenta retenerme cuando paso a través de uno de los muros exteriores y salgo al aire libre, a una noche oscura que ha caído casi por sorpresa sobre Florencia.

No hace falta que traten de detenerme; de todos modos, no llego muy lejos. Mi vínculo con el demonio que me ata a este mundo me frena bruscamente un poco más allá de la verja de salida. Resignada, vuelvo sobre mis pasos.

Azazel es la asesina de mi padre. Para colmo, afirma ser mi madre, y pretende hacerme creer que todos los humanos procedemos de un primer cruce entre ángeles y demonios que se produjo hace millones de años.

Es una locura.

Casi sin darme cuenta, he seguido el hilo que me une a Angelo. Lo detecto detrás de una puerta cerrada a cal y canto. Atravieso la pared y siento un extraño cosquilleo en toda mi esencia al hacerlo. Lo ignoro, porque al otro lado está Angelo.

Es una habitación pequeña y sin ventanas, y tampoco tiene muebles. Supongo que a un demonio no le harán falta, pero, aun así, no me parece que sea un alojamiento adecuado para un invitado. Angelo está sentado en el suelo, en medio de la estancia, envuelto en sus negras alas y con la cara hundida entre las rodillas. Floto suavemente hasta él.

«Angelo», lo llamo en voz baja.

Mi enlace levanta la cabeza. Sus alas se retiran un poco para mostrarme sus ojos rojos tras el velo de oscuridad.

«¿Estás bien?», le pregunto.

–He estado mejor –responde él, tras una pausa.

«¿Te han hecho daño?».

–No, pero estoy prisionero. Atrapado como una rata. Nunca había logrado capturarme nadie así. Jamás.

Recuerdo por qué no se le puede echar el guante a un demonio: porque pueden pasar al estado espiritual a voluntad, disolver la materia de la que están hechos sus cuerpos y convertirse en algo muy parecido a una sombra invisible a la mirada humana. En ese estado, evidentemente, son capaces de atravesar cuerpos sólidos, entre ellos, las paredes.

«¿No puedes transubstanciarte?», le pregunto, preocupada. La pérdida de esa capacidad es un síntoma claro de la Plaga.

Los ojos de Angelo lanzan destellos de ira.

—Por supuesto que puedo, si me lo propongo —replica, ofendido—. ¿Quién te crees que soy, un patético ángel?

«Oye, no te pases», protesto.

—El problema está en esas paredes. Todas las paredes, incluso la puerta... ¿sabes lo que hay en su interior? Oh, vamos —añade al ver que niego con la cabeza—. Usa tu percepción de fantasma. De algo debería servirte el hecho de estar muerta.

Pasaré por alto ese comentario porque, mal que me pese, Angelo es lo más parecido a un amigo que tengo en Villa Diavola —lo cual no es como para tirar cohetes, pero es mejor que nada—, y observo las paredes con atención.

Y sí, ahora las veo. Emparedado entre un doble muro de ladrillos hay todo un entramado de lo que parecen...

«¿Espadas cruzadas?», digo, incrédula.

—Espadas angélicas de la colección de Azazel —asiente Angelo—. Recubren las paredes, el techo, incluso la puerta, formando una red del único material que puede matarme. —Respira hondo—. Si regreso al estado espiritual para atravesar cualquiera de esas paredes, moriré. Así que, si voy a estar prisionero aquí, me gustaría saber por qué —añade lanzándome una mirada llena de rencor—. ¿Qué te ha contado Azazel? ¿Es de verdad tu madre?

Asiento lentamente.

«Hay altas probabilidades de que así sea», respondo. «Y eso no es lo peor: ella es la persona que andaba buscando. Es la asesina de mi padre».

Le cuento en pocas palabras todo lo que me ha revelado Azazel. Angelo me escucha en silencio, sombrío.

«Está loca, ¿verdad?», concluyo. «No puede ser verdad todo lo que me ha contado».

—Es muy posible que haya perdido el juicio, sí —admite Angelo—. Les pasa a veces a los ángeles y demonios más antiguos. Son demasiadas cosas que recordar. Demasiado para una mente racional. Es inevitable que muchos olviden hechos, o los confundan, reinventando su propio pasado. Sin embargo, tiene cierto sentido.

«¿El qué? ¿Ángeles y demonios procreando para dar a luz a los primeros humanos?».

Angelo hace un elocuente gesto de repugnancia.

—Sí, lo sé; dicho así, suena asqueroso. No obstante, no hay nada que afirme que es totalmente imposible, y, por otro lado, los humanos siempre habéis sido un misterio para nosotros. Hay quien afirma que sois un elemento ajeno, que no deberíais estar aquí.

«¿Un elemento ajeno?», repito. «¿Ajeno a qué?»

—A la creación, por supuesto. Piénsalo: no aceptáis el mundo tal como es, no asumís el rol que os toca, no os conformáis con cazar o ser cazados. Los ángeles conservan el mundo, nosotros lo destruimos. Vosotros... lo transformáis, como si este no fuera un mundo hecho a vuestra medida, como si no os gustase tal como es... como si os sintieseis incómodos en él.

»Un elemento ajeno no es el que vino después. Las especies crecen, evolucionan a lo largo de cientos de miles de años; algunas desaparecen y nacen otras nuevas. Pero todas ellas ocupan un lugar en el mundo. No aspiran a gobernarlo todo, no lo cambian radicalmente a su antojo, ignorando por completo las leyes naturales. Hay quien afirma, en ambos bandos, que vosotros no podéis ser «hijos de Dios», como muchos os proclamáis. ¿Qué clase de dios crearía una raza capaz de aniquilar en tan poco tiempo miles de especies que tardaron millones de años en evolucionar hasta su estado actual? ¿Qué clase de dios introduciría en su hermoso mundo a unas criaturas como vosotros?

«Habló el demonio destructor», replico picada.

–Nosotros, los demonios, utilizamos elementos naturales: el rayo, el tornado, el fuego, el volcán, el maremoto, el seísmo. Pero todo lo que podemos manejar está ya presente en la naturaleza. Nunca introdujimos nada nuevo, porque incluso nosotros sabíamos que había que guardar el equilibrio. Pero si vosotros hubieseis nacido realmente de algo tan antinatural como una relación entre ángeles y demonios, los seres más antagónicos de la creación... entonces tendría sentido que hicierais las cosas que hacéis.

«Venga ya», protesto.

–Piensa en el mito bíblico: el árbol de la ciencia del bien y del mal. El pecado original. ¿Recuerdas lo que hablamos sobre lo absurdo que era que este se transmitiera de padres a hijos? ¿Y si no fuera tan absurdo?

«¿Te refieres a que fuera algo *genético*?», aventuro pasmada.

–La capacidad de hacer el bien, heredada de los ángeles; la capacidad de destruir, heredada de los demonios. Y a cambio de conjugar en un solo ser dos principios totalmente antagónicos... la contrapartida... el castigo divino...

«La mortalidad», adivino. «Los humanos estamos atados a la materia, no como vosotros».

Angelo asiente, satisfecho.

–Es gracioso –dice con una amplia sonrisa–. Si Azazel tiene razón, probablemente no seáis hijos de Dios, como pensáis. Tal vez seáis solo sus nietos.

«No tiene gracia», replico enfadada. «Si fuésemos un elemento ajeno, como dices, los ángeles no nos habrían protegido ni se habrían molestado en contactar con nosotros para hablarnos de Dios».

–Eso es porque la Tercera Ley de la Compensación es la más desconocida de todas.

«¿La tercera ley?», repito, desconcertada. «¿Pero cuántas se supone que hay?».

–Solo tres –responde él con una sonrisa–. La primera: «Cuando un ángel o un demonio muere, otro debe nacer». La segunda: «Siempre debe existir el mismo número de ángeles que de demonios». Y la tercera: «Cualquier elemento ajeno a la creación romperá el equilibrio del mundo». No es que sea una ley conocida, pero, de ser cierta, la ecuación es evidente: los humanos habéis roto el equilibrio del mundo de todas las formas imaginables, por lo que debíais de ser un elemento ajeno. El demonio que me habló de esta tercera ley tenía la teoría de que erais alienígenas –concluye con una carcajada.

«Ja, ja», gruño, de mal humor. «Espera a que regrese a mi nave espacial e informe a mis jefes en mi planeta natal. Volveremos con una flota de millones de naves y os vais a enterar».

–Reconoce que, si Azazel dice la verdad, lo que originaron ella y los suyos no le ha hecho ningún bien al planeta.

«Claro; porque el hecho de que un grupo de ángeles y demonios *hippies* hagan el amor y no la guerra es la mayor catástrofe planetaria desde el meteorito que exterminó a los dinosaurios», ironizo. «Venga ya; si eso fuera cierto, y fuera tan malo, mi padre no lo habría hecho conscientemente».

Angelo se encoge de hombros.

–Míralo de este modo: ya sois siete mil millones de humanos sobre la Tierra. Ya estáis aquí, ya os habéis asentado y no creo que haya nada que hacer al respecto, así que… ¿qué más da que alguien repita la jugada?

Apenas lo estoy escuchando. Me he quedado con algo que ha dicho y que me ha hecho reflexionar sobre un dato importante que tal vez hayamos pasado por alto.

«Nada que hacer al respecto…», murmuro. «Salvo que seas Nebiros y estés trabajando en un virus letal… con la intención, tal vez, de eliminar a la especie humana y restaurar el equilibrio».

Angelo me mira fijamente. Sus ojos se han convertido, de nuevo, en dos rendijas rojas.

—Y Nebiros quería matarte —señala—. No porque fueras la hija de un ángel y una humana, sino... ¡por Lucifer, él lo sabía! Sabía que tu madre era un demonio. Y ordenó que te mataran por eso.

«Bueno, pero ¿qué tiene eso de extraordinario? Si Azazel dice la verdad, todos los humanos lo somos...».

—No, Cat, no es así —me corta él—. Los primeros humanos fueron hijos de ángeles y demonios. Hace millones de años. Desde entonces se han estado reproduciendo entre sí, han evolucionado... Pero tú eres diferente porque no has nacido de humanos, como el resto de los de tu especie en la actualidad, sino que has bebido directamente de la fuente original... del árbol de la ciencia del bien y del mal.

«Genial; soy una nueva Eva», suspiro. «Pero, vamos a ver, ¿cómo voy a ser como los humanos primitivos? ¿Me ves acaso cara de mujer de Neandertal?».

—Los neandertales se extinguieron, Cat —me corrige Angelo—. Tu especie desciende del hombre de Cromagnon. Pero, de todos modos, si Azazel está en lo cierto, yo apostaría por un antepasado anterior. Tal vez el *Homo habilis*.

«Lo que sea: ¿en serio crees que me parezco a ellos?».

—Olvídate del aspecto externo. Recuerda que nosotros podemos adoptar cualquier forma cuando nos materializamos en un cuerpo físico. Si eres como ellos, lo eres por dentro. Pero no sé qué significa eso, y de todos modos, ya da igual. Después de todo, estás muerta.

«Vaya, muchas gracias por recordármelo».

—En realidad, aunque todo esto es muy interesante, a ti te da más o menos lo mismo. Tu objetivo, si no recuerdo mal, es irte por el túnel de luz, como hacen tarde o temprano todos los fantasmas. Querías vengar la muerte de tu padre. Ya conoces la identidad de su asesina, y resulta que es tu madre, y que Iah-Hel no fue víctima de una retorcida conspiración demoníaca, sino de una diablesa despechada. ¿Qué vas a hacer ahora?

«Buena pregunta», admito. «Todavía quiero vengarme. Por mucho que sea mi madre, si es que lo es de verdad, mató a mi padre, y no puedo dejar las cosas así. Pero tengo que reconocer que, una vez muerta, hay poca cosa que yo pueda hacer al respecto».

–Tampoco es que hubiera mucho que pudieras hacer cuando estabas viva –bosteza Angelo–. Bueno, y si estabas pensando en que yo sea el ejecutor de tu venganza, ya puedes ir olvidándolo.

«Descuida, no era lo que estaba pensando», replico. «Tengo claro que no durarías ni dos segundos frente a Azazel».

En lugar de molestarse, Angelo sonríe.

–En tal caso, lo único que te queda por hacer es asumir tu propia muerte de una vez, aceptarla y quedar en paz con el mundo. Quién sabe; tal vez eso haga que se abra el túnel de luz, ¿no crees?

«Hay que ver cuántas ganas tienes de librarte de mí», comento con despecho.

–Reconócelo, estar contigo no me ha traído más que problemas. Como pasa con todas las mujeres humanas, debo añadir.

«Y seguro que has conocido a unas cuantas».

–Pues mira, ahora que lo dices, sí. Incluso conviví con una hace mucho tiempo, y a lo largo de toda su vida.

«Venga ya».

–En serio. –Se encoge de hombros otra vez–. Qué pasa, la chica me gustaba. Y, además, hay que tener en cuenta que no pusimos lo mismo en la relación. Ella me dedicó toda su vida y para mí, en cambio, aquello fue como un suspiro. Pero eran otros tiempos, supongo.

«Puede que fueran tiempos demasiado remotos como para que los recuerdes», tanteo.

–Lo que recuerdo de mi pasado y lo que he olvidado no es asunto tuyo –replica Angelo–. Concéntrate en el túnel de luz, ¿de acuerdo? Olvídate de tu venganza y confórmate con haber resuelto el misterio de la muerte de tu padre. Despierta la parte angélica que hay en ti, ya sabes: paz, armonía, esas cosas.

«¿Por qué tienes tanta prisa por que me vaya?», protesto.

Me mira como si fuese estúpida.

–Porque, mientras estés atada a este mundo, y por tanto a mí, seguiré prisionero de tu encantadora madre. Y no sé si te has dado cuenta, pero eso puede ser mucho tiempo: años, siglos, milenios...

«Es verdad; odio admitirlo, pero no mereces algo así, al menos en lo que a mí respecta», reflexiono. «En estos momentos estoy demasiado desconcertada y furiosa como para sentirme en paz conmigo misma, y mucho menos con mi madre, así que me temo que lo del túnel de luz no va a poder ser; pero veré qué puedo hacer».

–Vale. –Angelo bosteza de nuevo y se recuesta sobre las baldosas del suelo–. Voy a dormir un poco, ¿de acuerdo? No hagas mucho ruido.

«Pero, Angelo, tú no necesitas...».

–Ya lo sé –me corta él–. Buenas noches.

Cierra los ojos y sus alas caen sobre su espalda, envolviéndolo en un manto de oscuridad. No añado nada más. Es cierto que nunca antes lo había visto dormir, y llegué a pensar que no lo hacía jamás, pero puede que estuviera equivocada. Después de todo, aunque los ángeles y los demonios no necesiten descansar, puede que les apetezca hacerlo de vez en cuando. Mi padre echaba alguna cabezada si le apetecía, así que no hay razones para pensar que Angelo pueda estar más débil de lo conveniente. Quizá sea la proximidad del entramado de espadas angélicas que se oculta tras las paredes. Quizá...

Lo contemplo un momento, dormido, y me pregunto si será verdad que fue capaz de convivir con una mujer humana durante toda la vida de ella. Es cierto que eso debe de ser un suspiro para alguien que ha vivido decenas de miles de años, pero aun así me resulta extraño... o quizá no tanto.

Si Azazel no miente, hay algo demoníaco en cada uno de nosotros.

No quiero parecerme a Azazel, no quiero creer que ella sea mi madre. Pero, si su historia es cierta, no soy tan diferente de Angelo como yo pensaba.

Nadie lo es.

Reflexiono sobre lo que debo hacer a continuación, pero no se me ocurre ninguna idea brillante. No creo que tenga mucho sentido suplicarle a Azazel que libere a Angelo. Se ha empeñado en conservarme a su lado, y sabe que él no se va a quedar en Villa Diavola por propia voluntad. ¿Qué puedo hacer?

«Ven, Cat», dice de pronto una voz en mi mente.

Doy un respingo y miro a mi alrededor, pero Angelo sigue durmiendo, y no veo a nadie más.

«Ven», repite la voz. Es una voz profunda, imperiosa y da mucho miedo, creedme; de modo que me quedo en el sitio, temblando, sin la menor intención de obedecerla.

«Sal de ahí», insiste la voz. «Tenemos que hablar».

«¿Quién eres?», interrogo amedrentada. «¿Dónde estás?».

El desconocido se ríe, y es una risa oscura y llena de malas vibraciones.

«Soy alguien que lleva mucho tiempo buscándote», responde. «Y estoy al otro lado de la puerta; fuera de la celda, porque soy un demonio y las espadas angélicas que defienden las paredes me matarían si osase atravesarlas. Así que tendrás que salir tú al pasillo para que hablemos».

«Tiene sentido», respondo, «salvo por el hecho de que yo no sé si quiero hablar contigo».

Y me vuelvo hacia Angelo, dispuesta a despertarlo.

«No te lo volveré a repetir», dice el demonio, y su voz hace temblar mi esencia de puro terror. «Sal de la celda».

Cuando me quiero dar cuenta, estoy atravesando la pared, porque siento, porque sé que no puedo desobedecer al dueño de esa voz. Es demasiado poderoso. Demasiado terrible. Es…

… ahogo una exclamación de terror y de sorpresa.

Es una sombra. No, mejor dicho, una Sombra, así, con mayúscula. Tiene forma vagamente humana y flota en el aire, como yo. Su silueta, más negra que el corazón de Lucifer, exhibe dos impresionantes alas que recuerdan a las de un murciélago. Sus ojos, rojos como el mismo infierno, me miran irritados, y me dejan paralizada de puro terror.

Es un demonio en forma pura. Un demonio sin cuerpo. Un demonio mostrando su auténtico aspecto, que solo sus congéneres, los ángeles y los fantasmas como yo podemos contemplar.

Así es la verdadera esencia de todos los demonios. Incluida Azazel. Incluido Angelo.

«Eres obstinada», comenta el visitante. Estoy tan aterrorizada que no puedo ni hablar, pero a él no parece importarle. Debe de estar ya acostumbrado a que los humanos reaccionemos así ante su presencia. «Me llamo Astaroth; tu especie me concedió en tiempos pasados el título de Gran Duque del Infierno».

¡Astaroth! ¿He oído bien? ¿Estará de broma? ¿Estoy soñando?

Astaroth es el nombre de uno de los señores demoníacos más poderosos que existen. Si en algún momento de la historia alguien ha estado medio cerca de arrebatarle a Lucifer el trono del infierno, ese es Astaroth. Su gloria y su poder no pueden compararse con los de nadie más en el mundo demoníaco, excepto, tal vez, Belcebú, o Belial, en tiempos antiguos.

¡Y está aquí! ¡En Villa Diavola! ¡Delante de mí! ¡Hablándome! Pero ¿por qué?

«No suelo perder el tiempo con humanos», prosigue, «ni mucho menos deslizarme en secreto, como un ladrón, en la guarida de un demonio caído en desgracia. Así que espero que comprendas que, si lo he hecho esta vez, es porque se trata de un asunto de suma importancia. ¿Lo entiendes?».

Asiento, pero a mis neuronas les sigue costando trabajo unir dos ideas coherentes.

«¿Sabes quién soy?», me pregunta. Asiento de nuevo, débilmente, pero él niega con la cabeza. «No me refiero a mi nombre ni a mi condición. Te estoy preguntando... si sabes cuál es mi relación contigo».

¿Relación...? Me muero de miedo solo de imaginar que pueda haber alguna relación entre Astaroth y yo, del tipo que sea.

«Yo le ordené a Angelo que te protegiera, por medio de Hanbi», me revela, para mi sorpresa. «Cuando los esbirros de Nebiros te mataron, yo le envié a averiguar quién estaba detrás de tu muerte. Yo te quería viva, Cat. Te necesitaba viva. Pero subestimé el poder de mis enemigos, y acabaron contigo antes de que pudiera hacer nada al respecto».

No me lo puedo creer. Entonces, ¿Astaroth era el «jefe» de Angelo? ¿Y qué quiere decir con eso de que me necesitaba viva? ¿Se está quedando conmigo, o qué?

Astaroth sigue hablando:

«Gracias a Angelo obtuve información muy valiosa acerca de la identidad y los planes de mis enemigos. Sin embargo, aún quedan cabos por atar. Tendréis que trabajar para mí una vez más».

Una vez más, dice. ¡Como si hubiésemos tenido elección en algún momento!

«Hay algo que debes hacer por mí antes de que el túnel se abra para ti», prosigue el demonio. «Algo que solo tú y tu enlace podéis hacer. Pero, para poder explicarte de qué se trata, primero he de mostrarte algo. Acompáñame».

Levita un poco más alto, esperando, supongo, que le siga. Por fin mi mente consigue hilar un par de frases entrecortadas:

«Pero mi enlace… Angelo… no puedo…».

«Podrás si yo te enlazo a mí un instante. Así».

Noto un estremecimiento en toda mi esencia, mi espíritu, mi ectoplasma o lo que quiera que sea. De pronto, algo me empuja a mirar a Astaroth y a acercarme un poco más a él, como si el Duque del Infierno estuviese tirando de mí.

«¿Preparada?», pregunta, y antes de que pueda hablar, echa a volar. Y yo tras él.

Volar, en realidad, es un eufemismo para lo que estamos haciendo. Nos desplazamos a la velocidad de la luz, dejando atrás Villa Diavola, Florencia, Italia, Europa en apenas unas centésimas de segundo. Un destello azul es todo cuanto veo del océano. Y cuando quiero darme cuenta, estamos en otro lugar, en medio de una exuberante selva, descendiendo cada vez más despacio.

Por primera vez desde mi muerte, me alegro de no tener ya estómago. De lo contrario, a estas alturas estaría echando hasta la primera papilla.

Miro a mi alrededor, intimidada. Nos encontramos en lo que parecen las ruinas de una gran pirámide escalonada.

«¿Inca?», me pregunto, pero Astaroth capta mi pensamiento y responde:

«Maya».

«¿Qué… qué hemos venido a hacer aquí?», me atrevo a preguntar.

La sombra de Astaroth se desliza con suavidad sobre las piedras milenarias cubiertas de liquen. Yo le sigo de cerca.

«Supongo que Azazel te habrá contado algunas cosas», responde él. Parece que se le va pasando el enfado, porque su voz suena casi amable. Recuerdo otra vez que, según parece, Astaroth quería protegerme y que, si ahora estoy muerta, es porque no seguí sus instrucciones y me fui detrás del primer niño simpático que me dijo que era un ángel.

Lo miro con curiosidad.

«Me ha dicho que es mi madre», respondo, «y que mató a mi padre. Me ha contado que los humanos descendemos de un cruce entre ángeles y demonios. Pero no sé si creerla», añado, y aguardo, expectante, a que confirme o desmienta la historia de Azazel.

Pero me llevo un chasco.

«Eso es lo que ella dice, en efecto. Y otros ángeles y demonios cuentan otras historias. Nadie puede saber qué hay de verdad en cada una de ellas, si es que hay algo, porque hemos olvidado lo que sucedió entonces».

«Eso quiere decir que probablemente esté mintiendo...».

«Puedo asegurarte dos cosas, Cat», contesta Astaroth. «Azazel es tu madre y ordenó matar a tu padre. Pero, respecto al origen de tu especie, me temo que no soy yo quien debe responder a esa pregunta».

«¿Entonces, quién?», interrogo.

Astaroth vuelve hacia mí sus ojos como brasas, y juraría que sonríe.

«El único que recuerda todo lo que pasó. Hasta el último detalle».

«¿Lucifer?», pregunto, asustada, y entonces se me ocurre otra idea aún más fascinante: «¿Dios?».

«Ni uno ni otro», responde Astaroth. «Aunque sí puedo decirte que Lucifer olvidó hace ya tiempo el secreto que ocultan los restos de esta pirámide, y que si alguien puede hablar de Dios y recordar qué aspecto tiene, es aquel que mora en su interior».

Y atraviesa la pared como si fuera humo. Me quedo un instante en el exterior, dudando. Seguir al Gran Duque del Infierno al interior de una ruinosa pirámide maya no tiene pinta de ser una buena idea. Claro que soy un fantasma y en teoría ya no puede hacerme daño, pero aun así...

Pronto queda claro que no puedo opinar al respecto. La cadena invisible que me une a Astaroth tira de mí y me obliga a seguirle, atravesando el muro y hundiéndome en la oscuridad.

A pesar de que, como fantasma, soy perfectamente capaz de desenvolverme bien hasta en la más negra de las noches, este túnel me asusta. Es opresivo y angustioso, como si nadie hubiese entrado aquí en cientos de años. Y probablemente así sea, comprendo de pronto. Hemos entrado atravesando una pared. Seguro que Astaroth no lo ha hecho así para demostrarme lo poderoso que es, sino porque no hay ninguna entrada. El lugar al que nos dirigimos está totalmente sellado, como una tumba. ¿Cómo es posible que viva alguien aquí dentro?

Observo a mi guía con aprensión. A pesar de que el túnel está oscuro como la boca de un lobo, distingo perfectamente sus contornos, porque su esencia es todavía más tenebrosa que la más profunda oscuridad.

No resulta un pensamiento agradable. Estoy siguiendo a un demonio poderoso, y seguimos bajando y bajando por un túnel que parece el camino al mismo infierno.

Astaroth debe de haber captado mis pensamientos de nuevo, porque dice con una suave risa:

«No andas muy desencaminada, joven humana. Los antiguos mayas creyeron que esta era la antesala de Xibalba, el inframundo. Vieron a un héroe sabio y poderoso adentrarse por este túnel y, como no volvió a salir, sellaron la entrada. Nadie ha vuelto a abrirla en mil quinientos años».

«Se me ocurren dos posibilidades», comento. «O bien ese héroe era humano y la palmó aquí dentro, o bien era uno de vosotros, entró bajo cualquiera de sus encarnaciones y volvió a salir como espíritu, sin que nadie pudiera verlo».

«Ni lo uno ni lo otro», vuelve a repetir Astaroth.

Sigo dándole vueltas mientras descendemos cada vez más hacia el corazón de la pirámide. Estoy convencida de que hace ya un buen rato que nos movemos bajo tierra, pero Astaroth continúa avanzando, a veces por el túnel, a veces atravesando muros o lugares donde el techo se ha derrumbado parcialmente, impidiendo el paso a cualquier criatura corpórea. Pero nada puede detenernos a nosotros, demonio y fantasma, en nuestro camino hacia Xibalba.

«¿Qué vamos a encontrar ahí abajo?», pregunto cada vez más inquieta. La única solución que se me ocurre al acertijo del héroe que no volvió a salir es que nunca llegara a entrar. A saber qué clase de bestia parda está encerrada aquí abajo. Como para pensárselo dos veces, incluso si eres un héroe sabio y poderoso.

«La respuesta a muchas de tus preguntas», dice Astaroth.

Pese a lo que pueda parecer, eso no me tranquiliza; más bien al contrario.

Por fin, el túnel se ensancha hasta formar una gran sala. Como todo en el interior de la pirámide, está sumida en la más completa oscuridad. Y, sin embargo, mi percepción de espíritu es capaz de apreciar hasta el mínimo detalle, desde las fabulosas pinturas de las paredes o el intrincado dibujo de las baldosas del suelo, hasta las telarañas que se extienden, como velas fantasmales, por todos los rincones de la estancia. No quiero imaginar qué tipo de araña sería capaz de crear telas como estas en una oscuridad absoluta, pero eso no es lo más importante ahora.

Porque en el centro de la estancia, yaciendo sobre un trono de piedra, hay alguien.

A simple vista parece muerto. Sus ropas están hechas jirones, como si llevara siglos sin cambiárselas. Tiene los ojos cerrados y su piel está pálida y demacrada, como la piel de alguien increíblemente viejo. Su cabello cano es tan largo que llega hasta el suelo y cubre buena parte de él, confundiéndose con la espesa maraña de telarañas que ha invadido la habitación, y que también alcanza a la figura del trono. Cualquiera diría que es una momia olvidada aquí abajo mucho tiempo atrás.

Pero no es una momia. No es un cadáver. Está vivo.

Lo sé porque su cuerpo despide un leve resplandor pálido. No puede ser.

Me acerco para verlo mejor.

No puede ser. Es un ángel.

Lo que había tomado por una larga melena no es tal. Son unas grandes alas de plumas, encrespadas, que parecen haber sido de colores hace mucho tiempo, pero que ahora se han tornado en un mustio color gris. Y no, no son alas de luz, como las de todos los ángeles que he visto hasta ahora. Son alas de verdad, reliquias de un tiempo remoto, de mitos y maravillas, en el que los ángeles y los demonios podían adoptar formas aladas y mostrarse así ante los humanos.

Y este ángel caminó entre los mortales bajo el aspecto de un alto e imponente ser alado…

… y era el héroe que entró en la pirámide y nunca más volvió. No salió como espíritu ni murió aquí dentro. Se quedó encerrado en esta misma habitación.

Y lleva aquí mil quinientos años, comprendo, llena de espanto.

«¿Qué le pasa? ¿Por qué no ha salido de aquí? ¿No puede regresar al estado espiritual? ¿Quién lo encerró en la pirámide? ¡Tenemos que ayudarle!».

Un torrente de pensamientos atropellados se acumula en mi mente. Muchas preguntas y ninguna respuesta. Y una terrible angustia por el angélico prisionero que, cubierto de mugre y telarañas, ve pasar los días, y los años, y los siglos, desde su trono de piedra.

«Cálmate», responde Astaroth. «Está aquí por voluntad propia. Se encerró aquí en vida porque así lo quiso, y tuvo tiempo de sobra para pasar al estado espiritual y escapar al exterior si así lo hubiese deseado. Y aunque ahora ya esté atrapado en su forma actual, me consta que no quiere salir de aquí. Se lo ofrecí yo cuando lo encontré y declinó la oferta».

«Pero... pero... ¿por qué?», pregunto, desolada.

«Por la memoria», responde Astaroth. «Cuando los ángeles empezaron a perder la memoria, uno de ellos decidió que no permitiría que la suya se corrompiese con más recuerdos, y eligió enterrarse en vida para preservar intacto todo lo que sabía. Tanto Miguel como Lucifer sabían que estaba aquí, porque él sacrificó su vida para conservar la memoria de ambas especies, que es también la memoria del mundo. Desde entonces no ha permitido que entre más información en su mente. Por lo que a él respecta, las ruinas que hemos visto ahí fuera siguen siendo una próspera ciudad maya. Su memoria histórica se detuvo hace mil quinientos años. Pero, a cambio, conserva recuerdos de todo lo anterior». Me mira un momento, con los ojos relucientes. «Desde el principio de los tiempos», añade.

«¿Y cómo es posible, entonces, que tanto ángeles como demonios hayáis olvidado vuestros orígenes, si él estaba aquí para recordároslos?», le pregunto con cierto escepticismo.

Astaroth sonríe.

«Porque no contó con la memoria de los que se quedaron fuera», responde solamente.

La angustia y el horror vuelven a recorrer mi esencia de fantasma.

«¡Lo olvidaron aquí dentro!», comprendo. «¡Se olvidaron de que estaba aquí!». Observo al pobre ángel, llena de compasión. «Pero... pero... ¿quién es?».

«Es Metatrón», dice Astaroth. «La voz de Dios».

Me quedaría sin respiración, si aún pudiese respirar.

Metatrón. El Rey de los Ángeles. El más poderoso de todos.

Sacudo la cabeza. Son demasiadas revelaciones sorprendentes para asimilarlas todas, por lo que trato de ordenar mis pensamientos.

«He oído hablar de Metatrón», comento con suavidad. «Pero creí que era un mito. Después de todo, se supone que es el Rey de los Ángeles, pero en la práctica parece que no hay nadie por encima de Miguel... salvo Dios, claro, esté donde esté».

«Eso es porque Metatrón jamás se involucró en la lucha contra mi gente», me responde Astaroth. «Nunca fue un combatiente. Era el más grande de todos los ángeles, y su trabajo consistía en conocer con todo detalle la creación de Dios. Cada semilla que germinaba, cada insecto que moría... nada de eso se hacía sin que Metatrón lo supiese. No es el Rey de los Ángeles porque sea el más poderoso, sino porque era el más sabio».

«¿Era?», repito.

Astaroth me mira con sus ojos abrasadores, y en la silueta oscura de su rostro puedo adivinar una sardónica sonrisa.

«Lleva un desfase de mil quinientos años», me recuerda. «No estoy seguro de que esté preparado para enfrentarse al mundo moderno. Han cambiado muchas cosas desde su época».

«Comprendo», asiento.

«Pero acércate y salúdale, niña», me anima el demonio. «Pregúntale cualquier cosa acerca del pasado. Te responderá, y sus respuestas te brindarán más de una sorpresa».

Titubeante, me acerco al ángel del trono de piedra.

«Buenas tardes», le digo. «Me llamo Cat».

Enseguida me pregunto dos cosas:

1) Si tiene sentido decirle «buenas tardes» a alguien que lleva milenio y medio sumido en una noche perpetua.

2) Si un ángel como él querrá hablar con un simple fantasma como yo.

Pero Metatrón alza hacia mí su rostro casi cadavérico y me mira con unos ojos totalmente blancos, sin iris ni pupila. Inmediatamente entiendo que no puede verme. No con los ojos, al menos, aunque muy probablemente su esencia angélica pueda detectarme sin problemas. También él sufre la Plaga. De lo contrario, no estaría atrapado en un cuerpo tan abandonado. Habría podido pasar al estado espiritual en cualquier momento y regresar en un envoltorio mejor.

–Habla, alma perdida –dice entonces, sobresaltándome; es una voz que parece más un agónico jadeo, un silbido que se escapa entre sus labios agrietados, como si pronunciar cada palabra le costara un titánico esfuerzo. Vuelvo la mirada hacia Astaroth, interrogante, pero él niega con la cabeza, prohibiéndome toda posibilidad de retirada. Dudo. Por un lado, ardo en deseos de preguntarle cosas, de conocer la verdad, y además es lo que quiere Astaroth que haga, y no creo que sea buena idea contrariarle. Pero, por otro lado, me sabe fatal por este pobre ángel y no quiero hacerle hablar más de lo necesario.

Además, tampoco estoy segura de que me guste lo que tiene que contarme.

Cierro los ojos un instante. Este es el momento perfecto para respirar hondo, pero claro, eso es algo que ya no puedo hacer, por lo que me conformo con contar hasta tres, volver a abrir los ojos y preguntar:

«¿Es cierto que lo recuerdas todo, desde el principio de los tiempos?».

—No —responde Metatrón—. Recuerdo la historia del mundo desde la aparición de la vida. Porque nosotros surgimos con ella.

«¿Nosotros?».

—Los ángeles y los demonios. Los guardianes y los destructores. El orden y el caos. La estabilidad y el cambio…

Pronuncia cada pareja de términos con dificultad, y asiento enérgicamente para hacerle entender que lo he comprendido, que no hace falta que se esfuerce más. Sin embargo, Metatrón parece experimentar la necesidad de continuar hasta el final.

—La luz y la oscuridad —concluye en un susurro.

He venido a preguntarle por el origen del ser humano, para saber si Azazel miente o no, pero no puedo desaprovechar esta ocasión:

«¿Y dónde estaba Dios entonces?», pregunto.

—Donde está ahora —responde Metatrón—. Donde ha estado siempre.

«¿En el cielo?».

Sus labios resecos se curvan en una sonrisa.

—En todas partes. En la vida misma. En el mundo. En todos nosotros.

Abro la boca, perpleja. No es la respuesta que esperaba, y me siento un poco decepcionada. Había supuesto que sería capaz de darme una localización concreta, o decir simplemente «Dios no existe», no algo tan abstracto como… ¿en todas partes?

—Dios lo es todo —prosigue Metatrón—. Dios es su propia creación.

Me siento incómoda. Astaroth ha dicho que fue un ángel sabio en el pasado. Vete tú a saber si no se le ha ido la olla de estar tanto tiempo encerrado. Quizá confunda ideas. Quizá no haya entendido del todo mi pregunta.

Pero entonces recuerdo que mi padre pasó más de una década buscando a Dios, y que dejó de visitar templos para caminar por espacios naturales vírgenes.

Buscando a Dios en lo que quedaba de su creación. En lo poco que los humanos no habíamos tocado aún.

¿Y si Metatrón tiene razón? ¿Y si mi padre lo intuyó en los últimos años de su vida?

¡Ejem! Es algo demasiado complicado para mí, así que será mejor pasar a otros asuntos menos espinosos.

«¿Y qué fue del ser humano? ¿De dónde surgimos? ¿Fuimos creados del barro, evolucionamos del mono?».

–Nacisteis de la Tregua –responde Metatrón–. Grupos de ángeles y demonios conviviendo juntos. Los primeros humanos fueron sus hijos.

Niego con la cabeza. Por mucho que sea Metatrón quien me lo diga, me cuesta imaginarlo.

«¿Quieres decir que tenemos sangre demoníaca?».

Metatrón vuelve a sonreír, pero no responde. Ha hablado con claridad y no tiene sentido que lo vuelva a repetir. No es que yo no lo haya oído o no lo haya entendido. Es que no quiero creerlo.

–Y también sangre angélica –añade él–. Sois los hijos del equilibrio. Como especie, habéis provocado una gran destrucción a lo largo de vuestra historia, pero también sois capaces de cuidar y conservar este hermoso mundo. Casi mejor que nosotros, los ángeles.

Empiezo a sentirme incómoda y a desear que no salga de su pirámide nunca más. Si viera en qué hemos convertido el mundo desde que él se encerró aquí, no tendría esa opinión de nosotros, seguro.

«Nos has llamado *hijos del equilibrio*», le recuerdo. «¿Qué quiere decir eso exactamente? ¿No sois los ángeles el equilibrio, y los demonios, la destrucción?».

–No –responde Metatrón; inspira hondo, preparándose para hablar largo rato–. El mundo ha sido siempre así desde la aparición de la vida. Las criaturas nacen y mueren. Ninguna criatura puede sobrevivir sin alimentarse de otra, directa o indirectamente. Para que las criaturas existan, otras tienen que morir. Nosotros estamos en el mundo para que las criaturas vivan. Los demonios están en el mundo para que las criaturas mueran. Si los ángeles no existiésemos, nuestro planeta acabaría por convertirse en un mundo muerto. Si los demonios no existiesen, las criaturas crecerían y se reproducirían sin control, y el planeta no podría sustentarlas a todas. Somos los dos extremos de la balanza. La existencia de unos y otros garantiza el equilibrio del mundo.

«Entonces, ¿los demonios no son ángeles caídos?».

Metatrón niega con la cabeza.

–Nunca lo fueron –responde–. Pero los ángeles amamos tanto la vida que muchos no pueden aceptar la idea de que la existencia de los demonios sea necesaria para el equilibrio del mundo.

»Yo lo sé, lo entiendo y lo acepto –añade–, porque estaba allí y lo recuerdo.

«¿Estabas dónde?».

–Allí –contesta Metatrón en un susurro–, cuando apareció el primer organismo vivo. Yo nací con él. Y el primer demonio –añade– nació cuando un organismo vivo murió por primera vez. Somos los espíritus del nacimiento y de la muerte, de la conservación y del cambio. Emanamos de Dios cuando la faz de este planeta comenzó a cambiar y lo transformó en un mundo vivo.

Le escucho, fascinada, tratando de imaginar cómo debe de haber sido eso.

«Y ese primer demonio... ¿era Lucifer?».

–No. No sé qué fue de aquel demonio y, por otro lado, entonces no teníamos nombre. Lucifer fue quien inició una guerra abierta contra los ángeles, mucho tiempo después. Miguel fue el primero que le respondió. Pero no es esa la función para la que fuimos creados. Aunque tenemos propósitos contrarios, no estamos en el mundo para luchar. Nosotros cuidamos del mundo, ellos lo destruyen. Ha de ser así.

Me cuesta mucho trabajo asimilarlo. Además, hay algo que no me cuadra.

«Pero... si sabías todo esto... ¿por qué permitiste que los ángeles y los demonios lucharan durante tanto tiempo?».

Metatrón se ríe, con una risa que parece más bien una tos asmática.

—Soy el más viejo de todos los ángeles —responde con sencillez—. Lo olvidé todo hace mucho, mucho tiempo. Entonces les di la espalda a los combatientes y me dediqué a buscar el modo de recuperar el conocimiento que había perdido. Me fundí con el mundo —recuerda—, y durante decenas de miles de años fui ave, fui árbol, fui insecto y fui mamífero; fui reptil, fui pez, fui hongo, fui hierba y fui anfibio. Lo fui todo, y lo aprendí todo de nuevo. Y cuando regresé al estado espiritual, el mundo había cambiado mucho y los seres humanos ya se extendían por todos sus confines. Para no volver a olvidar nada, me encerré en esta pirámide, dispuesto a compartir mis conocimientos con ángeles y demonios, y también con humanos que quisieran preguntarme. Pero muy pocos han venido hasta mí. Se han acostumbrado a creer que el mundo es como ellos piensan que es, y temen conocer la verdad.

Metatrón calla, exhausto. No quiero hacerle hablar más. No le quedan fuerzas y, de todos modos, ¿qué podría decirle? ¿Que si no viene nadie no es porque tengan miedo de la verdad —que también—, sino porque se han olvidado de que sigue aquí?

«Creo que basta por hoy», dice Astaroth a mi espalda, con suavidad.

Retrocedo un poco.

«Gracias, Metatrón», le digo. «Espero poder volver a verte».

Metatrón no responde. Solo sonríe, y después vuelve a dejarse caer sobre su trono de piedra.

Y mientras me alejo de nuevo junto a Astaroth, tengo la terrible certeza de que no voy a volver a verle nunca más.

«No es lo que esperaba escuchar», le confieso a Astaroth cuando abandonamos la estancia.

«Pues aún no lo has oído todo», responde él. «Hay cosas que Metatrón no sabe, porque las descubrimos mucho después de que él se encerrara aquí abajo».

Me vuelvo hacia él, suspicaz.

«¿Qué clase de cosas?».

Tarda un poco en responder. Por una parte quiero escucharle, porque sospecho que puede responderme a las preguntas que llevo planteándome desde hace tanto tiempo; pero, por otra, no se me olvida que es un demonio, y de los poderosos. Que aunque ahora se muestre amable y comunicativo, me ha traído aquí a la fuerza.

… a conocer a un ángel, admito para mis adentros, a regañadientes.

Está bien, decidido. Escucharé lo que tenga que decirme.

«¿Qué clase de… cosas?», repito, esta vez con más suavidad.

«Acerca de los humanos», responde él. «Los hijos del equilibrio, ¿recuerdas? Bueno… fue así, pero solo al principio. Pero… tu especie no tardó en, por decirlo de algún modo, inclinarse hacia uno de los dos lados de la balanza».

No necesito que me diga cuál. Me lo imagino.

«¿Y eso por qué fue, si puede saberse?», pregunto con algo de escepticismo. Toda mi buena voluntad empieza a esfumarse otra vez.

«Porque, a lo largo de la historia de la humanidad, han sido muchos los demonios que han mezclado su sangre con la vuestra. Diablesas aburridas, demonios lujuriosos… Generación tras generación, siempre ha habido demonios que han dejado su semilla en vosotros. Los ángeles, en cambio, solo lo hacían en muy contadas ocasiones. A estas alturas, los seres humanos sois incluso más peligrosos que nosotros, los demonios, porque vuestra sangre angélica está demasiado diluida, pero vuestra herencia demoníaca sigue intacta, y cada vez más fuerte... y porque no tenéis medida. Nosotros somos crueles y destructivos, pero nunca hemos roto las leyes naturales, porque los ángeles estaban allí para impedirlo. Ellos nos contenían a nosotros, y nosotros los conteníamos a ellos. Vosotros no tenéis a nadie que os frene. Y sí, estáis destruyendo el mundo. En unos cuantos milenios habéis conseguido lo que los demonios no han logrado en toda su existencia de millones de años».

«Ah, claro, y me imagino que estaréis muy contentos», replico con sarcasmo.

«La mayoría sí, pero los que tenemos un poco más de perspectiva somos capaces de darnos cuenta de que esto es una catástrofe. Ya has oído a Metatrón: los demonios nacimos con la primera muerte de un organismo vivo. Cuando ya no quede nada vivo en este planeta, a los demonios no nos quedará nada por destruir, no seremos necesarios y nos extinguiremos. Ya nos está pasando. La Plaga que está azotando a los ángeles se cierne también sobre nosotros. Y es precisamente porque los ángeles están desapareciendo. Porque vosotros los estáis matando».

Ah, vamos, esto es demasiado. Los demonios llevan matando ángeles desde que tienen memoria. ¿Cómo se atreve Astaroth a insinuar que la extinción de los ángeles es culpa nuestra?

«¿Nosotros?», protesto, enfadada. «¿Cómo que nosotros? ¡Ya vale de cargarnos las culpas! ¿Cómo vamos a ser más malvados que los mismos demonios? ¿Cómo vamos a estar exterminando a los ángeles, si la gran mayoría de la gente no sabe ni que existen?».

«Porque estáis destruyendo el planeta, Cat. Miles de especies extinguidas a causa del ser humano. Millones de criaturas asesinadas por los humanos cada día. Los ángeles respiran la vida. Cuanto más enfermo esté el planeta, cuanto más se acelere su destrucción, más deprisa sucumbirán. La creación muere, y los ángeles que debían cuidarla mueren con ella. Y cuando ellos ya no estén, nosotros iremos detrás».

Me detengo y lo miro, impresionada.

«No... no puedes estar hablando en serio», balbuceo.

«Muy en serio. Al principio, cuando tus antepasados empezaron a cazar sin medida y aniquilaron a gran parte de la megafauna del planeta, los demonios nos hicimos más fuertes y poderosos. Muchos celebramos el gran hallazgo de Azazel y los suyos. Sí..., mientras ellos sufrían tormentos en el infierno, los demás observábamos a los humanos, encantados. Los animábamos, los alentábamos y nos mezclábamos con ellos. Para cuando los ángeles quisieron intervenir, ya era demasiado tarde».

Me cuesta creerlo y asimilarlo. Porque Astaroth no está hablando de los tiempos modernos. Está hablando de la prehistoria. Está insinuando que los humanos ya provocábamos extinciones en masa cuando nuestras armas de destrucción más mortíferas eran piedras y palos. Es absurdo.

Sin embargo, mi padre me habló alguna vez de la megafauna prehistórica. Lobos del tamaño de osos. Perezosos de tres metros de alto. Armadillos tan grandes como coches. Los mamuts y toda su parentela. Y los uros. Manadas enteras de uros, una especie parecida al buey, enormes y magníficos, que en tiempos pasados poblaron las praderas de toda Europa.

A mi padre, según me contó en cierta ocasión, le gustaban mucho los uros.

Todas esas especies llevaban habitando la Tierra cientos de miles de años y, sin embargo, no tardaron en extinguirse cuando el ser humano salió de África y empezó a poblar otros continentes. ¿Casualidad?

«¿Insinúas que exterminamos a todos esos animales cuando ni siquiera teníamos medios para ello?», protesto, indignada.

Astaroth se ríe.

«Oh, sí que teníais medios», me contradice. «El raciocinio. El libre albedrío. La ambición. La crueldad. Y la ignorancia. Con eso os bastó. Con todo, debo decir que el debate acerca de la bondad o la maldad del ser humano nos ha entretenido durante siglos. Vuestros defensores entre los demonios y vuestros detractores entre los ángeles forman el bando de los que opinan que sois una auténtica catástrofe para el mundo, y que lo erais ya en tiempos prehistóricos. Por el contrario, los que piensan que no sois tan malos hablan a vuestro favor en círculos angélicos, y en vuestra contra en ambientes demoníacos».

«Es un galimatías», opino.

«La extinción de la megafauna prehistórica fue el primer aviso», prosigue Astaroth. «Pero, aun entonces, todavía vivíais más o menos en armonía con la naturaleza. Luego, empezasteis a asentaros, y aprendisteis a cultivar, y a criar animales, y a construir ciudades. Y pese a que seguíais destruyendo sin medida, a los ángeles les encantaron algunos de vuestros logros. El arte, el lenguaje, la espiritualidad, la filosofía... incluso la técnica. Estabais creando cosas nuevas, Cat. A algunos ángeles eso les asustó, pero otros vieron en vosotros la manifestación más clara del poder de Dios.

»No obstante, a estas alturas, ya es inevitable darse cuenta de lo que estáis haciendo. Porque ya no os limitáis a matar a otros seres vivos sin control. Destruís su entorno, y a menudo lo hacéis de manera irreversible. Y eso es lo peor. Ha habido otras grandes extinciones en nuestro planeta... catástrofes que han estado a punto de acabar con toda la vida que medraba en él. Todo ello sucedió millones de años antes de que aparecieran los primeros humanos, pero no fue irreversible. En todos aquellos casos, la vida tenía oportunidad de resurgir, y lo hizo… los ángeles se esforzaron mucho para que nuestro mundo resucitase, una y otra vez. Sin embargo… vosotros no solo destruís la vida, sino que estáis atacando a las mismas condiciones necesarias para que la vida exista: la tierra, el aire, el mar. Algo que ni el mismo Lucifer se habría atrevido a hacer. Y lo más desconcertante de todo es que no parecéis ser conscientes de ello, que no es ese vuestro objetivo. Se trata, simplemente, de que vuestra forma de vida, vuestra simple existencia, es una mala noticia para el resto del planeta. E incluso los demonios nos hemos dado cuenta del peligro que supone eso para todos, también para nosotros. Nos hicisteis poderosos en tiempos pasados, pero ahora nuestra fuerza está menguando, porque no existe la muerte sin la vida. A la larga, si esto sigue así, los demonios nos extinguiremos también.

»Evidentemente, yo no soy el único que se ha percatado del desastre que estáis provocando. En ambos bandos hay gente que lo tiene presente. Y no van a esperar a que lo solucionéis, Cat. Están actuando ya».

Una pieza más encaja.

«El virus», murmuro. «El virus que debía eliminar a todos los seres humanos del planeta…».

«… para salvarlo, sí», asiente Astaroth. «Ese es el plan de Nebiros, del cual me enteré gracias a Angelo y a ti. Pero, en primer lugar, Nebiros no está solo, y en segundo lugar, no es el único que tiene un plan».

En ese momento salimos al exterior, atravesando una de las paredes de piedra de la pirámide. La luz del sol golpea mi esencia como una revelación y recuerdo, de pronto, la conspiración de Astaroth, aquello que se traía entre manos y de lo cual Hanbi no nos quiso dar detalles. Supusimos que estaba tratando de asaltar el trono del infierno, ocupar el lugar de Lucifer, pero, si hay algo de verdad en toda esta locura, sus intenciones van mucho más allá.

«Nosotros pensamos que hay otra manera de salvar el mundo. Es arriesgado, y nada nos garantiza que vaya a funcionar, pero hemos de intentarlo. Todos aquellos a quienes les caéis bien los humanos, en uno y otro bando, estarían de acuerdo en que hay que probarlo, al menos. No obstante, es un plan audaz y temerario, y no cuenta, por el momento, con la aprobación de nuestros líderes. Por eso era, y sigue siendo, un plan secreto».

«Salvar el mundo...», repito anonadada, «sin eliminar a los humanos...».

Tengo una sospecha acerca de lo que quiere decir. Es una locura, pero es lo único que tiene algo de sentido. Lo que pretende Astaroth... lo que están haciendo él y su gente...

«Recrear el origen del ser humano», me confirma. «Recrear las comunidades que surgieron durante la Tregua. Que vuelvan a nacer los hijos del equilibrio. Niños con suficiente sangre angélica como para reequilibrar la balanza. Ese es nuestro plan».

De nuevo, me quedo helada. Hijos del equilibrio. Niños nacidos de ángeles y demonios. No puede estar hablando en serio.

Hemos pasado de debatir acerca del futuro de los ángeles, del origen de la humanidad y la destrucción del mundo, a... algo tan concreto como el misterio de mi nacimiento, de mi esencia misma.

«Entonces... yo...», murmuro.

El demonio asiente. Flota por encima de la pirámide y contempla, pensativo, la selva tropical que se extiende a nuestros pies. Una selva que, no me cabe duda, era mucho más exuberante en los tiempos en los que Metatrón caminaba por estas tierras, encarnado en un ser alado al que los mayas tenían por un semidiós.

Pero eso no me importa ahora. Junto a Astaroth, el Gran Duque del Infierno, contemplo nuestro mundo y me pregunto cuál es mi lugar en él.

Y, como si hubiese leído mis pensamientos, Astaroth responde:

«Tú fuiste la primera de esa generación de niños. Tu padre, Iah-Hel, era de los nuestros, de lo que se conoce como el Grupo de la Recreación; fue a Florencia para aprender más cosas acerca de aquellos primeros días, de los albores del ser humano. Entre todos los ángeles y demonios implicados, Azazel era la única que recordaba con detalle qué había sucedido. Iah-Hel fue enviado junto a ella para reunir información, para tantearla, para ver, finalmente, si podría estar interesada en unirse a nosotros. Pero... ambos congeniaron mejor de lo que habíamos previsto... y naciste tú. Ya habrás visto que tu madre vive en el pasado, Cat, y que el largo castigo de Lucifer dejó secuelas en ella. Nos pareció demasiado inestable, demasiado peligrosa como para revelarle la verdad y hacerla partícipe de nuestro plan. Y tú eras demasiado valiosa como para dejarte con ella. Por eso Iah-Hel te llevó consigo, te alejó de tu madre y pasó toda su vida escondiéndote de ella... hasta que ella os encontró, y le asesinó».

Cierro los ojos, mareada. Es demasiada información, demasiadas cosas que no quiero saber. Pero Astaroth continúa hablando.

«Cuando nos enteramos de la muerte de Iah-Hel, enviamos a alguien a buscarte. Pero no estabas con tu madre, y nadie tenía noticia de ti. Te localizamos finalmente en Berlín; ibas acompañada de un demonio menor, y estabas tratando de averiguar quién estaba detrás de la muerte de tu padre. Descubrimos, para nuestra sorpresa, que había gente interesada en matarte. Sabíamos que Azazel te buscaba también, pero no para matarte, por lo que encargué a Angelo que cuidara de ti. Está claro que no lo hizo muy bien».

No respondo. Astaroth sigue hablando, sin piedad:

«Después de que te mataran, pedimos a Angelo que averiguara quién te quería muerta. Sospechábamos que alguien había descubierto nuestro plan y conocía tus orígenes, y aunque los tiempos han cambiado y la relación entre un ángel y un demonio no se castigaría de la misma manera que en épocas remotas, suponíamos que habría gente, en uno y otro bando, que no lo aprobaría y que podía llegar al extremo de volverse contra nosotros... y contra los nuevos hijos del equilibrio. Pero vuestras pesquisas os llevaron hasta Nebiros y su plan de exterminar a toda la raza humana. Eso al principio nos desconcertó: ¿qué tenía que ver ese proyecto demencial contigo... con nosotros? Pensamos mucho en ello, y creo que por fin hemos dado con la respuesta: Nebiros sabía quién eras y, si prefería verte muerta, se debía a que probablemente eras un peligro para la ejecución de su plan».

«No veo por qué», respondo abatida.

«Es fácil», responde Astaroth. «Ese virus ha sido diseñado para acabar con los humanos, y solo con ellos. Con los humanos actuales, quiero decir. Vosotros... los nuevos hijos del equilibrio... no sois como los humanos actuales. Pertenecéis a otra cepa. Hijos directos de los ángeles y los demonios. Mucho más resistentes. Diferentes al resto. Muy probablemente —sonríe— seáis inmunes al virus de Nebiros».

«Qué bien», comento sin mucho entusiasmo. «Sería una buena noticia, de no ser porque a mí no me sirve de gran cosa: ya estoy muerta».

«Pensé que te interesaría saberlo», añade Astaroth, «porque esa es la razón por la que Nebiros envió a los suyos a matarte, y por la que están matando a los demás».

«¿A los demás?», repito mecánicamente. Hace ya un rato que he perdido la capacidad de sorprenderme. Sospecho que me encuentro en una especie de estado de *shock*.

«A los demás», confirma el demonio, «porque hay otros como tú. Hijos de ángeles y de demonios, niños que poseen mucho más de la esencia angélica que el resto de los humanos. Son ya cerca de un centenar, y los tenemos bien protegidos. Pese a ello, Nebiros ha logrado matar a una docena, entre los cuales te encuentras tú. Por ese motivo era tan importante que supiéramos quién era nuestro enemigo. Para salvar a los demás niños».

«Bueno», respondo con cierta tristeza. «Por lo menos, mi muerte sirvió de algo».

«Sí», asiente Astaroth con una macabra sonrisa. «Cuando te mataron, pensamos que te habías ido por el túnel de luz. Al final resultó que te quedaste, y nos has sido más útil muerta que viva».

«Eso no ha sido muy amable por tu parte», replico dolida.

La sombra de Astaroth se estremece con lo que parece ser una grave risa.

«Soy un demonio, Cat. No fui hecho para ser amable».

Pienso inmediatamente en Angelo, en que no hace mucho me dijo algo parecido. Y, sin embargo, Angelo me ha ayudado... por los motivos que sean, pero ha sido el único que ha estado a mi lado todo este tiempo. ¿Dónde estaba Astaroth cuando me mataron? ¿Dónde estaba cuando iba en busca de los asesinos de mi padre?

«Te equivocas», le digo temblando. «Un demonio puede ser amable, si quiere. Yo lo sé».

Astaroth me responde con una carcajada. Parece que me ha leído el pensamiento, porque responde:

«Te has encariñado con Angelo, Cat, y no deberías haberlo hecho. Porque el tiempo que ha pasado contigo es solo un parpadeo comparado con su larga, larguísima vida. Y el rostro que te ha mostrado es solo uno de tantos. No te gustaría conocer los demás».

«¿Por qué no?», lo desafío. «¿No se supone que la labor de los demonios es necesaria para el equilibrio del mundo?».

«Es necesaria», asiente Astaroth. «Pero nunca se dijo que fuera agradable para los mortales».

No respondo. Pese a ello, el Gran Duque sigue hablando.

«Como comprenderás, cuando Angelo empezó a trabajar para mí, investigué un poco sobre él. Ahora mismo, sé más cosas sobre tu enlace que las que él mismo recuerda. ¿Quieres que te las cuente?».

Vacilo.

«No estoy segura de que...».

«Angelo, como todos los ángeles y demonios, ha tenido muchos nombres antiguos. Ha viajado mucho, y se le puede rastrear a través de los mitos de muchas culturas. Siempre apariciones fugaces, siempre encarnado en dioses menores o en semidioses. Pero pasó mucho tiempo en África, entre los yoruba. En tiempos antiguos lo llamaron Shangó. Ese fue uno de sus múltiples nombres».

Me mira, pero no reacciono. El nombre no me dice nada.

«Shangó, el dios del rayo, del fuego y de la guerra. Un dios al que le gustaba disfrutar de los placeres de la vida, que se mezcló con los humanos y los gobernó durante generaciones. Y fue un rey tirano y cruel. Utilizaba el trueno y el fuego para destruir con facilidad y despreocupación. Allá donde iba, le seguía un rastro de cenizas. Era egoísta, soberbio y belicoso. Como la mayor parte de nosotros, desde luego. Cientos de personas fueron abatidas por sus rayos. Miles de guerreros fueron a la batalla por su causa. Millones de criaturas perecieron en los incendios que provocaba solo por diversión. Abandonó África cuando un ángel lo expulsó de allí. No he logrado averiguar quién fue, pero en la mitología yoruba lo recuerdan con el nombre de Gbonka. Dicen que derrotó a Shangó y que este, avergonzado, se suicidó. Pero en realidad lo que hizo fue renunciar a su cuerpo mortal y regresar al estado espiritual, para volver a materializarse, con otro aspecto, en Europa, donde probablemente adoptó otros muchos nombres antes de ser Angelo».

Sigo sin responder.

«Y sí, le gustaban las mujeres humanas», prosigue Astaroth. «A pesar de su tendencia natural a la destrucción, adoraba a tu especie, y dicen que le encantaba la buena vida. Reinó en África durante muchas generaciones, y en ese tiempo tuvo varias parejas, diablesas la mayoría de ellas. Pero hubo una de ellas que fue humana, y con la que engendró hijos, y le fue fiel a lo largo de toda la vida de ella».

«Pues qué bien», comento.

«Pero, claro», añade Astaroth, «el propio Angelo ha olvidado todo esto».

«En realidad, sí recuerda que convivió con una humana», puntualizo. «O, al menos, eso me ha dicho».

«Es natural», responde el demonio, «porque, aunque tendemos a olvidar acontecimientos con facilidad y a confundir épocas y lugares, sí solemos recordar la forma en que nos relacionamos con otras personas, sean ángeles, demonios o humanos. Es fácil que un ángel y un demonio que se reencuentran después de cientos de miles de años recuerden haberse enfrentado en otra ocasión, pero serían completamente incapaces de decirte cuándo y dónde fue eso, qué sucedió exactamente, cómo se llamaban entonces o qué aspecto tenían. Las relaciones de cualquier tipo implican emoción, y eso deja en nosotros una huella más duradera. Recordamos haber amado y haber odiado, tenemos una vaga idea de cómo sucedió aquello, pero los nombres, los rostros, las fechas y los detalles se borran de nuestra memoria con muchísima facilidad. Por fortuna, las emociones permanecen. De lo contrario, nuestra propia personalidad, forjada a lo largo de eones de experiencias, se disolvería junto con nuestros recuerdos».

«Entiendo», asiento pensativa. «¿Y los humanos? ¿Han preservado en las leyendas la memoria de Shangó?».

«Solo de forma fragmentaria y tergiversada. Hay pocos mitos que recuerden su historia, y algunos de ellos permanecen, pero muy desvirtuados. No creas a ningún humano que jure que lo ha invocado y hablado con él, porque Angelo dejó de ser Shangó hace mucho tiempo. Solo unos pocos demonios sabemos quién y cómo fue en realidad, y el propio Angelo no se encuentra entre ellos».

«¿Por qué me cuentas todo esto?», le pregunto un tanto molesta.

«Para ayudarte a partir cuando llegue el momento», me responde. «Ya conoces la verdad sobre tu padre, tu madre y sobre ti misma, y es obvio que no vas a vengarte de Azazel por lo que hizo. Y, sin embargo, sigues aquí, y el túnel de luz continúa sin abrirse para ti. Puede que sea porque le has cogido demasiado cariño a tu enlace».

«Eso no es verdad», respondo con rapidez. Sin embargo, reflexiono y añado: «No puedo dejar a Angelo atrapado ahí dentro», reconozco. «Prisionero de mi madre. Por muchas cosas malas que haya hecho en el pasado, o que siga haciendo en el presente, me ha ayudado y me siento en deuda con él».

«Es exactamente lo que esperaba oír», dice Astaroth. «Porque puedo liberarlo a cambio de que me hagáis un último favor».

«¿De qué se trata?», pregunto, recelosa.

«Podemos detener a Nebiros antes de que sea demasiado tarde», me explica. «Pero no es solamente Nebiros. Sabemos que su conspiración tiene dos cabezas. Si no cortamos las dos, no habremos conseguido nada. Por eso necesitamos que averigüéis quién le está ayudando».

«¿Y cómo se supone que vamos a hacer eso?».

«Los ángeles lo saben. Tú eras hija de un ángel. Puedes contactar con ellos y preguntarles».

Sacudo la cabeza. Los ángeles lo saben, es cierto. Orias nos contó que uno de ellos había ido a consultarle al respecto.

«Pero ese ángel vio un futuro diferente. ¿Por qué?».

«Porque entre la visión de Nebiros y la del ángel sucedió algo importante, ese hecho crucial que puede cambiar el futuro del mundo».

Recuerdo entonces las palabras de Orias: «Puedes cambiar tu futuro, porque muchas de tus acciones solo dependen de ti. Pero no podrás modificar el destino de toda la humanidad. Para eso es necesaria una acción grandiosa... extraordinaria... una acción cuyas consecuencias realmente supongan un giro en la historia del mundo. Esas acciones no están al alcance de cualquiera, y cuando alguien se ve en la coyuntura de decidir si llevar o no a cabo un acto semejante, normalmente no es consciente de ello. Pero en ocasiones... existe la posibilidad de hacer... o no hacer... algo que cambiará el destino del mundo».

«¿Qué fue lo que pasó entre ambas visiones?», le pregunto a Astaroth, interesada.

El demonio me mira y sonríe.

«Naciste tú», responde solamente. «La primera de una generación de niños que podrían ser resistentes al virus».

«Eso es mucha responsabilidad», murmuro, mareada.

«No para ti. Estás muerta, y la tarea de restaurar la especie humana si ocurriera el desastre será de todos los hijos del equilibrio que nacieron después de ti. Sin embargo, es demasiado pronto para nosotros. Nuestros hijos son pocos todavía, y son demasiado jóvenes. Necesitamos más tiempo. Si Nebiros lleva a cabo su plan, puede que no haya nada que nosotros podamos hacer al respecto».

«Entiendo», asiento. «Pero si hay ángeles entre vosotros, ¿por qué tenemos que encargarnos Angelo y yo de ir a investigar? Puedo contactar con los otros ángeles, pero jamás escucharán a un demonio y un fantasma», hago notar.

Astaroth niega con la cabeza.

«Nosotros debemos permanecer ocultos, por el momento. Los ángeles de nuestro grupo no deben dejarse ver por sus compañeros. Muchos no están preparados para aceptar lo que estamos haciendo».

Floto cada vez más alto, nerviosa.

«Pero es que me pides demasiado. Solo soy un fantasma, y Angelo... en fin, ya lo has visto».

«Cat, es muy, muy importante que averigües con quién está colaborando Nebiros y, si es posible, dónde tiene su base», me insiste, muy serio. «Nadie en el mundo demoníaco lo sabe. Solo me queda recurrir a los ángeles», añade, y me parece percibir una nota de desesperación en su voz. ¿Qué puede preocuparle tanto a un poderoso demonio como él? ¿Qué puede ser tan importante como para obligarle a recurrir a un fantasma y a un demonio menor y enviarlos a consultar a los ángeles?

Sacudo la cabeza.

«Todo esto es una locura. Ángeles y demonios engendrando hijos juntos... es demasiado absurdo. No me gusta la idea de ser una especie de... experimento».

«Está inscrito en la historia del mundo», responde él. «Las dos fuerzas más importantes en todas las criaturas vivas: el amor y la muerte. Eros y Tanatos. En todos los mitos del mundo hay dioses creadores y dioses destructores, y algunos luchan entre ellos, como el héroe Marduk y el dragón Tiamat, y otros viven una apasionada historia de amor. Como Marte y Venus. El dios de la guerra y la diosa del amor. Conoces la historia, ¿verdad?».

«Sí, bueno, pero Venus tuvo muchos amantes», gruño.

«Pero a ninguno de ellos amó tanto como a Marte. Eran las dos caras de una moneda. Vida y muerte. Estaban condenados a amarse».

«¿Quieres decirme que Marte y Venus también fueron un demonio y un ángel?».

«Semyaza y Ananiel», asiente Astaroth. «En otros lugares del mundo los llamaron de otra forma. Lo aceptes o no, así ha sido siempre. Y ahora, ¿qué dices? ¿Harás este último trabajo para mí?».

Medito sobre todo lo que me ha contado, pero es demasiado complicado, demasiado importante como para asimilarlo en unos instantes. Me centro en mi problema más inmediato:

«¿Harás que Azazel libere a Angelo?», pregunto.

«Por supuesto», responde él. «De lo contrario, no podríais seguir investigando para mí».

Nuevo silencio.

«Está bien», asiento. «Acepto. Pero una última pregunta: ¿sabe Angelo algo de todo esto?».

«Lo sabrá en cuanto se lo cuentes. Lo que quieras contarle, naturalmente».

«Entiendo», murmuro. «Vamos, pues».

Apenas he pronunciado las últimas palabras, cuando Astaroth se desplaza de nuevo a la velocidad de los demonios. Cruzamos el océano en un instante y nos adentramos en la oscuridad de la noche, que ya ha cubierto Europa con un manto de estrellas.

Y en cuanto quiero darme cuenta, estoy de nuevo en la puerta de la celda, Astaroth ha desaparecido y un ligero estremecimiento en mi esencia me indica que vuelvo a estar vinculada a Angelo, al que percibo al otro lado.

Titubeo. Son muchas las cosas que tengo que contarle, y aún no estoy segura de que él deba conocerlas todas.

Pero tengo que darme prisa. Cuento hasta tres, me armo de valor y atravieso la puerta para reunirme con él.

XIII

Lo encuentro dando vueltas por la habitación como una fiera enjaulada. Cuando entro, se vuelve hacia mí bruscamente, con los ojos llameantes de ira.

—¿Se puede saber dónde estabas? —me ladra.

Me detengo, sorprendida.

«Menos lobos, Caperucita», me defiendo. Lo miro con curiosidad y le pregunto: «Qué pasa, ¿me has echado de menos?».

—No te has ido por el túnel de luz, ¿no? —dice serenándose un poco y pasando por alto mi pregunta—. Porque, de lo contrario, no habrías regresado. ¿Cómo has hecho para desvincularte de mí? ¿Y cómo es que has vuelto?

Sonrío.

«Estás intrigado, ¿eh? Pues espera a que te cuente lo que he averiguado: vas a flipar en colores».

—No me digas —gruñe, de mal humor. Está claro que el encierro no le está sentando bien.

«No te preocupes», lo tranquilizo. «Mamá Cat ha estado haciendo gestiones para sacarte de aquí».

—¿Has ido a suplicarle a tu madre?

Le observo con un gesto de fingida arrogancia.

«Por favor, por quién me has tomado», respondo, muy digna. «Hoy he tomado el té nada menos que con el Rey de los Ángeles y el Gran Duque del Infierno. Para que veas».

Me dedica una sonrisa escéptica que pienso borrarle de la cara ahora mismo. Floto hasta situarme a su lado y comienzo a contarle, con pelos y señales, todo lo que ha pasado esta noche desde la visita de Astaroth.

El viejo zorro tenía razón; porque, aunque no tengo ningún reparo en compartir con Angelo casi toda la información que he obtenido, no me siento con ganas de relatarle lo que he averiguado acerca de su pasado. Y sé que, probablemente, eso sea lo que más le interese de todo cuanto tengo que contarle. Sin embargo... no sé, tengo la sensación de que es algo demasiado personal. O mejor dicho: se me hace muy extraño que tenga que ser yo quien le devuelva parte de sus recuerdos.

Shangó... me resulta difícil creer que este demonio indolente y despreocupado, con pinta de adolescente recién levantado, fuera en tiempos remotos un tirano cruel en África.

Dicen que perder la memoria es como volver a nacer. Olvidas tu pasado y comienzas a construirte otra vida, otra historia, otra identidad. Puede que incluso con un carácter y una forma de ser diferentes, pese a que conserves, en mayor o menor grado, el recuerdo de las emociones vividas. No es que crea que Angelo es menos malvado que entonces, ojo; no soy tan ingenua. Pero si alguna vez tuvo interés en gobernar a los humanos y exigir que lo adorasen como a un dios, hoy, desde luego, prefiere ir a su aire y que lo dejen tranquilo. Es una actitud que soy capaz de comprender porque se parece mucho más a mi propia forma de ser. Así que creo que prefiero al Angelo de ahora que a la criatura que pudiera haber sido entonces.

Aunque, si Astaroth dice la verdad, Shangó respetaba a los humanos lo bastante como para aceptar emparejarse con una mujer.

Pero, en fin, eso es lo menos importante, ¿no?

De momento no se lo contaré. Con un poco de suerte, el propio Astaroth le hará llegar esa información.

El resto de las novedades, sin embargo, han intrigado a Angelo tanto como sospechaba. A medida que hablo, su mal humor desaparece y sus alas se yerguen con interés.

—No puedo creerlo —murmura—. ¿Metatrón ha estado todo este tiempo encerrado en las ruinas de una pirámide? ¿Y Astaroth se ha aliado con un grupo de ángeles para recrear los orígenes de la especie humana, un experimento cuyos resultados podrían ser inmunes al virus creado por Nebiros? —sacude la cabeza—. Es una historia demasiado increíble como para ser cierta. Y, sin embargo, tiene que serlo; tú no tienes imaginación suficiente como para haberte inventado algo semejante.

«¡Oye!», protesto molesta.

Alza la cabeza y me mira, genuinamente sorprendido.

—¿Qué? No te estaba insultando, solo constataba un hecho. Eres muy puntillosa, ¿sabes?

«Es que creo que deberías tratarme con algo más de respeto. Vale que soy una humana, vale que estoy muerta, pero aun así he conseguido averiguar muchas cosas, cosas importantes que ni tú mismo sabías. Dadas las circunstancias, creo que no lo he hecho tan mal, ¿no?»

—Por supuesto que no —responde Angelo, aún perplejo—. Siempre he tenido claro que, para ser una humana, tienes un carácter excepcional. ¿No te lo he dicho nunca?

«Pues no», refunfuño. Pero entonces recuerdo algo que comentó él en Berlín. Fue hace solo unos días, pero me parece una eternidad.

Fue antes de que yo muriera.

Una de las ventajas de ser un fantasma es que puedes invocar cualquier recuerdo con mucha facilidad, porque ya no dependes de neuronas cansadas ni de cerebros que funcionan a medio gas. Así que visualizo, como si volviera a vivirlo, una conversación en un hotel de lujo: «Has de saber que creo que tienes una gran fuerza interior, para ser una humana… Me recuerdas a los humanos de antes. A los de hace miles de años… Estaban hechos de otra pasta».

Mira tú por dónde, si la historia de Azazel y Astaroth es cierta, mi enlace estaba mucho más cerca de la verdad de lo que ninguno de los dos imaginó en aquel momento.

«Sí, me lo dijiste», rectifico entonces, con algo más de suavidad. «Antes de que me mataran».

–¿Lo ves? –sonríe él, triunfante–. Mi memoria no es tan mala como pareces creer.

Lo miro con otros ojos. Vale, sí, es un demonio, pero…

«Oye, Angelo», le digo, aún desconcertada por lo que creo haber descubierto. «¿Yo te caigo bien?».

Pone los ojos en blanco.

–Te soporto, que no es poco –replica–. ¿Crees que te habría ayudado si no fuera así?

(Céntrate, Cat. Recuerda que es un tiburón, no un delfín.)

«Supongo que no», admito. «El caso es que…».

(No se lo digas, Cat.)

«… tengo que reconocer que te has metido en muchos problemas por mi culpa», prosigo sin hacer caso de esa molesta voz interior (cállate, Cat, aún estás a tiempo de volver atrás), «y quería pedirte disculpas por ello».

(Ya lo has dicho… pero por tu orgullo y por la memoria de tu padre, más vale que te detengas aquí.)

«Además», prosigo (cállatecállatecállatecállate), «también quiero darte las gracias. Por todo lo que has hecho por mí. Sin ti no habría sido posible. Me habría ido adondequiera que van los muertos, o habría vagado como un alma en pena por toda la eternidad sin saber quién nos mató a mi padre y a mí, ni por qué lo hizo. Nunca pensé que diría esto, pero me siento en deuda contigo. Gracias por todo».

Silencio sepulcral. Mi voz interior enmudece de golpe. Hace apenas unas semanas, jamás me habría rebajado a decirle algo así a un demonio, pero algo dentro de mí me dice que es lo justo. Aunque sea una locura.

Angelo alza la cabeza y me mira fijamente, muy serio.

–Esto no está bien, Cat. Soy un demonio. Deberías temerme, odiarme, despreciarme. No sentirte en deuda conmigo.

«¿No es eso lo que esperáis los demonios de los humanos a los que os caméláis?», bromeo, pero sé que no tiene gracia.

–Pero no en tu caso. Tú eres diferente, y lo sabes.

«No tan diferente», comento con voz lúgubre. «Por lo visto, soy medio demonio».

–No quiero decir que seas diferente a mí. Quiero decir que eres diferente a todos los demás humanos. Mucho más íntegra, mucho más auténtica. Y aun así –añade con un suspiro–, es demasiado tarde para eso. Así que es mejor que lo dejemos aquí.

Le miro sin comprender.

«¿Que dejemos el qué? ¿Que lo dejemos dónde?».

–Olvídalo –concluye–. Acepto tus disculpas y tu gratitud, pero no te precipites. Si Astaroth cumple con su parte, aún vamos a tener que hacer un último trabajillo antes de que puedas irte por el túnel de luz y yo pueda ser libre del todo, por fin.

Lo miro fijamente.

«Antes estabas enfadado porque pensabas que me había ido», recuerdo. «Era porque temías lo que podía hacerte Azazel si dejabas de serle útil, ¿verdad?».

—Claro —responde él—. ¿Por qué pensabas que era?

«No porque me echaras de menos, desde luego».

—Desde luego —coincide Angelo—. Pero hazme un favor, Cat. Cuando llegue el momento de abandonar este mundo definitivamente...

«¿Sí?».

Me mira y sonríe.

—... no se te ocurra marcharte sin despedirte.

Le devuelvo la sonrisa. Una sonrisa más cálida de lo que a mi voz interior le gustaría, debo reconocer.

«Descuida. Pero para eso tenemos que salir de aquí», respondo con un suspiro. «Y... no sé... de momento, y a pesar de las promesas de tu jefe, esto no tiene pinta de mejorar».

Nada más pronunciar estas últimas palabras, la puerta se abre con un chirrido y asoma Lisabetta con cara de pocos amigos.

—*Madonna* Constanza quiere veros —anuncia—. A los dos.

Cruzamos una mirada de entendimiento.

Apenas unos momentos después, estamos de nuevo ante Azazel. Pero en esta ocasión no está de buen humor. Todo el cariño maternal que pudiera haber experimentado hacia mí parece haberse esfumado. Me mira rabiosa, con los ojos lanzando chispas rojas y las alas temblando de ira.

—Ingrata —escupe.

El motivo de su enfado se halla de pie junto a ella, esbozando una sonrisa de suficiencia. Es un hombre imponente, de cabello blanco y facciones engañosamente juveniles. Posee el porte de un distinguido aristócrata y la elegancia natural de una pantera. Sus ojos son de un color indefinido, entre verde y pardo. El destello rojizo que se adivina en ellos no ayuda a calificarlos mejor. Porque, por supuesto, este hombre no es un hombre, es un demonio. Mi percepción de fantasma me permite ver no solo el brillo sobrenatural de sus ojos y sus enormes alas oscuras, sino también la impresionante aura de poder que emana de él.

Es Astaroth.

Lo observo con curiosidad. De modo que este es el aspecto que muestra cuando se vuelve corpóreo. O, al menos, uno de ellos. Algunos demonólogos aseguran que Astaroth es horriblemente feo y huele muy mal, pero qué queréis que os diga: o bien tienen demasiada imaginación o bien nuestro amigo solía mostrarse así en tiempos antiguos para asustar. El caso es que el Astaroth del siglo XXI es bastante atractivo para ser tan viejo... quiero decir, para tratarse de un demonio.

Se vuelve hacia nosotros esbozando una sonrisa de lobo y nos saluda con un gesto socarrón. Angelo palidece de inmediato: lo ha reconocido. Casi puedo oírle tragar saliva.

Astaroth ladea la cabeza sin dejar de sonreír.

—Angelo, señorita Cat —nos saluda ceremoniosamente; estoy segura de que acompañaría el gesto quitándose el sombrero, si llevara uno—. Un placer veros a ambos de nuevo.

Angelo se inclina precipitadamente, en señal de sumisión.

«Lo mismo digo», murmuro yo. Una parte de mí siente que todo va bien, que tener a Astaroth de nuestra parte es lo mejor que nos ha pasado en mucho tiempo, pero mi instinto, que es muy sabio, me dice a gritos que su sonrisa no recuerda a la de un lobo por casualidad.

—Le estaba diciendo a *madonna* Constanza —prosigue Astaroth— que el hecho de que estéis aquí como... digamos, «huéspedes», ha de deberse a un lamentable error.

—No se trata de ningún error —replica Azazel, furiosa—. Ella es mi hija y va a permanecer conmigo.

—Y no tengo nada en contra de ello; sin embargo, se da el caso de que Angelo trabaja para mí, y no puedo permitir que permanezca más tiempo como... «huésped» de esta casa cuando tiene tareas pendientes que cumplir, ¿no os parece?

Azazel niega enérgicamente con la cabeza.

—Y yo no puedo permitir que se vaya; si lo hace, mi hija se irá con él.

—Ah, pero si no he entendido mal, vuestra hija ya está *muerta*, mientras que lo que yo reclamo es un sirviente vivo. ¿Vais a pretender privarme de mi sirviente, Azazel? —pregunta pronunciando el nombre antiguo de ella, y su voz suena de pronto terrorífica y amenazadora.

Mi madre retrocede un paso, intimidada. Compruebo que ya no es capaz de sostenerle la mirada, porque se vuelve hacia Angelo con los ojos cargados de odio.

—¿Es eso cierto? —le pregunta—. ¿Le debes lealtad a Astaroth?

Angelo titubea un breve instante. Intuyo que la respuesta es importante. En teoría ya no le debe nada a Astaroth, puesto que saldó su deuda, y proclamar en voz alta que es su sirviente podría volver a atarlo a él, quién sabe por cuánto tiempo. Sin embargo, es la única forma de escapar de aquí, y lo sabe.

Respira hondo y responde:

—Sí, *madonna* Constanza. Le debo lealtad a mi señor Astaroth.

Ella lanza un aullido de rabia y frustración. Después vuelve a mirarme, llena de rencor.

—Lleváoslo, pues —le dice a Astaroth entre dientes—. Y lleváosla también a ella, ya no quiero verla más. Es díscola y desleal; digna hija de su padre.

«Y a mucha honra», pienso. Pero, con tres demonios en la habitación, no es el mejor momento para las provocaciones.

Astaroth sonríe de nuevo. Somos libres. Y lo siento por mi madre, pero no tengo intención de volver por aquí nunca más.

Nuestra próxima parada es Madrid, otra vez. La única forma que conozco de contactar con ángeles es la librería de Jeiazel. Y aunque no me entusiasma la idea de volver por allí, tengo que reconocer que, si son combatientes, estarán más al tanto de los movimientos del Enemigo que los demás. Si algún ángel puede decirnos quién es el otro demonio del plan vírico anti-humanos, tiene que ser un combatiente. Tiene que ser Miguel.

–Me sorprende que los ángeles se hayan enterado de esto antes que Lucifer –comenta Angelo mientras paseamos por la Gran Vía madrileña en dirección a la calle Libreros.

«Ya, a mí también», asiento. «Pero ya escuchaste a Orias: un ángel fue a pedirle una profecía y se enteró de lo del virus. Debió de ir corriendo a contárselo a Miguel. Yo lo haría», añado tras una pausa.

–Pero recuerda que ese ángel vio un futuro alternativo en el cual la humanidad *no* se extinguía porque ya existían esos... esos hijos del equilibrio. Quizá eso le llevara a pensar que no sería algo tan grave.

«El hecho de que la humanidad no vaya a extinguirse no implica que no sea un futuro apocalíptico», le recuerdo. «Aunque los hijos del equilibrio y sus descendientes sobrevivieran al virus, todos los demás morirían. ¿Te parece que no es lo bastante importante como para que a un ángel, cualquiera que sea, le falte tiempo para contárselo a sus superiores?».

–Visto así... –admite él, pero no parece muy convencido.

Ha estado de un humor excelente desde que abandonamos Florencia. Si bien el encierro no ha sido bueno para él, la libertad le sienta de fábula. Sin embargo, da la sensación de que su estado de ánimo decae a medida que nos acercamos a la librería. Ahora mismo, casi lleva las alas arrastrando por el suelo. Me detengo un momento para mirarle.

«No tienes muchas ganas de visitar a Jeiazel, ¿me equivoco?».

–Para serte sincero, no. Es muy probable que terminemos enzarzados en una pelea, y no sé si estoy en condiciones de ganar.

Lo dice porque la «habitación especial» en la que lo ha recluido mi demoníaca madre lo ha dejado bastante débil. Lo observo echar un vistazo dubitativo a su espalda, donde, entre las dos alas oscuras, asoma la empuñadura de su espada. Eso me pone de mal humor a mí también. Acaba de recordarme que no he tenido más remedio que dejar la espada de mi padre en Villa Diavola. Azazel se la ha quedado como trofeo y la ha colgado muy cerca del lugar donde tiene planeado, ilusa ella, exhibir algún día la espada de Lucifer. He protestado escandalosamente, claro, pero ni Azazel ha dado su brazo a torcer ni Astaroth ha movido un dedo para recuperarla.

Así que mi preciosa espada ahora forma parte de la colección de una diablesa desquiciada, junto con las de otros cientos de ángeles muertos. Qué bien.

Sin embargo, lo he encajado mejor de lo que esperaba. No solo porque la muerte me ha vuelto un poco más estoica, sino también porque, de alguna manera, la memoria de mi padre ha sufrido un fuerte revés tras los últimos acontecimientos. Por supuesto que todavía le recuerdo con muchísimo cariño, ojo. Pero me duele pensar que en los dieciséis años que pasamos juntos, jamás me reveló la verdad acerca de mi madre. Me duele pensar en todo lo que me ocultó.

Y, por otra parte, yo ya no puedo empuñar esa espada, y si Angelo sigue usándola acabará por invertirse, así que… casi mejor que se quede donde está. Un quebradero de cabeza menos.

–¿Cat? –me llama Angelo devolviéndome a la realidad.

Me vuelvo hacia él. Lo veo inseguro.

«Se me ocurre que voy a entrar yo a hablar con Jeiazel», le digo. «Tú quédate por aquí, lo bastante cerca como para que pueda llegar hasta la librería, pero lo bastante lejos como para que él no te detecte».

Parece considerablemente aliviado.

–Es un buen plan –acepta.

También a mí me lo parece. Reconozco que no me gustaría que Jeiazel se lanzara sobre él y lo ensartara con su espada nada más asomar la cabeza por la puerta. Podéis llamarlo instinto de protección, si queréis; pero hay que tener en cuenta que Angelo es mi enlace y no quiero quedarme sin él.

–Si quiero pasar inadvertido, tengo que detenerme aquí –me dice–, porque, si me acerco más, tu amigo el ángel acabará por detectarme.

«Espérame aquí, entonces», le digo. «No tardaré».

Me alejo de él flotando, prestando atención al vínculo que nos une para comprobar si va a permitirme llegar hasta la librería. Noto un leve tirón de advertencia cuando atravieso la puerta, pero nada más. Estupendo: podré hablar con Jeiazel sin necesidad de que Angelo se aproxime más de lo necesario.

Me quedo junto a la entrada y echo un vistazo al interior. Allí está Jeiazel, sacando libros de una caja que hay sobre el mostrador y marcando los precios a lápiz en la primera página, para después colocarlos en las estanterías. A simple vista, un joven librero concentrado en organizar su establecimiento. Pero, ahora que lo veo con ojos de fantasma, soy capaz de detectar la luz de sus ojos y el par de enormes alas brillantes que irradia su espalda.

Como sospechaba, no me presta atención. Soy solo un fantasma más de los muchos que vagan por ahí. No se lo reprocho; aunque al principio los miraba con temerosa fascinación, lo cierto es que ahora yo tampoco me fijo en los otros fantasmas. Aunque sea una de ellos.

Intento acercarme un poco más, pero una súbita angustia me lo impide: el lazo que me une a Angelo no da más de sí. De modo que sigo donde estoy y trato de llamar su atención:

«Buenos días, Jeiazel», saludo.

El ángel alza la cabeza, desconcertado, y mira a su alrededor hasta que me localiza junto a la puerta. Alza las cejas.

–¿Te conozco, espíritu? –me pregunta con cierta cautela.

«Soy Cat, la hija de Iah-Hel». Y de Azazel, claro, pero eso me lo guardo para mí. «La chica que vino aquí hace unos días y dijo que quería unirse a vosotros».

Me observa con mayor atención y, por la cara que pone, deduzco que se acuerda del incidente y que ha sacado sus propias conclusiones al respecto.

–Te lo dije –me recuerda encogiéndose de hombros–. Te dije que no te mezclaras en esto, que los demonios eran peligrosos, y ahora mira lo que te ha pasado. Porque no has fallecido de muerte natural precisamente, ¿no? Eras demasiado joven.

«Me mató un demonio», admito a regañadientes. «Pero eso no habría pasado si me hubieseis permitido unirme a vosotros. Con la protección de los ángeles...».

–Te habrían matado igual, muchacha. Los ángeles estamos en el mundo para luchar contra los demonios, y *esa* es nuestra forma de proteger a los humanos. Así que lo mejor que podemos hacer para ayudaros es manteneros al margen.

«A veces, eso no basta», replico. «Hay un grupo de demonios que está planeando el exterminio total y fulminante de toda la especie humana». Hago una pausa, esperando que la noticia cale en mi interlocutor, y después prosigo. «He venido a preguntarte qué pensáis hacer los ángeles al respecto».

–¿Demonios planeando el exterminio de la especie humana? No me cuentas nada nuevo. Pero no pueden acabar con todos los humanos sin provocar grandes daños al resto del planeta, y ni siquiera ellos se atreverían a tanto.

«Esta vez va en serio», insisto. «El demonio Orias lo contempló en una visión. Están fabricando un virus que acabaría con los humanos, y solo con ellos».

Jeiazel me mira, asombrado.

—No se atreverían —responde—. Muchos demonios se han acostumbrado a la civilización humana, de la que viven como parásitos. No querrían renunciar a nada parecido. Seguro que es tan solo un rumor.

«Orias lo vio», repito. «Un futuro en el que la humanidad se extinguía... a causa de un virus que está creando otro demonio llamado Nebiros. No puedo creer que no estuvierais enterados».

—Porque no es más que un rumor sin fundamento...

«Bueno, pero ¿y si no lo es? ¿Me vas a decir que no lo vais a investigar siquiera? Si es cierto, y si Miguel no detiene a Nebiros, ¿quién va a hacerlo? Además... mis fuentes me han informado de que los ángeles ya lo sabíais».

—Es la primera noticia que tengo. Y, de todos modos —añade, suspicaz—, ¿cuáles son tus fuentes? ¿Quién te ha contado toda esa sarta de disparates? ¿Y por qué estás en este mundo todavía? —mira a su alrededor, frunciendo el ceño con desconfianza—. ¿Dónde está tu enlace?

«Es que es un poco tímido», me apresuro a contestar. «Pero te aseguro que todo esto que te he contado es verdad...».

—No te lo habrá contado un demonio, ¿no?

En realidad, sí, pero si se lo confirmo voy a perder la poca credibilidad que me queda.

«¿Qué importa eso? Puede que se trate de un rumor, como dices, pero si existe la mínima posibilidad de que sea cierto... dime: ¿no valdría la pena investigarlo, al menos... solo por si acaso? Quizá Miguel ya lo sepa», hago notar. «Quizá esté trabajando en ello. Pero, de todas formas, me quedaría más tranquila si supiera que eso no va a pasar, bien porque sea mentira, bien porque vais a impedirlo».

—Puedes estar tranquila, Cat, eso no va a pasar...

«¿Puedes garantizármelo?», insisto.

Jeiazel me mira, un tanto desconcertado. Abre la boca para decir algo, pero la cierra y sacude la cabeza. No, no puede. Es un combatiente, y sabe que con los demonios no hay que dar nada por sentado.

«Llévame a ver a Miguel, por favor», suplico. «Se lo contaré, al menos para que lo sepa, para que esté al tanto por si sucediera lo peor».

—No puedes hablar con Miguel, muchacha —replica el ángel, alarmado—. Está muy atareado. Lleva semanas preocupado por...

Se calla de pronto; la puerta acristalada de la librería se acaba de abrir y ha entrado un cliente, un señor bien vestido, con gafas y un maletín. Jeiazel le sonríe y deja de ser un ángel que lucha contra los demonios para meterse en la piel de un amable librero. Espero, impaciente, mientras Jeiazel va en busca del libro que le ha pedido, un manual universitario o algo por el estilo. Floto en torno a él, pero no me ve. Solo se estremece un poco cuando paso rozándole la espalda, como si de pronto le hubiese entrado un escalofrío,.

Por fin, el cliente se va y Jeiazel vuelve a prestarme atención.

—Hablaré con Miguel y lo investigaremos, pero ahora vete, ¿de acuerdo? Y arregla con tu enlace lo que sea necesario para poder marcharte. Sé que eres joven, pero ya no estás viva y, por tanto, no tendrías que seguir aquí.

«¿Arreglar con mi enlace...?», repito, sorprendida. «¿Qué se supone que tengo que arreglar?».

—La mayor parte de las veces, los fantasmas que no pueden marcharse se vinculan a algo o a alguien de quien no quieren separarse.

«Bueno, pues no es mi caso», replico. Pero Jeiazel no me escucha. Me dirige una mirada compasiva y me aconseja:

–Acepta tu muerte, despídete de él, o de ella, y abandona este mundo, Cat. Hazme caso esta vez. Créeme, hay cosas peores que estar muerto. Si te quedas aquí demasiado tiempo, llegará un momento en que no seas capaz de marcharte.

Me estremezco al recordar a los fantasmas perdidos, esos fantasmas que no saben ya dónde están y que apenas recuerdan su nombre. No quiero convertirme en uno de ellos, es verdad.

«Tú habla con Miguel y dadle una buena patada en el culo a ese tal Nebiros», respondo cambiando de tema. «Aunque no esté fabricando un virus exterminador, seguro que se lo merece. ¿Sabías que él fue el responsable de la Peste Negra?».

–Cat...

«Vale, de acuerdo, ya me voy. Pero, por favor, haced algo. ¿Cómo quieres que abandone este mundo dejando las cosas así? ¿Con una extinción inminente? Si puedo...».

–Cat, por favor.

«Claro, los fantasmas no son buenos para el negocio, espantan a los clientes», ironizo. «Gracias por todo, Jeiazel, y adiós».

De nuevo atravieso la puerta de cristal y salgo al aire libre. Sigo el hilo invisible que me ata a Angelo, doblo un par de esquinas y lo encuentro ahí, simulando que está contemplando los escaparates de las tiendas. Vuelve la cabeza hacia mí en cuanto me percibe.

–¿Y bien? –susurra.

Le describo brevemente la conversación que he tenido con Jeiazel.

«Me sorprende que no lo supieran», concluyo. «¿Qué clase de ángel se enteraría de lo del virus y no se lo diría a los combatientes?».

—Quizá los arcángeles sí lo sepan —responde Angelo—. Puede que, al igual que Astaroth, estén llevando en secreto la lucha contra Nebiros.

«Bueno, pero Astaroth tiene un buen motivo para esconderse: no quiere que se entere Lucifer. Sin embargo, y desde que Metatrón se encerró en la pirámide, podríamos decir que no hay nadie por encima de Miguel que pueda discutirle las decisiones que toma. Por otra parte, quizá estemos pasando por alto lo más obvio».

—¿El qué?

«Que Orias nos haya mentido y no le reveló el futuro a ningún ángel».

Angelo niega con la cabeza.

—No; si hay algo de lo que podemos estar seguros, es de que Orias dijo la verdad.

«¿Por qué?», ironizo. «¿Porque los demonios nunca mienten?».

Me lanza una de esas miradas suyas que quieren decir: «¿Pero es que no sabes pensar, o qué?», y me responde:

—Porque los demonios que comercian con información, sea del pasado, del presente o del futuro, no mienten. Dar información falsa es malo para el negocio. Se pierde credibilidad.

«Ah, claro. En tal caso, lo único que se me ocurre es que los ángeles sí lo saben, o al menos algunos de ellos, y es Jeiazel el que no está al loro. Y si no estaban enterados, bueno, pues ahora ya lo están».

—Sí, pero eso no soluciona nuestro problema —suspira Angelo—. Le prometimos a Astaroth que averiguaríamos quién es el socio de Nebiros, y aún no sabemos nada. Les has regalado información a los ángeles, pero ellos no te han contado nada a cambio.

«¿Tú qué te crees, que es fácil localizar a Miguel y hablar con él?», protesto.

–Para alguien que conversa de lo humano y lo divino nada menos que con Metatrón y Astaroth, no debería serlo, ¿no crees? –replica Angelo con una sonrisa.

«*Touchée*. Bueno, pues ¿qué hacemos?», pregunto. «Si los ángeles no saben nada, o sí lo saben pero no lo quieren compartir con los humanos, entonces ya no sé a quién preguntar ahora. ¿A Nergal otra vez?», sugiero sin mucho entusiasmo.

Pero Angelo niega con la cabeza.

–Ya se habrá encargado Astaroth de preguntar a Nergal, tenlo por seguro. Y si Nergal no le ha podido facilitar esa información, entonces nadie en el mundo demoníaco podrá hacerlo. Nebiros esconde bien sus secretos y, si es cierto que tiene un aliado, este es bien escurridizo, por lo visto. Astaroth tiene que estar muy desesperado para haberte pedido que contactes con los ángeles en busca de esa información. Me pregunto por qué –añade, pensativo.

«¿Qué hacemos, pues?», repito. Me siento como en un callejón sin salida.

–Pues, sinceramente, creo que ya hemos hecho todo lo que está en nuestra mano. Les toca a los ángeles mover ficha. Si saben algo, con un poco de suerte Jeiazel lo averiguará, y si volvemos dentro de un par de días, quizá tenga más cosas que contarte.

«¿Así que eso es lo que sugieres? ¿Que esperemos?».

–¿Qué otra cosa quieres que hagamos?

«Es que, por si lo habías olvidado, soy un fantasma. Así que, si no estamos investigando sobre conspiraciones demoníacas ni descubriendo oscuros secretos familiares, no tengo nada mejor que hacer. Nunca he tenido demasiada paciencia, y en estado ectoplásmico, menos todavía».

–Pues deberías: tienes toda la eternidad por delante.

«Por eso: me aburro si no tengo nada que hacer. ¿Cómo lo soportáis los seres eternos?».

Angelo se ríe. Bajo el sol deslumbrante de Madrid no parece un demonio, sino un joven normal y corriente que está de paseo, como cualquier otro… eso si pasamos por alto el brillo rojizo de sus ojos y las alas de oscuridad que fluyen de su espalda, claro. Pero el caso es que ya me voy acostumbrando a esos detalles. Debe de ser porque ya hace un tiempo que estamos juntos a todas horas.

–Son solo un par de días. Cuando vives cientos de miles de años, un par de días no son nada. Ya sabes… «una vida humana no es más que el parpadeo de un dios».

Recuerdo, de pronto, mi conversación con Astaroth: «Porque el tiempo que ha pasado contigo es solo un parpadeo comparado con su larga, larguísima vida». Y me duele. Me duele que en estos momentos Angelo sea todo para mí, porque es mi enlace, porque dependo de él para casi todo, porque ha estado omnipresente en los últimos instantes de mi vida y en todo este extraño tránsito entre mi muerte y lo que haya más allá, y en cambio yo para él no soy… nada. Una anécdota que dentro de doscientos o trescientos años ya habrá olvidado. Puede que ni siquiera merezca un par de frases en el colosal registro de sus memorias.

Evito pensar en ello, porque me hace sentir pequeña y miserable, y eso no me gusta.

«Bonita frase», comento. «¿Platón, tal vez? ¿Nietzsche? ¿Séneca?», pregunto, pero Angelo niega con la cabeza.

–Conan el Bárbaro –se ríe–. Aún te queda mucho por aprender.

«Lamentablemente, mi vida ya terminó, así que me temo que no voy a poder aprenderlo».

Él se limita a sonreír y a repetir:

–Tienes toda la eternidad por delante.

«Claro; siempre suponiendo que haya algo al otro lado del túnel de luz», replico, inquieta. «Otra posibilidad es quedarme aquí para siempre, por supuesto, pero no creo que te hiciera mucha gracia».

Se vuelve para mirarme, y la luz roja de sus ojos brilla con más intensidad.

—Ni se te ocurra pensar en ello, Cat —me advierte con seriedad—. Tienes que irte por el túnel de luz. Es la mejor alternativa para ti.

«¿Y cómo lo sabes?», me rebelo. «¡Soy demasiado joven para abandonar este mundo! ¿Cómo sé que lo que hay más allá vale la pena? ¡Ya sabes lo que dijo Metatrón: Dios está en este mundo y en todas las cosas! Si tan importante es nuestro mundo, ¿por qué debería creer que lo que hay al otro lado es mejor?».

Si esperaba que me consolara o me reconfortara, me llevo un buen chasco, porque se limita a responder enigmáticamente:

—No lo sabrás hasta que no lo pruebes. Y sí, creo que tienes razón: no se te da bien estar inactiva. Cuando te aburres empiezas a tener ideas extrañas, así que será mejor que nos pongamos en movimiento, o te convertirás en un espectro perdido antes de que quieras darte cuenta.

Pasamos el resto del día de turismo por Madrid. Angelo me cuenta muchas historias de ángeles y demonios en todo el mundo. Las batallas más sonadas entre unos y otros han tenido reflejo en la mitología de las distintas civilizaciones humanas. Es interesante, sí, y también son interesantes las cosas que me cuenta acerca de la ciudad que estamos visitando. Pero, a pesar de eso, no consigo quitarme de encima la angustia por todo lo que estoy dejando atrás: mi vida y mi mundo, aunque la historia de mi vida sea un desastre y mi existencia tuviera origen en un extraño experimento de mestizaje, y aunque mi mundo esté amenazado por una catástrofe inminente. En cambio, Angelo está relajado y tranquilo. Ventajas de ser eterno, supongo. Él sí puede permitírselo. Y puede que yo tenga la eternidad por delante, como dice él, pero no me siento así. No me veo al comienzo de una nueva vida. Por el contrario, me siento como si mi vida hubiese terminado. Que es lo que sucedió, por otro lado, cuando Johann me empujó a las vías del metro.

–¿Por qué no puedes irte? –me susurra Angelo hacia el final de la tarde.

Nuestro largo paseo por Madrid nos ha llevado, otra vez, al Retiro, cerca de la estatua del Ángel Caído. Angelo se ha dejado caer sobre la hierba y yo levito junto a él. Hemos estado hablando de muchas cosas… bueno, en realidad, él hablaba y yo escuchaba. Ni siquiera estaba de humor para replicarle, pero no parece que eso le importe. Da la sensación de que hace mucho tiempo que nadie escucha lo que tiene que decir.

Cuando la conversación ha concluido, nos hemos quedado un rato en silencio, y entonces Angelo ha formulado la pregunta.

«¿Tú por qué crees que es?», respondo. «Pues porque no quiero morir».

–Pero ya estás muerta, Cat. Tienes que aceptarlo.

«Claro, para ti es muy fácil decirlo. Como no vas a morir…».

–Yo también moriré algún día. Quizá abatido por la espada de un ángel… o de un demonio, quién sabe. O tal vez…

No termina la frase, pero sé lo que está pensando.

–He visto muchos fantasmas perdidos –prosigue–. Fantasmas que no fueron por el túnel de luz y que en un momento dado rompieron el vínculo con su enlace. Son criaturas atormentadas. No son felices. No sé qué hay al otro lado del túnel de luz, pero no puede ser peor que lo que te espera aquí si te quedas.

«¿El vínculo no dura siempre?».

–No; se debilita cuando pasa un tiempo después de la muerte, y llega un momento en que se rompe, y si el fantasma no logra marcharse, queda a la deriva para siempre.

Tragaría saliva, si pudiera.

«No tenía ni idea», reconozco. «No suena muy divertido».

–No lo es.

Sé que no lo es. Los he visto, sé cómo son esos fantasmas perdidos, lo desesperados que están. No quiero ser uno de ellos. Pero tampoco quiero darle la espalda a este mundo y adentrarme en lo desconocido. No sé qué me espera detrás. ¿Y si no hay... nada?

«Jeiazel me dijo que, si quería marcharme, tenía que arreglar las cosas contigo», le digo tras un instante de silencio.

–¿Conmigo?

«Con mi enlace», especifico, «y ese eres tú».

No responde. Sigue contemplando, pensativo, la estatua del Ángel Caído.

«Ya te di las gracias por todo lo que has hecho por mí», prosigo, «así que no se me ocurre qué más cosas tengo que solucionar. No he vengado la muerte de mi padre, pero tampoco quiero matar a mi madre. Creo que me basta con haber descubierto qué pasó, y por qué. Me parece, por tanto, que no me quedan asuntos pendientes. Incluso el tema de la nueva generación de humanos y la extinción de la humanidad... todo eso lo están llevando a cabo seres más poderosos y más inteligentes que yo, así que no es responsabilidad mía. De modo que no sé qué es lo que me retiene aquí... aparte del hecho de que no me hace gracia la idea de estar muerta, claro».

Angelo despega los labios por fin.

–Quizá haya alguien de quien no quieras despedirte.

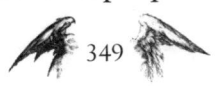

«Todas las personas que me importan, por ejemplo. No quiero despedirme de nadie, porque sé que será para siempre. Y aunque no son muchos los amigos que dejo atrás, sí son importantes. Precisamente porque son pocos».

–Pero eso les pasa a todos los que se mueren, Cat. Todos dejan seres queridos atrás. Y, pese a ello, se van.

«No me parece que seas el más indicado para hablar de seres queridos, Angelo», señalo.

Me mira sonriendo.

–¿Por qué? ¿Acaso crees que los demonios no podemos sentir afecto? Somos seres racionales y experimentamos emociones complejas. Si los ángeles pueden matar, ¿por qué nosotros no podemos amar?

No sé qué contestarle. Cruzamos una larga, larga mirada, demonio y fantasma, y en este instante descubro por qué no puedo marcharme.

«Angelo...», empiezo, tratando de romper el momento, tan incómodo para mí.

Pero no termino la frase. De pronto, Angelo abre mucho los ojos, con sorpresa, y baja la cabeza, y cuando sigo la dirección de su mirada, descubro que acaba de florecerle una sangrienta herida en el pecho.

«¡Angelo!», grito cuando mi cerebro capta la idea de que mi enlace acaba de ser atacado por sorpresa y a traición. Es una herida de bala y le han acertado en pleno corazón. Me entra el pánico, la angustia, la impotencia... qué sé yo. «¡Angelo!», grito otra vez.

La sorpresa desaparece de su rostro, pero no es dolor lo que la sustituye, sino una feroz expresión de ira que deforma sus facciones. En una centésima de segundo se ha levantado de un salto, en la siguiente ha desenvainado la espada y, cuando quiero darme cuenta, estamos a veinte metros del lugar donde nos encontrábamos y hay un humano muerto a los pies de Angelo.

«¿Qué... cómo?», murmuro, aturdida. Es un hombre corriente, moreno, ni muy alto ni muy bajo, y viste ropa de calle. La muerte le ha llegado tan súbitamente que no ha tenido tiempo ni de soltar la pistola con la que ha disparado a Angelo. Yo ni siquiera me he dado cuenta de cuándo ha descargado el mandoble que le ha cruzado el pecho desde el hombro hasta la cadera y lo ha destrozado. Consternada, aparto la mirada del cadáver y la dirijo hacia Angelo, que sigue de pie, furioso.

«¿Qué está pasando?», chillo, nerviosa. «¡Te ha disparado! ¡Y está muerto!».

–Bien resumido –murmura él, todavía sombrío. Se levanta la camiseta hasta arriba para que vea la herida de bala, que se está cerrando tan rápidamente como se abrió–. Recuerda que soy un demonio. No se me puede matar así.

Trato de serenarme y de reordenar mis ideas.

«Pero… pero… ¿por qué?…».

–Eso mismo me estaba preguntando yo –dice él; entorna los ojos, aún alerta, y se vuelve hacia todas partes.

–Lento –se oye una voz en la penumbra; habla en el idioma de los demonios–. Demasiado lento. Qué predecibles sois los demonios jóvenes. Y qué poco precavidos.

Miramos a nuestro alrededor. No es uno, son muchos. Cerca de una docena de demonios nos rodean, con las espadas desenvainadas. Y ahora comprendo que el humano de la pistola no era más que un señuelo. Por supuesto que no pensaban matar a Angelo de una manera tan burda. Solo querían distraerlo, hacerle perder el control, hacer que bajara la guardia.

Y lo han conseguido.

Despacio, muy despacio, Angelo deja caer la espada y alza las manos en señal de rendición.

Uno de los demonios se adelanta un poco. Es un individuo alto, de cabello castaño desgreñado y cierto aspecto zorruno. Es evidente que está muy satisfecho, porque no puede disimular una sonrisa. Debe de ser el líder.

–¿A qué se debe esto? –pregunta Angelo, aparentemente sereno.

–Cumplimos órdenes –responde el otro–, pero podríamos resumirlo en que se debe a que sabes demasiado. Y hay alguien interesado en averiguar cuánto sabes exactamente, así que me temo que tú y tu amiguita etérea vais a acompañarnos y a responder a unas preguntas.

«¡Ni hablar!», me rebelo. «¡No tenemos nada que deciros, pandilla de…!».

–Vale –acepta Angelo inmediatamente–. Llevadme con vuestro líder y le diré todo lo que quiere saber.

Me quedo tan sorprendida que soy incapaz de hilar una frase completa.

«¡Pero…! ¡Pero…!», repito, desconcertada, mientras los demonios se llevan a Angelo, a punta de espada, arrastrándome a mí con él.

Atrás, tendido en el suelo, queda el hombre que, voluntariamente o no, disparó a Angelo solo para distraerlo, y que encontró una muerte fulminante bajo su espada. Nadie se preocupa por él; después de todo, solo es un humano, el instrumento que un grupo de demonios ha utilizado para capturarnos. Y a ninguno de ellos le importa.

«¿Es que no tienes dignidad?», le echo en cara. «¿Cómo has podido rendirte tan pronto?».

–Primero, porque eran doce contra uno. Y segundo, porque nos han llevado exactamente al lugar adonde queríamos ir.

«¿En serio?», pregunto, escéptica.

Lo cierto es que no tengo ni idea de dónde estamos. Nuestros captores nos han traído «volando», a esa velocidad supersónica a la que viajan los demonios en estado inmaterial, así que ha sido solo un segundo, pero muy probablemente ya no estemos en España, ni siquiera en Europa. Lo que puede verse a nuestro alrededor es una celda, parecida al lugar donde nos encerró Azazel, pero más sofisticada: todas las paredes, incluso el suelo y el techo, están recubiertas de planchas del material del que están hechas las espadas angélicas y demoníacas. Solo un demonio muy poderoso, mucho más que mi madre, podría permitirse algo así.

–La guarida de Nebiros –confirma Angelo–. O, al menos, una de ellas.

Guardo silencio un momento. Buscábamos a Nebiros y ya le hemos encontrado. Bien, si ese era el plan, no cabe duda de que ha funcionado. Salvo por el insignificante detalle de que estamos prisioneros, y quién sabe lo que nos harán cuando les hayamos contado lo que sabemos... o si no se lo contamos.

«Bien», respondo, intentando poner en orden mis ideas, «y, si nos han traído aquí para interrogarnos, ¿por qué seguimos en esta celda?».

Angelo sonríe de esa manera, entre traviesa y taimada, que ya conozco tan bien.

–Porque Nebiros es un demonio muy ocupado, y los esbirros que nos han capturado probablemente tardarán aún un poco en hablar con él para comunicarle que nos han atrapado. Y eso nos da una oportunidad.

«¿Ah, sí?», interrogo. No lo pillo.

–Claro –asiente él–, porque yo estoy atrapado aquí dentro, pero tú no.

Vale, ya lo he pillado.

«¿Quieres que vaya a dar una vuelta por ahí a ver qué puedo averiguar? ¿Y qué se supone que debo buscar?».

–Todo: quiero saber dónde estamos, cuántos demonios hay en el edificio, qué clase de lugar es este y si Nebiros o su socio se encuentran en él. Intenta no llamar la atención, ya sabes: flota por ahí como un fantasma perdido más. Los humanos no pueden verte, y los demonios no se fijarán en ti. Procura escuchar conversaciones, encontrar posibles vías de escape... cualquier información puede resultarnos útil.

«De acuerdo», asiento. Me dispongo a salir de la celda, pero entonces me vuelvo hacia él, con cierta curiosidad. «Oye, tú te guardas un as en la manga, ¿no?», le pregunto, intrigada. «Quiero decir que, cuando mi madre nos encerró, te subías por las paredes de frustración, y ahora pareces muy seguro de ti mismo. Y no es por nada, pero si el resto del edificio es como esta habitación, me temo que va a ser más complicado escapar de aquí que de Villa Diavola. Así que tiene que haber algo que no me has contado. ¿Es así?».

Angelo sonríe y se encoge de hombros.

–Es solo una intuición. De todos modos, y por si acaso, no estará de más que vayas a investigar. Y date prisa, que tenemos poco tiempo antes de que venga alguien y te eche en falta.

«Vale, vale, ya me voy», refunfuño.

Atravieso limpiamente la pared y salgo al corredor. Es tal como sospechaba: esto no es un antiguo *palazzo* a medio reformar, es un edificio moderno, de pasillos inmaculados iluminados por una luz fría, aséptica. Recorro el piso, pero no veo ninguna puerta que lleve a la calle. Las puertas de las habitaciones, también blancas, llevan en su mayoría a almacenes o a celdas parecidas a la nuestra. Todas están vacías, por el momento, y esto es inmenso, así que pronto me aburro, dejo de curiosear y empiezo a buscar una salida.

No tardo en darme cuenta de que estamos en un sótano. Todas las indicaciones de salidas de emergencia llevan a escaleras ascendentes, de modo que floto más arriba, atravieso el techo y aparezco, esta vez sí, en una amplia sala acristalada, iluminada por la luz solar. Miro a mi alrededor: es la recepción de un edificio enorme, moderno y lujoso. Floto por encima de la recepcionista, que es humana y no me ve, y examino el logotipo que ocupa media pared: Eden Pharmacorp. Una empresa de servicios farmacéuticos, administrada, sin duda, por demonios. Por un demonio en particular, supongo yo. Recorro el edificio, impresionada. Gente elegante, controles de seguridad, tecnología punta, y todo es enorme, nuevo y reluciente. Detrás de esta empresa hay mucha pasta, se nota. Si es una sucursal, no quiero ni imaginar cómo debe de ser la sede principal. Y si es la sede principal, nos hemos metido en la boca del lobo, porque ya empiezo a imaginar qué están haciendo aquí.

Para ser sinceros, no lo sospecharía de haber entrado como una visitante cualquiera. Pero el caso es que en el sótano de este edificio hay celdas especiales para retener a demonios o a ángeles, y que los que nos han traído aquí no parecían precisamente hermanitas de la caridad.

Por lo demás, todo en este lugar parece absolutamente normal. En el primer piso hay despachos, salas de juntas y poca cosa más. La gente entra y sale, arregla papeleo, trabaja en el ordenador, habla por teléfono..., la típica actividad de las oficinas, vaya. Hablan inglés con un acento curioso. En una sala de reuniones localizo una bandera canadiense, con lo cual me hago una idea un poco más aproximada de dónde hemos ido a parar.

Nada de demonios por el momento.

Floto hasta el piso segundo. Aquí hay laboratorios: montones de gente en bata, entre probetas y microscopios. También son todos humanos. Y me imagino que lo que están haciendo es trabajar en medicamentos totalmente legales, nada tan peligroso como un virus letal. De lo contrario, no estarían aquí, tan panchos. De ser este el lugar donde Nebiros juega a destruir a la humanidad, tendría su joya de la corona oculta en algún laboratorio bastante menos accesible.

Sigo sin ver demonios.

Inquieta porque ya me estoy alejando demasiado y el vínculo con Angelo empieza a hacerse notar, me elevo hasta el tercer piso.

Et voilà. Esta zona parece mucho más restringida, hay controles de seguridad, la gente necesita unos pases especiales para entrar... y hay un laboratorio para el que se necesita nada menos que pasar un escáner de retina. Sí, sí, esas cosas que solo se ven en las películas. Creo que estoy empezando a acercarme a algo importante.

Porque aquí sí que hay demonios. Unos cuantos, trabajando codo con codo con los humanos, como si fueran parte del equipo. Nadie podría distinguirlos de la gente corriente, pero yo, que puedo ver el brillo de sus ojos y la sombra de sus alas, los reconozco.

Hay varios laboratorios, uno detrás de otro, y en cada nivel la seguridad es mayor, y hay cada vez más demonios y menos humanos. Esta gente no debe de tener una idea muy clara de lo que está haciendo. Dudo mucho que ningún humano colaborase voluntariamente en la creación de un virus que va a exterminar a toda la humanidad.

Angelo tenía razón. Soy un fantasma, y ni toda la seguridad del mundo puede detenerme. Floto muy pegada al techo, atravieso puertas y paredes, y nadie me presta atención. Solo un demonio alza la mirada y me ve; pero se limita a torcer el gesto un momento, como haría alguien que acabase de ver corretear una cucaracha por un rincón: algo desagradable y molesto que solo esperas toparte en los edificios antiguos. Sin embargo, finge que no estoy ahí, porque está rodeado de compañeros humanos y, claro está, no puede decirles que ha visto un fantasma.

Sigo explorando impunemente. Por el momento no me he topado con ninguno de los demonios que nos han capturado en Madrid. Por si acaso, permanezco alerta.

Al fondo del pasillo hay un último control de seguridad. Atravieso la puerta tranquilamente y me topo con una pequeña recepción en la que trabaja una secretaria humana. Me acerco con curiosidad. Hay una puerta al fondo tras la que se oyen, muy tenuemente, dos voces que hablan en lenguaje demoníaco. Las paredes amortiguan la conversación, que la secretaria ni siquiera es capaz de captar, pero para mis sentidos amplificados de fantasma no hay lugar a dudas. Además, juraría que conozco una de las dos voces.

No puedo arriesgarme a aparecer por la puerta. Levito aún más alto, hasta atravesar el techo y llegar a la siguiente planta del edificio. Aparezco en un pasillo y avanzo un poco hasta cruzar una pared. Llego a un pequeño almacén, que debe de estar situado, calculo, justo encima del despacho donde hablan los demonios. Entonces, lentamente y con precaución, desciendo bocabajo –es más fácil de lo que parece, puesto que ya no estoy sujeta a las leyes de la gravedad– para asomar solo la cara por el techo de la habitación que me interesa espiar.

Tenía razón en mis suposiciones: es un despacho. Un despacho de lujo, con un amplio ventanal, con un escritorio inmenso y una moqueta inmaculada. Y de pie en medio de la estancia hay dos demonios. Como se les ocurra levantar la cabeza, verán mi cara en el techo, y supongo que, me reconozcan o no, no les parecerá un comportamiento demasiado normal en un fantasma perdido. Así que me preparo para apartarme en cuanto muevan el cuello.

Pero, hasta entonces, puedo escuchar lo que dicen.

Uno de ellos es el jefe del grupo que nos ha traído hasta aquí. El otro es un demonio con una extraordinaria aura de poder. Solo le veo desde arriba, pero su encarnación humana es la de un hombre de unos cincuenta años, cabello gris, hombros anchos y estatura media. Desde aquí no puedo estar segura, pero parece impecablemente vestido, a juego con el despacho. Si no es el dueño de la empresa, es uno de sus directivos, estoy segura. Presto atención a la conversación:

–¿Por qué lo has traído aquí? ¡Dejé bien claro que había que eliminarlo, no capturarlo!

–Disculpad mi torpeza, mi señor –se excusa el esbirro–. Lo localizamos en Florencia, pero allí estaba bajo la protección de *madonna* Constanza, y no sabíamos hasta qué punto ella...

–Eso ya lo sé –interrumpe el jefe, seco–. Pero abandonó Florencia, ¿no es así? ¿Por qué sigue vivo, Valefar?

El esbirro respira hondo.

–Corren rumores de que un demonio poderoso intercedió por él ante *madonna* Constanza –dice con precaución–. Y, por otro lado, lo primero que hizo al llegar a España fue contactar con los ángeles combatientes. Tememos que haya podido hablarles de nosotros. Pensé que sería interesante averiguar cuánto sabe, y quién más lo sabe.

El otro se queda mirándolo sin decir nada.

–Angelo trabaja para alguien –prosigue Valefar, visiblemente incómodo–. No se trata de un asunto de propiedad, como ha pretendido hacernos creer.

–Eso ya lo sospechábamos –murmura su jefe–. ¿Y qué?

Valefar parpadea, perplejo.

–Mi señor... pensé que tal vez querríais interrogarlo. Quizá esté dispuesto a revelaros lo que ella no quiere contaros.

¿*Ella*? Sigo escuchando, interesada.

–Parecía bastante dispuesto a hablar –añade Valefar–. Quizá no haya que presionarlo mucho para que nos revele el nombre de su señor.

–Reconozco que esa información me sería de mucha utilidad. Pero te envié a que averiguaras quién está detrás de la Recreación, y en lugar de eso me traes a un demonio menor… ¡precisamente aquí! ¿No podías interrogarlo en otra parte?

—Mi señor Nebiros —murmura Valefar, pronunciando por primera vez el nombre de su interlocutor y confirmando mis sospechas acerca de su identidad—, imaginé que querríais interrogarlo personalmente. Además… con todos mis respetos, no imaginé que Angelo supusiera un problema. Vuestra otra prisionera es mucho más peligrosa y, sin embargo…

—No cuestiones mis decisiones, Valefar —replica Nebiros con frialdad—. Los motivos por los que la retengo aquí no son de tu incumbencia —se detiene un momento para reflexionar—. Está bien —acepta finalmente—. Vigila a Angelo y tráemelo por la noche, cuando todos se hayan ido. Hablaré con él entonces.

El esbirro se inclina ante él y se dispone a retirarse. Sin embargo, antes de salir por la puerta, se vuelve un momento para añadir:

—Señor… tal vez deberíais saber que Angelo no estaba solo.

Nebiros se gira para mirarlo.

—¿Ah, no?

—La muchacha a la que matamos en Berlín… La hija de Iah-Hel… la primera de los recreados…

—¿Sí? ¿Pretendes decirme que no está muerta? —Su voz tiene un tono peligroso que me hace estremecer.

—Oh, no, señor, sí lo está. Pero es un fantasma anclado al mundo de los vivos. Y Angelo es su enlace.

Nebiros tarda en responder.

—Interesante —comenta—. Eso explica por qué fue a ver a *madonna* Constanza. Aun después de muerta, la chica sigue investigando sus orígenes. Angelo no lo habría hecho por mera curiosidad. De modo que te los has traído a los dos, a Angelo y al fantasma… ¿Te has asegurado de vigilarlos bien para que ella no husmee donde no debe?

Doy un respingo y saco la cabeza de la habitación. Aún me llega la voz amortiguada de Valefar:

–No se me ocurrió... pero, con todos mis respetos, ¿qué puede hacer ella? No es más que un espíritu... Y no importa lo que pueda descubrir, porque no puede salir de aquí mientras mantengamos prisionero a su enlace.

–Aun así, convendría que fueses a comprobar qué hace.

No aguardo más. Me alejo pasillo abajo y, a una distancia prudencial, desciendo de golpe los tres pisos hasta llegar de nuevo al sótano. Una vez allí, atravieso rápidamente las habitaciones en busca de la celda de Angelo. Almacén, celda vacía, celda vacía, cuarto de baño, celda vacía, almacén, celda vacía, celda vac... un momento.

Me detengo en seco porque la habitación que acabo de atravesar no estaba vacía. Vuelvo sobre mis pasos y cruzo la pared para volver a entrar.

En efecto, allí, acurrucada en un rincón, hay alguien. Alguien que detecta mi presencia y alza la cabeza para dirigirme una mirada repleta de luz.

La prisionera de la celda es el ángel más bello que he visto en mi vida. Su rostro, pálido y despejado, enmarcado por una larga melena de cabello castaño que se riza en las puntas, está lleno de tristeza y de dulzura al mismo tiempo. Sus ojos claros me sonríen a la vez que su boca. La luz de sus alas está un poco apagada, pero es el resplandor blanquecino de las alas de un ángel, no cabe duda. Lleva puesto una especie de camisón y se cubre con una gruesa chaqueta de lana azul, como si tuviese frío. No sé cuánto tiempo lleva aquí atrapada, pero no le está sentando bien.

«Hola», le digo, impresionada. Me callo enseguida en cuanto recuerdo al ángel del bar de Berlín, y la miro, preocupada. Pero ella tiene muy claro quién es y quién soy yo.

–Hola, espíritu perdido –me saluda con una sonrisa–. ¿Qué haces aquí?

«Solo estoy explorando un poco», respondo con cierta timidez. No puedo dejar de mirarla. No solo porque, incluso en medio de esta situación, sigue siendo hermosísima y radiante, sino porque estoy convencida de haberla visto en alguna parte. «Pero no estoy perdida», prosigo. «Mi enlace está por aquí cerca. Es…», dudo un momento antes de añadir. «… es otro prisionero de Nebiros. Como tú, creo».

Me mira con ligero asombro.

–Sabes muchas cosas para ser un fantasma. –Hace una pausa y pregunta, cautelosa–: ¿Sabes acaso quién soy yo?

Una parte de mí lo sabe. O lo recuerda. O las dos cosas.

«Te he visto en algún sitio», reconozco. La observo con mayor atención.

Y entonces recuerdo dónde.

No hace mucho. Después de mi muerte. En Florencia. En un museo. En un cuadro.

La *Anunciación*, de Botticelli.

Intento hablar, pero las ideas se acumulan en mi mente y no soy capaz de hilar una frase coherente. El ángel sonríe.

–Me llamo Gabriel –confirma con sencillez.

«¡Gabriel!», exclamo, atónita. «¡El arcángel! Pero… pero… ¿qué haces aquí? ¿Cómo es que te han capturado? ¿Y por qué?».

Ella cierra los ojos, en un gesto de cansancio y dolor. Un gesto que jamás tendría que haber marcado el rostro de ningún ángel del mundo, y mucho menos de uno como Gabriel.

–Es una larga historia –responde. Entonces se abre un poco la chaqueta de lana y se yergue, mostrándome algo que lo resume todo.

Está embarazada.

«Pero… pero…», murmuro. De nuevo, cientos de pensamientos cruzan mi mente. Sin embargo, por encima de las múltiples preguntas que se me ocurren, florece la indignación: «Pero ¿cómo pueden tenerte aquí prisionera, en tu estado? ¿Cómo se atreven a tratarte así? ¿Y si le pasa algo al bebé?».

Gabriel sonríe de nuevo.

–El bebé estará bien –me tranquiliza–. Sois fuertes, lo sé.

La miro de nuevo, de pronto consciente de las implicaciones de sus palabras.

–Yo también te he reconocido –me explica suavemente–. Conocí a tu padre, Iah-Hel. Lamento verte así. Eras muy joven: ¿catorce años, quince…?

«Dieciséis», acierto a decir, todavía perpleja.

Gabriel suspira.

–Qué rápido pasa el tiempo –murmura–. ¿Qué te sucedió?

«Me asesinaron los matones de Nebiros», le informo. Por su rostro cruza una sombra de miedo, y vuelve a envolverse en la chaqueta, como si quisiese proteger a su bebé de alguna amenaza invisible. Lo sospechaba desde hace un buen rato, pero este último gesto me lo confirma.

«No vas a dar a luz a un ángel, ¿verdad?», pregunto. Gabriel sonríe y niega con la cabeza.

–Pertenezco a lo que algunos llaman Secta de la Recreación –dice con cierta amargura.

No me atrevo a preguntarle quién es el padre. Es demasiado impactante como para asimilarlo así de golpe.

«Por eso Nebiros te tiene aquí encerrada», comprendo.

Están matando a todos los hijos del equilibrio, y Gabriel va a dar a luz a uno de ellos. Pero no me atrevo a decir esto en voz alta. La tienen prisionera porque quieren matar a su bebé. Es demasiado cruel, o quizá no lo sea tanto, tratándose de un demonio que planea la extinción de la humanidad.

Pero Gabriel entorna los ojos, y un relámpago de ira cruza su rostro noble y puro.

—No es Nebiros quien me mantiene prisionera —afirma con cierta rabia.

La miro, desorientada.

«Entonces, ¿quién...?», empiezo, pero no puedo hablar más. Algo tira de mí, con urgencia, y me saca en volandas de la habitación sin darme tiempo ni de despedirme. Es el vínculo que me une a Angelo: me está llamando y no tengo más remedio que acudir a toda velocidad, como un perrillo faldero.

No tengo tiempo de enfadarme, porque enseguida entiendo a qué vienen tantas prisas.

«Convendría que fueses a comprobar qué hace», ha dicho Nebiros.

Mierda. Hablando con Gabriel se me había olvidado por completo que tenía que volver a la celda pero ya.

Atravieso la última pared justo cuando la cara zorruna de Valefar asoma por la puerta.

Angelo está tumbado bocarriba sobre la litera, contemplando el techo con gesto aburrido. Le echa un vistazo indiferente. Valefar frunce el ceño y echa una mirada circular. Me localiza flotando en una esquina. Asiente, satisfecho, y vuelve a marcharse.

Angelo aguarda aún unos instantes antes de preguntar, en un susurro:

—¿Te han visto, o qué?

«No, pero Nebiros no tiene un pelo de tonto», respondo, aún impactada. «Y quédate tumbado, porque tengo cosas increíbles que contarte».

—No puede ser más increíble que lo de Metatrón encerrado en una pirámide maya —observa mi enlace.

Sonrío.

«Pues casi. Adivina a quién tienen prisionera en este mismo sótano».

Le cuento en pocas palabras todo lo que he averiguado. Angelo me mira, perplejo.

—Sí que tiene ventajas ser un fantasma –comenta–. Estoy empezando a sospechar que Nergal tiene toda una legión de espíritus husmeando para él.

«Vuelves a menospreciar mi talento natural», replico dolida. «Reconoce, simplemente, que soy buena en esto. Se me da bien averiguar cosas y hablar con personas importantes. En cambio, tu contribución a la investigación está siendo de una pasividad antológica. Todo lo que has hecho últimamente es dejarte atrapar, dejarte encerrar, dejarte disparar...».

—Al menos, no me he dejado matar.

«Vale, tocada y hundida», reconozco refunfuñando. «Pero eso no es lo importante ahora: prepárate para un largo interrogatorio con Nebiros. ¿Ya sabes lo que le vas a decir? Te va a preguntar lo que Gabriel no le ha dicho en todo el tiempo que lleva prisionera. Y a saber lo que le han hecho a la pobre».

—No le han hecho daño porque no les conviene –responde Angelo, con un brillo de astucia en la mirada.

«¿Por qué no?».

—Ata cabos, Cat. El Grupo de la Recreación. Gabriel está embarazada.

«Sí, ya he deducido yo solita que el orgulloso papá tiene ojos rojos y alas negras», gruño. «Pero...».

—Piensa: de mí quieren saber quién me envía. A Gabriel le habrán preguntado o bien por el líder de su grupo, o bien por el padre de su hijo, o bien por los dos, porque es probable que sean la misma persona. Y piensa en que si no me preocupa estar aquí encerrado, es porque sospecho que no nos han mandado aquí por casualidad. Piensa en quién nos ha enviado y saca conclusiones.

Ah, no, no puede ser. La cara que pongo debe de ser todo un poema, porque Angelo asiente, satisfecho.

—Astaroth es el padre del hijo que espera Gabriel. Lógicamente, toda esta investigación sobre Nebiros tiene como objetivo localizarla a ella. Si Nebiros la secuestró, y son pareja, o al menos lo fueron para engendrar un hijo humano, está claro que debe de haberse vuelto loco buscándola.

Anda, claro. Por eso parecía tan desesperado cuando me insistió en lo importante que era localizar a Nebiros. Sin embargo, entiendo de pronto algo más, una intención oculta en las órdenes de Astaroth que hasta ahora me había pasado desapercibida.

«... ¡Y nosotros éramos el cebo!», exclamo, desconcertada. «¿Crees, entonces, que nos envió a investigar para alertar a Nebiros y que este nos llevara hasta su guarida? ¿Somos un señuelo, y eso quiere decir que estaba pendiente de lo que hacíamos, porque podíamos guiarle hasta Gabriel?».

–La misma Gabriel es un señuelo para desmontar el Grupo de la Recreación. Solo un demonio poderoso se emparejaría con Gabriel, que es uno de los arcángeles más importantes. Capturando a Gabriel, Nebiros esperaba localizar al líder del grupo, guiarlo hasta una trampa, acabar con él, bien matándolo, bien denunciándolo a Lucifer, y así descabezar a los únicos que pueden dar al traste con su plan de exterminar a todos los humanos.

«¿Y entonces?», pregunto, perpleja. «¿Astaroth nos ha estado siguiendo y vendrá a rescatar a Gabriel y, de paso, a nosotros? Y si cae en la trampa de Nebiros, ¿qué?».

Angelo sonríe y vuelve a tenderse sobre la litera.

–Bueno –responde–, pasará lo que tenga que pasar. Por el momento, se está haciendo tarde y la gente que trabaja en el edificio pronto se irá a casa. No tardarán en venir a buscarnos para nuestra cita con Nebiros.

«¿Y qué le vas a decir?», pregunto. «¿Vas a delatar a Astaroth? ¿Después de los esfuerzos que ha hecho Gabriel por encubrirle?».

Angelo suspira.

—Estos ángeles —comenta—, siempre tan nobles y tan leales, incluso cuando se trata de proteger a un demonio. Lamentablemente, yo no estoy hecho de la misma pasta.

«¡¿Le vas a decir lo que quiere saber!?», le grito, provocándole en la cabeza esa irritante molestia que tanto detesta.

—Baja la voz —gruñe Angelo—. Quedamos en que no volverías a gritar, y además, si no tienes cuidado, los demonios pueden oírte. En cuanto a tu pregunta… no, solo estaba bromeando. Nos conviene alargar el interrogatorio todo lo posible. Si Astaroth nos ha seguido la pista y está de camino, hay que darle tiempo a que llegue. Así que he cambiado de idea: no le voy a contar todo lo que sé. Al menos, no al principio.

Parece muy seguro de sí mismo, pero a mí me pone de los nervios no saber qué es lo que va a pasar. Si Angelo está en lo cierto, tanto Astaroth como Nebiros se han tendido una trampa el uno al otro. ¿Quién caerá primero?

Y lo peor de todo es que hay todavía incógnitas por resolver, un punto oscuro en esta trama que no hemos resuelto todavía.

«No es Nebiros quien me mantiene prisionera», ha dicho Gabriel.

Entonces, ¿quién?

«Creo que voy a hablar con Gabriel», anuncio, pero Angelo se incorpora y me detiene, con un brillo de advertencia en la mirada.

—No —replica—. Se está poniendo el sol. No tardarán en venir a buscarnos.

Y no le falta razón. Apenas unos minutos después, aparecen Valefar y varios demonios más. Sacan a Angelo a punta de espada y no le quitan ojo de encima. Pero lo cierto es que mi enlace no es ahora muy peligroso, ya que le han quitado su espada y no podría defenderse si lo atacaran. Además, aún no estoy segura de que sea capaz de regresar al estado espiritual. Él dice que sí, pero yo todavía no lo he visto, y hemos viajado a todas partes en avión. Si Angelo está atrapado en un cuerpo humano, como todos los ángeles, como muchos demonios, no tiene modo de escapar. Aun así, nuestros captores lo vigilan de cerca.

Llegamos hasta un ascensor que solo funciona con una clave de seguridad. En apenas unos minutos estamos ya en el último piso. Nos conducen al enorme despacho que ya conozco. Una vez allí, Valefar se pone unos gruesos guantes, saca una bolsa de tela de un armario y extrae de ella unas esposas que brillan con una luz siniestra que me resulta familiar. Angelo abre mucho los ojos, alarmado.

—No se te ocurra ponerme eso —le advierte, pero Valefar se encoge de hombros.

—Lo siento, son normas de la casa.

Angelo trata de zafarse, pero pronto se encuentra con cinco espadas apuntando a su cuello, y no le queda más remedio que permanecer inmóvil mientras Valefar le arranca la chaqueta para dejar sus muñecas desnudas y le coloca las esposas. Angelo lanza un grito de dolor. Revoloteo en torno a él.

«¿Qué es eso? ¿Por qué te duele?», pregunto, inquieta.

—Es un instrumento hecho del mismo material que nuestras espadas —responde Valefar mientras engancha las esposas a una cadena similar que ajusta a la pared—. Es solo por seguridad. Naturalmente, la argolla a la que está encadenado tiene una sujeción que cualquier demonio podría romper de un simple tirón… si es capaz de aguantar el dolor de entrar en contacto con la cadena y las esposas. Más de uno ha muerto intentándolo, así que te recomiendo que te quedes quieto, Angelo. Si te portas bien, el dolor será soportable. Cualquier movimiento brusco lo convertirá en una auténtica agonía.

Angelo respira hondo, se yergue en el sitio y le dispara una mirada malhumorada. Las esposas le rozan la piel, y su rostro revela, aunque trate de ocultarlo, que le hacen mucho daño. Empiezo a comprender por qué ni los ángeles ni los demonios tienen una palabra para definir el material con el que fabrican sus espadas: el único instrumento que puede matarlos, el único que puede causarles daño. Para ellos, es la muerte. Puede que se trate de una especie de tabú. Por eso me sorprende que lo manejen con total naturalidad para crear muchas otras cosas que no son espadas.

Angelo parece estar pensando lo mismo que yo, porque comenta, con toda la frialdad de la que es capaz dadas las circunstancias:

—Cuánto derroche; incluso yo recuerdo los tiempos en que las espadas de los enemigos caídos solo generaban nuevas espadas.

Valefar vuelve a encogerse de hombros.

—Gracias a la Plaga, tenemos superávit de espadas angélicas —responde—. Podemos permitirnos estos pequeños caprichos.

Se calla enseguida cuando detecta un movimiento en la puerta. Nos volvemos todos a una: Nebiros acaba de entrar.

XIV

Lo observo con curiosidad. La última vez que estuve en su despacho, solo lo vi desde arriba, pero mi primera impresión no se aleja mucho de la realidad. Quizá es un poco más alto de lo que había supuesto en un principio, y también se me pasaron por alto sus ojos azules, duros y severos.

Sus esbirros, con Valefar a la cabeza, se inclinan ante él. Angelo se queda muy quieto, pero Valefar lo empuja para que se arrodille, y él lo hace, con un aullido de dolor que le obliga a cerrar los ojos.

Vale, lo reconozco, no me gusta verle así. Ojalá le quitaran esa cosa de una vez. Me acerco un poco más a él, preocupada.

Mientras, Nebiros se nos ha quedado mirando como si fuésemos escoria recién traída del vertedero.

–De modo que tú eres Angelo –comenta–. Tenía ganas de conocerte: me has traído muchos problemas. Llevo años tratando de llevar a cabo un pequeño proyecto, y me he esforzado mucho, no imaginas cuánto, por mantenerlo oculto. Y entonces llegáis tú y tu pequeña amiga humana, husmeáis un poco en mis asuntos y, de pronto, mi proyecto ya no es tan secreto como yo creía.

—Deberíais elegir un poco mejor a vuestra gente de confianza —replica Angelo sin inmutarse—. Tienen la lengua muy larga. De no ser por eso, probablemente nosotros no estaríamos aquí hoy.

Nebiros le lanza una mirada que es puro veneno.

—Te lo habría perdonado si te hubieses limitado a contárselo a tu señor. Al fin y al cabo, todos sabemos lo comprometedora que puede resultar la servidumbre. Pero revelaste algunos de mis secretos más importantes a Nergal. ¡A Nergal! —repite alzando la voz; se está enfadando por momentos—. ¡Al mayor chismoso del mundo de los demonios!

Ya le dije que eso no había sido una buena idea, pienso para mis adentros.

—A él también le debía un favor —responde Angelo—. Y, por si os sirve de consuelo, no creo que haya ido contándolo por ahí. Seguro que es una información que vende cara —añade con una torva sonrisa.

Nebiros se le queda mirando, preguntándose, sin duda, si se lo carga o no.

—Vas a morir esta noche —le informa con total frialdad—. Puedo asegurarte que no verás un nuevo amanecer. Pero de ti depende que el proceso sea rápido e indoloro, o que se convierta en un tormento indescriptible.

—Me parece justo —asiente Angelo—. ¿Qué puedo hacer para ganarme una muerte rápida?

No puede estar hablando en serio. ¿Cómo puede estar tan tranquilo? ¿De verdad cree que Nebiros no le va a matar, que llegará Astaroth para rescatarlo en el último momento?

«Angelo…», murmuro sin querer. Me callo enseguida, pero Nebiros ya me ha oído. Se vuelve hacia mí con un destello perverso en la mirada.

–Mira, tu pequeño fantasma se preocupa por ti –comenta–. ¿Qué va a ser de ella cuando estés muerto? Se convertirá en un espectro perdido, ¿no es cierto?

–Me da igual –replica Angelo con aplomo–. ¿Qué queréis saber exactamente? Puedo revelaros el nombre de mi señor, si es lo que os interesa. O puedo hablaros de todo lo que sé acerca de vuestro proyecto y a quién se lo he contado.

–Todo eso sería muy interesante, sí –sonríe Nebiros.

–El problema es que sé que, en cuanto haya hablado, moriré. Y dado que tengo en mi poder información que os interesa, y que si me matáis antes de que yo diga nada, esa información morirá conmigo, creo que puedo permitirme la osadía de tratar de negociar.

A los labios de Nebiros aflora una sonrisa socarrona.

–Te tenía por un demonio más inteligente, Angelo.

–Yo también pensaba que no tenía opción de negociar –replica él–, pero resulta que me he enterado de que tenéis una prisionera que se negó a hablar... y sigue viva –concluye mirando a Nebiros con fingido asombro.

Él se ríe, y sus esbirros con él.

–Has cometido un error de cálculo: no es mi prisionera. Pero tú sí me perteneces, y por tanto puedo hacer contigo lo que se me antoje. No tienes posibilidad de negociar, Angelo.

–Puedo contarlo todo si me dejáis con vida. No tengo nada personal en esto; solo cumplía órdenes. Y, como habéis podido comprobar, las he cumplido con eficiencia. Puedo ser un leal servidor si me dais la oportunidad. Me da lo mismo trabajar para uno o para otro. Si me perdonáis la vida...

–No hay trato –corta Nebiros–. Lo que yo busco son sirvientes leales, no chaqueteros como tú.

–Señor, me habéis herido en lo más hondo –responde Angelo, muy serio.

Estoy alucinando. No puedo creer que esté tan tranquilo que hasta se permita no solo bromear, sino encima vacilarle a Nebiros como si nada. ¿Tan seguro está de que Astaroth vendrá a rescatarnos?

La sonrisa de Nebiros se borra de repente.

–Así que quieres jugar, ¿eh? Muy bien; juguemos. Me temo que ya has perdido tu opción a una muerte rápida –alza la cabeza para mirar a sus esbirros–. Marchaos. Valefar, tráeme a la prisionera. Será muy interesante contrastar opiniones.

No necesita decirlo dos veces. Los demonios se inclinan en señal de respeto y se retiran en silencio.

Finalmente, solo quedamos en el despacho Nebiros, Angelo y yo.

–¿Y bien? –pregunta nuestro captor–. ¿No tienes nada que decirme?

Angelo sigue arrodillado en el suelo. Si se levanta, las esposas le harán más daño aún, y eso es algo que quiere evitar por el momento.

–Ah, pues… que el plan de exterminar a la humanidad mediante un virus letal me parece muy logrado. Mis felicitaciones.

Nebiros enarca una ceja.

–¿Nada más?

–… y mis disculpas por revelar secretos tan importantes acerca del proyecto… ¿tiene algún nombre en concreto? –pregunta alzando la cabeza hacia Nebiros con fingida inocencia.

–Proyecto Apocalipsis –responde una voz, suave y profunda, desde algún rincón de la habitación.

Nos pilla por sorpresa a todos, excepto a Nebiros. Nos volvemos hacia todas partes, sorprendidos, en busca del dueño de la voz.

Entre las sombras, como si acabase de materializarse, aparece una cuarta persona en la habitación.

Es alto, muy alto, y una larga melena rubia, casi blanca, le cae por la espalda. Sus facciones son exquisitas, delicadas, como cinceladas por un artista. Sus ojos verdes, sin embargo, poseen la frialdad de un bloque de mármol. Y es una lástima, porque la luz angélica brilla en ellos con fuerza, al igual que en las dos impresionantes alas luminosas que acaba de desplegar tras él.

Un ángel... ¡un ángel! Me siento feliz y aliviada, más de lo que lo he estado en toda mi vida. ¡Han venido a rescatarnos! ¡Jeiazel cumplió su promesa! Lanzo una mirada triunfante a Nebiros, pero me sorprende comprobar que este no parece impresionado.

Tampoco Angelo, que observa al recién llegado con recelo.

–Muy apropiado –comenta con lentitud–. Lo del nombre, quiero decir. ¿Se te ocurrió a ti?

Pero ¿qué está diciendo? Le miro, escandalizada; sin embargo, él no aparta sus ojos grises del ángel, que le devuelve una sonrisa condescendiente. Después, se vuelve hacia Nebiros y le pregunta:

–¿Qué es esto? ¿Dónde está Gabriel?

–No tardará en llegar. Este joven demonio ha sido enviado por los líderes de la Secta de la Recreación y sabe más de lo que debería.

El ángel mira a Angelo con algo más de interés.

–¿Y por qué no está muerto?

–Porque pensamos que estaría más dispuesto a hablar que nuestra bella prisionera. No tiene tantos escrúpulos. Además, el fantasma que lo acompaña es la primera de los recreados. ¿No resulta paradójico que haya ido a parar al mismo lugar que Gabriel?

El ángel entorna los ojos y me observa por vez primera. Le dirijo una mirada llena de esperanza, pero él se limita a torcer el gesto con cierta repugnancia.

–Los humanos son indecentemente obstinados –comenta sin más–. Pero no hacía falta que los trajeses: Gabriel hablará esta noche.

Lo miro, anonadada. No es posible. ¿Es el «socio» de Nebiros? ¿Un ángel? ¿Uno de los míos?

—Gabriel no hablará, ni esta noche ni nunca —replica Nebiros—. Es un arcángel. Tú, mejor que nadie, sabes lo que eso significa. Pero, de un modo o de otro, obtendremos toda la información que necesitamos.

No ha terminado de hablar cuando regresa Valefar. Lleva consigo a Gabriel, que camina descalza envuelta en su chaqueta de lana, arrastrada por una cadena que se cierra en torno a sus delicadas muñecas. Contrae su rostro en un gesto de dolor, porque la cadena le hace daño, y mucho. Y, aun así, alza las alas y levanta la cabeza, desafiante, para enfrentarse a sus enemigos.

—Te saludo de nuevo, Gabriel —dice el ángel plácidamente.

Ella entorna los ojos en una mueca de ira.

—Uriel —escupe—. Te acordarás de esto.

Y la última pieza del rompecabezas encaja, limpiamente y a la perfección. Si creía que esta retorcida conspiración ya no podía reservarme más sorpresas, no cabe duda de que estaba equivocada. Contemplo con estupor a los dos arcángeles: Gabriel, prisionera, embarazada y, aun así, retadora y segura de sí misma. Y Uriel, magnífico en su esplendor angélico, sereno, frío y tranquilo, como si pactar con un demonio como Nebiros para exterminar a la humanidad fuese algo que uno hace todos los días.

Por si me quedaba alguna duda, por fin entiendo, por fin asumo, que hace ya mucho tiempo que esto dejó de ser una guerra entre ángeles y demonios. Que lo que está en juego es el mundo, la supervivencia de ambas especies, y la nueva batalla se libra entre aquellos que pretenden sobrevivir limpiando el planeta de humanos, y aquellos que no conciben un nuevo mundo sin ellos... sin nosotros.

Que tenemos defensores y detractores, tanto entre los ángeles como entre los demonios.

Que ya hace mucho tiempo que algunos ángeles, ángeles sabios y poderosos como Uriel, dejaron de creer en nosotros.

Comprendo, de pronto, que los ángeles no van a venir a rescatarnos. Que no saben nada acerca de la conspiración de Nebiros, nada salvo lo que yo le conté a Jeiazel. Que el ángel al que Orias le mostró el futuro no era otro que Uriel.

Y que, mientras su socio se afanaba en su laboratorio canadiense ultimando los retoques finales a su arma de aniquilación total, Uriel, desde la sombra, se dedicaba a averiguar dónde estaba el punto de inflexión que, según la visión de Orias, daría al traste con su plan, a descubrir a los hijos del equilibrio y a eliminarlos uno a uno.

Y recuerdo, como si acabase de vivirlo, a la criatura que me atacó en la biblioteca, en Valencia; aquella de la que yo sospeché que era un ángel porque no fue capaz de matarme.

Muy probablemente, lo era. Un enviado de Uriel que ignoraba quién era yo, y que tuvo dudas al ver que yo me defendía con una espada angélica.

Por eso Uriel dejó de recurrir a sus ángeles subordinados, que no creo que sepan realmente en qué anda metido, y no tuvo más remedio que delegar en Nebiros. Este contrató a Agliareth para encontrarme, y Agliareth le encargó el trabajo a Nergal, que me localizó en Madrid y trató de asesinarme a través de Rüdiger, el demonio al que Angelo mató al día siguiente de conocernos. Al fallar este, y al presentarnos nosotros en Berlín para pedirle cuentas a Nergal, Nebiros decidió que el asunto debía quedar en casa, y se lo encomendó a sus propios esbirros, empezando por Alauwanis, que envió a Johann a matarme, y continuando con Valefar, que nos capturó ayer en el Retiro. Quizá decidieron que éramos más valiosos vivos al empezar a sospechar que no solo sabíamos demasiado, sino que además no íbamos por libre; que el Grupo de la Recreación, viendo morir a sus hijos a manos de esbirros enviados por un señor demoníaco desconocido, había pasado al contraataque. Sabían que la Recreación no era un hecho aislado, sino que había gente muy importante detrás, gente como Gabriel, y empezaron a temer por la seguridad de su plan. Ya no les bastaba con eliminar a los niños mestizos que nacían del cruce entre ángeles y demonios: tenían que acabar con su segundo líder porque, al igual que el Proyecto Apocalipsis está en manos de un ángel y un demonio poderosos, también había un señor del infierno caminando junto a Gabriel en la aventura de la Recreación.

Y esa ha sido la guerra, una guerra entre ambos grupos, para la cual nosotros hemos sido utilizados como peones. Nebiros y Uriel conocían la identidad de uno de sus líderes, Gabriel, pero no la de su compañero; por su parte, Astaroth descubrió el Proyecto Apocalipsis gracias a nosotros, que le condujimos directamente hasta Nebiros, pero sospechaba, y no sin razón, que había alguien más detrás, aunque aún no sabe que se trata de Uriel. Probablemente, quien desvele antes los secretos del otro vencerá en esta guerra. Unos pelean por salvar el planeta con una acción salvaje y desesperada que borre del mapa a toda la humanidad de golpe; otros luchan por salvar a la humanidad, por hacerla retornar a unos orígenes puros, más amables, que nos acerquen al mundo que estamos haciendo desaparecer. Es un plan que llevará mucho tiempo y esfuerzo, y que no garantiza la supervivencia de nuestro planeta. Salvar el planeta o salvar a la humanidad. Ese es el dilema, la encrucijada en la que se encuentran unos y otros.

Y me cuesta asimilar que el resultado final dependa, muy probablemente, de lo que les contemos a Nebiros y a Uriel esta noche... y de si Astaroth viene a rescatarnos, como espera Angelo, o prefiere seguir en la sombra y sacrificarnos junto a Gabriel y a su hijo.

Todavía en estado de *shock*, vuelvo a prestar atención a los dos arcángeles. Gabriel le ha dicho algo a Uriel que no he llegado a escuchar. Él se ríe, con una risa pura y fría, y contesta:

–¿Traidor, yo? ¿Y qué hay de ti? ¿Niegas acaso que esperas el hijo de un demonio?

Gabriel no responde. Le mira, serena y desafiante. Uriel sacude la cabeza.

–Pobre, pobre Gabriel. Te has esforzando tanto... En tiempos pasados condenaste la acción de Azazel y Samael, luchaste junto a Miguel contra todos los demonios que se te ponían por delante... pero después te enamoraste de la humanidad, ¿verdad? Volviste tus bellos ojos hacia estas indignas criaturas y descubriste en ellos algo hermoso... quién sabe qué. Te esforzaste por redimirlos; hablaste con ellos, anunciaste el nacimiento de niños extraordinarios, les comunicaste, infatigable, mensajes de paz y armonía. Pero los humanos no escucharon, ¿no es cierto?

Gabriel sigue sin responder, pero me parece detectar un brillo de dolor en su mirada.

–No, los humanos nunca escuchan –prosigue Uriel alzando la voz–. Lo dije entonces, cuando debatíamos qué hacer con la nueva especie. Propuse exterminarlos a todos antes de que terminaran con el equilibrio de la creación. Lo dije entonces, pero mis hermanos, igual que los humanos, no me escucharon. ¿Has mirado a tu alrededor, Gabriel? ¿Has visto lo que han hecho tus protegidos con el hermoso jardín que debíamos cuidar? ¿Alguna vez has dirigido tu mirada hacia un bosque que has estado contemplando durante milenios y has descubierto que, de pronto, ya no estaba allí, que había sido arrasado por completo? ¿Nunca has echado de menos una especie que tardó millones de años en evolucionar, y has averiguado que esa especie ya no existe, que los humanos... siempre ellos... la exterminaron en apenas unas décadas? ¿Alguna vez te has parado a contemplar la agonía de las criaturas bajo su infinita crueldad, que va más allá de la de cualquier demonio? Tú, tan buena, tan noble, tan compasiva... ¿no has llorado nunca al escuchar sus gritos de dolor? Pensé que tú... Gabriel... me comprenderías mejor que ningún otro.

–Los humanos... también forman parte del mundo. Igual que los demonios –murmura ella.

Uriel entorna los ojos.

–Ese es un argumento falso, Gabriel. Podría habértelo pasado por alto hace un tiempo, pero no ahora. Perteneces a esa abominable secta de la Recreación. Conoces, por tanto, el origen de los humanos. Sabes que fue antinatural... como lo que estás haciendo ahora. Todos nuestros hermanos... todos, salvo yo... olvidaron de dónde había nacido la especie humana. Incluso tú. Pero ahora lo sabes. ¿Cómo has conseguido recordarlo? ¿Quién te lo dijo? ¿Qué clase de demonio te contaría que los humanos nacieron de una unión impura y antinatural, sin mencionarte la Tercera Ley de la Compensación?

Gabriel no responde, y nosotros tampoco, a pesar de que conocemos la respuesta. Fue Astaroth quien le refrescó la memoria. Y lo hizo porque, casualmente o no, encontró a Metatrón encerrado en las profundidades de una pirámide.

Uriel suspira, como si gravitase sobre sus hombros una pesada carga. Alarga la mano hacia Gabriel y recorre su mejilla con la yema de su dedo índice, un dedo largo, delicado, perfecto.

–Por qué tú, Gabriel... –murmura, y hay verdadero dolor en sus palabras–. Cómo pudiste traicionar de esta manera al mundo. Tú... que ya lo sobrevolabas, ligera y radiante, hace millones de años, que sabes que nunca fue tan rico, tan hermoso y tan magnífico como antes de que los humanos lo corrompieran con su presencia.

»Tú... que asististe a la primera gran extinción, al auge de los demonios, hace millones de años... cuando casi toda la vida del planeta desapareció. Tú... que tiempo después lloraste, como yo, como todos los ángeles, ante la desaparición de los grandes saurios y del mundo que los había visto evolucionar. Tú... que juraste, como todos los ángeles, que no permitiríamos que volviese a pasar, que los demonios no volverían a ganar la partida... ¿por qué ahora reniegas de aquella promesa?

—Sigo siendo fiel a mi naturaleza —responde ella—. Al menos, yo he pactado con un demonio para traer vida al mundo. Tú solo vas a regalarle muerte y destrucción.

Uriel alza la cabeza, yergue las alas y replica, encolerizado:

—¡Una muerte que traerá más vida! ¿Sabes cuánto tardará el mundo en recuperarse de las acciones de los humanos? Con ellos todavía pervirtiéndolo... nunca. Sin ellos, en apenas unos cuantos siglos, los bosques volverán a crecer; unos milenios después, el mar y el aire quedarán limpios de su veneno, las especies se recuperarán... en algunos miles de años. Gabriel, ¿no deseas contemplarlo? ¿No lo echas de menos?

En la mirada de Gabriel descubro un anhelante destello de añoranza. Me encojo de miedo. Somos demasiado pequeños, demasiado miserables, como para recordar cómo era el mundo hace cientos de miles de años. Pero los ángeles lo vieron, y muchos lo recuerdan y, sí, lo echan de menos. Como Uriel. Como mi padre.

Sin embargo, Gabriel no responde. Uriel suspira de nuevo y se vuelve hacia Nebiros, que contempla la escena con interés.

—No pasará de esta noche —afirma.

—Cada vez estoy más convencido de ello —responde él—. Pero no por Gabriel.

Uriel nos dirige una larga mirada pensativa.

–Puede que tengas razón –comenta solamente–. ¿Me permites?

Nebiros le devuelve una sonrisa socarrona.

–Por favor –lo invita–. Verte en acción resulta de lo más estimulante.

Uriel le responde con una mirada repleta de fría indiferencia. Después, en un gesto raudo y elegante, desenvaina su espada y la planta ante Angelo.

–A ti, joven demonio, te da igual –le dice–. Cuando los humanos desaparezcan, tú seguirás aquí. También te da lo mismo servir a un señor que a otro. Fiel a tu naturaleza, a lo largo de tu existencia debes de haber obedecido a distintos amos. Puede que, incluso, alguno de esos amos fuera, antes o después, tu propio sirviente. Así que no perderás nada delatando a aquel que te ha enviado.

–Puede –responde Angelo cautelosamente–. Pero tampoco gano nada. Voy a morir de todas formas.

–Pero puedes elegir el modo –hace una pausa y lo contempla, pensativo–. Me han dicho que te haces llamar Angelo. ¿Es cierto?

Él se encoge de hombros con despreocupación, pero no responde. Uriel sigue observándolo, tratando, tal vez, de leer en el interior de su mirada.

–Notable –comenta por fin–. Bien; si emulas a los ángeles en algo más que en el nombre, quizá logremos entendernos. Sabes que a nosotros, cuando hemos de castigar a alguien, nos basta con una corrección rápida, eficaz y sin dolor. No somos partidarios de torturas ni de suplicios. Si es necesario, sabemos ser despiadados, como ha de serlo a veces la justicia, pero nunca crueles. No nos regodeamos en el sufrimiento ajeno. De hecho, nuestro pequeño «experimento» –añade cruzando una mirada con Nebiros– proporcionará a la humanidad una muerte fulminante; sin tiempo para sufrir. He insistido especialmente en ello, y Nebiros ha tenido el detalle de complacerme, pese a que los demonios sí disfrutan con el dolor y la agonía de los demás. Por todo esto, me siento más inclinado que él a concederte una muerte rápida y digna. Y si eres capaz de valorar mi oferta como se merece, entonces sabrás que te conviene aceptarla. Porque en ciertas circunstancias, incluso los ángeles más compasivos son capaces de infligir dolor. Mucho dolor. Y existe un dicho entre nosotros: nunca sientas compasión por un demonio, por mucho que esté sufriendo. Porque seguro que se lo merece.

–No puedo negar que es cierto –añade Nebiros con una sonrisa.

Angelo suspira y cierra los ojos un momento. Yo sigo callada, intimidada, preocupada, flotando muy cerca de él. No hay nada que pueda hacer en estas circunstancias, y eso no contribuye precisamente a hacer que me sienta mejor.

–Les habéis hablado de esto a los otros ángeles, ¿no es así? –pregunta Uriel, muy serio.

–Se lo hemos contado a uno de ellos, sí –responde Angelo.

El arcángel alza las cejas.

–Eso ha sido una mala idea. Puedes compensarlo revelándonos el nombre de tu amo.

–Eso sí que sería una mala idea –contesta él, impasible–. Porque resulta que, a pesar de mi nombre, soy un demonio. Y, por tanto, soy cobarde y rastrero, y me aferro a la vida como una sanguijuela. Así que demoraré todo lo posible el momento de mi ejecución, aunque tenga que sufrir por el camino. Qué le vamos a hacer –añade encogiéndose de hombros–. Las muertes honorables no van conmigo.

El rostro de Uriel se ensombrece.

–Muy bien. Tú lo has querido.

Desliza la espada por debajo de la camiseta de Angelo y la rasga con un suave gesto, dejando su pecho al descubierto.

Él se estremece y retrocede un poco ante la cercanía del arma del arcángel. Sus pupilas se dilatan, su corazón se acelera y empieza a respirar con dificultad. Tiene miedo.

–¿El nombre de tu amo? –pregunta Uriel, casi cortésmente.

–Me matarás en cuanto te lo diga –murmura Angelo.

–Puede que te mate antes, si me haces perder la paciencia. Puede que me lo diga Gabriel.

–Ella no hablará. Lo sabes. Y yo tampoco... mientras pueda aguantar.

Uriel suspira.

–Bien; intentaremos que ese momento llegue lo antes posible.

Y coloca su espada con suavidad, casi con ternura, sobre el pecho desnudo de Angelo. La esencia angélica del arma corroe la piel de Angelo como si fuera ácido, arrancándole un alarido de dolor. Un repugnante humo envuelve la herida. Angelo grita otra vez, mientras Uriel desliza su espada por su piel, desfigurándola.

«¡Angelo!», grito, angustiada. Daría lo que fuera por poder ayudarle, por abrazarle, por apartar a Uriel de un empujón. Pero solo... solo soy un fantasma.

De todos modos, no puedo seguir manteniéndome al margen. Me coloco entre ambos y le ruego a Uriel:

«Basta, por favor».

El arcángel sonríe.

–Mira a quién tenemos aquí. ¿Suplicas por la vida de este demonio?

«Soy la hija de un ángel», respondo. «Siempre he creído en vosotros. Siempre he deseado luchar a vuestro lado. Pero él me ha ayudado y me ha acompañado cuando nadie más lo hizo. Sí, suplico por su vida. Está aquí solo porque quiso ayudarme a averiguar quién estaba detrás de la muerte de mi padre. No se merece...».

—Pequeña humana —me corta Uriel—, los de tu especie estáis limitados por vuestras cortas vidas y hay muchas cosas que nunca sabréis. Entre ellas, que, aunque un demonio muestre signos de compasión o simpatía, ha vivido mucho, muchísimo tiempo… y ha causado mucho más daño y destrucción del que jamás podréis llegar a imaginar. Así que lamento contradecirte, pero… un demonio siempre se merece todo lo malo que pueda pasarle.

Me vuelvo hacia Angelo, que, entre las nieblas de su dolor, me dirige una sonrisa cansada, con un indudable punto socarrón.

«Yo no quiero verle sufrir», murmuro en voz baja.

—¿Y crees que el destino del mundo puede depender de tus caprichos? Ese es otro de los defectos de vuestra especie: vuestro enfermizo egocentrismo.

Antes de que pueda responder, Uriel vuelve a alzar la espada. Me atraviesa con ella, como si no fuese más que una cortina de humo, y vuelve a dejarla caer sobre la piel de Angelo, en esta ocasión sobre su cuello. De nuevo, él grita y se retuerce de dolor, y al hacerlo, las esposas que le ha puesto Valefar le queman las muñecas y le obligan a gritar otra vez.

—Duele, ¿verdad? —murmura Uriel—. Puede llegar a ser mucho peor… Está en tu mano ponerle fin.

—Solo hablaré si me garantizas que me dejarás vivo después —responde Angelo entre jadeos.

—¿Después de todos los problemas que nos has causado? —Uriel niega con la cabeza—. Me temo que eso no puedo concedértelo.

—Entonces, me temo que yo tampoco puedo concederte otra cosa que no sea mi silencio.

Uriel suspira.

—Lástima. —Se vuelve hacia Nebiros—. Lo siento, pero no voy a seguir con esto. No puedo soportar ver sufrir a esta criatura. Tendremos que averiguar el nombre de nuestro enemigo por otros medios.

–Como quieras –responde Nebiros–. Tampoco yo lo necesito vivo. Si está aquí es a causa del error de un incompetente.

–Me alegra que lo comprendas –sonríe Uriel, y alza la espada para descargar sobre Angelo un golpe mortal.

«¡No!», grito sin pensar. «¡Es Astaroth! ¡Estamos aquí por su culpa!».

De pronto, parece que el tiempo se congela. La espada de Uriel se detiene en el aire y todos me miran: Gabriel y Angelo, en un horrorizado silencio; los otros dos, con una sonrisa triunfal.

Entonces, Uriel baja la espada, mientras Nebiros estalla en estruendosas carcajadas.

–Cat, ¿qué has hecho? –murmura Angelo.

«Iba… ¡iba a matarte!», balbuceo.

–No, no iba a hacerlo –responde él con una sonrisa cansada–, pero ahora sí lo hará.

Uriel nos dirige una mirada de lástima.

–Otro de los innumerables defectos de tu especie –me dice– es que sois asombrosamente débiles y estúpidos.

Y entonces comprendo, aterrorizada, que toda esta pantomima estaba solo dirigida a mí. Que soy la única que se ha tragado eso de que Angelo era prescindible.

–De modo que Astaroth –comenta Nebiros con lentitud–. Es lo que sospechábamos desde el principio, ¿no es verdad? Llevamos tiempo siguiéndole la pista, pero sabe esconder muy bien sus huellas. Lo prepararé todo para su llegada –añade levantándose–. Ocúpate de ellos, Uriel. Yo me encargaré del visitante.

Uriel no responde. Sigue mirándonos, y tampoco reacciona cuando Nebiros sale de la habitación.

«Lo siento», murmuro sintiéndome muy miserable.

Angelo cierra los ojos.

—Ya es tarde —responde—; estamos perdidos.

«Yo... lo siento», repito. «No quería... no podía verte morir. No si podía evitarlo».

Cuánto odio ser un fantasma y no tener lágrimas. Cuánto detesto que no me salgan las palabras.

Uriel sigue paseando la mirada de uno a otro.

—Seré magnánimo —dice—. Me habéis dicho lo que quería saber y, por tanto, voy a dejarle a Angelo unos momentos más de vida. Para que la chica tenga una última oportunidad para marcharse por el túnel de luz. Y para que os despidáis —añade con una plácida sonrisa—, naturalmente.

Se aparta de nosotros y se dirige a Gabriel, que ha contemplado la escena sin intervenir, con gesto preocupado, pero que ahora recompone su expresión para devolverle una mirada de desprecio.

—De modo que Astaroth —comenta Uriel—. Gabriel, ¿cómo has podido?

Ella no dice nada.

Trato de no prestarles atención, y miro a Angelo, que sigue de rodillas sobre la moqueta, esposado, con el pecho marcado por horribles heridas que no sanan. Tiene la cabeza gacha y tiembla como un flan. Lo van a matar en menos de cinco minutos, y entonces yo me convertiré en un fantasma perdido para toda la eternidad, pero eso no me importa, y tampoco me preocupa el que mi estúpido error haya acabado con la última esperanza de salvación de la especie humana.

«Nunca podrás perdonarme», susurro henchida de pena. Esto es lo único que me angustia, lo único en lo que puedo pensar.

Angelo mueve la cabeza.

—No importa —responde—. Sé por qué lo has hecho.

Y yo lo sé también.

–Debería haber contado con ello –prosigue–, pero supongo que subestimé la fuerza de tus sentimientos. Ya sabes –añade con una débil sonrisa–, otro de los terribles defectos de tu especie.

Que todavía tenga ganas de hacer chistes a costa de Uriel, me da un poco de ánimo.

«No quiero que mueras», le digo. «No me importa irme por el túnel de luz y dejarte atrás, a ti, al mundo, a la vida y a todo lo demás, pero solo si sé que vas a estar bien. No quiero que mueras», repito con creciente angustia. «¿No hay nada que pueda hacer?».

–No mucho –responde él entre dientes–. Astaroth nos ha fallado. No esperé que tardara tanto en venir a buscar a Gabriel. Y ahora saben quién es, de modo que lo estarán esperando. Siempre es más sencillo capturar a un demonio si conoces su identidad.

«¡De modo que todo esto era una trampa desde el principio!», comprendo horrorizada.

–Sí, y caímos en ella… todos nosotros. La conversación que escuchaste aquí entre Nebiros y Valefar…, probablemente sabían que los estabas espiando. Te hicieron creer que había sido un error traernos aquí, que no nos esperaban. Nos hicieron concebir falsas esperanzas. Imaginar, por un instante, que teníamos alguna posibilidad. Pero lo hicieron a propósito, para conducir a Astaroth a una ratonera. Y tenía que ser aquí, y no en otro lugar: si nos hubiesen encerrado a todos en un sitio abandonado, o en una base lejos del lugar donde están trabajando en su proyecto, Astaroth sospecharía y entraría con más cautela. Piensa que ha introducido un caballo de Troya en el corazón del enemigo, pero son ellos los que le están invitando a entrar en la boca del lobo.

Guardo silencio, anonadada.

«Lo siento», murmuro por fin.

–Ya me has pedido perdón…

«No, no solo por esto. Siento haberte metido en esto… cuando entré en el pub y te puse en el pecho la espada de mi padre. Nunca imaginé que acabaríamos así».

Angelo sonríe.

—No lo hice porque me amenazaras. Y tampoco porque me cayeras especialmente bien, ni porque temiera por tu seguridad, ni nada por el estilo.

«¿Entonces?».

Se encoge de hombros y, aun a punto de morir, aun débil a causa de la tortura, me dedica la primera sonrisa franca y auténtica que le veo desde que nos conocemos:

—Lo hice porque me aburría —confiesa.

No me lo puedo creer. No sé si enfadarme, reírme o llorar. Estoy a punto de responder, cuando un grito de angustia nos interrumpe. Nos volvemos hacia los arcángeles, para descubrir a Gabriel doblada sobre sí misma, temblando, debatiéndose, tratando de alejarse de Uriel mientras soporta heroicamente el dolor de la cadena… y a Uriel, que ha colocado la mano sobre el vientre de ella, una mano blanca y perfecta que, sin embargo, brilla con una luz siniestra.

—Es por tu bien —le dice—. No sabes lo que has hecho. Algún día me lo agradecerás.

—No… ¡NO! —chilla Gabriel—. ¡Déjame en paz! ¡Deja en paz a mi hijo!

Uriel la suelta para colocar una mano sobre su frente. Ella queda inmóvil de pronto, como si la hubiesen sedado. Y entonces, con suavidad, Uriel deja caer, de nuevo, la mano libre sobre su vientre.

«¡Para!», trato de intervenir. «¿Qué le estás haciendo?».

Uriel alza la cabeza y me mira. En una primera impresión me parece que es una mirada fría, inhumana, pero descubro, sorprendida, que hay tras ella un profundo dolor, un dolor indescriptible, que se ha acumulado en su alma durante miles de años. Uriel, quién lo hubiera dicho, es una criatura que sufre. No le gusta hacer daño a Gabriel, no le gusta exterminar humanos, probablemente ni siquiera disfrute matando demonios. Solo desea cuidar del hermoso mundo que se le encomendó, y siente que ya ha soportado demasiado, que no puede continuar así.

Uriel hace todo lo que hace porque cree que no tiene más remedio. Porque piensa que es necesario, que es su deber. Aunque no le guste.

Basta, basta, no quiero seguir mirándole. No quiero comprenderlo, y mucho menos compadecerlo. Es mucho más sencillo creer que lo hace por pura maldad, porque nos odia. Más fácil, y menos perturbador, que pensar que tiene sobrados motivos para odiarnos.

Por eso me quedo paralizada mientras Uriel retira delicadamente la mano del abdomen de Gabriel. Con horror, veo cómo este disminuye de volumen, como si la vida que albergaba en su interior se estuviese desinflando, desvaneciéndose lentamente. Por fin, cuando el bebé de Gabriel ya no existe, Uriel la suelta y ella se desliza hasta el suelo. Lo mira, aturdida, y después palpa su vientre, incrédula y horrorizada. Cuando descubre que ha perdido a su hijo lanza un chillido de angustia, un grito que me conmueve en lo más hondo, se encoge sobre sí misma y, sin fuerzas para nada más, se echa a llorar por fin. Ella, que ha soportado un largo cautiverio, que ha resistido largos interrogatorios, que ha hecho frente a Nebiros y a Uriel sin alterarse, no puede ahora contener las lágrimas.

No sé si alguna vez habéis visto llorar a un ángel. Si no es así, es una experiencia que no os recomiendo.

Las lágrimas de un ángel son mucho más perturbadoras que la risa de un demonio.

Lo siento tanto... Gabriel...

Pero no tengo tiempo de decírselo. De pronto, la puerta se abre y regresan Nebiros y Valefar. Traen a un demonio encadenado de pies a cabeza. Un demonio que, si quisiera, podría destruirnos a todos con un mero pensamiento, pero que no osará hacerlo, no porque las cadenas, forjadas con el único material que puede matarlo, lo inmovilizan y hacen que cada movimiento sea un auténtico tormento, sino, sobre todo, porque ha visto a Gabriel, hundida, derrotada a los pies de Uriel.

Por fin, Astaroth ha venido a rescatarnos a todos.

Pero me temo que el plan no ha salido como esperábamos.

Gabriel alza hacia él su rostro bañado en lágrimas. Se entienden sin necesidad de palabras. A pesar de las cadenas, a pesar del dolor, Astaroth se abalanza hacia ella y nadie se ve capaz de detenerlo. Lo vemos inclinarse junto al ángel, envolverla en un abrazo consolador, compartir su dolor. Por si nos quedaban dudas, aquí lo tenemos: el propio Astaroth era el padre del hijo que esperaba Gabriel.

—Pagaréis por esto —gruñe entre dientes.

Nebiros lo mira con indiferencia.

—Protegemos nuestros intereses, lord Astaroth. Igual que vos protegeríais los vuestros. Ha sido así desde que el mundo es mundo.

Astaroth entorna los ojos, convirtiéndolos en dos finas rendijas rojas.

—Vais a pagar por esto. Los dos —añade lanzando una aviesa mirada a Uriel.

El arcángel, que se ha quedado quieto contemplando a Gabriel en brazos de Astaroth, reacciona y le responde con suavidad:

—Es una cuestión de perspectiva. Nosotros, ángeles y demonios, hemos de tener las miras más amplias. El mundo no fue creado para los humanos. Ya existía mucho antes de que estos apareciesen, y ha subsistido sin ellos, y los sobrevivirá. No son tan importantes como creen. Son, en realidad, demasiado insignificantes como para apreciar la grandeza de la creación.

«No somos tan insignificantes», intervengo sin poder evitarlo. «De lo contrario, no habrías organizado todo esto, solo por nosotros. Tanta gente importante… ángeles, demonios, criaturas poderosas que llevan millones de años existiendo en el mundo… peleándose por el destino de nuestra especie».

Uriel se ríe, con esa risa tan fría y tan musical, que embelesa y al mismo tiempo pone la piel de gallina.

—Sí lo sois, pequeña mortal —responde—. Y ya que mencionas nuestra existencia, vamos a hablar de la vuestra. Hablemos de números; a los humanos os gustan los números, las cifras, las estadísticas. ¿Sabes que la vida apareció en este planeta hace casi cuatro mil millones de años? ¿Y sabes cuándo nacieron tus primeros antepasados? Hace menos de dos millones de años. Eso significa que vosotros solo habéis asistido a un 0,05% de la historia de la vida en este planeta. ¿Cómo osáis… cómo habéis osado en algún momento imaginaros siquiera como los reyes de la Creación?

Abro la boca para responder, pero no soy capaz de decir nada. Uriel sigue hablando:

—Pero sigamos hablando de números. Quizá he sido demasiado generoso poniendo como fechas de referencia la aparición de la vida y el nacimiento de tus ancestros. Ajustemos un poco más y hablemos de historia: la de este planeta se remonta a cuatro mil quinientos millones de años de antigüedad. Y de todo ese lapso de tiempo, vuestra historia, la historia de la civilización humana, todos sus logros, sus grandezas y sus miserias… solo ocupa un ridículo 0,0001%. ¿Qué te hace pensar que sois tan importantes? ¿Qué te hace pensar que este mundo os necesita?

—No debería ser una decisión unilateral —le replica entonces Gabriel.

Se ha incorporado. Mira a Uriel con gesto firme, valiente, y parece serena y segura de sí misma, aunque sus manos todavía se cruzan sobre el vientre donde hasta hace pocos momentos aún existía su bebé. Astaroth permanece muy cerca de ella, confortándola, apoyándola.

—No eres tú quien debe decidir si el mundo necesita o no a los humanos —prosigue Gabriel—. Y lo sabes. De lo contrario, no estarías haciendo esto a escondidas, como un criminal.

—¡Porque nadie más lo hacía! —replica Uriel y, de nuevo, detecto en sus ojos un sufrimiento que va mucho más allá de la comprensión humana—. ¡Porque estabais permitiendo que estas criaturas continuaran destruyendo el mundo, provocando una aniquilación mucho, muchísimo mayor, en proporción, que todos los demonios en toda su historia! ¡Porque Miguel seguía combatiendo contra los demonios y protegiendo a los humanos, mientras el mundo muere... y nosotros con él!

—Todos lo veíamos, Uriel —responde Gabriel, severa—. Todos, incluso yo. ¿Crees que no nos duele? ¿Crees que no nos importa? Pero existen otros medios... tal vez otra salida...

Uriel le devuelve una mirada inexpresiva.

—¿Cuál? ¿Procrear con demonios? Aunque hubiera alguna remota posibilidad de que eso funcionase, ya es demasiado tarde, Gabriel. No hay tiempo para experimentos. Quizá de haberlo intentado hace mil o dos mil años... aún habríamos tenido tiempo de hacer algo. Pero hemos llegado a un punto en el que ya no hay vuelta atrás. Lo que estáis haciendo tú y los tuyos no servirá de nada. Lo sabes, ¿verdad? Para cuando vuestros hijos hayan alcanzado la edad adulta, para cuando sean lo bastante numerosos como para hacer algo al respecto, ya no quedará ningún mundo que salvar.

—Pero si existe la mínima posibilidad de que funcione, debemos intentarlo, Uriel —insiste ella—. Somos ángeles; no podemos iniciar una extinción. Sé que los humanos han provocado, y siguen haciéndolo, el exterminio de miles de especies, pero nosotros debemos, siempre, buscar otra vía, aun cuando sea para protegerlos. La tarea de destruir es obra de los demonios. No es propia de nosotros.

—Por eso no pudiste hacerlo solo; por eso recurriste a uno de los nuestros —murmura Astaroth, y vuelve la mirada hacia Nebiros—. ¿Por qué, Nebiros? La extinción de los humanos solo beneficia a los ángeles. Pocos demonios estarán de acuerdo con lo que estás planeando.

Nebiros se encoge de hombros.

—Tenía la posibilidad de superarme a mí mismo —responde—. La tecnología humana ha llegado a un punto que me permite crear algo mucho más perfecto que mis experimentos anteriores. La propuesta de Uriel me pareció interesante, un reto científico, si queréis llamarlo así. Nada más que eso.

—Sabes lo que te hará Lucifer si se entera de esto, ¿verdad?

Una sonrisa de suficiencia asoma a los labios de Nebiros.

—Si es que se entera —responde—. Cuando los humanos desaparezcan, muchos demonios perderán poder, y Lucifer estará demasiado ocupado reorganizando su imperio como para tomar represalias. El nuevo orden pertenecerá a aquellos que estén preparados para él. Nuestra pequeña criatura está casi a punto. En muy poco tiempo estaremos listos para lanzarla al mundo, y en menos de tres semanas, ya no quedarán humanos sobre él. Pero vos, lord Astaroth, no viviréis para verlo.

Astaroth responde solo con una sonrisa de triunfo que desconcierta momentáneamente a Nebiros.

Y entonces, de pronto, todos notamos una presencia extraordinaria en la habitación; hace mucho más calor del que debería. Algo no va bien; no se trata solo de que estemos atrapados en la guarida de Nebiros, de que no tengamos ninguna oportunidad de escapar… es mucho, mucho peor. Si es que eso es posible.

Todo mi ectoplasma se estremece de puro terror. ¿Qué está pasando? Tengo la sensación de que estamos en peligro, de que algo nos acecha desde la oscuridad, algo mucho más grandioso y terrible que todos los demonios juntos.

–Muy interesante –retumba una voz que parece venir de todas partes y de ninguna.

Nebiros palidece. Casi puedo oler su miedo, su desconcierto. Incluso Uriel parece perder, por primera vez, algo de la aplastante seguridad en sí mismo que ha mostrado en todo momento. Gabriel titubea y dirige a su compañero una mirada llena de incertidumbre.

–Astaroth… –susurra.

La sonrisa de él se hace más amplia, hasta convertirse en una mueca feroz. Cargado de cadenas como está, se arroja al suelo y se postra ante algo… o alguien… que parece estar al fondo de la habitación.

–Bienvenido seáis, mi señor –lo saluda.

Nebiros retrocede con un grito ahogado. Todo su poder, toda su fuerza y su arrogancia parecen menguar ante el ser que se materializa de pronto ante nosotros, una criatura alta y pálida, de rasgos angulosos y ojos rojos como el corazón del infierno. Una mata de cabello negro, liso y brillante, le cae sobre la espalda, entre las dos enormes alas negras, dos alas materiales, de verdad, que despliega tras de sí. De su frente nacen dos pequeños cuernos retorcidos.

Está claro que este demonio no renuncia al placer de los pequeños detalles clásicos, porque no ha elegido una forma humana para encarnarse. No necesita ocultarse ni fingir que es uno de nosotros. Cualquiera, sea humano, ángel o demonio, se sentiría empequeñecido ante la fuerza de su mirada. Porque, pese a que su elegante túnica roja y negra envuelve un cuerpo esbelto y aparentemente delicado, su aura de poder es tan intensa que, antes de que podamos darnos cuenta, todos, incluido Uriel, estamos temblando de puro terror.

Sé quién es. Sé quien es y, sin embargo, su nombre se resiste a aparecer en mi mente, porque la posibilidad de que él esté aquí es demasiado terrorífica como para tenerla en cuenta siquiera.

Y, sin embargo, es él.

Nebiros no puede más. Se arroja a los pies del recién llegado.

–Mi señor Lucifer –susurra pronunciando el nombre que yo jamás me habría atrevido a mencionar en su presencia–. Vuestro siervo os saluda.

Lucifer. El Emperador del Infierno. El Señor de Todos los Demonios. El protagonista de innumerables leyendas y relatos de terror. Confieso que, pese a todo lo que sé, pese a ser hija de un ángel y haber caminado entre demonios, en el fondo nunca llegué a pensar que podría toparme con él algún día. Me parecía una criatura mítica, irreal.

Y, sin embargo, está aquí. En el cuartel general de Nebiros. Observándonos con esos ojos rojos, fríos y ardientes al mismo tiempo, si es que eso es posible. Su rostro permanece impasible mientras contempla a Nebiros, pero su mirada refleja disgusto y desagrado.

Y yo sigo temblando de puro terror. Por primera vez, de forma absurda e irracional, me alegro de estar muerta, de ser un fantasma. Porque es lo único que me salvará de su ira: el hecho de que ya no puede hacerme daño.

Porque no puede hacerme daño, ¿verdad?

–Un siervo que conspira a mis espaldas –observa él.

No ha levantado la voz, pero no es necesario: hemos escuchado con claridad todas y cada una de sus palabras. Tiene un tono magnético y al mismo tiempo autoritario; cuando le escuchas hablar, algo en tu interior desea fervientemente obedecer hasta el más insignificante de sus caprichos, porque tienes la sensación irracional de que te sucederán cosas muy desagradables y muy dolorosas si no lo haces.

También Angelo se ha postrado ante él, pero Lucifer, el Señor del Infierno, el Rey de los Demonios, no le presta atención, ni a mí tampoco. Observa con cierto disgusto a Nebiros, que sigue arrodillado ante él, pasa por alto a Astaroth y se dirige a los dos arcángeles. Saluda a Gabriel con un cortés gesto de frío respeto, y ella le corresponde, aunque hay un brillo de desconfianza en su mirada.

–Lucifer… –murmura Uriel–. ¿Por qué has venido?

Él le mira de arriba abajo, como evaluándolo.

–He estado aquí todo el tiempo. Ha sido un espectáculo muy… interesante.

Ahogo una exclamación consternada. ¿Ha estado aquí todo el tiempo? ¿Cuánto tiempo, exactamente? ¿Quiere decir eso que…?

–Astaroth tuvo la deferencia de informarme de sus planes antes de venir –añade Lucifer, y su voz sigue siendo gélida–. Decidí acompañarle para ver qué estaba sucediendo aquí. He comprobado dos cosas: que no me mentía y que vosotros no me esperabais. –Se vuelve de nuevo hacia Nebiros, que sigue temblando a sus pies–: ¿De modo que has pactado con un arcángel para exterminar a los seres humanos… sin consultarme?

Por su actitud, se diría que el hecho de no haber sido informado le molesta todavía más que el tema de la confabulación con el enemigo y del exterminio de la humanidad.

–Mis disculpas, mi señor…

—Cállate —interrumpe Lucifer, y Nebiros enmudece—. Pondré fin a esto inmediatamente. Y tú serás castigado en consecuencia. Severamente castigado —añade—. En cuanto a ti, Astaroth... tampoco me informaste de tus planes... ni de tus... buenas relaciones con los ángeles —concluye mirando a Gabriel—. Como tuviste el detalle de recordarme, hace tiempo castigué a Azazel por el mismo error que has cometido tú.

—Mi señor —responde Astaroth; se ha erguido y se enfrenta a él con valentía y serenidad—, al principio no fue más que un experimento. No pensábamos que fuese a salir bien, y no creí que fuera necesario molestaros con el tema. Había un precedente, cierto... pero Azazel fue condenada por crear una nueva especie, y hoy, dos millones de años después, los humanos ya no son una nueva especie. No había nada de particular en que nosotros engendrásemos unos cuantos más. Por otro lado, en tiempos de Azazel, los ángeles eran realmente un enemigo temible. Pero ahora, diezmados, cansados y al borde de la extinción, no suponen un peligro para nosotros. Mantener buenas relaciones con ellos no tiene las mismas connotaciones que antes.

»No obstante —continúa—, en ningún momento pensamos que nuestro experimento iría tan lejos. Solo cuando nuestros hijos comenzaron a ser asesinados, nos dimos cuenta de lo importantes que eran. Envié a este joven demonio —añade señalando a Angelo— a investigar el porqué de los ataques, porque casualmente había conocido a Cat, la primera de nuestras hijas, asesinada por los servidores de Nebiros, y sus investigaciones nos condujeron hasta aquí y hasta el plan de aniquilación de los seres humanos. Fue entonces, mi señor, cuando opté por informaros. Me pareció que era algo serio y que debíais tener conocimiento de ello.

Lucifer alza una de sus cejas, perfectamente arqueadas.

—¿Eres consciente de que esto podría significar el fin de tu pequeño experimento?

—Soy consciente, mi señor. Pero había que detenerlos. Había que...

No termina la frase, pero creo leer lo que sigue en su mirada.

Había que salvar a Gabriel.

Astaroth no era tan ingenuo como Nebiros y Uriel parecían pensar. Entró en la boca del lobo, sí, pero no lo hizo solo. Y Lucifer, Señor de los Demonios, el más poderoso de todos ellos, es perfectamente capaz de infiltrarse en un lugar sin ser detectado, tal vez como una sombra invisible, quizá como un simple pensamiento. Puede que por eso lleve tantísimo tiempo siendo quien es. Quizá por esta razón sea imposible engañarle o conspirar contra él. Porque puede escucharte sin que sospeches siquiera que lo está haciendo.

—Hablaremos de esto —concluye Lucifer—. En cuanto a vosotros... —añade dirigiéndose a los ángeles.

—No soy uno de los tuyos —replica Uriel, altivo—. No tienes poder sobre mí.

Los ojos de Lucifer relampaguean, y el arcángel retrocede un paso, pero no aparta la mirada. El demonio sonríe brevemente.

—Aun así, te mataré —afirma, y desenvaina su espada, casi al mismo tiempo que Uriel.

—Basta —interviene una voz, serena y autoritaria—. ¿Con qué derecho levantas tu espada contra un arcángel, Príncipe de las Tinieblas?

Obnubilados por la presencia de Lucifer, ninguno de nosotros se ha dado cuenta de que la puerta del despacho se ha abierto a nuestras espaldas. En ella hay tres ángeles severos y resplandecientes, dos varones y una joven. Los tres llevan las alas enhiestas y las espadas desenvainadas y cubiertas de sangre. Por lo que parece, se han cargado ellos solos a toda la seguridad demoníaca del edificio.

–Os saludo, arcángeles –responde Lucifer con frialdad–. Debo confesar que hace ya rato que os esperaba. No en vano, estoy tratando de desentrañar una conspiración de proporciones planetarias en la que están involucrados dos de los vuestros. Ya tardabais en aparecer.

Gabriel los contempla, perpleja:

–¡Miguel! ¡Rafael! ¡Remeiel! ¿Cómo habéis llegado hasta aquí?

El más alto de todos, un ángel rubio e imponente, alza la cabeza con orgullo y dirige una breve mirada a Astaroth, que se encoge de hombros.

–¿Por qué crees que he tardado tanto en venir a buscarte? –responde el demonio.

No me lo puedo creer. Astaroth no solo ha venido con Lucifer, sino que además se ha tomado la molestia de avisar a los ángeles... a los arcángeles, mejor dicho, con Miguel a la cabeza.

–Pero ¿por qué? –murmura Gabriel.

Eso es lo que nos estamos preguntando todos, incluyendo Lucifer, supongo yo, porque tiene los ojos clavados en Miguel y ha fruncido los labios en una expresión que no presagia nada bueno. No parece que haya sido una gran idea juntar aquí a estos dos. ¿Sospecharía ya Astaroth que Uriel estaba detrás de todo esto, y decidió informar a los ángeles para que se ocupasen del asunto?

Sin embargo, la explicación resulta ser mucho más obvia y sencilla:

–Porque llevaban meses buscándote –responde–. Yo solo les dije que sabía dónde encontrarte. Han venido aquí por ti.

Remeiel, la chica, le sonríe.

–Saludos, hermana. Nos alegramos de encontrarte sana y salva. Y saludos, Uriel. También a ti te echábamos de menos.

—No lo hagas —replica entonces Gabriel, con una nota de ira contenida en su voz—. Es un traidor. Pactó con ese demonio para exterminar a todos los seres humanos del planeta.

Hasta Miguel, que se había llevado la mano a la espada, dispuesto a abalanzarse sobre Lucifer, se vuelve hacia ella.

—Nos han llegado rumores —murmura—. Un ángel fue alertado por una humana acerca de un plan semejante... Pero no se nos dijo que uno de los nuestros pudiera estar implicado. Si eso es verdad, se trata de una acusación muy grave. ¿Estás segura de lo que dices, Gabriel?

No lo puedo creer. ¡Jeiazel habló con los demás ángeles, después de todo! Sin embargo, ahora comprendo por qué me dio largas y por qué dudaba que Miguel fuera a hacerme caso. Él y los suyos estaban ocupados buscando a Gabriel, que llevaba meses desaparecida.

—Una enfermedad letal —asiente ella en voz baja—, que solo afectaría a los humanos. A todos ellos. En menos de un mes desde la ejecución de su plan, ya no quedará ningún ser humano sobre la Tierra.

Los arcángeles callan, horrorizados. Rafael, que parece el mayor de los tres, el más juicioso tal vez, mira a Uriel, muy serio.

—¿Es eso cierto?

Los dos cruzan una larga, larga mirada. Finalmente, Uriel se derrumba. Se deja caer al suelo con la suavidad de una hoja que se desprende de un árbol y, de rodillas ante sus hermanos, susurra:

—Lo hice para salvarnos... para salvarnos a todos... la creación... nuestro hermoso mundo...

Su voz se apaga y nadie dice nada, por el momento. Contemplo a los arcángeles y me conmueve contemplar en sus rostros huellas del intenso dolor que aflige a Uriel, y que le ha llevado a esta situación. Me siento malvada y miserable.

Cuánto daño hemos hecho a estas criaturas, y a tantas otras, por ignorancia, por egoísmo o por pura mezquindad.

Miguel alza la cabeza lentamente. Sus ojos dorados, nobles y serenos, se cruzan con la mirada roja de Lucifer.

—Tú te ocupas de los tuyos —dice a media voz—, y yo de los míos. Como de costumbre.

Lucifer yergue las alas. Sus finos labios se curvan en una maliciosa sonrisa.

—Estoy de acuerdo —asiente—. Pero ¿qué hay de ellos? —pregunta lanzando una mirada hacia Astaroth y Gabriel—. ¿Estás al tanto de su pequeño... proyecto?

—Estoy al tanto —responde Miguel—. Astaroth ha tenido a bien informarme de ello. Debo confesar —añade contemplándola con un cierto gesto de repugnancia— que no le creí. Pensé que trataba de calumniarte, y solo Rafael fue capaz de impedir que le atravesara con mi espada allí mismo. ¿Es cierto eso, Gabriel? —Ella asiente, sin una palabra, y Miguel sacude la cabeza, desconcertado—. ¿Cómo has podido?

—Pero es parte de la esencia del mundo —responde ella con suavidad—. Y dime, hermano... ¿me espera por ello el mismo castigo que a Samael?

Miguel la contempla, dividido entre su afecto hacia ella y el dolor que le inspira el hecho de verla junto a Astaroth. El demonio, sin embargo, observa la escena sin intervenir.

Por fin, Miguel se vuelve hacia los otros arcángeles. Parece cansado e indeciso.

—Raguel la habría ejecutado por esto —murmura.

Rafael se encoge de hombros.

—Eran otros tiempos —responde—. Entonces éramos muchos más, y el mundo rebosaba vida. Hoy no podemos permitírnoslo. Nadie debería ser castigado por traer más vida al mundo. Nunca.

Miguel y Remeiel asienten. Parecen aliviados. Y yo sonrío porque, por lo visto, Gabriel se ha salvado. Su relación...

su amor por Astaroth no va a ser recompensado con la muerte. Sin embargo, aún queda algo por resolver.

Uriel se ha levantado con dificultad. Parece terriblemente cansado.

—Recuerdo... cómo era el mundo antes —se limita a decir, y más que palabras, son un grito de dolor, un lamento, una pregunta sin respuesta.

—Yo también —responde Miguel a media voz.

—Yo... lo echaba de menos.

—Lo sé. También yo —y después añade—: Te comprendo.

Por el rostro puro de Uriel se derrama una beatífica sonrisa.

—Gracias —susurra solamente, y es entonces cuando nos damos cuenta de que, en un movimiento tan rápido que nos ha pasado desapercibido, Miguel le ha atravesado con su espada.

—Lo siento tanto, hermano... —susurra Miguel—. Descansa en paz.

—Gracias —repite Uriel, y ese es su último aliento. Por fin, el ángel que no podía soportar el intenso sufrimiento del mundo, que trató de aliviarlo eliminando a su peor pesadilla, muere en brazos de los arcángeles, que sostienen su cuerpo, conmovidos.

Miguel se yergue entonces para encarar a Lucifer, desafiante.

—Ya hemos cumplido con nuestra parte —anuncia; se le quiebra la voz en las últimas palabras, cargadas de dolor por el recuerdo de Uriel. Sin embargo, se recupera para añadir, con cierta dureza—: Esperamos que tú hagas justicia entre los tuyos.

—¿Justicia? —los labios de Lucifer se curvan en una sonrisa burlona—. Haré lo que tenga que hacer, arcángel. Pero convendría que esto no terminase aquí.

—¿Qué quieres decir? —pregunta Rafael frunciendo el ceño.

Lucifer señala con un gesto a Gabriel y a Astaroth.

—Deberíamos estudiarlo —explica—. A todos nos conviene que el equilibrio del mundo permanezca intacto. Incluso a los humanos, aunque ellos no lo sepan.

Miguel sonríe.

—Me sorprendes, Lucifer. Tanta voluntad de conciliación no es propia de ti.

Lucifer se encoge de hombros.

—No he llegado a donde estoy ignorando las señales y los augurios. Los demonios están empezando a enfermar. Si el mundo muere, moriremos con él. Y a vosotros —añade volviéndose hacia Gabriel y su compañero— os conviene que vuestro experimento funcione porque, de lo contrario, quizá en un futuro me proponga yo mismo acabar lo que Nebiros empezó. ¿Me he explicado bien?

Cristalino. Lucifer nos da una última oportunidad, al Grupo de la Recreación, a los humanos. Quizá el hecho de que hayamos perfeccionado hasta la maestría el arte demoníaco de la destrucción le produzca sentimientos encontrados. Por un lado, se siente orgulloso de nosotros. Por otro, hemos jubilado a los demonios demasiado pronto, y ellos quieren asegurarse no solo de tener en el futuro un mundo en el que puedan seguir ejerciendo sus instintos destructivos, sino también, y esto es lo más importante, un mundo en el que continuar subsistiendo como especie.

Si esperaba una lucha a muerte entre Lucifer y Miguel, me he llevado un chasco. Parece que estos dos están más acostumbrados a conversaciones tensas, a amenazas veladas, a una especie de guerra fría, que a combates directos. Puede que se deba a que los ángeles están perdiendo la guerra y no quieren arriesgarse inútilmente. O tal vez Lucifer haya decidido que ya no son una amenaza y ni se moleste en pelear contra ellos. O quizá lo que suceda es, simple y llanamente, que unos y otros son ya demasiado viejos y están demasiado cansados. Puede que, después de todo, necesiten la jubilación.

La mirada de los ángeles va de Lucifer a Gabriel y Astaroth, y viceversa. Como de costumbre, a Angelo y a mí nadie nos presta atención.

–Hablaremos del asunto –promete finalmente Miguel–, pero antes necesitamos estudiar la situación. Y eso va a requerir toda la ayuda que Gabriel pueda prestarnos.

Alza la espada y, en un gesto tan rápido y eficaz como el que ha matado a Uriel, rompe las cadenas que la aprisionan, dejándola libre. Ella respira hondo, aliviada. Remeiel avanza hacia ella y le tiende otra espada.

–Toma –le dice–, es la tuya. La hemos encontrado en una sala de trofeos, no lejos de aquí.

Gabriel recupera su espada y la empuña, y por momentos parece recobrar algo del esplendor perdido. Sin vacilar, la utiliza para liberar a Astaroth y –¡por fin!– para romper las esposas de Angelo. Me acerco a él, preocupada.

«¿Te encuentras bien?», le pregunto.

–He tenido momentos mejores –responde él–, pero estoy vivo, y es lo que cuenta.

«Claro», respondo, alicaída, recordando de pronto que yo ya no lo estoy.

Lucifer ni siquiera se molesta en mirarnos. Aferra por la nuca a Nebiros, que aúlla de dolor, y lo arrastra tras de sí.

–Volveremos a vernos, Miguel –dice–. Entretanto, ten por seguro que Nebiros será convenientemente castigado. Rafael, Gabriel, Remeiel... lord Astaroth –añade finalmente–, ha sido un placer hablar con vosotros. Quizá la próxima vez nos encontremos en circunstancias más favorables para todos... o tal vez no.

Y desaparece llevándose consigo a Nebiros, que sigue gritando y suplicando clemencia. Pero, sospechamos todos, no le va a servir de nada. Si Lucifer cumple su promesa, y nada nos hace dudar que la cumplirá, Nebiros estará experimentando los más horribles tormentos durante los próximos setenta y siete mil años... por lo menos.

Cuando el último aullido desesperado de Nebiros se apaga, la estancia queda en silencio, un silencio sepulcral. Aquí estamos todos: cuatro ángeles, dos demonios y un fantasma. Parece que aquellos que amenazaban con exterminar a la especie humana no volverán a intentarlo, al menos por el momento. Y, sin embargo, tengo la sensación de que esto no acaba aquí.

Por fin, Astaroth rompe el silencio:

–Salid todos de aquí –nos dice–. Aún hay algo que debo hacer.

Miguel se vuelve para mirarlo, con los ojos entornados, tratando de adivinar sus intenciones. Es evidente que aún no confía del todo en él, y no le culpo: ángeles y demonios llevan millones de años luchando entre ellos, y seguro que Miguel y Astaroth han cruzado sus espadas más de una vez. Sin embargo, finalmente el arcángel parece entender lo que quiere decir, porque sonríe torvamente y asiente.

–Permíteme que colabore.

–Cómo no –sonríe el demonio a su vez.

De modo que salimos del edificio, dejándolos atrás. Remeiel ayuda a Gabriel a caminar, porque aún está débil; por su parte, Rafael sostiene a Angelo, mientras yo revoloteo a su alrededor, todavía aturdida y sin ser capaz de asimilar todo lo que acaba de suceder.

Escapamos por fin y emergemos al aire libre. Es una noche hermosa, fresca y agradable, pero los ángeles no se detienen a contemplarla. Caminamos todavía más lejos, más allá del jardín, más allá de la valla. Parece que vamos a detenernos en los aparcamientos, pero los ángeles miran los coches con un gesto de repugnancia y nos guían un poco más lejos, hasta el pequeño bosquecillo que se extiende más allá de la carretera. Después, nos volvemos todos atrás y esperamos.

«¿Qué va a pasar ahora?», susurro, preocupada.

—Lo que tiene que pasar —responde Gabriel enigmáticamente.

Y, de pronto, se oye un silbido y algo surca el cielo, raudo, trazando un elegante arco luminoso. El sonido se hace más y más fuerte, y la luz, más intensa. Ya sé qué es. Se trata de un meteorito no muy grande, tal vez tan solo un pedrusco, que cruza el firmamento y parece que va a caernos justo encima. Grito de miedo, pero la voz de Angelo me tranquiliza:

—Calma, Cat. Espera y observa.

«¡Pero…!».

—Calma —repite él.

Todos parecen saber muy bien lo que sucede… todos, salvo yo. De modo que, aún intranquila, contemplo cómo la roca celeste se hace cada vez más y más grande, hasta que de pronto cae, con impecable puntería, encima de la sede de Eden Pharmacorp, haciéndola estallar en millones de pedazos.

Grito de miedo y me cubro el rostro con las manos para protegerme de los escombros, antes de recordar que soy un fantasma y no pueden hacerme daño. La temperatura del aire ha subido considerablemente, el ruido es ensordecedor y los cascotes arrojados por la onda expansiva amenazan con golpearnos… pero entonces Rafael alza la mano y algo parecido a una pantalla invisible detiene los escombros en el aire, protegiéndonos a todos.

—No ha estado mal —reconoce Remeiel, y entonces descubro que Miguel y Astaroth ya han regresado, y que están a nuestro lado, sonriendo, satisfechos.

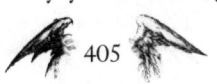

—No creo que quede nada que puedan usar —dice el demonio—, pero mi gente y yo nos encargaremos de investigar acerca de los negocios de Nebiros y eliminaremos cualquier rastro que pueda haber dejado tras de sí.

–Nada de muertes innecesarias –le advierte Gabriel.

–Solo las muertes estrictamente necesarias –le promete él, y sonríe de forma que nos hace pensar que va a considerar imprescindible la muerte de unos cuantos individuos más.

Los ángeles contemplan a la pareja con preocupación. Ahora que están juntos, sin cadenas y sin un emperador demoníaco que los observe con fría cólera, es más evidente que nunca lo que hay entre ellos. Se sostienen mutuamente, están en contacto por voluntad propia. El brazo de Astaroth reposa con delicadeza sobre los hombros de Gabriel, y ella abraza la cintura del demonio. Es obvio, es mucho más que un experimento. De alguna forma sorprendente, teniendo en cuenta que ella es un ángel radiante y compasivo, y él un sanguinario señor de los demonios, estos dos se han enamorado, se respetan y han optado por llevar adelante una relación que hasta hace nada iba a dar un fruto humano.

–¿Estás segura de lo que haces, Gabriel? –pregunta Miguel, inquieto.

–Sé lo que hago –responde ella–. Y muy pronto, muchos otros ángeles y demonios lo sabrán también.

Los ángeles callan, incómodos. No saben qué decir.

–Espero que sea para bien –murmura entonces Remeiel, a media voz.

–Yo también lo espero. Pero no depende solo de nosotros –añade dirigiéndome una mirada elocuente.

No, depende también de los humanos, ya lo sé. Pero estoy muerta, y no hay mucho que pueda hacer al respecto.

Sin embargo, opto por callar. Hace ya un buen rato que me siento una mera espectadora de todo lo que ha sucedido. Tampoco podría haber colaborado demasiado, ni siquiera estando viva. Y muerta he servido de menos todavía. Por poco consigo que maten a Angelo. Todavía no puedo creer que siga vivo.

Miguel estudia a Astaroth de arriba abajo. El demonio soporta el examen, imperturbable.

—Eres un demonio —dice el arcángel por fin—. Un demonio antiguo y poderoso. Has hecho un daño incalculable al mundo desde que existes. Y, no obstante, nos avisaste de lo que estaba sucediendo aquí, has colaborado para desmontar el plan de Uriel y Nebiros y has venido a rescatar a Gabriel. La has salvado. Porque... pese a ser un demonio, la amas. Tu relación con ella va mucho más allá de un simple experimento. No encuentro otra explicación.

Astaroth no responde, pero su silencio habla por sí solo.

—Cuídala bien —dice entonces Miguel—. Volveremos a vernos. Id en paz. Todos vosotros —añade, abarcando con la mirada a Angelo y Astaroth.

Gabriel sonríe. Los demonios inclinan la cabeza en señal de despedida.

Y después, Miguel y Rafael desaparecen en la noche. Así, sin más.

Querría haberles dicho muchas cosas, querría haber hablado con ellos, pero no he tenido ocasión. Aún estoy mirando a mi alrededor, por si los veo alejarse, cuando Gabriel se acerca a nosotros.

—Gracias a los dos —nos dice—. Muchas gracias, Cat y Angelo. Os debo mucho más que la vida.

Recuerdo los dramáticos instantes que hemos vivido, ante Uriel y Nebiros.

«Pero... perdiste a tu bebé», balbuceo, apenada. «Lo siento muchísimo».

Una sombra de dolor cruza los bellos ojos del arcángel.

—El próximo vivirá —le promete Astaroth, y ella asiente y sonríe—. Angelo —añade, y mi enlace levanta la cabeza, atento—, me has servido bien. Mejor de lo que debías, en realidad. Por mi parte, no solo considero saldada tu deuda, sino que además me siento en deuda contigo. ¿Hay algo que pueda hacer por ti?

—Una o dos cosas —sonríe él—, pero de momento me conformo con vuestra gratitud.

«Hay algo que sí querría que hicieseis, si no es molestia», intervengo yo con timidez. Me sorprendo de mi propia osadía, pero ya están todos mirándome y tengo que seguir hablando, de modo que reúno valor y continúo. «Es acerca de Aniela… la niña a la que mi madre secuestró porque sus enviados la confundieron conmigo. Me gustaría que volviera a casa».

Todos me miran, asombrados.

—Naturalmente —asiente entonces Gabriel, y mira a Astaroth, que sonríe y comenta:

—Creo que *madonna* Constanza va a tener el placer de volver a verme mucho antes de lo que desearía.

Me siento muy aliviada. Me sentía culpable de la situación de esa pobre niña. Y aunque sé que no debo confiar en la promesa de un demonio, por lo menos estoy convencida de que Gabriel sí se encargará de recordárselo.

—Pero tú, joven espíritu —interviene entonces la voz de Remeiel—, no deberías estar aquí.

Me había olvidado por completo de ella. No se ha marchado con los otros dos arcángeles, y ahora creo comprender por qué.

Remeiel es un ángel de frente despejada, largo cabello negro y profundos ojos de color violeta. Según la angelología, es la encargada de guiar a las almas de aquellos que mueren.

Y me entra el pánico. Porque entiendo que ha llegado el momento, que voy a tener que marcharme por fin. Y odio las despedidas. Con toda mi alma.

—No te resistas —dice Remeiel—. Estás preparada para partir. Hace mucho que lo estás.

Y entonces, por fin, se abre ante mí el túnel de luz. Es hermoso, deslumbrante, y tira de mí con una irresistible fuerza de atracción. Noto que comienzo a flotar.

«Angelo...», lo llamo, asustada. No quiero irme todavía, no quiero marcharme... no sin él...

Lo miro, implorante, pero solo sonríe y dice:

–Ve. Vuela. Sé libre, Cat.

No respondo, pero me siento un tanto decepcionada. ¿Eso es todo?

Cuando me vuelvo para mirarlo, él ya no está. Me trago mi rabia y mi dolor, y me dispongo a internarme por el túnel de luz... por fin, y porque no me queda más remedio.

¿Comprendéis ahora por qué no me gustan las despedidas? Porque siempre son mucho más cortas de lo que uno desearía. Humillantemente cortas algunas veces. Como en este caso.

Pero entonces, súbitamente, una sombra me tapa la luz. Una sombra sinuosa, de brillantes ojos rojos y enormes alas hechas de la más negra oscuridad. Trato de reprimir mi pánico y retrocedo, pero la sombra está en todas partes, rodeándome, persiguiéndome, y no hay forma de escapar.

«Te pedí que no te marcharas sin despedirte, Cat», me reprocha, y hay algo en esa voz que resuena en mi mente que me resulta muy, muy familiar.

«¿Angelo?», pregunto, incrédula.

Juraría que la sombra sonríe, pero, claro, no puedo estar muy segura.

«También te dije que podía pasar al estado espiritual si lo deseaba», dice él. «No a menudo, claro, porque no estoy tan en forma como en el pasado, y esto requiere mucho esfuerzo y unas energías que ya no me sobran. Pero se da el caso de que esta vez lo deseaba de verdad».

«¿Por qué?», me atrevo a preguntar.

«Para poder hacer esto», responde Angelo, y me abraza de pronto envolviéndome con sus alas, casi con toda su figura. Reprimo una exclamación de sorpresa. Lo noto, lo *siento*, y es mucho más intenso de lo que había imaginado. Nunca pensé que diría esto, pero es el mejor regalo que me han hecho nunca. Cierro los ojos y me dejo acunar por la esencia de Angelo, demoníaca, de acuerdo, pero su esencia al fin y al cabo. No hace mucho pensé que me moría por un abrazo. Es como si me hubiese leído la mente. Porque se trata, probablemente, del último abrazo que recibiré en mi corta existencia. Del abrazo que llevaba tanto tiempo necesitando y que nadie había sido capaz de darme. Y se lo debo a él.

«Gracias», murmuro.

«¿Por qué?», me pregunta. «No lo he hecho por ti. Lo he hecho porque me apetecía. Soy yo quien tiene que darte las gracias».

Esta vez me toca a mí preguntar la razón.

«Por mi culpa te han capturado, disparado, torturado, amenazado y por poco te matan. No me debes nada».

«Te debo más de lo que imaginas», responde él, ante mi sorpresa. «Hacía siglos que no había vivido unos días tan interesantes. Hacía siglos que nada estimulaba mi imaginación, que no hablaba así con nadie. Para seres como nosotros, Cat, el aburrimiento es el peor de los males. Y tú, conscientemente o no, me rescataste de él cuando entraste esa noche en ese *pub* y me pusiste tu espada en el pecho. Por eso... te deseo todo lo mejor. Por eso creo... *sé* que te voy a echar de menos. Aunque seas humana».

Me quedo sin habla, porque no estaba preparada para oír eso de él. No sé si es el momento adecuado, no sé siquiera si vale la pena hacerlo, pero tengo que decírselo... tengo que decirle lo que siento ahora, porque no habrá ninguna otra ocasión… nunca más. Y aunque a él no le importe, aunque no sirva de nada, necesito hacerlo… antes de desaparecer para siempre de este mundo.

Y lo intento, pero, desde luego, no es que mis primeras palabras al respecto sean un prodigio de elocuencia.

«Pero yo… pero tú… tú sabes que yo…», balbuceo.

No soy capaz de seguir. Sin embargo, Angelo parece entender porque alza la mano, una mano que parece hecha de la más oscura tiniebla, y acaricia con ella mi rostro fantasmal, haciéndome callar por un instante.

«Lo sé, y lo acepto», responde. «Lo sé, y lo comparto. En cierto modo. No de la misma manera que tú, claro, porque somos diferentes, y te llevo cerca de un millón y medio de años de ventaja».

Tampoco estaba preparada para que me dijese su edad. No se lo he preguntado, y en el fondo no quería saberlo, porque es una cifra demasiado abrumadora, demasiado impresionante. Y eso que es de los jóvenes…

«Pero lo comparto», prosigue, «y por eso quiero desearte un buen viaje y hacerte una promesa. Y ten por seguro que la cumpliré».

«¿De qué se trata?», pregunto, pero el túnel de luz tira de mí y me arranca de los brazos inmateriales de Angelo. Sé que abajo están Remeiel, Gabriel y Astaroth despidiéndose de mí, pero ahora mismo solo tengo ojos para Angelo. En lugar del rostro que sé que jamás olvidaré, ahora me muestra solo un contorno, una sombra. En lugar de esos ojos grises como un cielo tormentoso, ahora no veo más que dos finas rendijas rojas. Pero es él, lo sé. Su verdadera esencia. Y tenía razón: la temo, y una parte de mí la odia. Pero es parte de mi ser. Es parte de la naturaleza del mundo, y por eso también, en cierto modo, la amo.

Y por este motivo, comprendo de pronto, se me hace tan difícil partir.

«¿De qué se trata?», insisto mientras la fuerza del túnel de luz se esfuerza en separarnos, mientras nuestras manos permanecen enlazadas por última vez.

Pero Angelo sonríe.

«¡Angelo!», grito sin obtener respuesta.

Y solo cuando nos soltamos por fin, y mi mano fantasmal se desliza fuera de la suya... solo cuando le doy la espalda para encarar el túnel de luz, cuando estoy a punto de ser tragada por él, resuena su promesa en lo más profundo de mi mente y de mi corazón:

«Te esperaré».

¿Que me esperarás? ¿Dónde? ¿Cuándo?, trato de preguntarle, pero ya no hay tiempo.

Mi esencia es absorbida por el túnel de luz, y abandono por fin el mundo que me vio nacer, con la esperanza de que las nuevas generaciones lo conviertan en un hogar mejor para todos, algo que yo ya no podré ver, algo que no podré vivir.

Sin embargo, y a pesar de mi añoranza y mis buenos deseos, mi último pensamiento es, inevitablemente, para él.

Angelo...

Epílogo

La luz de la mañana se derramaba sobre la cama creando una aureola blanca en torno a la cabeza de Gabriel. Los cabellos castaños del ángel, húmedos a causa del esfuerzo, cubrían la almohada como un suave manto. Estaba agotada, exhausta más bien, pero sonreía. Junto a ella, Astaroth la contemplaba con una expresión indescifrable.

Entre los dos había un pequeño bulto envuelto en una manta cálida y suave. Aún no había abierto los ojos al mundo que acababa de recibirla, pero ya manoteaba vigorosamente, ansiosa por explorarlo.

–Es una niña –susurró Gabriel, emocionada.

–Es tan pequeña –comentó Astaroth–. Tan frágil.

–Es tu primera hija humana –dijo el ángel–. Es natural que notes la diferencia.

El bebé bostezó. Ambos sonrieron.

–Me gustaría llamarla Caterina –dijo Gabriel.

–¿Caterina? –se extrañó Astaroth–. ¿Como la hija de Azazel?

–En su memoria, sí. En recuerdo de la primera hija del equilibrio. Además –añadió–, Azazel eligió muy bien el nombre. En el lenguaje humano al que pertenece, Caterina significa «de noble linaje».

–Muy bien, pues –aceptó el demonio tras unos instantes de reflexión–. La llamaremos Caterina.

Alargó el dedo índice para acariciar la carita de la pequeña. Ella arrugó la nariz y abrió un poco los ojos.

Aún era pronto para asegurarlo, pero a Astaroth le pareció que tenían un color peculiar.

Oro viejo, tal vez.